이순신의 생애와 사상

『李舜臣(忠武公)의 生涯와 思想』

조성도 지음

明文堂

이순신(李舜臣) 초상화

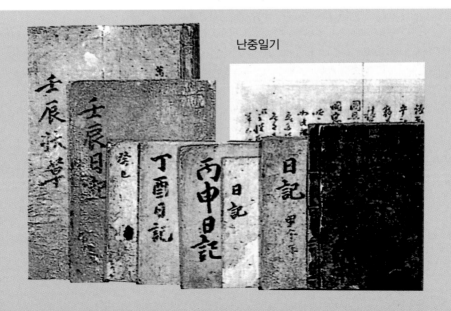

난중일기

충무공(忠武公) 동상

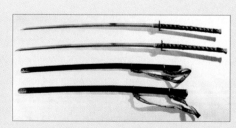

이순신 장군이 사용한 장검

충무공 요대(보물 제326호)

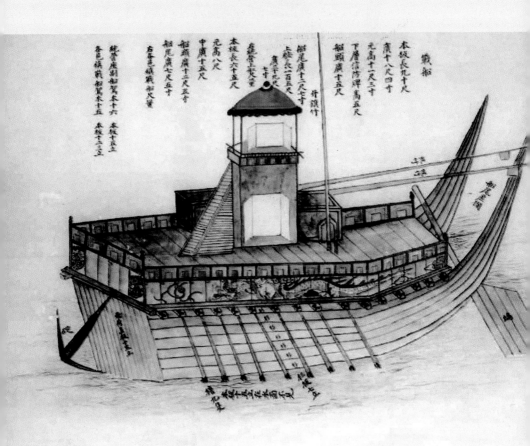

판옥선 – 각선도본(各船圖本) 전선
조선 후기 수군의 군선(軍船)과 세곡(稅穀)을 옮기는 조운선(漕運船)
등을 그린 책으로 채색화 6장을 모아 만들었다.

노량해전도(露梁海戰圖)

선조 31년(1598) 8월에 노량에서 왜선 300척과 싸워 많은 적선을 쳐부수는 동안 적의 유탄(流彈)에 맞아 54세로 장렬한 순국을 하였다.

명량대첩(鳴梁大捷)

13척의 배로 130척이 넘는 적선을 무찌른 이 전투가 그 유명한 울돌목해전, 곧 명량해전이다.

한산정(閑山亭)

한산정은 이순신 장군이 활을 쏘던 곳이며 사정과 표적과의 거리는 148m이다.

제승당의 유허비

임진왜란 때 삼도 수군의 본영이 있던 자리.

수루(戍樓)

임진왜란 때 왜적의 동태를 살피고 기도하며 우국충정의 시를 읊기도 하던 곳.

충렬사(忠烈祠)
경남 통영에 위치한 이순신 장군의 위업을 기리기 위한 사당이다.

현충사
충남 아산에 위치한
이순신 장군을 모시는
사당이다.

울돌목
전남 해남군에 위치한 이순신 장군
이 대승을 거둔 명량해전의 장소.

맹사성의 글씨

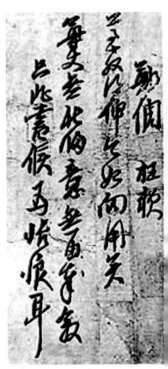

징비록(懲毖錄)
유성룡(柳成龍, 1542~1607)이 전쟁을 돌아보며 반성과 후일의 경계를 위해 기록한 글.

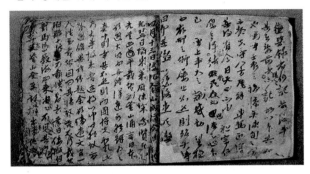

충무공의 묘소
노량해전에서 전사한 충무공의 묘로 충남 아산에 위치.

이순신의 李舜臣(忠武公)

생애와 生涯

사상 思想

조성도 지음

明文堂

머리말

우리 국민은 누구나 역사(歷史)나, 전기(傳記)나, 설화(說話)를 통해서 충무공 이순신이 어떤 분인가를 잘 알고 있으며, 또 우리 국민으로부터 한결같은 추앙(推仰)을 받고 있는 분이 충무공 이순신 장군이다.

그러나 그분이 우리나라와 국민에게 어떠한 공헌을 했기에 400여 년이 지난 오늘날까지도 온 국민으로부터 추앙을 받는 것일까 하는 물음에는 대개 어렴풋이 답할 뿐이다. 그것은 그분이 우리에게 남긴 '삶에 대한 가르침'과 '나라에 공헌한 일' 들이 너무나 크기 때문이다.

그러므로 급박한 오늘의 세대에 살고 있는 우리로서는 그동안 막연하게 알고 있었던 그분에 대해서 뜻없는 숭앙심(崇仰心)을 갖기에 앞서, 왜 그분을 숭앙해야 하는지 그 까닭을 똑바로 체득하여 우리 스스로의 실생활의 행동 지침으로 삼지 않으면 안 된다. 왜냐하면 평범한 인간으로 태어나서 삶의 지표를 설정하여 나라와 겨레의 영원한 앞날을 위해서 지혜와 용기와 신념으로써 무수한 곤경을 이겨낸 그분의 훌륭한 가르침은 오늘의 우리 세대가 반드시 본받아 실천해야 할 생활의 보전이기 때문이다.

그러기에 나는 충무공 이순신에 관하여는 다 같이 그분의 일기를 비롯한 당시의 기록을 통하여 그분으로부터 본받아 실천할 점이 무엇이며, 왜 우리는 그분을 사상적으로 공경하고 우러러 사모하며, 우리의 현실 속에 언제나 그분의 가르침을 되새겨 보지 않으면 안 되는가 하는 것을 스스로 발견하여, 우리도 그분과 같이 되기 위하여 보다 성실하게 노력해 보자는 뜻에서 되도록 사실에 충실하여 '충무공 이순신'이라는 소책자를 펴내었던 것을 이번에 다시 가필하여 세상에 내어 놓게 되었다.

그러나 다시 가필한 소책자이지만 그분의 참모습을 조금이라도 상하게 하지 않았을까 하는 염려와, 엉성하고 조잡한 점은 부끄럽기 그지없다. 다만 읽는 이에게 그분의 역정을 올바르게 파악하고 참모습을 이해하는 데 조금이라도 도움이 된다면 나에게는 분수에 넘치는 영광이 아닐 수 없다.

충무공 연구실에서 **조성도** 씀

〖일러두기〗

1. **인명** : 본명, 법명, 자 및 호 등에서 널리 알려진 것을 택하였다.

2. **경칭사** : 본문 중에는 경칭하는 말을 일체 생략하였다.

3. **한문 사용** : 본문 중에는 한글을 전용하되 뜻을 이해하는 데 지장이 있을 경우에는 ( ) 안에 한자를 넣었으며, 시와 유명한 구절은 되도록 원문을 실었다.

4. **사진 자료** : 유물 및 기념물 등의 자료는 되도록 최근에 촬영한 것을 수록하였다.

5. **인명 및 지명** : 모두 원음에 따라 한글로 쓰고 ( ) 안에 원명을 넣었다.
   보기 도요토미 히데요시(豊臣秀吉)

6. **연대** : 서기 연대를 원칙으로 하고 중요한 것에는 본문 중에 번호를 붙여 하단 주석란에 왕조 연대를 밝혔다.
   보기 본문 1592년[1]
   　　　주 ; **1** 임진년(선조 25년)

7. **일자 표시** : 모두 원전에 씌어 있는 명력(음력)을 그대로 표시하고 필요에 따라 본문 중에 번호를 붙여 하단 주석란에 그 당시의 양력을 표시하였다.
   보기 본문 3월 초 8일[2]
   　　　주 ; **2** 4월 28일

8. **주석** : 어려운 관직명, 지명 및 술어 등은 본문 중에 번호를 붙여 하단 주석란에 주석하였다.
   보기 본문 중랑장(中郎將)[3]
   　　　주 ; **3** 정 5품의 무관직

9. **부호** : 부호의 표시는 아래와 같이 하였다.
   ' ' 강조하는 말
   " " 대화, 인용구, 인용문 등.

차례

제1부

성실한 사람

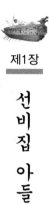

제1장

선비집 아들

충무공 이순신(忠武公 李舜臣)은 54년 간의 짧은 일생을 보람있게 살다가 보람있게 마친 성실한 사람이었다.

그는 일생 동안 조국과 겨레의 영원한 삶을 위하여 헌신(獻身)과 봉사(奉仕)의 길을 힘차게 걸었으며, 오로지 성실한 마음으로 정의를 위하여 살았을 뿐, 개인의 행복을 위한 일은 할 줄을 몰랐다.

그는 가정에서는 극진한 마음으로 어버이를 섬기고, 손아랫 사람에게는 두터운 사랑을 베풀었으며, 인간적으로는 의리와 포용성(包容性)을 발휘하였고, 나라에 대해서는 지극한 충성을 바쳤다.

그리고 싸움터에 이르러서는 필승의 신념과 탁월한 지략(智略)으로 침략자를 물리쳤으며, 임진왜란 때에는 죽음으로써 쓰러지려는 조국을 구출했다.

이순신은 1545년[1] 3월 8일(당시 양력 4월 28일) 자시[2]에 서울 건천동(乾川洞)에서 평범한 아기로 태어났다. 건천동은 지금의 인현동 1가 부근으로 그 당시는 지금과 달리 집들이 띄엄띄엄 세워져 있었다.

그가 태어날 무렵의 동양 세계는 서양의 포르투칼(Portugal)과 스페인(Spain)의 선박들이 신항로 및 신대륙의 발견과 더불어 식민지(植民地)와 무역지를 구하려고 인도·중국·필리핀(Philippine) 등지를 거쳐 일본에까지 이르고 있었다.

당시 일본에서는 각지의 봉건영주(封建領主)들이 할거하는 전국시대(戰國時代)를 겪고 있었으며, 중국(명나라)에서는 전성기의 고비를 지나 국력이 점점 기울어지고 있었다.

그리고 한국은 조선왕조(朝鮮王朝)의 건국 이념인 유교의 존숭(尊崇)에서 유래하는 문치주의(文治主義) 사상과 100년 이상 계속된 평화로 말미암아 무인을 천시하는 시대 풍조가 사회에 깊이 뿌리박고 있었으며, 국왕을 돕는 중신(重臣)들 사이에는 서로의 세력을 얻기 위한 파쟁(派爭)과 내분이 일어나서 피비린내 나는 비극이 되풀이 되고 있었다.

특히, 그가 태어난 지 6개월 되는 그 해 8월에는 인종(仁宗)이 돌아가고, 그 뒤를 이어 겨우 12세의 명종(明宗)이 즉위하였는데, 명종을 둘러싼 소윤[3] 일파는 자기네들의 세력을 얻기 위하여 모략과 계책을

---

1 1545년 : 인종 원년(을사년).

2 자시(子時) : 밤 11시에서 이튿날 새벽 1시 사이.

3 소윤(小尹) : 명종의 외삼촌인 윤원형을 중심으로 한 선비들.

꾸며 대윤[4] 일파를 처형하는 을사사화(乙巳士禍)를 일으켰으며, 이러한 사화의 여파는 더욱더 확대되고 있었다.

그리고 그가 3세 때는 명종의 형인 봉성군(鳳城君) 등이 살해되는 정미사화(丁未士禍)가 일어났으며, 그 뒤에도 수많은 선비들이 갖가지 죄목으로 살해되어 마침내 사화는 그가 자라나는 동안 당쟁(黨爭)으로 발전하고 있었다.

이러는 동안, 사회는 공명과 정의를 분간할 수 없게 되어 점점 불안한 기풍만이 조성되어 가고 있었다.

이러한 때 이순신은 덕수(德水) 이씨 가문의 12대 손으로 태어났다. 아버지는 관직 생활을 하지 않고, 평범한 선비 생활을 하는 이정(李貞)이었다. 어머니에 관하여는 확실한 것을 알 길이 없으나, 기록에 성만을 초계(草溪) 변씨(卞氏)라고 적어 두고 있을 뿐이다.

이 두 부부는 결혼한 후 평범한 생활을 계속하는 동안에 네 아들을 낳았는데, 이순신은 이 중에 세 번째 아들이었다. 모든 부모들이 자기의 자녀들이 귀하게 되기를 바라는 것이지만, 이들 두 부부도 아들들의 앞날에 지대한 관심을 갖고 이름마저 특이하게 지어 주었다고 한다.

이름 자의 신(臣)은 한국의 여러 가문에서 많이 사용되고 있는 항렬(行列)이었으나, 순(舜)자는 고대 중국의 신화인 삼황오제(三皇五帝)의 전설에서 복희(伏羲)·요(堯)·순(舜)·우(禹) 임금을 시대순으로

---

4 대윤(大尹) : 인종의 외삼촌인 윤임을 중심으로 한 선비들.

따서 붙인 것으로, 네 아들의 이름을 희신(羲臣)·요신(堯臣)·순신(舜臣)·우신(禹臣)이라고 하였다 한다.

그런데 '순신' 이라는 이름에 관하여는 또 다른 뜻이 전해오고 있다. 그가 태어난 후 점치는 사람이 나타나서,

"이 아기는 나이 50이 되면 북방에서 대장이 될 것이다."

라고 예언을 하였다 하며, 또 어머니 되는 변씨 부인이 그를 낳을 때, 반갑고 이상한 꿈을 꾸었는데, 일생을 충절(忠節)로 바친 시아버지가 나타나서 새 아기의 이름을 지어

"이 아기는 반드시 귀하게 될 것이니, 이름을 '순신' 이라고 짓는 것이 좋겠다."

라고 하였다 한다.

이렇게, 아들 이름을 꿈속에서 조상으로부터 지어받은 변씨 부인은 남편 이정과 상의하여 아이 이름을 '순신' 이라고 부르기로 하였다 한다. 실로, 변씨 부인의 꿈은 뜻있는 계시를 받은 것이었고, 이로 말미암아 그의 부모는 은근한 희망과 더불어 순신에게 지대한 관심과 기대를 걸고 있었는지도 모른다.

순신의 자[5]는 '여해(汝諧)' 이었다. 세계 역사상 위대한 인물들이 그러하듯이 이순신도 평범한 가정에서 태어난 한 사람의 인간으로서 오직 수양과 노력을 거듭하여 역사상 가장 으뜸가는 인물이 된 것이었다. 다만 그의 가문은 대대로 내려온 유학(儒學)의 집안으로서 '충

---

5 자(字) : 어릴 때 본 이름 이외에 부르는 버금 이름.

성심과 공명정대(公明正大)'를 숭상하는 가풍을 지니고 있었으며, 대대로 매우 청빈한 생활을 계속하였다.

때문에 그의 조상 중에는 벼슬하여 세상에 알려진 사람도 많았으나, 모두 강직하고 성실한 성격을 간직하고 있었다.

┃ 충무공 이순신의 세계(世系) ┃

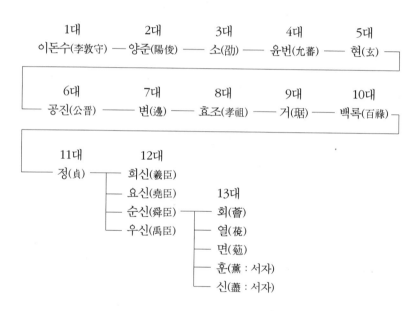

〈위의 세계는 이 충무공 전서 권수(卷首)에서 발췌함〉

그의 1대조는 이돈수(李敦守)로서 고려 왕조 때 중랑장(中郞將)의 벼슬을 지낸 바 있었으며, 2대와 3대를 지나 4대조 때 조선 왕조를 맞이하여 양반집으로서 두각을 나타내기 시작했다.

그리고 7대조 변(邊)은 대제학[6]을 지낸 바 있었다. 가까이로 9대조이며 증조부인 거(琚)는 병조참의[7]를 지낸 바 있었으며, 성종(成宗) 때에는 동궁의 강관(講官)[8]으로도 있었고, 성종과 연산군의 양대에 걸쳐서는 사헌부[9] 장령(掌令)[10]으로도 있었다.

그중에서도 사헌부 장령으로 있을 때에는 여러 사람들로부터 '호랑이 장령'이라는 별명으로 불리었다. 왜냐하면 언제 어느 곳에서도 불의와 부정과는 절대로 타협하지 않으려는 강직한 성격의 소유자로서 모든 비행을 조사하여 잘못을 추궁하는 일들이 너무나 엄정하였기 때문이었다.

그의 할아버지 백록(百祿)은 사화가 번갈아 일어나는 혼란한 시기에 평시서[11] 참봉(參奉)[12]으로 임명되었으나, 이를 사양하고 조광조(趙光祖) 등 정의에 불타는 소장 정치가(小壯政治家)들과 뜻을 같이 하여 절의를 지키다가 기묘사화(己卯士禍)가 일어나자 참변을 당하였다.

---

6 대제학(大提學) : 홍문관 · 예문관의 한 관직(정2품).

7 병조참의(兵曹參議) : 지금의 국방부 국장급.

8 강관(講官) : 강연(講筵) 때에 진강(進講 = 강의를 진행하다)하는 관원.

9 사헌부(司憲府) : 지금의 대검찰청급.

10 장령(掌令) : 이조 때 사헌부의 정사품 벼슬 태종(太宗) 원년에 시사(侍史)를 고친 이름.

11 평시서(平市署) : 시장 관리를 맡은 곳.

12 참봉(參奉) : 이조 때 각 능(陵) · 각 원(園) · 종친부(宗親府) · 돈령부(敦寧府) · 봉상시(奉常寺) · 사옹원(司饔院) · 내의원(內醫院) · 군기시(軍器寺)들과 기타 여러 관아에 속하는 종구품 벼슬.

이러한 선대의 가풍을 이어받은 이순신의 아버지는 평민으로서 소박한 생활을 계속하는 동안에도 자녀들의 교육은 소홀히 하지 않았다. 그의 어머니 역시 위인의 어머니가 그러하듯이 현모였다. 아들들을 극진히 사랑하면서도 엄격한 가정 교육을 하였고, 장성하여 나라에 충성을 다할 것을 가르쳤다. 그리고 네 아들도 이러한 부모의 뜻을 받들어 모든 고난을 참아가며 배우기에 힘썼다.

제2장

어
린
시
절

이순신은 어려서부터 매우 활동적이었다. 여러 기록에 전하는 그의 성격은 씩씩하고, 영특하고, 꿋꿋하고, 대담하였다. 또 말과 웃음이 적고, 침착하고 온순한 성격을 가진 편이었다.

그는 모든 어린이들과 마찬가지로 방 안에서 공부를 하는 것보다 밖에서 뛰어 놀기를 좋아했으며, 여러 동무들과 뛰어놀게 되면 흔히 나무를 깎아 활과 칼을 만들어 전쟁 놀이를 즐겼다.

더구나 그가 전쟁 놀이를 시작하면 반드시 그의 동무들은 이순신을 대장으로 떠받들었다. 그는 비록 어렸지만, 여러 동무들을 거느리는데 엄격한 규율을 세웠고, 또 진(陣)을 형성하여 동무들을 지휘하는 모습이 아주 그럴 듯했다.

이순신은 전쟁 놀이를 하지 않더라도 집 안에서 가지고 노는 장난감은 활과 칼 같은 것이었으며, 항상 화살을 가지고 다녔다. 또 옳다고 생각되는 일에는 어떠한 일이 있어도 뜻을 굽히지 않았다. 비록 같은 마을의 나이 많은 사람이라 할지라도 의리에 부당한 일이 있으면 어린 나이로서 용감하게 이를 시정하고야 말았다.

어느 날, 같은 마을의 어른이 잘못하는 일을 본 이순신은

"아저씨, 그것은 잘못하는 일이 아닙니까?"

하고서는 활을 뽑아서 그 사람의 눈을 쏘려고 하자, 그 후 마을 어른들은 그를 두려워하고 그의 집 앞을 지나가지 못하였다 한다. 그러나 그는 결코 난폭한 어린이는 아니었다.

이러한 이순신의 참모습에 대하여는 어린 시절을 함께 지낸 바 있는 서애[1] 유성룡(柳成龍)의 '징비록(懲毖錄)'이라는 책 속에 이렇게 적혀 있다.

"〈생략〉 이순신은 말과 웃음이 적고 용모가 단정하여 근신하는 선비와 같았으나, 안으로는 담기가 있었다. 〈생략〉"

舜臣爲人 寡言笑 容貌雅飭[2] 如修謹之士 而中有膽氣[3]
순 신 위 인 　과 언 소 　용 모 아 칙 　여 수 근 지 사 　이 중 유 담 기

그런데 이순신이 8세 때의 일이었다. 그의 부모는 서울을 떠나 300여 리 떨어진 백암리[4]로 이사를 하였다 한다. 이 백암리는 지금도

---

1 서애(西厓) : 유성룡의 호. 이순신보다 3세 위이며, 이순신이 사는 마을과 인접한 먹절골〔墨寺洞〕에서 살았다.

2 아칙(雅飭) : 단정하다. 아담하고 근칙〔謹飭 = 삼가 신칙(申飭 = 단단히 타일러서 경계)함. 공손하고 삼가서 스스로 경계〕함.

3 담기(膽氣) : 담력(膽力).

4 백암리(白岩里) : 아산군 염치면 백암리. 현재 현충사가 있는 곳이다.

교통이 불편하고 한적한 곳으로서 방화산(芳華山) 기슭에 위치한 조그마한 촌락이었다.

어린 시절의 모습

그의 부모가 무엇 때문에 서울을 버리고 이곳으로 옮겼는지는 알길이 없으나, 농토를 구하여 청빈한 생활의 곤궁을 조금이라도 해소함과 아울러 불의와 부정이 활개치는 서울의 어지러운 환경을 깨끗이 자라나는 아들들에게 조금이라도 보이지 않기 위함이었을 것이다.

어린 이순신은 정든 벗을 이별하고 어느 곳으로 이사를 하여도 아무런 불평 없이 그 마을 어린이들과 잘 어울렸으며, 함께 글공부를 하면서도 틈만 있으면 전쟁 놀이를 즐겼다.

이러는 동안, 점점 자라나는 이순신의 가슴속에는

'문인(文人)보다 무인(武人)이 되어 나라에 충성을 바치자.'

하는 생각이 움트고 있었으며, 자신의 힘으로 자신의 뜻을 성취하겠다는 각오를 굳게 하고 있었다.

그러나 그의 일상 생활을 주의 깊게 관찰해 온 부모는 선비 집안의 가풍을 계승하고, 문인으로서 출세(出世)를 바라는 뜻에서 이렇게 훈계하기도 했다.

"전쟁 놀이보다 글공부를 더 열심히 하여 훌륭한 사람이 되어라."

이러한 부모의 말을 듣게 된 이순신은 두 형을 따라 글방에 다녔다. 당시의 글방은 오늘날의 학교와 달리 책상도 의자도 없었다. 단지 수십 명의 아이들이 글방에 모여 유학(儒學)을 배우며, 또 엎드려서 붓글씨를 배우는 곳이었다.

그는 글방에서 수학(修學)하는 동안, 비범한 면모와 뛰어난 재능으로 어른들을 가끔 놀라게 했다. 또, 선비다운 용모를 하고 있으면서도 가끔 용감한 행동을 하여 어른들의 가슴을 섬뜩하게 하기도 하였다. 그런데 뛰어난 재능을 가진 그는 쉽게 문인으로 출세할 수 있었음에도 불구하고 항상 무인이 되려고 하는 생각을 버리지 못했다.

당시 글방에서 배우는 학과는 주로 통감(通鑑)과 대학(大學) 등으로서 그 내용은 중국의 역사와 철학이 대부분이었다. 이순신은 이러한 책들을 읽을 때에는 글자의 해석에만 얽매이지 않고 대의(大意)에 통달하려고 노력했다.

뿐만 아니라, 그는 무슨 일을 하든지 그가 가진 재능과 용기를 다했으며, 매사를 잡다(雜多)한 생각으로 대하지 않았다. 때문에 어려운 책들을 쉽게 이해할 수 있었다. 이러는 동안 글방에서 이순신의 인기는 대단하였다. 그러나 그는 자신의 재능을 남에게 자랑하거나, 남을 경시하지도 않았다.

글방 생활을 하던 이순신은 20세가 지날 무렵에 결혼을 한 것 같다. 이 결혼에 관하여는 확실한 기록이 없으나, 그가 23세 때 첫아들을 낳았다는 것이 분명하므로 결혼 연령을 추정할 수밖에 없다.

그의 부인은 보성 군수(寶城郡守)로 있었던 방진(方震)의 딸이었다. 이순신도 어릴 때부터 남다르게 영특했지만 그의 부인 역시 어릴 때부터 영민한 품이 마치 어른과 같았다.

그녀의 나이 12세 때의 어느 날이었다. 도둑들이 안마당까지 들어온 일이 있었다. 당황한 그녀의 아버지는 화살로 도둑을 쏘다가 화살을 다 쏘아 방 안에 있는 화살을 가져오라고 했다. 그러나 이미 계집종이 도둑들과 내통하여, 몰래 화살을 훔쳐 내었기 때문에 남은 것이 없었다. 그러나 위급한 순간을 당한 그녀는 조금도 당황하지 않았다.

"화살이 여기 있습니다."

라는 말과 함께 그녀는 급히 베 짜는데 사용하는 댓가지들을 한 아름 안아다가 다락 위에서 아버지를 향하여 던졌다. 그러자 떨어지는 댓가지 소리는 마치 많은 화살을 떨어뜨리는 것과 같았다.

이리하여 도둑들은 전혀 없을 것으로 믿었던 화살이 많이 있음을 알고 도망치고 말았다. 이와 같이 그녀도 어렸을때 부터 생각하는 일들이 특출했다.

제3장

수
양
과
결
심

"남아 대장부라는 것은 세상에 태어나서 나라에서 기용(起用)해 줄 것 같으면 죽음으로써 충성을 다할 것이요, 만약 기용해 주지 않을 것 같으면 시골로 가서 밭을 갈고 살면 될 것이다."

이 말은 이순신이 청년 시절에 남긴 말로 그의 씩씩한 기백과 삶에 대한 굳건한 신념을 토로한 것이었다.

이순신은 오늘날에 비하면 조혼(早婚)을 한 것이라고 말할 수 있겠으나, 그 당시의 조선 사회는 20세 전후의 결혼이 보통이었다. 그는 부인을 거느려야 하는 임무도 있었지만 자신이 가지고 있는 목적과 희망을 결혼이라는 단계에서 중단하지 않았다.

그의 나이 22세 때였다.

어릴 적부터 꾸준히 노력해 온 학문의 실력은 일정한 수준 이상으로 도달했으며, 아버지를 비롯한 온 가족과 주위의 사람들은 커다란 기대를 걸고 있었다. 왜냐하면, 그의 실력이 매우 뛰어나서 문인으로 출세할 수 있었기 때문이었다.

그러나 그는 이때부터 활을 쏘는 연습과 말을 타는 훈련에 열을 올리기 시작했다. 말하자면, 학문을 배우면서 '무인 선발 시험'에 응시할 수 있는 기초 무예를 철저히 해 두자는 것으로, '무슨 일이라도 준비 없이는 목적을 달성할 수 없다.'는 것이 그의 생활 신조이기도 했다.

훈련 장소는 그가 살고 있는 집 뒤에 위치한 높은 방화산과 집 앞의 나지막한 야산(野山)이었다. 활 쏘는 연습은 집 앞에 자라나고 있는 은행나무 아래서 집 앞의 야산을 향하여 실시했고, 말 타는 연습은 방화산 꼭대기의 조금 평평한 지역을 중심으로 하여 주위의 산등성이를 마구 달리면서 기교를 습득했다.

지금은 '현충사'라는 사당과 기념관 등을 새로이 건립해 두고 있으며, 그가 훈련을 실시했던 곳에는 '궁터'(충무공이 활을 쏘던 곳)라든가, '치마장'(충무공이 말을 타고 훈련을 하던 곳)이라는 표적을 세워 두고 있으나, 이 궁터에는 다음의 일화가 전해 오고 있다.

어느 날, 이순신이 은행나무 밑에서 활을 쏘고 있을 때 주위의 아는 사람이 찾아와서

"자네는 왜 활을 남쪽으로만 행해서 쏘는가?"

라고 물은 일이 있었는데, 그의 대답은 아주 간단했다.

"이곳에서 보면 북쪽은 서울이며, 서울에는 임금이 계시지 않은가? 어찌 이 나라의 백성으로서 임금을 향하여 활을 겨눈단 말인가!"

이렇게 그는 임금에 대한 예의와 의리를 지키고 있었다.

그리고 무예를 배우고 있을 당시의 움직임에 관하여는 다음과 같은 기록이 전하여지고 있다.

"처음으로 무예를 배우기 시작하면서부터 팔 힘과 활쏘기 및 말달리기 등의 모든 모습은 동료들 중에서 아무도 그를 따를 만한 사람이 없었다.

뿐만 아니라, 그의 일언일행(一言一行)이 너무 엄격하고 위엄이 있었으므로 동료들은 하루 종일 농담이나 잡담을 하면서도 감히 그의 앞에서는 '자네' 또는 '너'라는 말로써 부르지 못하고 언제나 높이 존경하였다." [1]

이러한 기록은 수련 중에 있는 한 인간이 '모든 일에 진지한 태도로써 임하고 있었다.'는 사실과 아울러 주위 사람들로부터 추앙(推仰)을 받고 있었음을 알 수 있을 것이다.

그런데 무예를 습득하면서 자기 자신을 수양하고 있던 이순신은 부모들이 원하는 문인이 되느냐, 아니면 오래 전부터 생각해 오던 무인이 되느냐, 하는 두 개의 문제 중에서 어느 한쪽을 택해야만 했었다. 이 문제는 한 인간에게 전환점을 가져다 주는 심각한 것이었다.

이때, 조국의 앞날을 멀리 내다 본 그는 문인으로서의 출세를 단념하고 무인이 되기로 결심했다.

오늘날 우리들이 말하는 세계 사상 영웅이나 위인들은 거의 태어날 때부터 그때그때의 시대 풍조에 편승하여 많은 공훈을 남긴 것이

---

[1] 이충무공 전서 권 9에서 인용.

었지만, 장기간 전쟁이 없는 평온한 그 시대에 천대를 받고 있는 무인이 되려고 결심했다는 것은 보통 사람으로서는 생각할 수도 없는 일이었다.

더구나, 이순신의 결심을 알게 된 그의 부모와 주위 사람들은 그의 재능을 아까워하면서 시대 풍조를 무시하는 무인으로서의 출발을 반대하곤 했으나, 이미 굳게 결심한 그의 태도는 조금도 흔들리지 않았다. 다만, 남달리 효성이 지극한 그는 자기의 뜻을 반대하는 어른들의 마음을 돌려야만 했으며, 또 어른들의 말씀을 거역한다는 어려운 처지에 빠지지 않으려고 노력했다.

이리하여, 이순신은 22세[2] 때의 10월부터 본격적인 훈련에 돌입했다. 그 당시는 오늘날과 같이 가까운 곳에 무예를 가르치는 학교가 있는 것도 아니었다. 스스로 책을 통하여 기교를 배우든가, 아니면 이름 있는 무사를 찾아 다니면서 습득하는 것이었고, 활이나 화살 같은 것은 스스로 만들어야만 했다. 따라서 그가 겪어야 하는 고충은 한두 가지가 아니었다.

그러나 이순신은 이미 그러한 고충을 각오하고 있었으며 중도에서 포기하지 않았다. 그는 어떠한 난관에 부딪치더라도 한 번 결심한 일이면 반드시 성취하는 강한 의지와 실천력을 지니고 있었다.

이때, 그의 체구는 보통 조선 사람보다도 큰 편이었으며, 힘도 세고 말도 잘 타는 등 무인으로서의 위용(偉勇)을 갖추고 있었다.

한편, 이순신이 무인으로서 갖추어야 할 훈련을 서두르고 있을

2 22세 : 서기 1566년이다.

때, 부인 방씨는 첫아들을 순산했다. 그의 나이 23세 때의 2월이었다. 기쁨의 표정을 잘 나타내지 않는 그는 아들의 이름을 '회(薈)'라고 지었다.

아들을 얻은 이순신, 그는 자신이 원하는 한 사람의 무인이 되기 전에 먼저 한 사람의 아버지가 되었으며, 4년 후인 27세 때의 2월에는 방씨 부인이 둘째 아들 '울(蔚)'[3]을 순산했다.

부인과 아들을 부양하여야 할 이순신은 가족을 위하여 무슨 일이라도 해야만 했고, 한편으로는 그의 목적을 달성하기 위하여 열심히 훈련을 해야만 했다. 마치 두 개의 목적과 임무를 동시에 실행하지 않을 수 없는 위치에 놓인 것 같았다. 그러나 그에게는 가족을 부양한다는 생각보다 무인이 되려는 목적을 달성하기 위한 굳건한 신념이 더욱더 많은 비중을 차지하고 있었다.

그는 그때까지도 무명(無名)의 청년에 지나지 않았지만 훌륭한 무인이 되어 조국에 충성을 다하겠다는 자각과 결단으로 훈련과 교양을 쌓아 스스로 자신을 이끌어 올리려고 노력하였으며, 또 누구나 모든 고충을 물리치고 끝까지 노력하면 자신의 목적을 달성할 수 있다는 것을 굳게 믿고 실천하고 있었다.

---

3 울(蔚) : 처음에는 울이라고 하였다가 뒤에 열(莢)이라고 고쳤다.

제4장

무과 합격

이순신이 28세 때의 8월이었다. 서울 훈련원에서는 무사 선발 시험이 열렸다. 이 시험은 별과 시험[1]이라는 것으로 합격이 되면 정식 군인, 즉 오늘날의 초급 장교가 되는 것이었다.

그는 그때까지 5, 6년 동안 스스로 수련한 무예를 시험함과 아울러 꼭 합격한다는 굳은 마음으로 응시하였다.

침착한 태도로 시험관 앞으로 나아간 그는 그때까지 닦아온 무예를 시험하던 중, 말을 타고 달리면서 여러 가지 기교를 시험해 보이는 과정에 이르렀을 때였다. 조금도 어색함이 없이 여러 기교를 시험해 보이기 시작했으나, 불행하게도 달리던 말이 거꾸러짐과 동시에 그도 떨어지고 말았다.

---

1 별과 시험(別科試驗) : 나라의 경사나 특별한 일이 있을 때 보이는 시험.

시험 중에 낙마(落馬)한다는 것은 흔히 볼 수 있는 일이었지만 그는 무사하지를 않았다. 낙마함과 동시에 왼쪽 다리뼈가 부러지고 말았던 것이다. 이때 멀리서 구경하던 사람들은 모두 이순신이 죽었을 것으로 믿고 있었다.

보통 사람이 낙마하여 심한

낙마 골절

부상을 입었다면 기절을 하든가, 아니면 고함을 질렀을지도 모를 일이지만, 그는 미처 사람들이 달려가기 전에 정신을 차렸다.

한 다리로 일어선 그는 옆에 있는 버드나무 가지를 꺾어 그 껍질을 벗겨서 부러진 다리뼈를 싸매고, 태연하게 말에 올라 최종 목적지까지 이르렀다.

이러한 그의 침착하고 용감한 태도는 시험관과 여러 사람들을 크게 놀라게 했지만, 결국 낙마로 말미암아 불합격이 되고 말았다. 그에게는 처음으로 당하는 서러움이었다. 그러나 그는 조금도 낙심하지 않고 다음 기회에 꼭 합격하고 만다는 결심을 단단히 했다.

그는 집으로 돌아온 후 줄곧 수양과 훈련을 거듭하여, 4년 후인 32세 때의 2월에 나라에서 정식으로 보이는 식년무과(式年武科)에 응시하여 무난히 합격했다.

무인이 되기로 결심한 지 10년 후의 일이었으니, 그로서는 반가운 일이 아닐 수 없었다.

그러나 그 당시는 20세를 전후하여 합격하는 사람들이 많았으므로 이순신의 경우는 연령으로 보아서는 매우 늦은 편이었다.

이 시험에서 그는 무예와 병법 등에 능통하여 시험관을 놀라게 했다. 즉, 시험 중에 '황석공(黃石公)'이라는 구절에 이르렀을 때, 시험관은 이순신의 재능과 어느 정도의 병서를 읽었는가를 알아보려고 했다.

이 '황석공'은 중국 진(秦)나라 때의 숨은 선비로서 '장량(張良)'이라는 사람을 만나 글 한 편을 주면서

"이것을 읽으면 제왕(帝王)의 스승이 될 것이다."

라고 하였는데, 이 글이 '황석공'의 소서(素書)와 삼략(三略) 등인 것으로서 그야말로 귀중하고 방대한 병법 서적이었다.

그리고 이 책 속에 나오는 '장량'이라는 사람은 중국 한(漢)나라의 고조(高祖)를 보좌하여 천하를 평정한 사람으로서 만년에는 '신선벽곡술(神仙辟穀術)'[2]을 연구하였다 한다.

시험관들은 이 병서를 읽지 않았을 것이라는 생각으로 다음과 같은 첫 질문을 했다.

"장량이 적송자[3]를 따라 다니면서 놀았다고 하는데, 과연 장량이 죽지 않았을까?"

이때, 이순신은 천천히 말문을 열기 시작했다.

"사람이 나면 반드시 죽는 법입니다. '강목(綱目)'에도 임자 6년[4]

─────

2 신선벽곡술(神仙辟穀術) : 신선이 곡식은 안 먹고 솔잎, 대추, 밤 등을 조금씩 먹고 사는 기술.

3 적송자(赤松子) : 옛날 선인(仙人)의 이름.

4 임자(壬子) 6년 : 기원 전 189년이다.

에 장량이 죽었다고 하였는데, 어찌 신선을 따라 죽지 않았을 것입니까? 다만 그가 만년에 신선술(神仙術)을 즐겨서 연구했다는 것뿐일 것입니다."

이러한 이순신의 답변은 오히려 시험관을 반문한 것이었다. 특히, 그가 인용한 '강목'은 중국의 유명한 역사책인 '자치통감'[5]을 송(宋)나라의 주희가 공자의 춘추(春秋)식으로 재편찬한 것으로서 보통 사

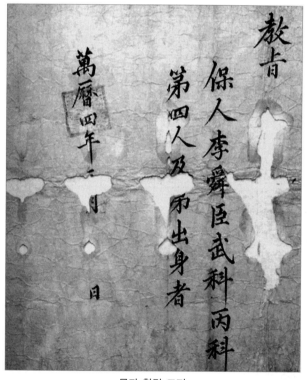

무과 합격 교지

5 자치통감(資治通鑑) : 중국의 편년체의 역사책.

람으로서는 전부 읽을 수 없는 방대한 것이었다.

질문을 하다 오히려 반문을 받게 된 시험관들은 서로 돌아보면서

"이 사람은 모통 무사로서는 알 수 없는 내용을 다 알고 있구나!"

하고 이순신의 재능을 칭찬하였다. 이리하여 무과 시험에 합격한 그는 자신이 가져야 할 태도를 분명히 했다. 그는 본성이 강직한 탓도 있었지만 비굴하게 남의 힘을 빌어 자신의 위치를 높이려고 하지 않았다. 예나 지금이나 관리들의 보직 운동이 없지는 않았지만, 그는 합격한 그날부터 임용 발령을 조용히 기다렸으며, 또 자신의 보직을 위해서나 출세를 위해서 권세 있는 집에 출입하지 않기로 결심했던 것이다.

한편, 32세라는 나이로서 남들보다 늦게 과거에 합격한 이순신은 선영(先塋)[6]에 성묘한 일이 었었는데, 그때 선영 앞에 세워 둔 망주석(望柱石)이 넘어져 있었다. 그는 같이 간 하인들에게 일으켜 세우도록 했으나, 망주석이 무거워서 움직이지 않았다. 이때, 곁에서 하인들의 움직이는 모습을 본 그는 '힘을 과학적으로 이용하지 않으면 안 된다.'는 것을 판단했다.

그는 즉석에서 하인들을 물리치고, 웃옷을 벗지 않고 등으로 떠밀어 망주석을 세웠다. 분명히 그는 힘도 세었지만, 옆에서 보는 사람들이

"힘으로만 되는 것이 아니다."

라고 칭찬하였다.

■
6 선영(先塋) : 조상의 무덤이 있는 곳. 선산(先山).

제2부

무언의 실천

제1장

처음의 벼슬살이

무과 시험에 급제(합격)한 후 임지 발령만을 기다리고 있던 이순신은 그 해 12월에야 동구비보(童仇非堡)의 권관[1]으로 임명되었다.

그는 이때 32세의 나이로 처음 벼슬살이를 시작하는 것이었다. 그러나 동구비보는 함경도의 두메산골인 삼수[2] 고을로서 국경 지대에 위치하고 있었으며, 종종 여진족(女眞族)들이 침범하는 곳으로서 그 당시는 사형 다음으로 귀양살이를 가는 사람들도 관리들과 결탁하여

---

1 권관(權管) : 이조 때 변경의 작은 진보에 두었던 종9품의 수장. 종9품 관리의 품계 중 최하위의 말단직이다.

2 삼수(三水) : 지금까지 동구비보의 현재 지명을 알 수 없었는데, 노산 이은상 박사가 '태양이 비치는 길로' 에서 삼수라 하였다.

이 삼수 지방만은 가지 않는다는 아주 험악한 산골 벽지이기도 했다.

특히, 권관이라는 지위는 국경 지대를 수비하는 일종의 파견 대장과 같은 직책으로서 그 지방의 백성들을 다스리는 것이었다.

실제 전투나 행정면에 전혀 경험이 없는 이순신은 아무런 말 없이 이곳으로 부임했으며, 어느 지방의 권관들보다도 철저히 경비를 강화하지 않으면 안 되었다. 아마 이순신도 고향을 떠날 때에는 '힘차게 일한다'는 굳은 결심을 하였었지만, 그도 인간이었기에 산골 벽지의 임지에 대한 불만이 있었을지도 모른다.

그러나 그는 일단 동구비보에 부임한 이후로는 모든 일을 계획성 있게 실천했으며, 조금도 자신의 직책이나 근무처에 대한 불만을 말하지 않았다. 그는 공인(公人)으로서 집무하는 동안 자신의 맡은 직책에 충실하려고 최대한의 노력을 경주했었고, 가정이나 자신의 사사로운 정의를 생각한다는 것은 사심(私心)에 기울어진다는 것임을 명심하고 일했다.

군사들에 대한 훈련, 여진족이 침범했을 때를 가상한 방비책, 여러 곳에 산재한 백성들의 안전을 위한 대책 등 모든 면을 빈틈 없이 검토하여 실행하였으며, 조그마한 일이라도 소홀히 취급하지 않았다.

그런데 이순신이 벽지의 권관 생활을 하고 있을 때의 어느 날, 별명이 '곤장 감사'로 이름난 청연 이후백[3]이 함경도 감사가 되어 변경

---

3 이후백(李後白 : 1520~1579) : 호는 청연(靑蓮)이며, 시호는 문청(文淸)이다. 연안(延安) 사람으로 이조·호조판서를 지냈다.

의 여러 진보(鎭堡)를 모두 순찰한 적이 있었다.

감사는 순찰하는 동안 방비 실태와 변장(邊將)들의 사예[4]를 시험하기까지 하였는데, 변장들로서 곤장을 맞지 않은 사람이 거의 없었다. 왜냐하면, 여러 변장들의 방비 상황이 철저하지 못했기 때문이었다.

이러한 곤장 감사가 순찰 중에 있다는 소문은 동구비보에도 전해져 권관 이순신도 곤장을 맞을 각오를 단단히 하고 있었다.

그러나 차례를 거쳐 동구비보에 도착한 감사는 뜻밖에도 이순신에게 친절했는데, 그 이유는 간단했다. 평소부터 이순신의 이름을 들은 일이 있었지만 그보다도 이곳의 군기가 엄정하고 여진족의 침범에 대한 방비 상황이 월등하게 잘 정돈되어 있었기 때문이었다.

이때 이순신은 너무나 생각 이외의 친절을 받게 되는 것 같아서 정중한 태도로 감사에게,

"사또의 형벌이 너무나 엄하여 변경의 수비장들이 손·발 둘 곳을 모릅니다."

使道刑杖頗嚴 邊將無所措手足矣
사 도 형 장 파 엄 변 장 무 소 조 수 족 의

라고 말하자, 감사는 웃으면서,

"그대의 말이 옳다. 그러나 난들 어찌 옳고 그른 것을 가리지 않고 함부로 형벌만 주었겠는가?"

----

4 사예(射藝) : 활 쏘는 기교.

君言好言 然 我豈無是非而爲哉[5]
군 언 호 언 연 아 개 무 시 비 이 위 재

하면서, 자기 직책에 충실했던 무언의 용사 이순신을 진심으로 칭찬하는 것이었다.

한편, 이순신이 벽지의 벼슬살이를 시작한 지 2개월이 지난 33세 때의 2월, 그의 부인은 셋째 아들을 순산했는데 이름을 면(葂)이라고 지었다. 이제 그는 세 아들을 거느린 아버지로서 가족을 부양해야 할 의무를 지닌 채, 권관으로서의 본분이 무엇인가를 다시금 확인하고 미래를 내다 보며 성실하게 맡은 일에 몸과 마음을 다하였던 것이다.

5 이 충무공 전서 권 9에서 인용.

제2장

훈련원 봉사 시절

삼수 고을 동구비보에서 3년간의 임기를 마친 이순신은 35세 때[1]의 2월 훈련원(訓鍊院)으로 전입되었다.

당시 훈련원은 지금의 국방부나 각 군 본부와 같이 군사들의 인사(人事) · 고시(考試) · 훈련 및 교육 등에 관한 일을 관장하는 곳이었으나, 표면상으로는 정돈되어 있는 것 같으면서도 군기(軍紀)는 극도로 문란했었다.

---

1 1579년(선조 12년).

특히, 군율의 문란으로 인한 상관의 청탁과 정실에 따른 인사 이동 등은 이루 말할 수 없이 많았고, 이를 바로 잡을 관리마저 없는 실정으로 대개 개인의 향락과 안일만 일삼고 있었다.

이러한 훈련원 내에 이순신이 보직을 받은 자리는 '봉사(奉事)'라는 직책이었으며, 품제는 종 8품(從八品)으로서 훈련원 내에서는 미관말직(微官末職)[2]에 속하고 있었다.

그는 근무지의 변경과 동시에 영전을 한 것과 같았다. 왜냐하면 우선 품계로 보아 종 9품에서 종 8품으로 승진된 것이었고, 함경도 두메산골에서 서울로 전입했었기 때문이다. 아마 이순신 자신도 그가 태어나서 어린 시절을 보냈던 서울에서 근무하게 된 것을 반가워했을지 모른다.

이순신이 맡은 주업무는 군사들의 인사관계(人事關係)로 종종 위로부터 인사에 관한 압력이 있는가 하면, 동료들로부터의 청탁이 들어오기도 했다. 그러나 어린 시절부터 충직 정명했던 그는 어떠한 어려움 속에서도 공규(公規)[3]를 준수하려 했고, 또 어떠한 사람의 청탁도 들어 주지를 않았다.

그가 봉사로 근무하고 있을 때의 일이었다. 상관인 병부랑[4] 서익(徐益)으로부터 거의 명령과 같은 청탁을 받은 일이 있었다. 그 내용은 자기의 친지 한 사람을 순서를 뛰어 참군[5]으로 승진시키려고 인사

■
2 미관말직(微官末職) : 지위가 아주 낮은 벼슬.

3 공규(公規) : 공적인 법, 규정, 법칙.

4 병부랑(兵部郎) : 병조정랑(兵曹正郎)의 약칭으로, 지금의 과장급에 해당된다.

5 참군(參軍) : 무관직 정 7품의 벼슬.

관계의 서류를 만들어 달라는 것이었다.

이때 담당관 이순신은 잠깐 동안 생각했다. 그는 이 청탁을 듣지
않으면 자신의 위치가 위태로움을 알았다. 그러나 그는 자신의 위치
보다 그것이 부당함을 병부랑에게 말해야 했었다.

"아래 있는 사람을 순서를 바꾸어 승진시키려면 반드시 그
자리에 승진할 사람이 승진하지 못하게 되니 이 일은 옳지 못
한 일입니다. 또, 법규도 고칠 수가 없습니다."

在下者越遷 則應遷者不遷 是非公也 且法不可改也[6]
재 하 자 월 천 즉 응 천 자 불 천 시 비 공 야 차 법 불 가 개 야

이 말을 들은 병부랑은 즉석에서 상관이라는 지위로서 위압으로
우기기 시작했을 뿐 아니라 자신의 뜻을 관철시키려고 했다.

그러나 이순신은 끝까지 부당함을 설득시킴과 아울러 청탁을 들어
주지 않았다. 실제로 자신에게 아무 이득이 없고, 오히려 자신의 신
상에 피해가 있을 것을 알았지만 인사 법규를 준수해야 한다는 그의
굳건한 신념을 어느 누구도 제재할 수 없었다.

마침내 병부랑은 크게 화가 났지만, 자신의 친지를 승진시키지 못
하고, 스스로의 마음속에 이순신에 대한 앙심(怏心)을 가질 뿐이었다.

그 후 공명과 정의로써 불의(不義)에 대항한 이순신의 말과 행동은
온 훈련원 내에 알려지기 시작했고, 그때까지 문란한 훈련원 내에서
근무하고 있던 모든 관원들은 모두들 통쾌하게 여기었다. 심지어는

---

6 이 충무공 전서 권 9에서 인용.

"서익은 병부랑이면서도 일개 봉사에게 굴복하였다."

"이순신이 감히 병부랑에게 항거하다니, 앞길을 생각하지 않는 것인가?"

라는 말이 번지었다.

실로 봉사라는 일개 담당관이 과장급인 병부랑에 반항이나 대항을 할 수 없었지만, 공명과 정의 앞에 나타나는 불의의 위압은 아무런 소용이 없는 것이었고, 이로 인하여 서익은 훈련원 내에서 조소거리가 되었던 것이다.

한편, 이순신의 명성이 점점 서울 장안에 알려지게 되니 그와 인척 관계를 맺고자 하는 사람이 나타나기도 했다. 그의 사람됨을 알게 된 병조판서[7] 김귀영(金貴榮)은 자기의 서녀(庶女)[8]를 이순신에게 소실(小室)[9]로 시집 보내려고 중매인을 보낸 일이 있었다.

당시 사회에서는 지금과는 달리 상류층에서 한두 명의 소실을 두는 것을 예사로 삼고 있었으므로 판서 김귀영은 모든 일에 성실하고 장래성이 있는 이순신에게 자기의 서녀를 시집 보내어 인척 관계를 맺으려 한 것이었다.

보통 사람 같으면 무인으로서 직속 상관이 되는 병조판서와 인척 관계를 맺게 되는 것을 은근히 바라고 있었을 것이며, 또 그 당시는 그렇게 됨으로써 자신의 출세에 지대한 영향을 가져올 가능성이 많았던 것이기도 했다.

7 병조판서(兵曹判書) : 지금의 국방부 장관.

8 서녀(庶女) : 첩의 몸에서 난 딸.

9 소실(小室) : 첩. 작은집.

그러나 이순신은 망설이지도 않고 거절했다. 그는

"벼슬길에 처음 나온 내가 어찌 권세 있는 집에 의탁하여 출
세하기를 도모하겠는가!"

吾初出仕路 豈宜托跡權門[10]
오 초 출 사 로 개 의 탁 적 권 문

라고 말 끝을 맺으면서 중매인을 그 자리에서 돌려 보냈던 것이다. 이
는 벼슬살이를 시작한 이순신의 자립 정신을 나타내는 것이었다.

다만, 그는 훈련원에 부임한 이래, 극도로 문란한 군기를 바로 잡
아 보려고 노력했으나, 미관말직에 있는 그로서는 너무나 벅찬 일이
었다. 더구나, 병부랑과의 관계 또는 상관에게 고분고분하지 않는 태
도는 미움을 받게 마련이었다.

이리하여 권세와 정실에 치우치는 훈련원 내의 간부들은 이순신을
부하로 두거나, 아니면 훈련원 내에 그대로 두면 자신들의 더러운 행
적이 탄로될 것이라고 생각한 끝에 이순신에 대한 새로운 인사 조처
를 단행하고 말았다.

그는 훈련원에 부임한 지 겨우 8개월 만인 그 해 10월 충청도 병마
절도사[11]의 군관[12]으로 전출되었다. 원래 경국대전(經國大典)에 의하
면, 2년 있어야 다른 직으로 전출되게 되었는데 이는 부당한 전출임

---

10 이 충무공 전서 권 9에서 인용.

11 병마절도사(兵馬節度使) : 이조 때의 무관직. 속칭 병사(兵使)라고 한다. 각 지방
의 군대를 통솔하고 경비를 담당하던 종 2품의 벼슬.

12 군관(軍官) : 각 군영에 속하는 무관 및 지방관아의 군무에 종사하는 직책.

에는 틀림없었다.

그러나 그는 뜻밖에 전출을 당하는 것이었지만, 나라의 명령에는 복종했을 뿐 어떠한 사람을 자신의 상관으로 모시던 공정한 태도만은 조금도 변함이 없었다.

충청 병영은 지금의 해미(海美)에 있었는데, 그는 이곳에서 군관 생활을 하는 동안에도 공(公)을 위해서 사(私)를 버렸다. 그가 거처하는 방에는 의복과 이부자리 이외에는 아무것도 없었다. 단지 그가 공무 중에 먹어야 할 양식만이 조금 있을 따름이었다.

그런데 이따금 개인적인 용무로 집으로 갈 때, 양식이 남은 적이 있었는데 이 양식은 그가 마음대로 처리할 수 있는 것이기도 했다. 그러나 집을 다녀옴으로써 남는 양식은 사사로이 사용할 수 없는 것이라 하여 반드시 주관자에게 돌려주었다. 즉 휴가나 사사로운 외출과 외박은 공무가 아니므로 군량을 함부로 없애서는 안 된다고 생각한 때문이었다.

이와 같은 그의 공정한 태도는 직속 상관인 병사(兵使)도 알게 되어 크게 놀랐으며, 신변 잡사에 이르기까지 일체의 사심(私心)을 버린 그의 행동은 마침내 병사의 신임을 받기에 이르렀던 것이다.

그가 군관 생활을 하던 어느 날 저녁에 있었던 일이었다.

병사는 술에 취해 이순신의 손을 끌고 병사의 옛 친구인 어느 군관 방으로 같이 가자고 한 적이 있었다. 그러나 병사에게 손을 끌려가는 이순신은 문득 생각한 것이 있었다.

그는 대장으로서 사사로이 군관을 찾아본다는 것은 마땅하지 않다고 생각했다. 그리하여, 짐짓 취한 척하면서 병사의 손을 붙잡고 조용히 그 부당함을 말했다.

"사또, 지금 어디로 가자 하옵니까?"

使道 欲何之[13]
사 도 욕 하 지

이에 취중에 말을 들은 병사도 그 말이 무슨 뜻인지 알 수 있었다.
이윽고 병사는 주저앉으면서,

"내가 취했군, 취했군……."

吾醉矣 吾醉矣
오 취 의 오 취 의

하고 자신을 뉘우쳤다 한다. 실로, 이 같은 이순신의 언행은 자신이
존경하는 상관이라 할지라도 어긋남이 있으면 바로 고치도록 한 것
이었다.

■
13 이 충무공 전서 권 9에서 인용.

제3장

최초의 수군 생활

　충청도 해미에서 군관 생활을 하던 이순신은 이듬해 7월, 즉 그의 나이 36세가 되던 해[1]에 전라 좌수영(全羅左水營) 관내의 발포(鉢浦)[2] 수군 만호(萬戶)로 전직되었는데, 만호는 수군 진장의 품계를 나타내는 명칭으로 정 4품이었다.

　이제 그는 승진과 함께 발포라는 조그마한 포구(浦口)의 수군 진장으로서 남해안 지방의 방비 임무를 맡게 된 것이었다. 그러나 오직 정의와 성실밖에 모르는 그에게는 심한 모략과 중상이 뒤따르고 있었

　1　1580년(선조 13).
　2　발포(鉢浦) : 전남 고흥군 도화면 내발리.

던 것이다.

　이순신이 발포로 부임하여 육상과 다른 해상의 방비를 위하여 군기(軍器)를 보수하고 있을 때의 일이었다. 거짓을 꾸며서 남을 참소하는 말을 듣게 된 전라 감사 손식(孫軾)은 그에게 단단히 벌을 주려고 결심했다.

　그리하여, 순찰 도중 능성(綾城)에 오게 된 감사 손식은 아무런 이유없이 이순신을 마중 나오게 하고서는 난데 없이 진서(陣書)[3]에 대한 강독(講讀)[4]을 명했는데 이순신의 태연하고도 능숙한 강독에는 아무런 트집을 잡을 수가 없었다.

　이에 감사는 다시 이순신에게 여러 진(陣)의 모양을 그리게 했다. 감사의 심사는 이번에 잘못 그리면 그것을 구실로 삼아서 단단히 벌을 주려는 것이었다. 그러나 진의 모양을 그리는 데 있어서도 이순신은 매우 능숙했다.

　그는 조용히 붓을 들고서는 감사가 원하는 진도를 정묘하게 그려내자, 이번에는 꼭 트집을 잡아야 하겠다고 생각하고 있었던 감사는 한참 동안이나 꾸부려서 보다가 트집은 고사하고 경탄하고 말았다. 이윽고 감사 손식은,

　"그대는 어쩌면 이와 같이 정묘하게 그렸느냐?"

　是何筆法之精也[5]
　시 하 필 법 지 정 야

　3 진서(陣書) : 병법(兵法), 진영(陣營), 군사(軍事)에 대해서 쓴 책.

　4 강독(講讀) : 책을 읽고 그 뜻을 밝힘.

　5 이 충무공 전서 권 9에서 인용.

라고 말한 끝에 벌을 주려는 생각보다 오히려 이순신의 조상(祖上)을 자세히 물어 본 다음에,

"내가 진작 그대를 알지 못했던 것이 한이로다."

恨我不能初知也[6]
한 아 불 능 초 지 야

하면서 그 후부터는 정중하게 이순신을 대우하였으며, 감사 자신이 너무나 경솔했음을 뉘우치었다.

이와 같이, 이순신은 그때까지 닦아 온 그의 재능으로 이유 없이 받아야 할 벌을 쉽게 면할 수 있었으나, 그에 대한 불의의 작희(作戲)[7]는 끊이지 않았다.

어느 날, 이순신은 직속 상관인 전라 좌수사[8] 성박(成鎛)이 보내 온 메모를 받았는데, 그 내용은,

"내가 거문고를 만들고자 하니, 발포의 뜰 안에 있는 오동 나무를 베어서 보내 오라."

欲斫客舍庭中木桐爲琴
욕 작 객 사 정 중 목 동 위 금

라는 것이었다. 사실, 상관의 비위를 맞추기 위해서 나무 한 그루를 벤다는 일은 별 문제가 아닌 것같이 생각할 수 있을지 모르지만, 이

---

6 이 충무공 전서 권9에서 인용.
7 작희(作戲) : 남의 일을 방해함.
8 전라 좌수사(全羅左水使) : 전라 좌도 수군 절도사의 약칭이며, 품계는 종 2품이다.

순신은 비록 한 그루의 나무라 할지라도 공물(公物)이며, 또 당장에 필요하지 않은 사소한 공물이라 할지라도 관원들이 일시적인 욕망으로 마음대로 없애서는 안된다는 것을 명심하고 부당함을 건의했다.

"이 나무는 나라의 물건입니다. 여러 해 동안 길러 온 것을 하루 아침에 베어 버릴 수 없습니다."

此官家物也 栽之有年 一朝我之何也[9]
차 관 가 물 야 재 지 유 년 일 조 아 지 하 야

이윽고 이순신의 거절하는 답장을 받게 된 수사 성박은 노발대발하였다. 그러나 옳지 않은 일에는 절대로 굽히지 않는 이순신의 성격을 잘 알고 있었으므로 분해하면서도 결국은 오동나무를 베어가지 못하고 말았다.

이 후, 성박이 전출되고 그 후임으로 이용(李戴)이라는 사람이 부임하였는데, 역시 상관이라는 위용만을 부리기를 좋아하는 사람이었다. 사리사욕(私利私慾)을 채우는 데만 눈을 돌리면서도 이순신이 자기를 고분고분히 섬기지 않는 것을 미워하여 또다시 계교를 꾸몄던 것이다.

어느 날, 그는 이순신에게 벌을 주려고 불시에 전라 좌수영 관하의 5개 포구를 순찰했다. 이때 다른 4개의 포구는 결석자가 극히 많았으나, 이순신이 맡은 발포에는 겨우 4명 뿐이었는데, 이를 정당히 처리해야 할 수사 이용은 실제 순찰 내용을 거짓으로 꾸며서 이순신의 이

9 이 충무공 전서 권9에서 인용.

발포 유적 기념비

름만 들추어 상부에 보고했었다.

그러나 아무런 말 없이 지켜 본 이순신은 이러한 수사의 부당한 처사에 분개했다. 그는 부당한 일에 대하여는 비록 상관이라 할지라도 묵과하지 않았다. 그리하여 즉시 발포를 제외한 4개 포구의 결석자 명단을 조사하여 만일의 경우에 대비하고, 또 그것을 근거로 하여 상부에 건의하려는 태도를 보였다.

이러한 이순신의 굳건한 태도를 알게 된 좌수영 관내의 장령, 즉 고급 장교들은 나중에 그들의 수사와 더불어 벌을 받게 될 것 같았다. 왜냐하면 그들의 불공평했던 처사가 드러나면 큰 벌을 받게 되기 때문이었다. 그리하여 이 장령들은 수사[10]에게 순신에 대한 처리가 부당함을 말했다.

"발포의 결석자가 가장 적을 뿐만 아니라, 이순신은 각 포구의 결석자를 조사하여 그 명단을 가지고 있으니, 만일 그 내용이 상부에 알려지게 되면 후회할 일이 있을지 모르겠습니다."

이 말을 부하들로부터 듣게 된 수사 이용은 매우 당황하여 즉석에서 '그렇겠노라' 하고서는 재빨리 사람을 보내어 이순신에 관한 보고 서류를 찾으려고 허둥거렸다.

이 후, 수사는 잠시 동안 자신의 잘못을 뉘우친 것 같았으나, 이순신에 대한 감정은 조금도 풀리지 않고 있었으며 얼마 후에 수사와 감사가 같이 모여 여러 진장들의 성적을 평가하는 데 있어서도 5개 포구 중에서 발포를 가장 나쁘게 배점하여 상부에 보고하려고 했다.

그 당시 만호 이상에 해당하는 진장들의 근무 성적은 6월과 12월에 감사와 수사가 동석하여 평가한 후 그 내용을 상부에 보고하도록 되어 있었는데, 수사 이용의 그릇된 평가는 조헌[11]의 항의로 좌절되고 말았다.

조헌은 당시 전라 감사를 보좌하여 모든 행정 사무를 맡아보는 도사[12]였는데, 그는 여러 진장들의 성적을 기록하던 중, 수사의 그릇된 평가 내용을 듣자 의분을 참지 못하여 붓을 멈추고 감사와 수사의 정

---

10 수사(水使) : 수군절도사(水軍節度使).

11 조헌(趙憲) : 임진왜란 때의 의병장.

12 도사(都事) : 종5품의 벼슬.

면에서 엄숙한 태도를 이렇게 말했다.

"이순신이 군사를 다스리는 법이 도내에서는 제일이라는 말을 들어서 알고 있습니다. 다른 진은 모두 그 아래에 둔다 하더라도 이순신만은 나쁘게 평할 수 없을 것입니다."

실로, 의기에 찬 조헌의 큼직한 음성은 동석한 사람들을 누를 위엄이 있었으며, 계획적으로 이순신을 나쁘게 평하려던 수사 이용도 다시 입을 열어 자신의 발언을 우기지 못하고 말았던 것이다.

그러나 여러 번의 위기를 간단히 모면해 오면서 자기 직무에 성실했던 이순신은 결국 큰 벌이나 아니면 파직을 당하여야 할 아주 불행한 일을 당하고 말았다.

즉, 38세 때의 3월[13]이었다. 뜻밖에 군기 경차관(軍器敬差官)이 발포에 이르렀는데, 이 경차관은 임금의 특명으로 여러 지방에 파견되어 제반 실무 상황을 조사 보고하는 특사로서, 지난날 훈련원에서 이순신에게 혼이 난 서익(徐益)이었다.

따라서 경차관 서익으로서는 이순신에게 보복할 수 있는 가장 좋은 기회였으므로, 조금도 주저하지 않고,

"발포 만호 이순신은 군기를 전혀 보수하지 않았으므로 파직하여야 한다."

하는 내용의 공문을 상부에 보고하였으며, 이로 말미암아 이순신은 억울하게 파직되고 말았다.

실로, 이순신에게는 원통한 일이 아닐 수 없었으며, 이 사실을 알

---

13 3월 : 1582년(선조 15년) 3월.

게 된 사람들은,

"이순신이 군기를 보수함이 저렇게도 정밀한데 벌을 받게 된 것은 그가 지난날 훈련원에서 서익에게 굽히지 아니한 염원(念願)[14] 때문이다."
라고 말하였다.

그러나 파직된 이순신은 태연했다. 그는 지금까지 충실히 공직을 수행했다고 생각했으며, 불의와 부정에 물들어 자신을 반성하지 못하는 서익에 대해서도 별다른 원한을 품지 않았다.

그는 언제 어떠한 곳이라도 복직되면 나라를 위해 헌신한다는 굳건한 태도를 가지고 있었으며, 구차하게 억울함을 호소한다든가, 혹은 복직 운동 같은 것을 하지 않았다.

비록, 이순신은 파직되었지만 그의 이름은 차차 알려지고 있었다. 그 당시 이율곡(李栗谷·李珥)이 이조판서(吏曹判書)로 있었는데, 이 이조판서라면 웬만한 벼슬쯤은 마음대로 할 수 있는 높은 관직이었다. 특히 이율곡은 이순신과 동성동본(同姓同本)으로 당시의 임금인 선조(宣祖)의 총애를 받고 있었으며, 이순신보다 9년 위이었지만 19촌 조카뻘이었다.

따라서, 억울하게 파직된 연유와 앞으로의 문제를 전혀 말하지 않는다 하더라도 친척이라는 점에서 한 번 만나 보는 것도 나쁜 일은 아니었을 것이며, 또 이순신의 이름을 알게 된 율곡도 이순신과는 친구이며 당시 사간원[15] 대사간으로 있는 유성룡을 통하여 만나기를 청하

---

14 염원(念願) : 원하고 바람. 내심에 생각하고 바람.

15 사간원(司諫院) : 임금에 간하는 일들을 맡아 보는 관청.

기로 했었다. 그러나 유성룡으로부터 연락을 받은 이순신은,

"나와 율곡은 동성인 까닭에 만나 볼만도 하다. 그러나 그가
이조판서로 있는 동안은 만나 보는 것이 옳지 못하다."

我與栗谷同姓 可以相見 而見於銓相時則不可[16]
아 여 율 곡 동 성　가 이 상 견　이 견 어 전 상 시 즉 불 가

하면서 끝내 만나지 않았다. 이 같은 그의 태도는 관직 생활을 출발할
때부터 간직한 것으로 이후에도 변하지 않았던 것이다.

다만, 그는 자신의 마음을 위안하면서 다시 임명되기를 바라고 있
었으나, 파직되어 있을 동안 가족과 친지들을 대할 때마다 조금 난처
했을 것이며, 그때마다 마음속으로 더욱더 굳은 결심을 하였을지도
모른다.

그런데 이순신이 받은 부당한 파직은 결코 오래 가지 않았으며, 그
가 지금까지 힘차게 걸어 온 자취는 헛된 것이 아니었다.

파직된 후, 약 4개월이 지난 그 해 5월에는 그는 3년 전에 근무한
적이 있는 '훈련원 봉사' 로 보직되었다. 마치 지금에 비하면 계급을
강등하여 복직시키는 것과 같았다.

이 두 번째의 봉사 생활을 하게 된 그는 벼슬 자리가 좀 얕아진 데
대하여 아무런 불평을 하지 않고 그날 그날의 일을 충실히 했으며,
또 남에게 억울한 일이 없게 하는 동시에 자신도 억울한 말을 듣지 않
으려고 노력했다.

■
16 이 충무공 전서 권 9에서 인용.

한편, 그는 틈만 있으면 활 쏘는 연습을 했는데, 그가 갖고 다니는 전통(箭筒)[17]은 오랫동안 간직한 것으로서 여러 사람의 입에 오르내리고 있었으며, 정승(政丞)인 유전(柳㙉)도 이것을 갖고 싶어했다. 그러자 어느 날 활 쏘는 기회에 유전은 이순신을 불러서,

"그 전통을 나에게 줄 수 없겠는가?"

라고 말한 적이 있었다.

이때, 이순신은 그 전통으로 말미암아 생기는 잡음(雜音)을 고려해서 공손히,

　　"전통을 드리기는 어렵지 않습니다. 남들이 대감이 받는 것을 어떻다 하며, 소인이 바치는 것을 어떻다 하오리까. 다만 전통 하나로 대감과 소인이 함께 더러운 말 - 뇌물을 바쳤다, 또는 뇌물을 받았다는 등 - 을 듣게 되는 것이 두렵습니다."

　　箭筒則不難進納 而人謂大監之受何如也 小人之納又何如
　　전 통 즉 불 난 진 납　이 인 위 대 감 지 수 하 여 야　소 인 지 납 우 하 여

也 以一箭筒而大監與小人 俱受汚辱之名 則深有未安[18]
야　이 일 전 통 이 대 감 여 소 인　구 수 오 욕 지 명　즉 심 유 미 안

라고 대답하자, 정승 유전도,

"과연 그대 말이 옳다."

하면서 다시는 전통에 관한 말을 하지 않았다.

---

17 전통(箭筒) : 화살을 넣는 통.

18 이 충무공 전서 권 9에서 인용.

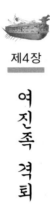

제4장

여진족 격퇴

이순신이 훈련원에서 근무하고 있을 때, 북방에 위치한 함경도에서는 새로운 사건이 발생하고 있었다. 즉 그가 39세 때인 1583년 1월에는 여진족 만여 명이 함경도에 침입하여 경원군(慶源郡)이 점령되었다.

이 때 조정에서는 전국적으로 지략과 용맹이 있는 장수를 선발하여 이들 여진족을 격퇴하기는 했으나, 그 후로 여진족의 침입이 끊이지 않아서 북방의 방어는 아주 중요한 문제가 되었다.

이러한 때 이용(李戩)이라는 사람이 함경도 남병사[1]가 되었는데, 그는 이순신이 발포 수군 만호로 있을 때, 전라 좌수사로 있으면서

---

1 남병사(南兵使) : 함경남도 병마절도사의 약칭.

한때 그를 미워하고 벌을 주려고 했던 인물이었다.

그러나 여진족의 침입을 받고 있는 일선 지구의 지휘관이 된 그는 과거에 거느리고 있었던 여러 무장들을 재평가하여 볼 때, 가장 신임할 수 있고 뛰어난 무인은 역시 이순신이라는 것을 알게 되었다.

여진족을 무찌름

그리하여, 이용은 특별히 인사 내신을 하여 이순신을 자기의 군관으로 임명할 것을 요청하였으며, 조정에서도 이순신의 재능과 지략을 알고 있었으므로 그대로 발령하였다. 이때가 이순신의 나이 39세 때의 7월이었다. 그로서는 6번째로 맞이하는 근무처였으며, 또 두 번째의 북방 생활을 시작하게 되는 것이었다.

이윽고 북방에서 이순신을 다시 만나게 된 이용은 매우 기뻐하면서 다른 사람들보다 더 친밀히 대하고, 대소군무(大小軍務)를 모두 이순신과 협의하는 것이었다.

그러나 근 3개월의 군관 생활을 충실히 이행하던 이순인은 그 해 10월에 '건원보 권관(乾原堡權管)'으로 전임되었다. 이 건원보는 함경북도 두만강변의 경원군 내에 위치하며 여진족의 침입이 자주 있었던 곳이었다.

특히, 이순신이 이곳으로 부임하기 직전에는 여진족의 침입이 연

달아 있었으며, 조정에서는 이를 쉽게 토멸(討滅)할 수 없어서, 항상 이들 여진족에 대한 방어 및 토멸책을 강구하던 중에 그를 발령한 것이었다.

이리하여 이순신은 7번째의 근무처를 갖게 되는 것이었으나 권관이라는 직책은 그가 처음으로 받았던 '동구비보 권관'과 같이 아주 낮은 계급에 해당하는 것이었다. 그러나 그는 불평 없이 부임하여 철저한 방비책을 강구하고 한편으로는 여진족을 유인하여 전멸(全滅)할 계획을 꾸몄다.

그는 먼저 군사들을 복병(伏兵)시켜 두고, 여진족의 추장을 유인한 후에 복병해 둔 군사를 동원하여 순식간에 이들 여진족을 사로잡았으며, 이로 인하여 수년 동안 조정에서 고민하고 있던 여진족의 침입은 한동안 없어지고 말았다.

이러한 이순신의 전공(戰功)을 알게 된 조정에서는 그에게 큰 상을 내리려고 했다. 그러나 그 당시 이순신의 직속 상관이었던 북병사(北兵使) 김우서(金禹瑞)는 상관인 자기보다 부하가 공적을 독점(獨占)한 것을 시기하여

"이순신은 지휘관인 나에게 보고하지 않고 임의로 일을 했으며, 또 명령을 위반한 일이 있다."

라는 허위 내용의 보고서를 올렸다.

이에 조정에서는 일선 지휘관의 보고서를 참작하여 그에 대한 논공을 중지하고, 다만 그 다음 달에 정기적인 진급에 따라 건원보에 근무하는 훈련원 '참군(參軍)'으로 승급시켰을 뿐이었다. 이 참군은 그가 지난날 훈련원 내에서 받은 바 있는 '봉사'의 계급보다 한 급이

높은 것이었다.

이러한 이순신의 승급은 처음의 종 9품에서부터 정 4품에 이르기까지 승급되었다가 다시 강등되는 등, 32세에서 39세까지의 계급은 사실상 낮은 것이었으며, 그의 위인(偉人)됨을 알게 된 수많은 사람들은,

"그가 권세 있는 집에 분주히 드나들지 않기 때문에 계급이 오르지 못했다."

하면서 애석하게 여길 따름이었다.

한편, 이 해는 이순신에게 비운의 해이기도 했다. 11월 15일에 아버님이 고향인 아산에서 별세하였는데, 교통이 불편하여 다음 해 1월에야 이 비보가 전하여졌다.

그는 비보를 들은 즉시로 휴가를 얻어 통곡하면서 말을 달려 아산에 도착하여 성복(成服)[2]하였다. 그러나 그가 상복을 입고 휴관(休官) 중에 있을 때에도 조정에서는 여진족의 침입이 빈번하였으나, 이를 물리칠 만한 용장(勇將)이 적었으므로 그를 빨리 기용(起用)하려고 겨우 1년이 지났는데도 언제 상복을 벗느냐고 두 번 세 번 물어 왔다.

2 성복(成服) : 초상이 나서 사흘이나 닷새 뒤에 처음으로 상복을 입는 일.

제5장

첫 번째 백의종군

고향에서 3년상을 지낸 이순신은 42세 때의 1월에 다시 기용되었다. 그의 부임지는 궁중의 마정(馬政)을 관할하는 사복시(司僕寺) 주부(主簿)[1]였으며, 품계는 휴관 전보다 한 품계가 높은 종6품이었다. 이제 그로서는 8번째 맞이하는 근무처였다.

그런데 그는 부임한지 겨우 16일 만에 다시 함경도 '조산보 만호(造山堡萬戶)'로 전직되었다. 이 조산보는 지금의 경흥군 내에 위치한

---

1 주부(主簿) : 이조 때 돈령부(敦寧府)·봉상시(奉常寺)·종부시(宗簿寺)·사옹원(司饔院)·내의원(內醫院)과 기타 여러 관아에 속한 종6품의 벼슬.

곳으로 국경 지대이며, 여진족의 침입이 극심하였기 때문에 조정에
서는 최적임자를 엄선하여 이순신을 종 6품에서 종 4품으로 승진시
켜 발령한 것이었다.

이러한 전직은 그로서 9번째의 근무처를 마련했고, 또다시 여진족
을 상대로 북변 생활을 하게 했으며, 다음 해 8월에는 '녹둔도(鹿屯
島)' 의 둔전관(屯田官)을 겸임하게 되었다.

이 녹둔도는 두만강 입구에 위치한 조그마한 섬으로서 함경도 감
사로 있는 정언신(鄭彦信)이 조정에 건의하여 이곳에 둔전(屯田)을 설
치하고, 백성을 이사하게 하여 땅을 개간하게 하고, 이순신으로 하여
금 이를 관할하도록 겸임시킨 것이었다.

겸임지에 도착한 그는 모든 일에 안전을 기하기 위하여 먼저 방비
책을 강구했으나, 소수의 방비군으로써는 여진족의 침입을 격퇴하기
가 힘들다는 것을 판단하고 그 대비책을 강구하여 직속 상관인 병사
이일(李鎰)에게 증원병이 더 필요하다는 중요성을 일일이 열거하여
수차에 걸쳐 요청했으나 이 일은 이를 번번이 묵살하고 말았다.

이 해 8월, 이순신이 소수의 군사를 인솔하고 녹둔도로 들어가서
둔전의 추수를 하고 있을 때였다. 이곳의 방비가 미약함을 알게 된 여
진족들은 갑자기 침입하여 허술한 목책(木柵)[2]을 포위하기 시작했다.

특히, 이날은 안개가 자욱하여 사방(四方)을 분간할 수 없었으며
대부분의 군사들은 밭 둑 위에서 벼를 거두고 있었고, 목책 안에는
겨우 10여 명의 군사들이 방비하고 있을 따름이었다.

---

2 목책(木柵) : 말뚝 같은 것을 죽 벌여 박은 울. 울타리.

이를 안 이순신은 몸소 앞장서서 진두 지휘를 하며 선두로 달려오는 여진족의 추장을 활로 쏘아 말에서 떨어뜨리고 계속하여 활로 뒤따라오는 자를 명중시켜 쓰러뜨리자, 여진족은 당황하여 퇴각하기 시작하였다.

이순신은 계속 추격하여 여진족에게 포로가 되었던 50여 명을 도로 찾았으나 병력의 부족으로 더 추격하지 못하고 말았다. 전투는 병력의 부족으로 말미암아 백성과 수비병을 합하여 160여 명이 여진족에게 사로잡혀 갔으며, 10여 명의 전사자를 내었던 것으로 모처럼의 수비 계획이 사실상 실패한 것과 같았다.

그러나 소수의 병력으로써 수많은 여진족의 침입을 격퇴하고 50여 명만이라도 도로 찾게 된 것은 이순신의 공이었다.

그는 이날의 전투에서 여진족의 화살을 맞아 왼편다리를 상하기까지 했으나, 전투 중 군사들이 놀랄까 하여 몰래 화살을 뽑아 버리고 태연히 용전하여 여진족을 격퇴시켰던 것이다.

그런데 이순신의 전공을 어느 누구보다도 잘 알아야 할 병사 이일은 오히려 이순신을 죽이려고 했다. 그는 이순신의 녹둔도 증원군 요청을 묵살한 잘못과 그로 인하여 생긴 피해에 대한 책임이 자기에게 돌아올 것을 두려워 한 나머지 이순신에게 심한 형벌을 가하여 입을 막으려고 했다.

그리하여 이 일은 이순신을 병영(兵營)으로 소환했다. 이때, 이일의 군관으로 있던 선거이(宣居怡)는 이미 그의 심사를 잘 알고 있었으며, 또 이순신의 인품도 오래 전부터 잘 알고 있었으므로 이순신을 위로하고 싶었다.

이순신이 소환을 당하여 이일에게 출두할 때였다. 선거이는 이순신이 억울하게 심한 형벌을 받을 것을 근심하고 마지막 인사로서, 이순신의 손을 잡고 눈물을 흘리면서 말했다.

"술이라도 한 잔 마시고 마음을 가라 앉히고 들어가는 것이 좋겠소."

飮酒而入可也
음 주 이 입 가 야

이 말을 듣게 된 이순신은 벌써 이일과 선거이의 심중을 알 수 있었으므로 그는 정색하며 이렇게 말했다.

"생사(生死)는 하늘에 달려 있거늘, 술은 마셔 무엇 하겠소."

死生有命 飮酒何也
사 생 유 명 음 주 하 야

이 말을 들은 선거이는 너무나 가슴이 답답하여 또다시 이순신에게 말했다.

"그럼 술을 마시지 않으려면 물이라도 마시고 목을 축이시오."

酒雖不飮 水則可飮
주 수 불 음 수 칙 가 음

이때 이순신은 역시 태연하게 대답했다.

"괜찮소. 목이 마르지 않은데 물은 무엇 때문에 마시겠소."

不渴何必飮水
불 갈 하 필 음 수

이렇게 이순신은 조금도 두려운 기색을 하지 않고 이일의 앞으로 나아가자, 기다리고 있던 이일은 성낸 안색에 소리를 높혀 그에게 패전한 경위를 진술하라고 호통을 쳤다.

그러나 이순신은 조리 정연하게,

"내가 앞서 녹둔도의 수비 병력이 너무나 약하였기 때문에 여러 번 군사를 증원해 줄 것을 요청하였음에도 불구하고 병사께서 허락하지 않았던 것이며, 그때의 공문 서류가 여기에 있습니다. 조정에서 만일 이 내용을 알게 되면 나를 벌하지 않을 것입니다.

또 내가 힘껏 싸워서 적을 격퇴하고 적에게 포로가 되었던 백성들을 구출하였는데, 어찌 패전하였다고 말할 수 있겠습니까?"

이렇게 그는 올바른 실정을 토로하면서 말 소리나 동작이 조금도 흐트러지지 않았다. 이때, 이일은 오랫동안 아무런 응답을 못하였다. 다만 처음부터 모든 죄를 이순신에게 덮어 씌우려고 계획한 것이었으나 차마 형벌은 주지 못하고 그를 무조건 투옥(投獄)했다.

그 후 이일은 자기에게 유리한 작전보고서(作戰報告書)를 작성하여 조정에 올렸는데, 조정에서는 일선 지휘관으로부터의 보고서를 무시할 수 없는 처지였으며, 또 한편으로는 지난날 이순신의 공적을 보아 새로운 결단을 내려야만 했다. 이리하여 조정에서는 신중을 기하여 아래와 같은 명령을 내렸다.

"이순신은 패전한 사람으로 볼 수 없으니 '백의종군(白衣從軍)'[3]하여 공을 세우도록 하라."

이 백의종군은 나라에서 주어진 일체의 계급과 보직을 삭탈하여 평복(平服)으로 계급 없는 일개 군사로서 종군하는 것이었고, 일종의 죄인에 대한 벌칙이었다.

이순신은 자기 몸에 화살을 박아 두고 용전 분투한 댓가로 이 백의종군이라는 명령과 바꾼 것이었다. 그러나 그는 말 없이 일개 군사로서 떳떳이 종군했으며, 그 해 겨울에 여진족의 시전부락(時錢部落) 정벌에 공을 세워 특사를 받고 다음 해 6월에는 귀가하여 휴양을 하였다.

참으로, 이순신의 군인 생활은 출발부터 고충을 많이 겪었던 것이며, 그중에서도 이 북면에서의 생활은 참기 어려운 일을 참아 가면서 자신의 정력을 쏟았던 것이었다.

---

3 백의종군(白衣從軍) : 벼슬이 없는 사람으로 군대를 따라 전장(戰場)으로 감.

제6장

정읍 현감 시절

　이순신은 44세 때의 4월[1], 북변의 벼슬을 떠나 고향에서 약 6개월 동안 휴양했다.

　이때, 조정에서는 인재를 얻는 방책으로 불차탁용(不次擢用)의 탁발책(擢拔策)을 써서 무인(武人)을 등용하기로 하였는데, 이 불차탁용은 일정한 차례를 따지지 않고 뽑아 쓸 만한 사람을 천거하는 것이었다.

　그는 이 불차탁용에 응시하여 제2위로 천거되었으나, 아무런 임명을 받지 못하여 관직에 오르지 못하였는데, 그 이유는 몇몇 간신배

---

　1 4월 : 1588년(선조 21년) 4월.

(奸臣輩)들의 모함 때문이었다.

그러나 그의 나이 45세 되던 2월에 전라도 순찰사[2] 이광(李洸)의 군관으로 임용되었는데, 이는 이광의 특별 내신에 의하여 발령된 것으로 그에게는 10번째 맞이하는 근무처였다.

이때 이광은 이순신을 만나게 되자.

"그대와 같은 영재(英才)가 이렇게 뜻을 펴지 못하고 지내는 것은 참으로 가엾다."

하면서 그의 마음을 위로하고 다시 조정에 건의하여 조방장(助防將)을 겸임하게 했다. 이리하여 그는 발포 만호로 있을 때 파직을 당한 후 북변 생활을 거쳐 7년 만에 남쪽에서의 군관 생활을 하게 된 것이었다.

그런데 이순신이 전라남도에 있는 순천에 이르렀을 때의 일이었다. 그 당시 순천부사(順天府使) 권준(權俊)은 같이 술을 마시면서 비꼬는 말로,

"이 고을이 아주 좋은데, 그대가 한 번 나를 대신해서 다스려 보겠소?"

하고 자랑스러운 빛을 보였다. 그러나 그는 마음속으로 권준의 사람됨을 평가하면서 아무런 말을 하지 않았다.

그는 사실상 남쪽 생활을 다시 시작하면서부터 모든 사람들에게 존경의 대상이 되었으며, 그 해 11월에는 또다시 시위(侍衛) · 전령

---

2 순찰사(巡察使) : 이조 때 도내의 군무를 순찰하는 벼슬. 각 도의 관찰사가 겸임하였다.

(傳令) 및 여러 가지 증명 서류 등을 관찰하는 선전관(宣傳官)의 직책을 겸하게 되어 상경(上京)한 적이 있었다.

그러나 서울에서의 선전관 근무는 불과 1개월에 지나지 않았는데, 11월에 상경한 그는 12월에 전라북도 정읍(井邑) 현감(縣監)으로 발령되어 부임하였다.

이 현감은 지금의 작은 고을의 군수와 비슷한 것으로 그 당시의 품계는 종 5품이었고, 그로서는 11번째 맞이하는 근무처였다.

또한 그는 정읍 현감으로 부임하면서, 이웃 고을인 태인현(泰仁縣)의 현감을 일시 동안 겸임하게 되었는데, 이곳은 오랫동안 현감이 없어서 미결된 공문 서류가 산더미같이 쌓여 있었다.

이때 이순신은 태인현에 이르러, 그가 가진 문무겸전(文武兼全)의 영재를 발휘했다. 그는 공정하고, 또 지극히 백성을 사랑하는 마음으로 태인현의 실정을 조사함과 아울러 모든 미결 서류를 잠깐 동안에 정리하여 산더미 같은 사건들을 거침없이 해결했다.

그러자 그때까지 현감의 포악 때문에 지치고 허덕이던 백성들은 이순신을 태산같이 믿었고, 또 그들의 친부모같이 받들면서 서로들 만나면 이순신의 이야기를 하는 것이었다.

뿐만 아니라, 이들 백성들은 암행어사(暗行御史)가 그곳을 지나갈 때마다,

"이순신을 태인현의 정식 현감으로 임명해 주기를 바란다."

는 내용의 진정을 하기도 했었다.

그런데 이에 앞서 10월에는 정여립(鄭汝立)의 모역사건(謀逆事件)이 일어나서 온 나라 안이 공포 속에 휩쓸려 있었다. 이 사건은 그 당

시의 당쟁과도 결부되어 위로는 대신으로부터, 아래로는 백성에 이르기까지 수많은 사람들이 연좌되어 혹독한 고문을 받고 사형되거나 귀양갔다. 그리고 이 사건에 조금이라도 관련된 사람은 지위 여하를 막론하고 혹독한 형벌을 면한 사람이 거의 없는 실정이었다.

특히, 이 사건에는 전라도의 도사[3]였던 조대중(曺大中)도 연좌되어 있었다.

이순신은 전라도 내에 근무하고 있었으므로 그와는 편지 연락이 종종 있었는데, 그 뒤 조대중이 사건에 관련되어 그의 집은 금부도사(禁府都事)들에 의해서 수색을 당하고 수많은 서류 중에는 이순신이 조대중에게 보냈던 편지도 발견되었다.

이때 이순신은 전혀 모르고 있었으나, 잠시 서울로 올라가는 길목에서 조대중의 집을 수색하여 관계 서류를 갖고 상경하는 금부도사를 만나게 되었는데, 이 사람들은 일찍부터 이순신과 서로 친밀한 사이였으므로 매우 염려한 나머지 이순신에게 이렇게 말한 적이 있었다.

"당신의 편지가 이 수색물 중에 들어 있는데 당신을 위해서 뽑아 버리겠소."

이 말은 결국 편지 한 장으로 사건에 관련되어 심한 형벌을 받게될 가능성도 있으니 둘만이 알고 없애 버리는 것이 좋지 않느냐는 것이었다. 그러나 이순신은 너무나 태연했다.

3 도사(都事) : 도내의 사무를 보며, 지방 관리의 불법을 규찰하는 직책.

"안 되오! 지난날 조대중이 나에게 편지를 보냈기에 그 답장을 한 것이며, 그 내용은 서로 안부를 물은 것뿐이었소. 또한 그것은 이미 공물인 수색물 중에 들어 있는 것이므로 사사로이 뽑아 버리는 것은 옳은 일이 아니오."

昔者 都事送簡於我 我亦答之 只相問安而已 且己在搜中
석 자 도 사 송 간 어 아   아 역 답 지   지 상 문 안 이 기   차 기 재 수 중

私相拔去未安[4]
사 상 발 거 미 안

이순신은 이렇게 말한 후에 그 편지를 뽑아 버리지 못하게 했는데 편지 한 장으로 자신에게 불리한 일이 있을지라도 그것이 공물인 이상 공적으로 취급되어야 한다고 생각했다.

그가 서울에 도착하였을 때에는 오늘날의 장관과 같은 직책에 있던 정언신(鄭彦信)이 정여립의 사건에 연좌되어 옥중에 있다는 사실을 듣게 되었다. 정언신은 함경도 등지에서 이순신을 아끼고 사랑했던 상관이었고, 또 조정에서 무인을 추천할 때는 언제나 이순신을 앞세웠던 사람으로서 이순신도 역시 그를 존경하고 있었다.

그 당시는 사건과 관련된 사람들을 면회하거나 만나는 것은 매우 힘든 일이었고 또 혐의를 받을 가능성이 많았던 까닭에 사람들은 관련자를 만나는 것조차 회피하는 실정이었다. 그러나 이순신은 자신의 행동에 대하여 늘 떳떳했으며 세간의 이목을 꺼리지 않았다.

그는 정언신만은 인간적인 정의로써 꼭 문안을 드려야 한다고 생각하고 떳떳이 옥문(獄門)이 있는 곳으로 찾아갔다.

4 이충무공 전서 권9에서 인용.

그때 옥문 근처의 청사에서는 관리들이 동료들과 주연을 베풀고 있었는데, 이를 본 이순신은 묵과하지 않았다. 그는 이들을 향하여,

"죄가 있고 없는 것은 임금께서 가려낼 것이나, 한 나라의 대신이 옥중에 있는데 이렇게 청사에서 풍류를 즐기고 논다는 것은 잘못하는 일이 아니냐!"

라고 엄숙히 주의를 하자, 관리들도 그 자리에서 얼굴빛을 고치고 그에게 사과하였다. 이처럼 이순신은 강한 의지로 어느 곳에서나 옳지 못한 일에 대하여는 불굴의 신념을 가진 인간이었다.

이순신의 두 형은 일찍 돌아가고 어린 조카들은 모두 할머니의 손에서 자라고 있었는데, 그가 정읍 현감으로 부임할 때에는 어린 조카들을 모두 이끌고 갔다. 이러한 그의 사정을 본 어떤 사람들은 현감으로서 너무 많은 식구를 이끌고 오는 것은 '남솔(濫率)'이라고 비난했다. '남솔'이란 그 당시의 관리가 부임지로 갈 때에 부양 가족을 많이 이끌고 다니는 것을 말하며 이러한 일은 민폐를 막기 위하여 금하는 것이었고, 또 부양 가족이 너무 많으면 파면이나 품계를 낮추는 일도 있었다.

이때, 주위의 말을 듣게 된 이순신은 눈물을 흘리면서,

"내가 차라리 식구를 많이 데리고 온 죄를 입는 한이 있어도 이 의지할 데 없는 어린 것들을 돌보지 않을 수 없다."

吾寧得罪於濫率 不忍棄此無依[5]
오 령 득 죄 어 람 률 불 인 기 차 무 의

---

5 이 충무공 전서 권 9에서 인용.

라고 말하므로, 듣는 사람들도 모두 그의 따뜻한 인정에 감격하였다. 뿐만 아니라 그는 조카들을 자기의 자식보다 더 사랑하고 가취(嫁娶)[6] 도 자기의 자녀보다 오히려 먼저 시키고 자기 자식의 혼기(婚期)를 늦추기까지 하였다.

---

6 가취(嫁娶) : 시집 가고 장가드는 일. 혼인(婚姻). 결혼(結婚).

제7장

전라 좌수사 발령

훌륭한 인물은 혼란한 세상에서 나고, 또 혼란한 세상에서 온갖 고생과 쓰라림을 겪는다는 것은 예나 지금이나 다름이 없다.

이순신이 태어났을 때, 조선의 사회는 결코 평온하지 않았으며, 또 자라나서 벼슬살이를 계속하던 기간도 겉으로는 평온한 것 같았지만, 안으로는 당쟁(黨爭)으로 인한 일대 혼란과 불안만이 더해가고 있었다.

한편, 이순신이 정읍 현감으로 있을 때를 전후하여 일본에서는 도요토미 히데요시(豊臣秀吉)가 대륙을 침략할 의도에서 여러 번 조선에 사신을 보내어 위협하면서 국내의 정황을 정탐하고 있었으나, 조정에서는 이러한 외부의 움직임을 모르는 채 동서의 당파 싸움이 끊일 줄을 모르고 있었다.

얼마 후, 조정에서는 이순신을 평안북도에 있는 고사리진(高沙里鎭) 병마첨절제사(兵馬僉節制使)로 임명하였는데, 정읍 현감으로 부임한 지 8개월 후인 46세[1] 때의 7월이었고, 발령된 첨절제사는 품계가 종 3품으로서 현감보다 높은 벼슬이었다.

그러나 당색(黨色)에 끌리는 사간원 대간(臺諫)들의 반대로 말미암아 즉시 취소되고 말았다. 당시 대간들은 '변방 수령(守令)은 만 1년이 지나야 전직할 수 있다.'는 인사 법규를 표면상의 이유로 한 것이었으나, 그 뒷면에는 당쟁이 작용하고 있었던 것이다.

그런데 조정에서는 1개월이 지난 8월에 다시 정읍 현감 이순신을 평안북도의 만포진(萬浦鎭) 수군 첨절제사로 임명하였으나, 이것 역시 갑자기 대승진을 시킨다는 것은 부당하다는 이유를 들고 나온 대간들의 반대로 본직인 정읍 현감으로 유임되고 말았다.

이 후, 두 곳의 발령이 취소되기는 했지만, '나라가 위급하면 충신을 찾는다.'는 옛 격언과 같이 국란(國亂)을 눈앞에 둔 조정에서는 다음 해[2] 2월에 다시 이순신을 전라남도의 진도(珍島) 군수로 임명했다가 부임하기 전에 완도(莞島)의 가리포진(加里浦鎭) 수군 첨절제사로 임명했다.

그러나 이것마저 부임하기 전에 취소되고 다시 전라 좌수사[3]로 임

■

1 46세 : 1590년으로 임진왜란 발발 2년 전이다.

2 다음 해 : 1591년, 선조 24년임.

3 전라 좌수사(全羅左水使) : 전라 좌도 수군 절도사의 약칭.

명되었다. 이 좌수사의 발령은 1591년 2월 13일로서 임진왜란이 발발하기 14개월 전이었고, 이 좌수사의 품계는 정 3품으로서 그의 나이 47세 때의 2월이었다.

이리하여 이순신은 승진과 동시에 12번째의 근무처가 되는 여수로 부임하였다. 이 여수는 지난날 그가 발포 만호로 있을 때, 그를 벌주려던 성박 및 이용 등의 전라 좌수사의 군영이 있던 곳으로 그 당시의 이름은 전라 좌수영이었다.

그런데 이순신이 전라 좌수사로 임명되기까지에는 그의 어릴 때 친구이었던 유성룡의 힘이 매우 큰것이었다. 유성룡은 그 당시 조정에서 지금의 장관이나 총리와 비슷한 요직에 있었으면서 이순신을 추천하는 데 있어서는 조금도 주저하지 않았으며, 또 자신의 세력이 크게 꺾인 당파 속에서 4번이나 발령을 취소 당하는 고충을 겪으면서도 끝까지 임금의 마음을 움직여서 승진과 동시에 수군의 요직을 맡게 했던 것이다.

이러한 유성룡의 적극적인 활동은 이순신의 위인(偉人)됨을 너무나 잘 알고 있었기 때문이었다. 그러나 나라의 앞날을 생각하지 못한 조정의 일부에서는 그가 전라 좌수사로 발령된 후에도 두 번에 걸쳐 이순신의 발령이 부당하다고 반대를 했으나, 결국 선조(宣祖)의 재가를 받지 못하고 말았다.

확실히 이순신의 발령은 공명과 정의를 잃고 당쟁만 일삼았던 그 당시의 조정에서 수많은 물의를 일으킨 것이었으나 결과적으로는 그에게 국난을 막을 수 있는 기회를 준 셈이었다.

이순신이 좌수사로 발령을 받고 부임할 때 그의 친구 한 사람이 꿈

을 꾼 일이 있는데, 그 꿈은,

"하늘을 닿는 큰 나무 위에 수백 만이나 되는 헤아릴 수 없는 많은 사람이 몸을 의지하고 있는 데, 얼마 후 그 나무는 갑자기 뿌리째 흔들리어 장차 넘어질 단계에 이르자, 어디서 어떤 사람이 뛰어 나와 그 넘어져 가는 나무를 한 몸으로 떠받들어 세우므로 자세히 보니 그가 이순신이더라."

라는 것으로서, 인간 이순신의 진가를 말해 주는 것이었다.

그는 젊은 날에는 뜻을 펴지 못했지만, 일단 왜군들이 침범하였을 때, 남해안을 휩쓸면서 왜군을 섬멸하였던 그의 애국 일념은 쓰러지려는 조국을 지킨 굳센 방패가 되었던 것이다.

제3부

미래를 보는 지혜

제1장

조
선
과

일
본

"바다로 침입하는 적을 저지 격멸하는데 있어서는 수군(水軍)을 따를 만한 것이 없습니다. 수군 및 육군은 어느 한 쪽도 없앨 수 없는 것입니다."

이 말은 1592년에 해양 방어와 수군 활동의 중요성을 지적한 이순신의 장계 중에 씌어 있다. 그는 왜군의 침입을 방지하기 위하여 수군을 없애고 육상의 방비에만 주력하려는 조정의 그릇된 방침을 시정함과 동시에 수군이 왜 필요한가 하는 것을 무능한 조정의 관리들에게 깨우쳐 주었다.

이순신이 전라 좌수사로 임명된 1591년을 전후한 조선의 국내 정세는 극도로 혼란했다. 지배 계급 사이의 당쟁으로 인한 정치 기강(紀

綱)의 이완(弛緩)[1]과 전제(田制) 및 세제(稅制)의 문란 등, 여러 면에서 폐단이 나타나고 있었다.

특히 중앙에서의 당쟁은 곧 지방까지 번지어 온 국내는 정치적 불안 속에 놓여 있었으며, 부당한 관리 임명에 따른 부패상은 조정에 대한 민심(民心)을 이탈하게 하고, 외침(外侵)을 방어하기 위한 모든 체제가 해이(解弛)되어 중요한 병기마저 창고 속에서 녹슬고 있는 실정이었다.

뿐만 아니라, 그러한 실정을 조정의 일부 관리들이나 아니면 관심 있는 지식층이 지각(知覺)[2]하였다 하더라도 근본적으로 시정한다는 것은 이미 불가능한 형편이었고, 조정에서 내려지는 모든 시정책(施政策)과 방비에 관한 명령 등은 표면상으로만 행하여지고 있을 따름이었다.

또한, 국내의 실정을 어느 정도 파악한 조정에서는 여진족이나 왜적의 침입에 대비한다는 뜻에서 '비변사(備邊司)'를 상설 기관으로 설치하여 국방에 대한 강력한 방비책을 세우기도 하고, 유명한 이율곡은 병조판서로 있을 때 10만 명의 상비병 양성을 주장하기까지 하였으나, 관리들은 고식적(姑息的)[3]인 대책에만 만족하고 있을 뿐 미래를 위한 중요한 문제는 소홀히 하고 있었다.

물론 왜군의 침입에 대비한 전쟁 준비를 전혀 하지 않은 것은 아니었지만, 오랫동안 평온한 사회가 계속되었고 또 그때까지 있었던 전

---

1 이완(弛緩) : 느즈러짐. 풀리어 늦추어짐.

2 지각(知覺) : 알아서 깨달음.

3 고식적(姑息的) : 우선 당장에 탈 없이 편안함.

투라는 것이 남쪽과 북쪽에서 부분적으로 특정한 지역에 침입해 오는 소규모의 외적(外賊)을 상대하였던 것으로서 수십 만의 대군이 동원되는 전쟁이란 상상조차 할 수 없었다.

특히, 그 당시의 조선은 일본을 왜국이라 하여 문화적으로 멸시하는 전통적 자존심으로 말미암아 '왜적이 침입할 것이라.'는 경종이 여러 번 울려도 무방비 상태로 앉아서 큰 소리만 치고 있었다.

그런데 조선은 그 당시 육군과 수군을 막론하고 군부에 있어서도 조정의 부패상이 일선 지휘관들에게까지 영향을 미치었다. 이들 지휘관은 부과된 의무를 이행하여야 함에도 불구하고, 외면상의 위용만을 과시하면서 내부적으로는 군사들의 훈련과 군기의 정비 등은 하지 않았는데, 이러한 실정은 조정에서 형식적이나마 판단하고 있던 방비 상황과 비교도 할 수 없을 정도였다.

실례로서, 이순신이 조산보 만호로 있을 때인 1587년 2월에는 불과 18척의 왜적선이 전라도의 흥양(興陽)을 침범한 일이 있었으나, 수비장 이대원(李大源)이 전투를 계속하는 동안 인근에 위치한 수군들은 팔짱을 끼고 앉아서 보고만 있는 실정이었고 이 조그마한 사건은 조정의 관리들을 크게 놀라게 하였다.

한편 일본에서는 조선과 전혀 다른 형세가 전개되고 있었다. '전국시대(戰國時代)'라는 일대 혼란기를 거쳐 '도요토미 히데요시(豊臣秀吉)'라는 괴물(怪物)이 국내를 통일했으며, 이때 두각을 나타낸 도요토미 히데요시는 국내의 전란기를 겪는 동안·무기·무예 및 전법 등의 새로운 발전과 더불어 대륙에 대한 야망을 품고 있었다.

특히, 도요토미는 유럽(Europe) 사람의 내항(來航)으로 말미암아 군선(軍船)과 조총 등을 입수하게 되었으며, 이를 미래 전쟁에 사용하기 위한 대책을 강구하면서 우선 정보 활동을 전개하여 조선의 실정을 정탐한 후, 용의 주도한 침공 계획을 수립하려고 했다.

그는 1587년 쓰시마도주(對馬島主)를 통하여 다찌바나 야스히로(橘康廣)에게 조선 국내의 실정을 정탐하게 하는 한편 수호를 청하였다. 이때 서울에 들어온 다찌바나 야스히로는,

"도요토미 히데요시가 일본 국내를 통일했다는 사실과 그가 작년부터 중국을 침공하려고 한다."

라는 아주 위급한 내용을 전하고 '빨리 일본과 수호하기를 바란다.'고 했다.

그러나 조선에서는 당쟁을 일삼느라고 일본의 실정을 알아보려는 계획을 세우지도 않았으며, 단지 그들의 서사(書辭)가 거만하다는 말만을 회답할 따름이었다.

그리하여, 1차의 교섭에서 실패한 도요토미는 다음 해, 즉 1588년 쓰시마도주 소오 요시토모(宗義智)와 중 겐소(玄蘇) 등을 파견하여 조선의 허실을 엿보려고 했으나, 역시 아무런 목적도 달성하지 못했다.

이때에도 조선에서는 일본의 동태가 심상하지 않은 것을 짐작하면서도 확고한 대비책을 강구하지 못하고 막연하게 침략에 대비한 군비를 서두를 뿐이었다.

더구나, 소오 요시토모와 겐소 등이 조선의 조정에 바친 물품 중에는 그 당시로서는 최신형 무기인 조총(鳥銃)이 있었으나, 그대로 무기고에 넣어 둔 채 이를 이용해 보려는 생각을 못했으며, 3년 후 왜군이 침입하자 이 조총을 찾는 실정이기도 했다.

그런데 뒤이은 소오 요시토모 등의 끈덕진 교섭과 더불어 조선에서는 '일본의 동태를 보고 오는 것도 실계(失計)될 것은 없을 것이다.'라는 일부 뜻있는 관리들의 건의에 의하여 1590년 3월에는 소오 요시토모와 함께 일본으로 통신사(通信使)를 파견했다.

그러나 중대한 사명을 띠고 일본의 실정을 탐지하여 1년 만인 다음 해 3월, 즉 이순신이 전라 좌수사로 부임한 다음 달에 돌아온 이들 통신사 일행 중에 정사(正使) 황윤길(黃允吉)은 선조에게,

"일본은 병선을 준비하고 있습니다. 반드시 왜군의 침입이 있을 것입니다."

라고 보고한데 반하여, 부사(副使) 김성일(金誠一)은

"신은 그러한 정세가 있는 것을 보지 못했습니다. 윤길이 국민의 마음을 동요시키는 것은 옳지 못합니다."

라고 말하기까지 하였는데, 두 사람의 보고가 달리 나오게 된 이면에는 당파의 힘이 작용하고 있었다.

그리고 이들 통신사가 조정에 제출한 도요토미의 서신 중에는

"군사를 거느리고 중국의 명나라에 침입하겠다."

는 구절이 분명히 씌어 있었으며, 그 후에도 일본의 사신이

"명을 정벌하러 갈 길을 빌려 주지 않으면 전쟁을 일으키겠다."

고 위협하기도 했다.

이러한 일본 사신의 통고와 통신사의 귀국 보고 내용을 조선에서는 소홀히 취급해서는 안 될 중대한 문제였다. 그러나 냉정하게 판단하여야 할 조정의 관리들 중에는 대부분이 부사 김성일의 무사론(無事論)에 찬의를 보이면서 만약의 경우를 생각하여 방비책을 논의하기

도 했다.

그 당시 조선에는 수백 년 전부터 전통을 이어온 수군이 있었는데도 불구하고 조정에서는,

"왜군은 해전에 능숙할 것이나, 상륙한 후에는 우리가 유리할 것이다."

라는 판단을 내리고 육상 방비에만 전력할 것을 결정하였다.

이는 바다를 건너 오는 왜군에게 해상 전투를 회피하고 육상에서 결전을 해보자는 것이었다.

그런데 위의 결정에 따라 경상도와 전라도 등지의 방어 시설을 철저히 수보(修補)⁴하도록 명령하기는 했으나, 역시 군정의 문란으로 말미암아 새로 쌓아올렸다는 성들이 두세 발 정도에 지나지 않았고, 왜군이 건너지 못하게 했다는 참호도 어린아이가 뛰어 넘을 수 있는 정도였는데, 이러한 형식적인 준비마저 부역에 종사하는 백성들의 원성이 높아진다 하여 중지하기에 이르렀던 것이다.

그러나 조선에 비하여 일본은 철저한 준비를 하고 있었다.

도요토미는 1591년 1월에 국내의 각 지방에 있는 영주(領主)를 모아 놓고 자신의 대륙 침략 계획을 밝혔다. 그는 각 영주들에게 각각 경제력에 의한 소정의 함정을 건조하게 하고, 군사를 징발 훈련하여 다음 해, 즉 1592년 3월까지 큐우슈우(九州)의 북단에 있는 나고야(名古屋)에 집합하도록 엄중히 지시했다.

도요토미는 다시 3월에는 이들 영주들에게 병사들이 먹어야 할 대

----

4 수보(修補) : 수리하거나 보수함.

량의 군량 준비를 명하고, 그 해 8월에는 대륙 침공의 본거지를 나고야로 결정하는 등, 자기 자신이 직접 침공 도상에 오를 준비를 서두르고 있었다.

그래서 전혀 전쟁 준비를 하지 못하고 무방비 상태에 놓여 있는 조선과, 국내의 분열을 통일하여 무력을 강화하고 대대적인 침공 준비를 하고 있는 일본을 전략적으로 볼 때, 이미 전쟁은 시작하기 전에 조선의 패망을 결정 짓고 있는 것이기도 했다.

제2장

전
라
좌
수
영

국정의 문란으로 모든 관리들이 자신의 향락만을 앞세우고 있을 때, 전라 좌수사로 부임한 이순신은 군인으로서 맡은 바 직무를 수행하는 데 온 정력을 기울이고 있었다.

물론 맡은 직무를 완수한다는 것은 공인(公人), 즉 군인으로서 당연한 일이라고 하겠지만, 극도로 문란된 당시의 세정을 물리치고, 일본의 동태를 올바르게 판단하고, 자기의 권한으로 할 수 있는 데까지 굳건한 신념에 의하여 임전 태세를 철저히 한다는 것은 쉬운 일이 아니었다.

더구나, 무능했던 조정의 국방 정책은 일관하지 못했다. 일본의 침입을 눈앞에 두고서도 민심을 동요시킨다는 이유로 진행 중에 있는 방비 시설을 중지하라는 지시를 내리는가 하면 육군 장수 신입(申

砬)은,

"수군을 없애고 다만 육전에만 전력을 기울여야 한다."

하는 내용의 장계를 올리는 등, 일선 지휘관으로서는 일을 어떻게 해야 좋을지 갈피를 잡을 수 없는 실정이었다.

그러나 좌수사 이순신은 자신의 올바른 판단에 의해서 소신대로 일하는 사람이었다. 그는 먼저 좌수영부터 전쟁 준비에 만전을 기하게 하는 한편 군기를 바로 잡는 일에 착수했다.

그의 일기에 의하면, 진해루[1]에 앉아서 명령이나 지시만을 내리지 않았다. 어릴 때부터 활동적이었던 그는 관하의 5개 진(鎭)을 수시로 순시하여 전선·무기·병사(兵舍) 등의 불비된 부분을 보수하게 하고, 군사들에게는 철저한 훈련과 점검을 실시하면서 앞으로 닥칠 문제들에 대책을 구상했다.

그러나 말없이 스스로 실천하는 그에게는 보다 큰 고민이 있었다.

당시 좌수영 관하의 군사들은 거의 대부분이 고된 근무와 훈련에 대한 불평을 하고 있었으며, 또 제 몸만을 아끼려는 뜻에서 나라의 앞날을 모르는 채, 거의 피동적으로 움직이고 있었다. 이러한 일반적인 심리를 파악한 이순신은 이들에게 정신 무장을 강화할 필요성을 절실히 느꼈다.

그는 수사(水使)라는 직책으로써 엄격한 명령과 지시를 내릴 수 있었고, 또 명령을 위배하는 군사를 중형(重刑)에 처할 수도 있었다. 그러나 모든 일을 명령과 지시만으로 수행하지를 않았다.

---

1 진해루(鎭海樓) : 사무실 또는 회의실과 같은 것.

진남관(鎭南舘) 전경

　그는 위엄있는 몸가짐과 말로써 보다 인간적인 면으로 접근하여 군사들의 그릇된 생각을 고치려고 노력했으며, 스스로 앞장서서 모든 군사들과 같이 일하면서 위로와 격려를 하기도 했다.

　그리하여, 전라 좌수영 관하의 군사들과 관리들은 점차적으로 스스로 맡은 직무에 충실하게 되고, 나아가서 자기에게 맡겨진 임무의 중요성과 더불어 나라의 앞날이 위급함을 뼈저리게 느끼면서 근무하는 것이었다. 그러나 오랫동안의 타성에 젖은 군사나 관리들의 습성을 하루 아침에 없앨 수는 없었으며, 장기간에 걸친 꾸준한 노력과 훈련을 해야만 했다.

　이순신은 군사들의 훈련을 위한 연병장으로서 지금의 여수시 동편에 자리잡고 있는 오동도(梧桐島)를 선정했다. 불과 32정보 정도의 조그마한 섬이었지만, 이곳에서 그는 군사들의 심신을 단련하게 하고, 위급할 때 용감히 나아갈 수 있는 자세를 확립하면서 새로운 전술을 구상하곤 하였다.

이러는 동안, 그는 무슨 일이든지 자기가 지시한 일에 대하여는 반드시 수시로 순시 또는 점검하여 맡은 직무를 태만히 한 군사 및 관리들은 처벌하는 반면, 자기 직무를 완수한 군사들에 대하여는 시상하는 일을 잊지 않았다.

특히, 그는 병선을 보수하지 않고 사리(私利)를 탐하는 자, 또는 백성들에게 해를 끼치는 자는 그의 일기에서,

"〈생략〉 방답 병선 군관과 색리[2]들이 병선을 수리하지 않아 곤장[3]을 때렸다. … 〈생략〉 … 성 밑에 사는 토병(土兵) 방몽세가 석수(石手)로 선생원[4] 돌 뜨는 곳으로 가서 이웃집 개에게까지 피해를 끼치므로 곤장 80대를 때렸다."[5]

하는 바와 같이 가차 없이 곤장으로써 처벌하기도 하였다.

이렇게 이순신은 군사 및 관리들의 동태를 파악하면서 거의 매일 전비(戰備)[6]를 강화하는 데 전력을 기울였다. 지금은 일요일이 있어서

---

2 색리(色吏) : 감영 또는 고을의 아전을 말한다.
3 곤장(棍杖) : 형구(刑具)의 하나. 버드나무로 넓적하고 길게 만들어 군법을 어긴 죄인의 볼기를 치는 것.
4 선생원(先生院) : 여천군 율촌.
5 임진 일기 1월 16일.
6 전비(戰備) : 전쟁의 준비.

1개월 동안에 4일을 휴식할 수 있지만, 그 당시는 휴일마저 없는 실정이었다. 단지 이순신이 공무를 보지 아니한 날은 국기일(國忌日)이라 하여 돌아간 임금이나 왕후의 제삿날과 친형의 제삿날 등이었다.

그의 일기에 의하면, 이 국기일은 1월부터 4월까지 명종 왕후 심씨의 제삿날을 비롯하여 불과 7일밖에 없었다. 그러나 그 당시는 휴일을 찾을 수 있을 만큼 한가하지 않았다,

그는 좌수영의 방어를 위하여 많은 쇠사슬과 쇠사슬을 매는 데 사용되는 돌을 준비하게 하고, 신속한 연락을 위하여 등화 설비로서의 화대(火臺)를 만들어 중요한 지점에 배치하기도 했다.

또한 지금도 전해지고 있는 북봉연대[7]까지 직접 순시하여 축대가 잘 되어 있는지를 확인하고 반가워한 적도 있었으며, 전선을 매어 두는 돌도 석인(石人)이라 하여 마치 사람이 서 있는 것 같은 형상으로 만들어 멀리서 보면 감시병으로 오인하도록 했다.

이러한 그의 기초 준비는 지금에는 아무것도 아닌 것으로 해석될 수 있을지도 모르지만 그 당시로서는 아주 특출했던 것이다.

한편, 이순신은 매월 1일과 15일 새벽에는 반드시 망궐례[8]를 행하고 그날의 공무를 보았으며, 공무를 끝마친 뒤에는 자신의 무술 연마를 위하여 활 쏘는 연습을 했다. 활 쏘는 연습을 한다는 것은 지금에 비하면, 사격 훈련과 같은 것으로서 아랫 사람들에게도 연습하게 하

---

7 북봉연대(北峯烟臺) : 일종의 신호대. 불로써 불의에 사태를 연락하는 방법의 하나.

8 망궐례(望闕禮) : 지방에 있는 관리들이 1일과 15일에 대궐을 향하여 멀리 임금께 절하는 예를 말한다.

였으며, 때때로 편을 갈라 활을 쏘게 한다든가, 아니면 활쏘기 시험을 시행하여 활 쏘는 의욕을 갖도록 했다.

지금에는 지휘관이 대포나 소총을 직접 쏘는 것은 아니지만, 그 당시는 지휘관과 모든 군사들이 직접 전투 지구에서 반드시 간직해야 할 주병기(主兵器)가 활이었다. 또 활을 잘 쏘아야만 무인으로서의 행세를 할 수 있었던 것이다.

때문에, 이순신은 솔선수범하여 연습을 함으로써 부하들이 따르도록 했으며, 이와 같은 꾸준한 연습은 뒷날의 해전(海戰)을 승리하게 하는데 지대한 영향을 준 것이었다.

또한 이순신은 밤이면 일기를 빠짐없이 적으면서 다음 날의 계획을 세웠다. 이 계획은 모두 앞으로 닥칠 왜군의 침범에 대비하는 것이었다. 때문에 무기나 전선 등을 준비하는데 있어서도 막연하게 옛것을 따르지 않았다.

그는 '앞으로 왜군이 침범해 오면 어떤 형태의 해상전이 전개될 것인가?' 하는 문제를 검토하여 보다 강하고 새로운 형태의 전선(戰船)을 고안하여 만들게 하였는데, 이것이 역사상 유명한 거북선이었다.

뿐만 아니라, 그는 그때까지 있었던 전선의 철저한 보수와 아울러 그때까지도 해전상의 주병기로서 많이 사용하지 않았던 화기, 즉 천(天)·지(地)·현(玄)·황(黃) 등의 각종 총통과 함께 그러한 총통에 사용할 대장군전(大將軍箭)·장군전(將軍箭)·장편전(長片箭)·피령전(皮翎箭)·화전(火箭) 및 철환(鐵丸) 등을 준비하였는데, 이러한 화기들을 효과적으로 사용하기 위하여 수많은 화약을 준비하느라고 골몰하였다.

참으로, 이순신은 맡은 바 직무를 성실히 완수한 군인이었고, 미래를 똑바로 내다 본 위인이며, 나라와 겨레를 죽음 속에서 구출한 성장(聖將)이었다. 임진왜란 직전까지 그의 예지에 의한 피눈물나는 노력의 댓가가 결국 다음 날의 해전에서 왜군을 격멸할 수 있었던 것이었다.

그러면, 여기서 그 당시 이순신의 고충과 해전 상황을 확실히 알아보기 위하여 우선 여러 화기의 규모와 성능을 찾아보면 아래와 같다.

천·지·현·황이라는 말은 총통(포)의 구경과 중량 등의 크기에 의하여 순차적으로 붙혀진 명칭이며, 겉으로 본 형태는 모두 비슷하였다.

현재 박물관에 보관되어 있는 임진왜란 전후의 현존품에 의하면,

① 천자총통(천마포)은 포신이 동으로 만들어졌는데, 길이가 1.3m이고, 무게는 295.8kg(493근)이며, 구경이 12cm이다. ② 지자총통(지자포)은 역시 포신이 동으로 만들어졌는데, 길이가 1.17m이고, 무게는 285.6kg(476근)이며, 구경이 10.2cm이다. ③ 현자총통(현자포)은 포신이 철로 만들어졌는데, 길이가 70cm이고, 무게는 240kg(400근)이며, 구경이 7cm이다. ④ 황자총통(황자포)은 현자총통과 같이 포신이 철로 만들어졌는데, 무게는 62.4kg(104근)으로 되어 있다.

그리고 1813년에 간행된 융원필비(戎垣必備)라는 책에는 좀 다르게 설명되어 있다. 즉, 천자총통의 무게는 725.4kg(1,290근), 지자총통은 434.4kg(724근), 현자총통은 90kg(150근), 황자총통은 78kg(130근)으로 되어 있는데, 이 중에서 천자총통은 주로 대장군전(족장 7촌·무게 60근)을 발사하며, 지자총통은 장군전(족장 5촌·무게

33근)을, 현자총통은 차대전(次大箭 · 족장 5촌 · 무게 7근)을, 황자총통은 피령전(족장 4촌 · 무게 38근)을 각각 발사하도록 되어 있다.

이 밖에도 천자총통은 수철연의환(水鐵鉛衣丸 · 무게 13근)과 단석(團石)을 발사하고, 지자총통은 수철연의환(무게 8근)과 단석 및 조란환(鳥卵丸) 200개를 일시에 발사하고, 현자총통은 수철연의환(무게 1, 3근)과 단석 및 조란환 100개를 발사하고, 황자총통은 수철연의환(무게 13량)과 철환 100개를 발사하도록 되어 있다.

그런데 여기서 말하는 수철연의환은 무쇠로 주조하여 그 위에 연을 입힌 것이며, 단석은 돌을 둥글게 마정(磨精)한 것으로서 이들 수철연의환이나 단석은 주로 적선을 파괴하는 데 사용했다. 그리고 조란환은 새알만한 철환(鐵丸)으로서 주로 적선 위의 전투원을 사살하는 데 사용하였는데, 이러한 화기들은 한 번 발사하는데 소용되는 화약과 사정 거리는 아래 표와 같았다.

| 각 포의 사정 거리 및 소요 화약량 |

포종 피사물체	천자포	지자포	현자포	황자포
대장군전	1,200보			
장군전		800보		
차대전			2,000보	
피령전				1,100보
수철연의환 및 단석	10리	10리	10리	10리
※ 한 번 발사하는데 소요 되는 화약	1125그램 (30냥)	750그램 (20냥)	150그램 (4냥)	150그램 (4냥)

이상의 각종 총통과 화기 이외에도 이순신은 질려포(疾藜砲)·호준포(虎蹲砲)·승자총통(勝字銃筒) 및 대발화(大發火) 등을 제조 준비하였다. 그리고 이러한 화기류는 고려 말기부터 부분적으로 사용된 것으로서 이순신이 발명한 것은 아니었으나, 활과 칼을 위주로 하던 때에 각종 총통의 제작과 전선 건조에 신경을 쏟은 그의 공적은 매우 큰 것이었다.

왜냐하면, 실제 해전에서 그가 사용한 총통(포)의 효력은 그때까지 부분적으로 사용되어 오던 포의 위력을 실증함으로써 그 후의 해전 양상, 즉 주 병기인 활·창을 포로 대치하도록 전환해 주었기 때문이다.

수사로 부임한 지 불과 14개월 동안 조정의 별다른 지원 없이 전선을 건조한다든가, 혹은 철과 동을 수집하여 총통을 만들고 화약 등을 준비한다는 것은 기적이 일어나지 않는 한 불가능에 가까운 일이었다. 그러나 이순신은 불가능에 가까운 일을 그의 노력으로 가능하게 하여 조국의 앞날에 영원한 빛을 남겼던 것이었다.

한편, 이순신은 무과에 급제한 뒤부터 어떠한 병법 서적을 통하여 자신의 실력을 높였는지는 알 길이 없으나, 그의 일기 속에,

> "좌의정(유성룡)이 편지와 '증손전수방략(增損戰守方略)'이라는 책을 보내 왔다.
> 내용을 보니, 해전과 육전 및 화공(火攻) 등에 관한 전술을 낱낱이 써 두었다. 참으로 만고에 기이한 저술이었다."[9]

---

9 임진 일기 3월 5일

라고 한 것으로 보아, 해전과 육전에 관한 전술적인 면을 많이 연구
한 것 같다.

제3장

신기원을 창시한

거북선

이순신은 여러 가지 전쟁 준비를 계속하는 동안 그 당시까지 있었던 여러 해상전의 양상과 전선 및 병기 등의 이용 가치를 재평가함과 아울러 왜(倭) 수군의 장단점을 연구했다.

우리들이 알고 있는 바와 같이 16세기까지의 여러 해전은 거의 적의 배에 뛰어드는 전술(Boarding tactics)이나, 충각 전술(Ramning tactics)을 탈피하지 못하고 있었으며, 또 모든 전선들은 노범혼용(櫓帆混用)[1]으로써 속력이나 포 요원의 안전성이 매우 약하였다. 이러한 일반적인 전술을 곰곰이 생각해 본 이순신은 적으로부터의 공격을

---

1 노범혼용(櫓帆混用) : 노를 저어 가거나 바람을 받아 나아가게 하는 돛단배(속력이 느림) 두 가지를 섞어서 사용함.

방어하면서 적에게 최대한의 피해를 가하기 위하여, 비록 적의 대함대가 내습하더라도 몇 척의 전선으로써 그 속에 들어가 사방으로 적을 공격하여 교란할 수 있는 새로운 전선을 고안하였다. 이것이 바로 세계 사상 유명한 거북선이었다.

이러한 거북선에 관하여 그의 임진년[2] 일기에 의하면,

2월 8일 : "거북선에 사용할 범포(帆布) 29필을 받았다."

3월 27일 : "거북선에서 대포 쏘는 것을 시험하였다."

4월 11일 : "비로소 돛배를 만들었다."

4월 12일 : "식후에 배를 타고 거북선에서 지·현자포를 쏘았다."

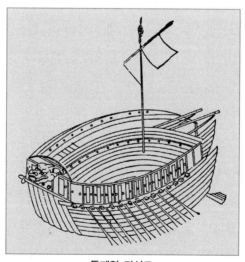

통제영 귀선도

2 임진년(壬辰年) : 1592년(선조 25년).

라고 한 바와 같이 임진왜란 직전까지는 거의 완성되었고 외부적인
모습과 성능 등에 관하여는 뒷날의 당포 해전을 보고하는 장계에서,

"신은 일찍이 왜적의 침입이 있을 것을 예견하여 별도로 거
북선을 건조하였습니다. 앞에는 용머리를 만들어 붙이고, 용의
입으로 대포로 쏘도록 하였고, 등에는 쇠못(鐵尖)을 꽂았는데,
안에서는 밖을 내다볼 수 있어도, 밖에서는 안을 들여다 볼 수
없습니다. 비록 적선 수백 척 속에라도 뚫고 들어가서 대포를
쏠 수 있게 되어 있습니다."

라고 하였다.

실로, 이 거북선은 그 당시 조정의 지시에 의하여 건조한 것도 아
니며, 또 그가 수사로 부임하기 이전부터 좌수영에 있었던 것도 아니
었다. 단지, 그의 새로운 착상(着像)에 의하여 여러 조선(造船) 기술자
와 군관인 나대용(羅大用)의 기술적 도움으로 건조된 것이었다.

한편, 거북선이라는 명칭을 가진 전선은 사실상 이순신보다 190
여 년 앞선 1413년[3]에 왜구를 격퇴하기 위하여 건조된 바 있었으나,
그 후 대일수호(對日修好)와 더불어 해상의 큰 변이 없어지면서 평온
한 시대가 계속되므로 지난날에 있었던 거북선은 차차 그 자취를 감
추고 말았던 것을 이순신이 다시 미래전을 위한 창의력을 발휘하여
당대무비(當代無比)의 불침전함(不沈戰艦)으로 등장하게 한 것이었다.

그러면, 이순신이 고안하여 건조한 거북선은 어떠한 구조와 성능

---

3 1413년 : 태종 13년.

을 갖고 있었던가? 이미 앞에서 언급한 이순신의 장계에서 대략 추측할 수 있겠으나, 그 보다 좀더 상세히 설명된 것으로는 그의 조카이며, 또 정유 재란 때 그를 따라 종군한 바 있는 이분(李芬)의 '이순신 행록' 에

"〈생략〉 거북선의 크기는 판옥선(板屋船)과 같고 위에는 판자로 덮었다. 판 위에는 십자형(十字型) 세로(細路)를 내어 사람이 통행할 수 있게 하고, 그 외는 모두 칼과 송곳을 꽂아 사방에 발 붙일 곳이 없도록 하였다.

앞에는 용머리를 만들어 그 입이 총구멍이 되게 하고, 뒤에는 거북의 꼬리를 만들어 그 꼬리 아래 총구멍을 내었다. 그리고 좌우에 각 6문의 총구멍을 내었는데, 그 전체의 모양이 대략 거북과 같으므로 그 명칭을 거북선이라 하였다. 적을 만나 싸울 때는 거적으로 송곳과 칼 위를 덮고 선봉이 되어 돌진하였다. 적이 배에 뛰어들어서 덤비려 하다가도 칼날과 송곳 끝에 찔려서 거꾸러지고, 또 포위하여 엄습하려면 좌우, 밑, 앞뒤에서 일시에 총을 쏘게 되므로 적선이 바다를 덮어 모여 들어도 거북선은 그 속을 마음대로 드나들었으며, 가는 곳마다 쓰러지지 않는 놈이 없었기 때문에 여러 번의 크고 작은 해전에서 이것으로써 대승리를 하였다."

라고 하였다. 이 기록 역시 그 당시 거북선의 크기와 외형적 특징 및 전투 능력의 대략은 말하고 있으나, 세부적인 척도(尺度)와 내부 구조에 대하여는 전혀 언급하지 않고 있다.

거북선의 내부 구조와 척도에 관하여는 이 충무공 전서(李忠武公全

書) 권수(卷首) 중에 거북선의 그림과 그 설명문이 실려 있다. 그런데 이 설명문은 이순신이 거북선을 건조한 1592년보다 200여 년 뒤인 1795년[4]에 편찬된 것이며, 지금으로부터 170여 년 전에 있었던 것으로 보여지는 통제영과 전라 좌수영의 거북선을 설명한 것으로서, 이순신이 활용한 거북선과 똑같은 것이라고는 말할 수 없다.

그러나 척도와 내부 구조에 대한 것으로는 유일한 문헌이며, 그 설명문 중에,

"통제영 거북선은 대개 충무공의 옛 제도에서 된 것이나 약간의 치수의 가감은 없지 않다."

라고 하였으므로, 이를 고려하여야만 보다 상세한 거북선의 모습을 그려 볼 수 있을 것이다. 그 설명문을 알기 쉽게 옮겨 보면 아래와 같다.

| 통제영 거북선의 제도 |

1. 밑판(속명은 본판)은 10매를 이어 붙였으며, 길이는 64척 8촌, 머리 쪽 넓이는 12척, 허리 쪽 넓이는 14.5척이며, 꼬리 쪽 넓이는 10.6척이다.

2. 좌우 현판(舷版)은 7매씩 이어 붙였는데, 높이가 7.5척이고, 최하 제 1판의 길이는 68척이며, 차례로 길어져서 최상인 제 7판은 길이가 113척이고, 어느 것이나 두께〔厚〕는 다같이 4촌씩이다.

4 1795년 : 정조 19년.

3. 노판(艫版)은 4매를 이어 붙였는데, 높이는 4척이고, 제2판 좌우에 현자포 구멍을 하나씩 뚫었다.

4. 축판(舳版)은 7매를 이어 붙였는데, 높이가 7.5척이고, 윗 넓이는 14.5척, 아래 넓이는 10.6척인데, 제6판 한가운데에 직경 1.2척의 구멍을 뚫고 치(舵)를 꽂게 하였다.

5. 좌우현에는 난간을 만들고, 난간 머리에 횡량(橫梁)을 건너 질러 뱃머리 앞에 닿게 하여, 마치 소나 말의 가슴에 멍에를 씌운 것과 같았다. 난간을 따라 판자를 깔고, 그 둘레에 패(牌)를 둘러 꽂았으며, 패 위에 또 난간을 만들었는데, 뱃전 난간 위에서부터 패 위 난간에 이르기까지의 높이는 4.3척이다.

6. 패 위 난간 좌우에 각각 11매의 판자(蓋版 또는 龜背版)를 비늘처럼 서로 마주 덮고 그 뱃등에 1.5척 정도 틈을 내어 돛대를 세웠다 뉘었다 하기에 편리하도록 하였다.

7. 뱃머리에는 거북 머리(龜頭)를 만들었는데, 길이는 4.3척이고, 넓이는 3척이며, 그 속에서 유황 및 염초(焰硝)를 태워서 벌어진 입으로 연기를 안개같이 토하여 적을 혼미하게 한다.

8. 좌우의 노는 각각 10개씩이고, 좌우의 패에 각각 22개씩의 포구에 구멍을 뚫었으며, 12개의 문을 만들었다.

9. 거북 머리 위에도 2개의 포구멍을 뚫었고, 그 아래 12개의 문을 만들고, 문 곁에 포 구멍을 각각 1개씩 두었다.

10. 좌우 복판(覆版)에도 또한 각각 2개의 포 구멍을 뚫었으며, 구(龜)자의 기를 꽂았다.

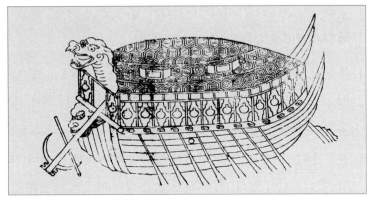

전라 좌수영 귀선도

11. 좌우 포판(鋪版) 아래 방이 각각 12간인데, 2간은 철물을 간직하고, 3간은 화포 · 궁시(弓矢) · 창 및 검(劍)을 간직하며, 19간은 군사들의 휴식소로 하였다.

12. 왼쪽 포판 위의 방 1간은 선장(船將)이 거처하고, 오른편 포판의 방 1간은 장령들이 거처하였다.

13. 군사들이 쉴 때에는 포판 아래 거처하고, 전투시에는 포판 위로 올라와서 포를 여러 구멍에 걸고 쉴 사이 없이 쟁여 쏜다.

| 전라 좌수영 거북선의 제도 |

"전라 좌수영의 거북선의 치수와 길이 및 넓이 등은 통제영 거북선과 거의 같으나, 다만 거북 머리 아래 또 귀두(鬼頭)를 붙였으며, 복판(覆版) 위에 거북 무늬를 그렸고, 좌우에 각각 2개씩의 문이 있으며, 거북 머리 아래 2개의 포 구멍이 있다. 현판 좌우에도 포 구멍이 각각 1개씩 있고, 좌우 뱃전에 각각 10개씩의 포 구멍을 내었으며, 복판 좌우에 각각 6개씩의 포 구멍이 있고, 좌우의 노는 각각 8개씩이다."

위에서 본 바와 같이 이순신 및 이분 등이 말한 거북선과 이 충무공 전서 중의 설명문을 비교하면, 외형상에 있어서 아래 표와 같이 용 머리가 거북 머리로, 또는 개판 및 포문 수 등이 조금 달리 되어 있음을 쉽게 알 수 있다.

| 거북선의 비교표 |

거북선의 종류 / 구분	이순신의 장계 (1592)	이분의 행록 (1592)	통제영 거북선 (1795)	전라 좌수영 거북선(1795)
선수면	용두를 붙이고 그 아가리로 포를 쏜다.	용두를 만들어 그 아가리는 총구멍이 되게 한다.	거북 머리를 붙이고 그 아가리로 연기를 낸다.	거북 머리 아래 또 귀두(鬼頭)를 붙인다.
개판(蓋版)	쇠못을 꽂았다.	십자 세로를 내고 그 외는 모두 칼과 송곳을 꽂았다.	판자를 비늘처럼 서로 마주 덮는다.	거북 무늬를 그렸다.
포문	?	14문	36문	74문

외형상에 있어서 포문 기타의 증가는 실제 해상 전투에서 그 위력이 실증됨에 따라 조금이라도 공격력을 강하게 하기 위한 것이었으나, 반드시 거북선의 형태가 크게 변한 것이라고는 볼 수 없는 일이다.

따라서, 척도와 내부 구조에 대한 유일한 사료(史料)인 이 충무공 전서 중의 설명문을 그림으로 그려 보면 지금까지 그림(통제영 및 전라 좌수영 거북선)으로 전해 오는 것과 같은 '둥근 형태의 전선' 이 아니고, '좁고 길죽한 전선(戰船)' 이었음을 알 수 있다.

이순신이 활용한 거북선은 위의 기록에서와 같이 돌격선의 역할을 한 것이었으나, 임진왜란 때 건조하여 실제 전투에 사용된 척수는 불과 3척 정도에 지나지 않았다. 그 당시의 판옥선(전선) 같은 것을 새롭게 개장(改粧)한 것이었으나 그리 쉬운 일은 아니었으며, 오직 이순신의 피와 땀으로써 건조된 것이었다.

그리고 거북선의 승선 인원에 관하여는 실제로 거북선을 건조한 바 있는 나대용의 상소문 중에서,

"거북선은 사부(射夫)와 격군(格軍)[5]의 수가 판옥선의 125명
보다 적지 않은 까닭에 사부도 역시 불편합니다."

라는 내용과 이순신의 장계에서,

"한 척의 전선[6]에 충당하여야 할 130여 명의 군사를 보충할
길이 없어 더욱 민망스럽습니다."

라고 보고한 것을 보아, 최소한 125명 이상인 130여 명으로 충만되어 있음을 알 수 있으며, 그 밖에 속력 문제에 관하여는 지금의 전함과 같은 기계력 추진이 아닌 노 범선이었으므로 일정한 속력을 갖지를

---

5 격군(格軍) : 이조 때의 수부(水夫)의 하나로, 사공(沙工)의 일을 돕는 사람.

6 전선(戰船) : 판옥선과 거북선 등을 이름한다.

않았다. 그런데 기록을 통하여 여러 전선과 같이 행동한 순항 일시와 순항 거리 등을 조사해 보면 보통 6놋트 정도를 벗어나지 못하였다.

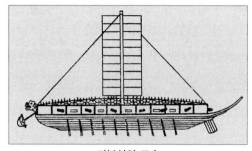
거북선의 모습

한편, 위에서 본 바와 같이 거북선은

"철판을 입혔다는 명확한 기록이 보이지 않는다."

하여 철갑선이 아니었다고 말하는 사람들도 있다. 그러나,

"등에는 쇠못을 꽂았으며, 또는 칼과 송곳을 꽂아 사방에 발 붙일 곳이 없도록 하였다."

는 말은 곧, 철갑으로 보아야 할 것이다. 왜냐하면, 세계 최초의 철갑선도 그 당시의 포격에 의한 전선 위의 파손을 방지하기 위하여 갑판 상의 일부에만 철갑을 입혔던 것이며, 또 지금의 전함과 같은 개념에서 철갑선을 구분하는 것이 아니기 때문이다. 확실한 시대의 출처를 알 수 없지만, 일본측의 기록에,

"철로써 요해(要害)[7]되어 있다."

"적선(거북선)은 전부 철로써 입혀 있었기 때문에 우리(일본)의 포로서는 손상시킬 수 없었다."

하는 말은 곧, 거북선의 등에 빈틈 없이 꽂힌 쇠못을 가리키는 것이라고 할 것이다. 확실히 이순신의 거북선은 당시 세계에서는 획기적인 것이었고, 또 근대 전함과 거의 같은 개념을 가진 전투함이었다.

7 요해(要害) : 몸의 중요한 부분. 즉 배(거북선)의 중요한 부분.

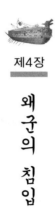

제4장

왜군의 침입

이순신이 전비 강화를 위하여 심혈(心血)을 기울이고 있을 동안, 조선의 실정을 정탐하면서 침략 준비를 서두르고 있던 도요토미는 1592년 3월에 출동 명령을 내렸다. 병력은 16만여 명의 병사와 9천여 명의 수군으로써 제1진부터 제9진까지 편성되어 있었으며, 선박은 700여 척이었다.

이들 중, 제1진은 코니시 및 소오 요시토모가 거느리는 최선봉대로서 그 인원은 1만 8천여 명이었다. 이들은 쓰시마(對馬島)의 대포(大浦)에 이르러 근 1개월 동안 재정비한 후, 4월 13일 8시경 대포를 출항하여 부산으로 향했다. 이날은 맑은 날씨였고 군사들은 의기 양양한 모습이었다. 근 10시간의 항해를 한 이들은 그날 무사히 부산 바깥 바다에 도착했다. 그러나 해가 저물어 일단 바다 위서 3개진으로 나누어 하루의 휴식을 가진 후, 14일 아침부터 부산성(釜山城)을 향하여 대대적인 상륙작전(上陸作戰)을 개시했다. 이들은 그 당시의 주병기였던 창·칼·활 등과 신병기인 조총(鳥銃)을 갖고 함성을 울리며 공격했으며, 7년 동안의 침략 전쟁이 막을 올렸던 것이다.

공격을 받은 부산성에서는 첨사 정발(鄭撥)의 지휘하에 항전(抗戰)을 계속했지만, 임전 준비가 허술했던 소수의 병력으로는 대세를 저지 격멸할 수 없는 일이었다. 이리하여 정발의 전사와 함께 성(城)은 함락되고 말았다. 같은 날 이들 왜군은 거칠 것 없이 인근의 서평포(西平浦)[1]·다대포(多大浦)를 점령하고, 이어 15일에는 동래를 점령하고, 17일에는 기장 및 양산 등지를 함락했다.

뒤이어 계속 상륙하는 제2진 이하의 후속 부대는 언양·김해·경주·창원을 쉽게 점령하고, 서울을 향하여 북상하기 시작했다. 이러는 동안, 조정에서는 17일에야 '왜군이 침입했다.'는 정식 보고를 접하였다. 경상 좌도의 수군을 버리고 도망친 박홍(朴泓)이 연락을 하게 된 것이었다. 그 당시의 교통이 불편했다는 이유도 있겠지만, 전쟁 준비에 등한시했다는 증거를 보인 것이기도 했다.

이때, 조정에서는 즉일로 중신 회의를 열고 긴급 대책을 강구하였다. 이들은 왜군의 북침(北侵)을 저지 격멸하기 위하여 3개의 방어 지역을 결정하고 해당 지휘관을 파견했다. 즉 전략적으로 중요한 중로(조령 방면)에는 이일(李鎰), 동로(죽령 방면)에는 성응길(成應吉), 서로(추풍령 방면)에는 조경(趙儆)을 각각 임명하여 방비하도록 했다. 그리

1 서평포(西平浦) : 동래군 사하면 구평리.

고 다시 신입(申砬)을 총지휘관 격으로 임명하여 이일의 뒤를 따르게 하고, 다시 유성룡으로 하여금 여러 장수를 독려하게 했다.

그러나 뚜렷한 전비 없이 순식간에 편성된 이들 조선군은 군사를 제대로 운용할 수 없었을 뿐만 아니라 철저한 침공 계획과 준비, 특히 조총이라는 신병기를 사용하는 왜군의 격침을 저지할 수 없는 일이었다.

그리하여, 이일은 4월 24일 상주에서, 신립은 28일 충주에서 각각 대패하였고, 임금은 의주로 피난하였다.

뒤이어, 승리에 도취한 왜군들은 함성을 울리면서 5월 2일에 서울을 점령하고, 6월 13일에는 평양을 함락하는 등, 조선의 강토는 불과 2개월 만에 거의 무너지고 말았다. 마치 B.C. 480년 페르샤(Persia) 전쟁(戰爭) 때, 페르샤군에게 아테네(Athene)를 점령 당한 그리이스(Greece)인의 서러움과 같이 국내의 각처에서는 비통한 울음 소리와 왜군의 발굽 소리가 요란하기만 했었다.

해상에 있어서도 '구기 요시다카(九鬼嘉隆)'와 '와키자카 야스하루(脇坂安治)', '토오도오 다카토라(藤堂高虎)', '카토오(加藤)', '쿠루시마(來島)' 등으로 편성된 왜수군들이 처음에는 쓰시마와 부산 사이의 경비를 담당하고 있었으나, 조선 수군으로부터의 심한 공격을 받지 않았고, 또 눈으로 조선 수군을 볼 수도 없는 실정이었으므로 와키자카 및 카토오 등의 수군 장수들은 육군장으로 전보(轉補)[2]되고, 일부의 수군 장수들이 그들의 육군과 합세하려는 의도에서 점점

2 전보(轉補) : 다른 관직에 보임(補任 = 옮겨 발령되다)됨.

서쪽으로 이동하고 있었다. 그리고 이들 수군 역시 그들의 육군과 같이 해안을 따라 침범하면서 약탈과 방화를 계속하는 등 침략자의 근성을 그대로 보여 주고 있었다.

그러면, 왜군의 침입을 먼저 발견하고 일단 저지책을 강구했어야 할 경상도의 조선 수군들은 무엇을 하였던가? 처음으로 왜군을 발견한 가덕진 첨절제사로 있던 '전응린(田應麟)'은 직속 상관인 경사 좌수사 박홍에게 통고하고, 또 박홍은 우수사 원균(元均)에게 연락을 하면서 응전책(應戰策)을 강구하는 것 같았으나, 앞에서 말한 바와 같이 박홍은 수군 세력을 집결할 수 있는 시간적 여유를 갖지 못하고 왜군의 공격을 받게 되어 육상으로 도주하고 말았으며, 그로 인하여 왜군들은 쉽게 상륙을 할 수 있었다.

우수사 원균은 임전 태세를 취하기는 했으나, 박홍의 도망과 함께 왜군의 세력이 너무 크다는 사실만으로 수군의 기지를 부하에게 맡기고 도주하여 버렸다. 이에 그가 거느리고 있었던 만여 명의 군사는 거의 흩어지고 말았으며, 100여 척의 전선마저 한 번 활용해 보지 않고 자침시켜 버렸다.[3] 실로, 중요한 지역을 담당하고 있던 이 두 수군 장수들이 왜군의 얼굴을 보기도 전에 도주하고 말았던 까닭에 초기 전국에는 중대한 영향을 미치게 된 것이었다.

"우수사 원균은 비록 수로(水路)는 멀다고 하지만 거느리고 있는 전선이 많았고, 왜군의 수많은 선단이 단 하루 동안에 총 집결하지는 않았을 것이므로, 단 한 번만이라도 조선 수군의 위세를 보이면서 응

---

3 징비록 권 2에서 인용.

전을 하였더라면, 왜군은 위세를 염려하여 육상에 있어서의 침공 작전을 지연시켰을 것이나, 그는 한 번도 공격을 시도해 보지 않았다."

이 말은 왜군이 침공할 당시 조정의 요직에 있었던 유성룡이 7년 동안의 전쟁을 회고하면서 남긴 '징비록' 중의 일절로서 그 당시 경상도 수군의 실책을 토로한 것이었다. 이처럼 조선은 육군이나 수군을 막론하고 왜군에 대한 전략적인 방비책을 등한시하고 있었다.

그런데 경상도의 수군들이 거의 도주했지만, 율포 만호 이영남(李英男)은 직속 상관인 원균에게,

"대장은 임금의 명령을 받아 수사가 되지 않았습니까? 이제 군사를 버리고 육지로 도주하면 후일 조정에서 죄를 물을 때, 무슨 말로 해명하려 하십니까? 그러니 전라도의 이순신에게 구원을 청하여 한 번 응전해 본 다음에 승리하지 못하면 그때 도주하여도 늦지 않을 것입니다."

라고 건의를 했다.

이로 말미암아 원균은 도주하는 중도에서 이영남을 이순신에게 보내어 구원을 청하기에 이르렀다.

이러한 때 토오도오 및 카토오 등이 거느린 왜의 수군들은 30여 척, 혹은 20여 척씩 소단위 부대를 편성하고 분산하여 웅천[4] 및 거제도 일대마저 진출하고 있었으며, 무능한 조정의 중신들은 막연하게 전라도의 수군, 즉 이순신과 중국의 구원병에 마지막 기대를 걸고 있을 따름이었다.

■
4 웅천(熊川) : 창원군 웅천면.

제5장

올바른 판단

이순신이 원균으로부터 위급한 공문을 접수한 것은 왜군들이 부산성을 점령한 다음 날, 즉 4월 15일 저녁이었다.

이날은 맑은 날씨였는데 공문의 내용은,

"〈생략〉 이 달 13일 하오 4시경, … 〈생략〉 … 왜선 90여 척이 부산포로 향하여 연달아 나온다. … 〈생략〉 … 좌수사(박홍)의 공문에 의하면, 왜선 150여 척이 부산포를 향하여 들어간다 하였는데, 이것은 해마다 오는 세견선(歲遣船)[1]은 아닐 것이므로 극히 걱정스러운 일이다. 〈생략〉"[2]

---

1 세견선(歲遣船) : 일본에서 물건을 싣고 와서 일부를 조정에 바치고, 일부를 매매해 가던 배.
2 임진 장초(壬辰狀草)에서 인용.

라고 하였다.

이는 왜선이 부산 등지에 출현한 것만은 틀림이 없었으나 왜군에 대한 보다 상세한 정황을 알기에는 불충분했다.

그러나 이순신은 왜군이 침입한 것으로 단정했다. 그는 즉시 전선을 정비하여 전투 태세를 갖추게 하고, 관하의 각 진포에는 공문을 돌려 엄격한 방비에 임하도록 하면서 한편으로는 이 사실을 상세히 써 조정에 장계를 올렸다.

그는 관찰사 이광(李洸)·병사 최원(崔遠)·전라 우수사 이억기(李億祺) 등에게도 공문을 발송하여 사변에 대비하도록 했으며, 이와 같은 그의 활동은 모든 육군과 수군이 일치 단결하여 침략군을 격멸해야 한다는 태도를 밝히고 있었다.

이어, 16일에는 경상도 관찰사 김수(金晬)로부터 공문을 받았는데, 그 내용은,

　"부산진이 함락되었소."

라는 경보였다. 이때 이순신의 심경은 분하고 원통함을 이길 수 없었다.

그러나 그는 자신의 분함을 참고 이와 같은 경보를 각 도의 병사(兵使)에게 빨리 알림으로써 새로운 대책을 강구할 것이라고 믿었다. 뿐만 아니라, 이 경보를 각 도에 알리면서 조정에서 또다시 장계를 올렸는데 끝머리에,

　"〈생략〉 신이 관할하는 좌도는 경상도와 더불어 일해상접(一

*海相摠*하여 적들이 침입하는 요해지로서 도내서 가장 중요한 지역이옵니다. …〈생략〉… 소속 각 고을에서 뽑혀 온 한두 패의 군사를 우선 재촉하여 성을 지키는 군사와 해전하는 군사에 각각 보충시키고, 모든 것을 정비하여 사변에 대비하나이다."

라고 하였다.

그런데 철저한 임전 준비를 서두르고 있는 그에게는 점점 좋지 못한 소식만이 전해지곤 했다. 17일에는 영남 우병사(嶺南右兵使) 김성일(金誠一)로부터,

"왜적이 부산을 함락시킨 뒤에 눌러 머무르면서 물러가지 않는다."

하는 공문과 이어 18일에는 경상 우수사 원균으로부터

"동래도 함락되었고 양산 및 울산의 두 고을도 조방장(助防將)으로서 입성했다가 모두 패했다."

하는 공문을 받기에 이르렀다. 이때 그는 그날의 일기에서,

"통분함을 이루 다 말할 수 없다. 병사와 수사들이 군사를 이끌고 동래 뒷쪽까지 이르렀다가 그만 즉시 회군했다고 하니 더욱더 원통했다."

라고 자신의 심경을 써 두었다. 마치 지금이라도 곧 경상도를 향하여 출전하지 않으면 견디지 못할 심정이었다. 그러나 그는 '감정에 사로잡힌 군사 행동은 반드시 실패하게 된다.'는 것을 명심하고 있었으며, 또 자신의 지위가 '수사'이며 수사는 단독으로 작전 행동을 하여

서는 안 된다는 것을 잘 알고 있었다.

그러기에 그는 스스로 치솟는 적개심을 억제하면서 조정에 대하여는 전황을 명석하게 분석하여 아래와 같은 내용의 장계를 올렸다.

"〈생략〉 같이 나가 싸우라는 조정의 명령을 엎드려 기다리면서 소속 수군과 각 처의 전선을 정비하고 대장의 명령을 기다리도록 하였으며, 감사 및 병사에게도 의논을 통하였습니다. 〈생략〉"

이는 근대적 의미에서의 전략 아래서 활동하려는 것으로서 침략군에 대한 일관성 있는 작전 명령을 바라고 있는 것이었다.

그런데 이때 이순신은 경상 우수사 원균이 보낸 이영남으로부터 구원의 요청을 받았다. 전선 100여 척과 만여 명의 군사를 버린 채 도망친 원균이 곤양[3] 등지에 이르러 이영남을 보내어 구원을 요청한 것이었다.

당시 이순신은 조정의 작전 명령을 기다리면서 원균의 군사 경력을 잘 알고 있었던 까닭에 원균만은 거제도 등지를 사수(死守)하고 있을 것으로 믿고 있었던 것이었으나, 이영남의 말을 듣고는 다시 실망과 불안에 사로 잡혀야만 했다.

경상도 수·육군이 모두 패배한 것을 알게 된 그는 '좌수영(여수)이 제1방어선'이 된다는 것을 판단했으며, 또 원균의 구원 요청에 관

---

3 곤양(昆陽) : 사천군 곤양면 성문리.

하여는 더욱더 신중을 기하지 않을 수 없었다. 그리하여 그는 이영남으로부터 경상도 수군과 왜군의 정황을 상세히 들은 뒤에 조용히 이렇게 말했다.

"우리가 각각 책임을 맡은 경계가 있는데, 조정의 명령이 아니고서 어떻게 임의로 경계를 넘어갈 수 있겠는가."

하여 조정의 명령이 있을 때까지 일단 원균의 요청을 거절하였다.

그러나 그 당시의 사정은 조정의 명령만을 기다리고 좌시할 수 없는 위급한 시기였고, 조정에서 명령이 내려진다 하더라도 통신 수단의 불편으로 빨리 받을 수 없는 실정이었다.

그러한 때, 즉각적으로 경상도 수군과 합세하여 왜군을 격멸하지 못하는 그에게는 보다 중요한 이유가 있었다. 그는 왜적들이 대군을 동원하고 있다는 점에서 아래와 같은 사항을 고려하고 있었다.

1. 사전의 치밀한 계획과 훈련 및 준비 없는 출전은 참패하기 쉬울 뿐 아니라, 인명(人命)과 전선을 손상시켜 다시 일어날 기회마저 잃어 버릴 가능성이 있다는 점.

2. 침략군의 세력과 침공 방향이 확실하지 않다는 점.

3. 전라도 방면으로 대대적인 침공이 있을 가능성이 있다는 점.

4. 군세가 약하므로 전라 우도 수군과의 연합 출전을 검토하고 있었다는 점.

5. 경상도 등지의 바닷길에 어두우므로 바닷길을 안내할 사람이 없이는 출전하기 곤란하다는 점.

그러나 위와 같은 이순신의 여러 가지 곤경은 점차적으로 해결되기 시작했다. 4월 20일에는 경상도 관찰사 김수로부터,

"적의 세력이 크게 성하여 부산·동래·양산이 이미 무너지고, 적들은 육지 안쪽으로 향하고 있으므로 본도(경상도) 우수사에게 전선을 모두 이끌고, 적선을 막기 위하여 바다로 나가도록 이미 명령하였기 때문에 도내의 각 진에는 남아 있는 전선들이 없소.

만일 경상 우도에서 불의의 일이 생기면 전라 좌도에서 즉시 와서 구원하게 하도록 조정에 장계를 올리고 명령을 기다리는 중이니, 그리 알고 감사나 병사(兵使)들에게도 의논하여 시행하도록 하여 주시오."

하는 내용의 공문을 받았다.

이에 이순신은 다시 관하의 각 진영에 병선을 정비하여 언제라도 출동할 수 있도록 지시하고, 그러한 내용의 공문을 감사 및 병사에게도 급히 알렸다.

그런데 경상도 관찰사의 공문을 받은 지 5일 후인 26일에는 조정으로부터,

"물길을 따라 적선을 격침하여 이미 상륙한 적들로 하여금 뒤의 일을 근심하게 하는 것이 가장 좋은 방책이다. 〈생략〉 조정은 먼 곳에서 지휘할 수 없으므로 … 〈생략〉 … 경상도와 상의하여 기회를 보아서 처리하도록 하라."

하는 내용의 유서[4]를 받았으며, 이어 27일에는,

■
4 유서(諭書) : 왕이 관원들에게 내리는 글. 즉 일종의 명령서.

"〈생략〉 그대가 원균과 합세하여 적선을 격파한다면 적은 파멸에 이를 것이니 … 〈생략〉 … 그대는 각 포구의 병선들을 독촉하여 급히 출전하여 기회를 잃지 말도록 하라. 그러나 천리 밖이라 혹시 무슨 뜻밖에 일이 있을 것 같으면 반드시 이에 구애하지 말라."

하는 두 번째의 유서를 받았다.

이러한 명령은 이순신이 그때까지 고민하고 있었던 '관할 지역 밖의 출전'과 '일선 지휘관으로서의 작전 지휘권'을 부여한 것이었다.

때문에 이순신은 먼저 도내의 군사 지휘권을 갖고 있는 관찰사·방어사·병사 등에게 유서의 내용을 낱낱이 알리는 한편, 경상도의 순변사·관찰사·및 우수사 원균 등에게는 작전상 필요한 사항 즉,

1. 경상도의 바닷길 사정

2. 두 도의 수군이 집결할 장소

3. 적선의 척 수 및 정박지

4. 기타 작전에 관련된 사항

등을 조속히 회답할 것을 요청했다.

그런데 그는 그것만으로써 만족하지 않았다. 보다 많은 전선이 필요하다고 단정한 그는 각 관포(官浦)⁵의 전쟁 기구를 다시 정비하여 명령을 기다리게 하고, 소속 5개 진(방답·사도·여도·발포·녹도)의

---

5 관포(官浦) : 국가의 포구〔浦口＝배가 드나드는 개(浦)의 어귀〕.

전선만으로는 약세(弱勢)하므로 수군이 편성되어 있는 순천·광양·
낙안·보성 등 5개 관포에도 통고하여 4월 29일까지 여수 앞 바다로
집결하도록 했다.

뒤이어, 우수사 이억기에게도 공문을 발송하여 연합 출전을 약속
하고, 출전을 위한 만반의 태세를 갖추는데 골몰했다.

이러는 동안, 이순신은 마음속으로 4월 30일 출전할 것을 결심하고
있었으나, 함대의 행동을 은폐하기 위하여 출전일시만은 극비밀로 했
다.

매사에 치밀했던 그는 29일까지 원균과 이억기로부터 아무런 회
신(回信)이 없을 때의 대책을 강구하고 있었으며, 경상도의 바닷길에
대한 안전한 항해와 왜적의 새로운 동향을 알기 위하여 29일 새벽에
는 경상도의 관할 지역인 남해군의 미조항(彌助項)⁶·상주포(尙州
浦)·곡포(曲浦)·평산포(平山浦) 등 4개 처에 순천 수군 이언호(李彦
浩)를 비밀히 파견하여 그곳의 현령(縣令)⁷·첨사(僉使)⁸·만호 등이
중로까지 나와서 바닷길을 안내하도록 연락을 취하였다.

그리고 이날 12시경에는 그의 예상과 같이 원균으로부터 공문을
받았는데, 작전상 필요한 사항을 요청한 공문의 회신이었다. 즉,

---

6 미조항(彌助項): 남해군 삼동면 미조리.

7 현령(縣令): 이조 때 종5품의 외직(外職) 문관으로, 고을 현(縣)의 으뜸 벼슬. 관찰
   사(觀察使) 밑에서 관내를 다스림.

8 첨사(僉使): 첨절제사(僉節制使)로 이조 때 각 진영(鎭營)에 속했든 종3품 무관 벼
   슬. 절도사(節度使)의 아래로, 병영(兵營)에 병마첨절제사(兵馬僉節制使), 수영(水
   營)에 수군첨절제사(水軍僉節制使)가 있음. 다만 목(牧)·부(府)의 소재지에는 약하
   여 첨사(僉使)라고만 일컬음.

"적선 500여 척이 부산·김해·양산강 등지에 둔박(屯泊)[9]하고 있으며, 연해안 각 관포의 병영(兵營)과 수영(水營)이 거의 다 무너졌으며, … 〈생략〉 … 나날이 적병은 증가하여 그 형세가 더욱 성해져서 … 〈생략〉 … 본영(우수영)도 또한 무너졌으니, … 〈생략〉 … 귀도의 전선을 남김없이 거느리고 당포[10] 앞바다로 급히 나와 주시오."

라는 내용으로서 그가 원하는 왜선의 척수·정박지 및 두 도의 수군이 집결할 지점 등을 명기하고 있었다.

---

9 둔박(屯泊) : 둔전(屯田)이나 둔답(屯畓) 등지에 군대가 머무름. 여기서는 배와 함께 주둔(駐屯 = 군대가 머무름)함을 말함.

10 당포(唐浦) : 통영군 산양면 삼덕리.

제6장

진
해
루
회
의

　원균과의 연락에서 두 도 수군의 집결 장소가 결정되었으나, 그때
까지도 이순신은 사실상 완전한 출전 태세를 갖추지 못하고 있었다.

　보성 및 녹도[1] 등지는 거리 관계로 전선과 군사들이 모두 집결되지
못하고 있었으며, 이미 들어온 대부분의 군사들도 경상도 등지의 출
전에 대한 참된 뜻을 모르고 있었다. 뿐만 아니라, 이들 군사들은 출
전에 대한 공포 분위기를 벗어나지 못하고 있었다.

　이러한 실정을 파악한 이순신은 우선 전선들이 모두 집결할 동안
군사들의 전의(戰意)와 경상도 등지의 출전에 대한 군론(軍論)을 귀일
(歸一)[2]시키려고 했다.

　1 녹도(鹿島) : 고흥군 도화면 녹둔도.
　2 귀일(歸一) : 나누어졌던 것이 한 군데로 귀착됨.

예나 지금이나 지휘관의 올바른 결심에 의한 명령에 의해서 작전이 수행되곤 하지만, 이순신은 전쟁에 있어서 자신의 태도보다 항시 부하들의 전의를 고려하고 있었다.

이번에도 그는 낙안 군수 신호(申浩)를 비롯한 여러 장령(將領)들을 진해루(鎭海樓)로 집합시켜 회의를 통하여 출전 의욕과 전의를 복돋우려고 하였다.

이 회의에서 그는 그때까지의 왜군들의 정황과 원균으로부터의 공문 내용 등을 설명한 뒤에 경상도 등지의 출전에 대한 여러 장령들의 숨김없는 의견을 제시하도록 촉구했다.

그의 정중한 말이 끝나자, 회의장은 한참 동안 잠잠했으나 이윽고 낙안 군수 신호를 비롯한 여러 장령들은,

"본도(전라도)를 수비하는 것이 옳고, 경상도 등지의 출전은 우리의 책임이 아니다."

하여 신중론(愼重論)을 주장했다. 그러나 이에 반하여 군관 송희립(宋希立)은,

"대적이 침입하여 그 형세가 마구 뻗치는데, 앉아서 외로운 성을 지킨다고 그 성이 보전될 수 없으니 출전하여야 하며, 출전하여 다행히 이기면 적의 기세를 꺾을 것이고, 또 불행하게 전사한다 하더라도 신하된 도리에 부끄러움이 없을 것이다."

하여, 출전론(出戰論)을 주장하였으며, 뒤이어 녹도 만호 정운(鄭運)도,

"평소에 국은(國恩)을 받고 국록(國祿)을 먹던 신하로서 이때에 죽지 않고 어떻게 감히 앉아서 볼 수 있을 것이오."

하여, 강력히 출전론을 주장하여 회의장은 한때 신중론과 출전론의

묵묵한 의견 대립으로 잠잠했다.

이때 부하들의 대립된 의견을 들으면서 마음속으로 내일(4월 30일) 출전한다는 것을 결정하고 있던 이순신은,

"적세가 마구 뻗쳐서 나라가 위급한 이때, 어찌 다른 도의 장수라고 물러 앉아 맡은 지역만 지키고 있을 것이냐!

내가 한 번 물어본 것은 우선 여러 장령들의 의견을 들어 보자는 것이었다.

오늘 우리의 할 일은 나아가 싸우다가 죽음이 있을 뿐이다. 감히 나아갈 수 없다고 반대하는 사람이 있다면 목을 베리라!"

라는 말로써 단호한 태도를 보여 출전을 결정하였다. 이로 인하여 마음속으로 확고한 태도를 갖지 못했던 대부분의 장령들은 이순신의 위엄있는 결정을 따르기로 맹세하면서 나라를 위하여 헌신(獻身)할 것을 결심하고, 다시 회의를 계속하여 출전에 필요한 사람과 여러 장령들의 위치 및 후방 방위장의 위치를 아래와 같이 결정하였다.

| 출전 장령의 위치 |

선봉장	경상도 장령 중에서 선정하기로 원균과 약속함.	
중위장	방답 첨사	이순신(李純信)[3]
좌부장	낙안 군수	신호(申浩)
전부장	흥양 현감	배흥립(裴興立)
중부장	광양 현감	어영담(魚泳潭)

3 이순신(李純信) : 1554~1611, 양녕대군의 후손. 시호는 무의(武毅).

유군장(遊軍將)	발포 가장	나대용(羅大用)
우부장	보성 군수	김득광(金得光)
후부장	녹도 만호	정운(鄭運)
좌척후장	여도 권관	김인영(金仁英)
우척후장	사도 첨사	김완(金浣)
한후장(捍後將)	군관	최대성(崔大成)
참퇴장(斬退將)	군관	배응록(裵應祿)
돌격장	군관	이언양(李彦良)
관찰사전령으로 전주로 갔기 때문에 미정	순천 부사	권준(權俊)

| 후방 방위장의 위치 |

이순신은 만일의 경우를 고려하여 전 함대가 출전한 뒤의 여수 즉, 모항(母港)의 방비를 위하여 우후 이몽구(李蒙龜)를 유진장(留鎭將)으로 정하여 여수를 수비하게 하고, 방답 사도[4] · 여도[5] · 녹도 · 발포 등 책임자가 출전한 진포에는 그의 군관 중에서 담략이 있는 자를 가장(假將)으로 임명하여 파견한 뒤에 4월 30일 인시[6]를 출전 시간으로 정하였다.

그런데 이순신은 예정된 4월 30일의 출전을 연기해야만 했었다. 이날 늦게 경상도의 남해 등지에 파견했던 이언호가 돌아와서 아래

4 사도(蛇島) : 고흥군 점안면 금사리.

5 여도(呂島) : 고흥군 점안면 여호리.

6 인시(寅時) : 새벽 4시경.

와 같은 뜻밖에 보고를 하였기 때문이었다.

　"남해현 내의 관청과 민가는 모두 비었으며, 창고와 무기도
지키는 사람이 없고 …〈생략〉… 현령 및 첨사도 모두 도망하고
없었습니다."

　이 보고는 그때까지 남해 등지 만은 안전할 곳으로 믿고 여러 가지
계획을 세웠던 이순신에게 커다란 충격을 준 것이었다.
　이언호의 보고가 사실이라면 경상도의 수군들이 모두 자취를 감춘
것이므로 30척도 못 되는 약세한 전선으로 단독 출전한다는 것은 위
험할 뿐 아니라, 그 도의 바닷길의 험하고 평탄한 것도 잘 알 수 없으
며, 바닷길을 인도하는 전선도 없고, 작전을 논의할 사람도 없으므로
언제 어떠한 큰 변을 당하게 될 지는 모를 일이었다.
　그리고 이 사실을 알게 된 관찰사 이광도 우수사 이억기에 명령하
여 그 도의 수군을 거느리고 이순신과 합세하도록 했다는 것이었으
나, 그 보다도 이 사실을 알게 된 군사들이 더욱더 불안한 기색을 보
이고 있는 것이었다.
　그리하여, 이순신은 위급할 때일수록 침착하여야 한다는 것을 되새기
면서 이억기 함대와의 동시 출전을 계획하고 예정 출전일을 연기하였다.
　그는 다음 30일에 출전 연기 사유를 보고하는 장계의 끝머리에 자
신의 심정과 결심을 아래와 같이 토로했다.

　"지난날 부산 및 동래 등지의 여러 장수들이 전선을 잘 정비
하여 바다에 가득 진을 치고 왜군을 습격할 위세를 보이면서

정세를 보아 힘에 알맞게 병법대로 진퇴하여 육상으로 기어오르지 못하게 했더라면 나라를 욕되게 한 환난이 이렇게까지는 되지 않았을 것입니다. …〈생략〉…

원컨대, 한 번 죽을 것을 각오하고, 곧 범의 굴을 바로 두들겨 요망한 기운을 쓸어 버리고 나라의 부끄러움을 만분의 일이라도 씻으려 하옵는 바, 성공 여부는 신이 생각할 바가 아닐까 하옵니다."

위와 같이 그는 죽음으로써 나라의 부끄러움을 씻을 것을 결심하였고, 그 댓가마저 바라지 않음을 밝혔던 것이다.

출전을 연기한 이순신은 나라의 앞날을 통탄하면서 다시 심복 부하이며 그의 군관인 송한련(宋漢連)을 남해 등지로 파견하여, 만약 이언호의 보고와 같다면 그곳에 있는 곡식과 무기 등은 왜군들이 이용할 가능성이 있으므로 모두 소각하도록 지시하고, 이억기 함대가 도착[7]하기까지 다시 출전 장령들과의 회의를 갖기로 했다.

5월 1일, 이날은 흐렸으나 비는 오지 않았다. 이순신은 진해루에 앉아서 배흥립·정운 등 여러 출전 장령들을 불러 들였다. 여기서 그는 앞으로의 중대한 작전 업무를 다시 토의하게 하고, 이들에게 국방 임무의 중대성을 재인식시켜 스스로 분격하여 출전할 수 있게 하면서 이억기 함대의 도착을 기다렸다. 이 두 번째의 진해루 회의의 결과에 대하여 확실한 내용은 알 길이 없으나, 그의 일기에,

"〈생략〉 진해루에 앉아 방답 첨사(이순신)·흥양 현감(배흥

---

7 30일에 우수영을 출발한다는 연락을 받음.

립)·녹도 만호(정운)들을 불러 들였다. 그들은 모두 분격하며 제 한 몸을 잊어 버리는 것이 과연 의사들이라 할 만하다."

라고 하였다.

그런데 다음 2일에는 남해 등지의 정찰을 마치고 돌아온 군관 송한연으로부터,

"남해 현감(기효근)이 미조항 첨사(김승룡)와 상주포[8] 곡포[9] 및 평산포[10] 만호들이 왜적의 소문을 듣고는 벌써 도망해 버렸고, 무기 등 온갖 물자도 죄다 흩어져 버려 남은 것이 없었습니다."

하는 실정을 재확인하고, 그날까지 이억기 함대의 소식이 전혀 없음에도 불구하고, 자신의 출전 계획을 변경하지 않을 수 없었다.

그는 남해의 실정과 전선의 약세함이 자신의 출전에 커다란 타격이 있다는 것을 알고 있었지만, '상륙한 왜군들이 곧 서울을 침범한다.' 는 소식을 접하였던 까닭에 빨리 이들 왜적의 바닷길을 차단하여 이미 상륙해 있는 그들의 진로(進路)를 견제하기 위해서 전라 좌수영 수군만의 출전을 결정하기에 이르렀다.

그리하여 2일 정오경에는 모든 전선을 여수 앞 바다에 집결시킨 뒤에 직접 전선에 승선하여 여러 출전 장령들과 함께 거듭 출전을 약속하였는데, 이때의 정황과 자신의 태도를 일기에서,

"〈생략〉 모두들 즐거이 나아갈 뜻을 품는데, 낙안(낙안 군수

■
8 상주포(尙州浦) : 남해군 이동면 상주리.

9 곡포(曲浦) : 남해군 동면 화계리.

10 평산포(平山浦) : 남해군 남면 평산리.

신호)은 회피하려는 뜻을 가진 듯한 것이 탄식스러웠다. 그러나 군법이 있는데, 설사 물러나 피하려 한들 될 말인가!"

라고 하였다. 그리고 이날 밤에는 작전 시의 암호를 아래와 같이 정했다.

"군호(암호)는 '용호(龍虎)'"

"복병은 '산수(山水)'"

이렇게 이순신은 대세를 판단하여 약세한 함대로써 단독 출전을 서두르고 있었는데, 다음 3일[11]에는 의기에 찬 녹도 만호 정운이 그를 찾아와서,

"우수사 이억기는 오지 않고 왜적은 점점 서울 가까이 다가가니 통분한 마음 이길 길이 없거니와, 만약 기회를 늦추다가는 후회해도 소용 없습니다."[12]

라고 조속한 출전을 건의하므로 이순신은 즉시 중위장 이순신(李純信)을 불러 '내일 즉, 5월 4일 새벽에 출전한다.'는 것을 밝히고, 우수사 이억기에게는 빨리 뒤를 따라오라는 공문을 발송했다. 이 5월 4일의 출전은 녹도 만호 정운의 출전 독촉에 힘 입은 바 있었으나, 이순신 역시 조속한 단독 출전을 결정하고 있었던 것으로서 그가 출전하게 된 목적과 비상한 각오를 장계에서,

〈생략〉 육지 안으로 향한 적들이 곧 서울을 침범한다 하므로 신과 여러 장수들도 분발하지 않는 이가 없습니다. 칼날을 무릅쓰고 사생(死生)을 결단하고, 돌아갈 길을 차단하여 적선

11 3일 : 1592년(임진년) 5월 3일.
12 임진 일기 5월 3일에서 인용.

137

을 쳐부순다면 혹시 뒤가 염려스러워 바로 돌아올 수도 있을 것이므로. 오늘 5월 초 4일 첫 닭이 울 때 출발하여 바로 경상도로 향합니다."

라고 하였다.

한편, 출전일을 하루 앞둔 5월 3일에는 새로운 사건, 즉 여도 수군 황옥천(黃玉千)이 집으로 도망친 사건이 발생했다. 출전한다는 이수선한 분위기 속에서 일부 군사들의 심정을 바로 황옥천이 행동으로 나타낸 것이기도 했다.

이때, 단독 출전을 결정한 이순신은 한 사람이라도 더 많은 인원을 확보해야 했었지만 그보다도 어수선한 군심(軍心)을 진정시켜야 한다고 결심했다. 그의 일기에 의하면,

"〈생략〉황옥천이 집으로 도망친 것을 잡아다가 목을 베어 군중(軍中)에 높이 매어 달았다."

하여, 군율 앞에서는 아주 냉정한 태도를 취하였으며, 또 명령을 위반하는 자와 도망치는 자는 이와 같이 처형된다는 것을 알렸다.

그는 7년 동안의 전쟁 중에 부하의 죽음을 애타게 슬퍼한 일이 한두 번이 아니었으나, 그 반면 황옥천과 같이 직결 처형을 단행한 부하도 한두 사람이 아니었다.

참으로 그는 부하를 내 몸같이 아끼며 두터운 사랑을 베풀면서도 군율 앞에서는 엄한 지휘관이었으며, 부하들로부터는 높이 존경을 받는 훌륭한 상관이었던 것이다.

제4부

바다의 영웅

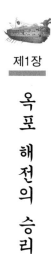

제1장

옥
포
해
전
의
승
리

　치밀한 계획과 사전의 전비 없이는 출전하지 않으려던 이순신은 5월 4일 축시[1]에 경상도로 향하였다. 특히, 축시의 출전은 왜군에게 함대의 행동을 은폐하려는 것이었다.

　그는 지금까지 전비를 강화하면서 정보의 수집을 비롯하여 부하의 사기 및 출전하는 군사들의 정신적 통일 등을 위하여 최대한의 노력을 경주했지만, 출전하는 군사들 중에는 한 사람도 해전을 체험한 군사가 없었다.

---

　1 축시(丑時) : 새벽 1시에서 2시 사이. 일기에는 질명(質明)이라 하였다.

이순신 자신도 전혀 해전의 경험을 갖고 있지 않았다. 단지 왜선을 격파하여 나라의 부끄러움을 씻는다는 굳은 신념만으로 출전하는 것이며, 나아가서는 적을 찾아서 격멸하여야 한다는 군인으로서의 사명감이 충만되어 있을 따름이었다.

그가 출전 시의 병선 수는 모두 85척이었으며 그 선종별 척수는 다음과 같았다.

판옥선(板屋船) 24척

협선(挾船) 15척

포작선(鮑作船) 46척

이 중에서 실제 능력을 갖고 있는 것은 판옥선 24척뿐이었다. 다만 협선은 소형 전선으로서 척후 및 추포(追捕)[2]의 임무를 수행하는 경쾌선(輕快船)이었으며, 다수를 차지하는 포작선은 조그마한 어선을 임시 개조하여 수송 및 연락 등의 임무를 수행하는 데 지나지 않았다.

그러나 이순신은 이들 전선을 효율적으로 편성하여 중부장 어영담을 물길의 안내자로 삼아 최선봉에 위치하게 하고 좌척후장 김인영과 우척후장 김완이 거느리는 척후선을 멀리 내보내어 왜선의 동태를 정찰하게 했다.

척후선으로부터 적선의 유무와 그 동태에 대한 보고를 받으면서 나아갔다. 이순신은 적을 격멸하려면 먼저 적을 발견해야 한다는 사실을 중히 여겨 앞으로의 작전을 깊이 구상했다. 그리하여 그는 미조항[3]

---

2 추포(追捕) : 뒤를 쫓아가서 잡음.

3 미조항(彌助項) : 남해군 삼덕면 미조리. 매주목이라고도 한다.

앞 바다에 이르렀을 때 초요기[4]를 올려 모든 전선을 한 곳으로 집결시켰다. 전상에서 오랫동안 구상한 그의 새로운 계획을 시달하기 위해서였다. 그는 고향을 떠나 망망한 해상을 향하고 있는 군사들에게 작전에 관한 사항과 결사적인 분전을 다짐하고, 다시 철저한 수색 작전을 전개하도록 명령했다. 즉,

"우척후장, 우부장, 중부장 및 후부장들은 오른편으로 개이도[5]를 둘러 왜선을 수색하라!"

"다른 전선들은 왼편으로 평산포·곡포·상주포 및 미조항을 수색하도록 하라!"

이에 모든 전선들은 2개 전대로 분리하여 조심스러운 항해를 계속했다. 그러나 날이 저물 때까지 1척의 왜선도 발견하지 못하고, 소비포[6] 앞 바다에 이르러, 전선들이 정박했을 때의 안전 여부를 확인하기 위하여 육지의 정황을 정찰한 후 이곳에서 밤을 지냈다.

이튿날 새벽, 이순신은 전 함대를 지휘하여 당포로 향하였다. 이 당포는 출전 전의 공문에 의해서 경상 우수사 원균과 만나기로 약속한 곳이었다.

그러나 당포 앞 바다에 도착한 이순신 함대는 원균뿐만 아니라, 경상도 관하의 수군조차 발견할 수 없었다. 원균이 없다는 것은 사태가 위급함을 말하는 것이기도 했다. 때문에, 이순신은 더욱더 조심하여

---

4 초요기(招搖旗) : 싸움터에서 대장이 장수들을 부르고 지휘하던 군기의 하나.

5 개이도(介伊島) : 통영군 산양면 추도.

6 소비포(所非浦) : 고성군 하일면 춘암리.

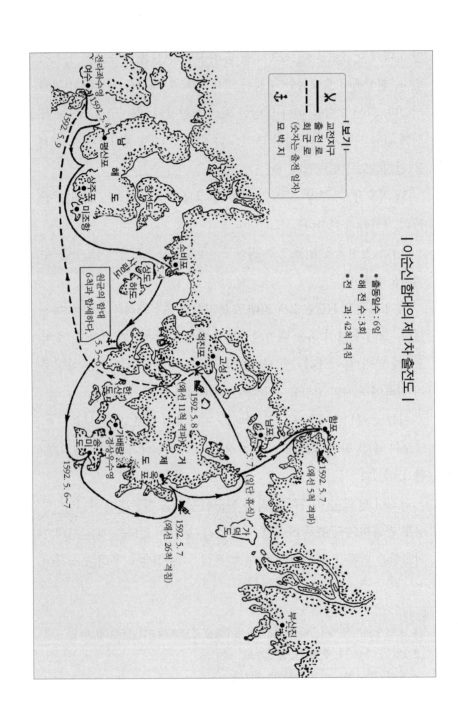

| 이순신 함대의 제1차 출전도 |

● 출동일수 : 6일
● 해 전 수 : 3회
● 전　　과 : 42척 격침

| 보기 |

⚔ 교전지구
━━━ 출전로
┅┅┅ 회군로
　　 (숫자는 출전 일자)
⚓ 묘 박 지

전라좌수영 (여수) 1592. 5. 4

1592. 5. 9

남
해
도

평산포
상주포
미조항

소비포

상주미조항

미조항

원균의 함대
6척과 합세하다.
5. 5~6

적진포

고성

1592. 5. 8
(왜선 11척 격파)

가
배
량

경상우수영

거
제
도

하산도

송미포

1592. 5. 6~7

1592. 5. 8
(왜선 11척 격파)

당포

옥포 1592. 5. 7
(왜선 26척 격침)

율포

합포

1592. 5. 7
(왜선 5척 격파)

당포

가
덕
도

1592. 5. 7
(일단 휴식)

부산진

주위를 수색 정찰하면서 경쾌선으로 하여금 원균이 있는 곳을 찾게 했다. 왜냐하면 보다 확실한 정체를 파악하기 위하여는 원균을 만나야 했기 때문이었다.

이러는 동안, 이순신 함대는 이곳 당포 앞 바다에서 하룻밤을 지냈다. 그런데 다음 날, 즉 6일 아침 8시경에 찾고 있던 원균이 한산도[7] 방면으로부터 전선 1척을 타고 내도(來到)했다. 이순신은 비로소 원균으로부터 왜선의 세력과 머무르고 있는 곳 및 이제까지 접전한 전투 경위 등을 상세히 듣고, 앞으로의 전투 방책(戰鬪方策)을 마련했다.

또한, 원균이 찾아 온 시간을 전후하여 남해 현령 기효근(奇孝謹)·미조항 첨사 김승룡(金勝龍)·평산포 권관 김축(金軸)·사량 만호 이여염(李汝恬)·소비포 권관 이영남(李英男)·영등포 만호 우치적(禹致績)·지세포 만호 한백록(韓百祿)·옥포 만호 이운룡(李雲龍) 등 경상도의 진장들이 판옥선 3척과 협선 2척에 갈라 타고 모여 들었다.

이리하여, 6척의 전선을 증강하게 된 이순신은 먼저 두 도의 여러 장령들을 한 곳으로 집결하고 작전상 필요한 사항을 결정한 후 거제도 남단을 향하였으나, 이날은 송미포[8] 앞 바다에 이르자 날이 저물어 밤을 지냈다.

다음 7일[9] 새벽에는 일제히 송미포를 출발하여 왜선이 머무르고

---

7 한산도(閑山島) : 통영군 한산면.

8 송미포(松未浦) : 거제군 동부면.

9 7일 : 그 당시 양력 6월 16일.

있다는 천성(天城)·가덕(加德)을 향했다. 이때의 순항 진형은 여수를 출발할 때와 같이 척후선을 전방 멀리 파견하고 있었다.

이윽고, 12시경에 이들 91척의 함대가 옥포[10] 앞 바다에 이르렀을 때, 이순신이 승선한 판옥선 상에는 신기전(神機箭)이 날아 들었다. 이 신기전은 적이 있음을 알리는 화살이며, 그 화살 끝에 불주머니(혹은 쪽지 편지)를 매어 달아 쏘는 것으로서 우척후장 김완과 좌척후장 김인영이 발사한 것이었다.

신기전에 의해서 옥포 선창에 왜선이 있음을 알게 된 이순신은 우선 모든 전선을 집결시켰다. 그는 여러 장령들에게 신기전의 내용을 알림과 동시에 공격 개시에 대한 세부사항을 하달한 후 준엄한 목소리로 이렇게 말했다.

　"가볍게 움직이지 말고 침착하게 태산같이 신중한 행동을 취하라."

　勿令妄動 靜重如山[11]
　물 영 망 동 　정 중 여 산

참으로 최고 지휘관으로서의 침착한 태도를 보여 준 명언이었다. 적전에서 더구나 처음으로 해전을 치러야 하는 군사들의 공포심을 파악한 진정제였고, 이로 인하여 왜군을 맞아 싸울 수 있는 마음의 여유를 갖게 했던 것이다.

----

10 옥포(玉浦) : 거제군 이운면 옥포리.

11 임진장초(壬辰狀草) 중의 옥포 승첩 계본(啓本)에서 인용.

이순신의 목소리가 끝을 맺자, 바람에 나부끼는 독전기(督戰旗)와 함께 모든 전선은 질서 있게 포구를 향하여 노를 재촉하며 전열(戰列)을 가다듬었다.

이때, 옥포 선창에는 왜선 30여 척이 흩어져 정박하고 있었으며, 바로 토오도오 다카토라(藤堂高虎)가 거느린 병선들로서 왜적들은 옥포 마을을 분탕(焚蕩)[12]하여, 그 연기는 온 산에 퍼져 있었다. 이들 병선 중의 대선은 4면에 온갖 무늬를 그린 비단 휘장을 둘러치고, 그 휘장 가에는 대나무 장대를 꽂아 붉고 흰 작은 기들을 어지럽게 매달고 있었다.

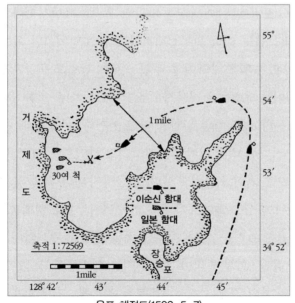

옥포 해전도(1592. 5. 7)

12 분탕(焚蕩) : 재물을 죄다 없애 버림.

이 왜선에 타고 있던 병사들은 정신없이 인가에 들어가서 노략질을 하던 중, 이순신이 거느린 함대를 발견했다. 깜짝 놀란 이들은 엎치락뒤치락하면서 제각기 분주히 자기들의 배를 타고 아우성을 치며 도망할 태세를 취하였다. 마치 그 움직이는 모습은 놀란 도둑의 무리와 같았으며, 바다 가운데로 나오지 못하고 6척이 선봉에 위치하여 해안선을 따라 달아나고 있었다.

이순신은 늠름한 모습으로 최선두에서 공격을 명령했다. 북소리, 나팔 소리와 함께 여러 군사들은 일심분발(一心奮發)하여 있는 힘을 다했다. 배 안에 있는 관리와 군사들까지도 그 뜻을 본받아 서로 격려하며 결사적으로 노를 저었다. 그리하여 왜선을 동·서로 포위하여 들어가면서 포환(砲丸)과 화살을 바람과 우뢰같이 발사했다.

첫 공격 목표는 왜의 선봉선 6척이었다. 도망치려던 왜병들도 어쩔 수 없이 있는 힘을 다하여 총과 활을 쏘며 항전하는 것이었다.

그러나 이들 왜병들은 결사적으로 달려드는 이순신 함대의 공격을 당해내지 못하고, 달아날 길만을 찾고 있었다. 이들은 배 안에 실었던 물건을 바다에 내어 던지고 도망하려고 하였으며, 또 일부는 헤엄쳐서 언덕으로 기어 오르려고 했다. 지금까지 바다 위에서는 단 한 번의 저항이나 총성을 들어보지 못하고 무인지경으로 침범을 해 온 왜군들은 처음으로 이순신에게 호된 공격을 받게 된 것이었다.

이러는 동안, 화살에 맞아 거꾸러지는 왜병들이 수 없이 많았다. 이순신 지휘하의 좌부장 신호·우부장 김득광·전부장 배흥립·중위장 이순신[13]·우척후장 김완·우부 기전통장 이춘(李春)·유군장

---

13 이순신(李純信, 1554~1611) : 종실 양녕대군의 후손.

나대용(羅大用)·후부장 정운·좌척후장 김인영 등을 비롯한 여러 장령과 군사들은 계속 적의 병선을 격파하는 데 주력하여 모두 26척[14]을 쳐부수고 불태워 버렸다.

이렇게 왜군들은 해상 전투에서 처음으로 비참한 패배를 당하였으며, 남은 병사들은 흩어져서 바위 언덕으로 기어 오르며 서로 뒤떨어질까봐 겁을 내고 있었다. 온 바다에 불꽃과 연기가 하늘을 덮고 바닷물은 왜병들의 피로 물들이고 눈에 크게 뜨이는 것이라곤 왜선의 부서진 조각과 시체와 의류들뿐이었다.

이리하여 불안과 초조함을 억제하면서 오직 나라를 위하여 싸움에 임한 이순신과 그의 부하들은 첫 승리를 거두었다. 더구나 모든 장령들은 자신의 피로도 잊은 채 크게 기뻐했고 명령과 지시를 따라 힘써 싸우면 반드시 승리한다는 신념을 굳게 했으며, 앞으로의 전쟁에 대한 의구심(疑懼心)이 사라지고 말았다.

그러나 이순신은 승리와 함께 울분을 참지 못했다. 왜냐하면 산 위로 도망친 왜병들이 그곳 백성들에게 또다시 약탈 행위를 자행한다는 것을 생각했기 때문에 이들 왜병들을 모조리 없애 버리기 위해서 용감한 사부(射夫)를 선발하여 이를 추포(追捕)하려고 했다.

그러나 그 순간 그는 거제도의 산세가 험준하고 수목이 무성하여 발 붙이기가 어려울 뿐 아니라, 왜군의 소굴 속에 들어 있는 이때, 전선에 사부가 없이 다른 왜선들로부터 공격을 받게 된다면 매우 곤란할 것이며, 또 날이 저물고 있다는 것을 생각하여 이를 중지하였다.

---

14 26척 : 대선 13척·중선 11척·소선 2척.

이와 같이 이순신은 일시적인 승리만으로 만족하지 않고 전후에 일어날 여러 문제를 신중히 고려하는 무인이었다. 그리하여 이날 전 함대는 영등포[15] 앞 바다로 이동하기 시작했다. 이곳은 거제도 북단이며, 왜군들이 자주 드나드는 웅천 및 안골포[16] 등지와 매우 가까운 곳으로 위험한 지역이었다. 더구나 옥포에서 도망친 왜병들의 연락으로 말미암아 언제 공격이나 기습을 받을지 모를 일이었다.

영등포 앞 바다에 도착한 이순신은 먼저 안전한 휴식을 위하여 척후선을 먼 곳으로 파견하여 왜선을 철저히 경계하게 하고, 한편으로는 군사들로 하여금 나무와 물을 길어 오게 하여 밤을 지낼 준비를 하게 했다.

옥포 해전의 첫 승리에서 기운을 얻은 군사들은 위험한 곳임을 모르는 채 밤을 지낼 준비를 서두르고 있었고, 어느 덧 시간이 하오 4시를 가리키고 있을 때, 척후선으로부터 이순신에게 급보가 들어 왔다.

"멀지 않은 해상에 왜의 대선 5척이 지나갑니다!"

이순신은 보고를 받자 즉시 함대를 지휘하여 이를 추격하게 했다. 군사들은 함성을 지르며 그의 뒤를 따랐다. 그러나 왜선은 힘을 다하여 싸우면서 도망하여 합포[17] 앞 바다에 이르러서는 그들의 배를 버리고 육상으로 도망해 버렸다. 이에 이순신의 함대는 척후장 김완이 1척을 쳐부수는 것을 위시하여 손쉽게 빈 배 5척을 모두 때려 부수고

15 영등포(永登浦) : 거제군 장목면 구영리.

16 안골포(安骨浦) : 창원군 웅천면 안골리.

17 합포(合浦) : 창원군 내서면 합포리. 지금의 마산항 입구.

말았다.

이순신은 왜병을 함께 잡지 못한 아쉬움을 간직하면서 합포 앞 바다에서 하루의 휴식을 가지려고 했으나, 위험한 곳이라는 판단 아래 완전히 어두울 때까지 밤을 지내는 것같이 함대의 위세를 보이면서 진형을 간추린 후 밤을 이용하여 은밀히 남포[18] 앞 바다로 이동하여 군사를 위로하고 기쁨 속에 밤을 지냈다. 이때의 야간 이동은 적전에서 함대 행동을 은폐하려는 이순신의 치밀한 계획이었다.

하룻밤을 남포 앞 바다에서 지낸 이순신은 다음 8일 아침 뜻밖에 피난민들로부터,

"진해 땅 고리량(古里梁)에 왜선이 머무르고 있다."

라는 정보를 입수했다. 그는 즉시 함대를 둘로 나누어 고리량까지 가는 길목에 있는 모든 섬들을 수색하면서 저도〔돼지섬〕를 지나 적진포[19] 앞 바다에 이르러 척후선으로부터,

"왜선 대·중·소선 13척이 있다."

라는 보고를 받았다. 이때 왜선들은 아무런 경계 없이 모두 포구에 한 줄로 늘어서 있었고, 왜병들은 대부분 상륙하여 재물을 노략하고 여염집에 불을 지르는 등 모진 행패를 하고 있는 중이었는데, 이순신 함대의 위세를 바라보고는 모두 산 위로 도망하는 것이었다.

여기서도 이순신의 함대는 화살과 화전을 터뜨리며 포구를 향하여 쳐들어갔으나, 합포 앞 바다에서와 같이 거의 빈 배를 공격하는 것이

---

18 남포(藍浦) : 창원군 귀산면 남포리.

19 적진포(赤珍浦) : 통영군 광도면 적덕동.

었으므로, 그리 힘들이지 않고 그 중의 11척을 완전히 때려 부수었다.

그리고 이순신은 여기서 군사들에게 아침 밥을 지어 먹게 한 후 휴식을 명하고 있을 때였다. 한 사람이 등에 어린애를 업고 산꼭대기에서 큰 소리로 외치며 함대가 있는 쪽으로 내려오는 것을 발견하였는데, 이순신은 작은 배를 보내어 태워 오도록 하여 여러 가지 사실을 물어 보았다.

"네 이름은 무엇인가?"

"소인은 살고 있는 곳이 적진포 근처이옵고, 원래는 향화인(向化人)[20]으로서 이름은 이신동(李信同)이라고 부르옵니다."

"그동안 왜병에 대하여 아는 바를 말할 수 없을까?"

"왜병들이 어제 이 포구에 들어와서 여염집에서 약탈한 재물들을 소와 말로 실어다가 그들 배에 갈라 싣고, 초저녁에 바다에 띄워 놓고 소를 잡아 술을 마시면서 노래하고 피리를 불며, 날이 새도록 그치지 않았는데, 가만히 그 곡조를 들어보니 모두 우리나라의 곡조였고, 오늘 이른 아침에 반수는 배를 지키고, 반은 고성으로 향하였습니다."

이순신을 비롯하여 이 말을 들은 군사들은 모두 분함을 참지 못했다. 더구나 노래의 곡조가 조선의 곡조였다는 말에는 여러 가지 뜻을 내포하고 있었으므로, 군사들은 왜군이 있다는 천성·가덕 및 부산 등지로 진격하여 격멸할 것을 주장하였고, 이순신도 그렇게 생각했다.

20 향화인(向化人) : 귀화인(歸化人).

그러나 그는 왜선이 있는 곳은 지형이 좁고 얕아서 판옥선 같은 큰 전선으로는 공격하기 어려울 것이며, 전라 우수사 이억기 함대가 아직도 오지 않고 있으므로 홀로 적진 속에 돌입하기에는 그 형세가 외롭고 위태롭다는 것을 판단했다.

뿐만 아니라, 이때 최철견(崔鐵堅)으로부터 전단을 받았는데 선조가 관서(關西)로 피난하였다는 소식이었다.

이때 이순신은,

"〈생략〉 비로소 상감께서 관서로 피난 가신 소식을 알게 되어 놀랍고 분통함이 망극하여 종일토록 간장이 찢어지는 듯 울음 소리와 눈물이 한꺼번에 터졌습니다."

하며 서쪽을 향하여 통곡하고, 원균과 함께 계획을 논의하고 별도로 기묘한 계획을 마련하여 나라의 치욕을 씻기로 결정한 후 전 함대를 지휘하여 일단 여수로 귀항하기로 하였다.

이 당시, 경상도와 서울 사이는 왜군으로 말미암아 교통이 거의 막혀 있었다. 따라서 그의 생각에는 여수에 돌아가서 임금의 소식을 상세히 알아 보고 다시 이억기 함대와 연합하여 새로운 공격 계획을 세우든지 아니면, 수군을 거느리고 서해로 북상하여 임금을 호위하여야 하기 때문에 여수에 도착하여 결정하려는 것이었다.

이리하여, 이순신은 전 함대를 이끌고 5월 9일 여수에 도착하였는데, 이번 출전은 세 번 싸워 세 번 승리하여 왜선 42척을 때려 부수고, 혹은 불태워 버렸으며, 왜병을 무수히 사살하는 큰 전과를 거둔 것이었다.

그리고 노획한 물자는 5간 창고에 채우고도 남았는데, 특히 그의 왜병들이 노략질하여 자기네 배에 실어 두었던 정미(精米) 300여 석은 여러 전선의 굶주린 격군과 사부들의 양식으로 나누어 주고, 의복 등의 물건도 군사들에게 나누어 주어서 적을 무찌르고 이득을 바라는 마음을 일으키게 하려 하였다.

그런데 왜군의 손실이 다대함에 비하여 이순신 함대는 그의 탁월한 작전 지휘로 말미암아 순천 대장선(順天代將船)의 사부 이선지(李先枝)가 왼쪽 팔에 화살을 맞아 부상한 것 외에는 인명과 전선의 손실이 없었다. 단지, 원균이 자기의 공적을 높이려고 이순신의 부하가 잡은 왜선을 활을 쏘면서까지 빼앗으려고 하였기 때문에 2명의 사격(射格)이 부상을 당하였을 따름이었다.

한편, 옥포·합포 및 적진포 등의 해전을 총칭하여 '옥포해전'이라고 부르는데, 이 해전의 승리는 왜군들로 하여금 쉽게 서진(西進)하지 못하도록 만들었으며, 나아가서는 남해안 일대에 조선 수군의 용자(勇姿)[21]를 보일 수 있게 함으로써 왜군의 통신 및 보급로를 차단할 수 있는 제해권 획득의 기틀을 마련하였고, 모든 육군과 수군의 사기를 진흥시킨 것이었다.

왜군의 패배는 조선 수군을 무시한 분산적인 함대의 이동과 무기에 있어서 조선 수군이 사용한 것과 같은 포를 갖지 못하고 있었기 때문이라고 하겠으나, 그보다도 혼탁한 정세에서도 맡은 바 임무를 다하여 임전 태세를 갖추어 나라를 지키려는 충렬한 애국 애족의 정신

---

21 용자(勇姿) : 용감한 자태. 용맹스러운 모습.

으로 전투에 임한 조선 수군들의 피나는 활동과 이순신의 탁월한 지도력에 기인한 것이었다.

이순신은 옥포 해전의 전공으로 가선대부[22]로 승직되었다. 그러나 그는 자신의 명성을 높이려고 움직이지 않았으며, 항상 나라의 장래를 위하여 대국적인 견지에서 자신의 모든 힘을 경주했다. 그는 전승의 공을 한 가지도 자기에게 돌리지 않고 모두 군사들의 명단을 일일이 기록하여 그들의 공적인 것으로 보고했으며, 그 보고서의 끝머리에는,

"신의 어리석은 생각으로는 적을 막는 방책에 있어서 수군이 활동하지 않고 오로지 육전으로 성을 지키는 방비에만 힘썼기 때문에 나라의 수백 년 기업이 일조에 적의 소굴로 변한 것으로 아오며, 생각이 이에 미치게 됨에 목이 메어 말을 할 수 없습니다.

적이 만일 바다로 본도를 침범해 온다면 신이 해전으로써 죽음을 결단하고 담당하려니와, 육지로 침범해 오면 본도의 장수들이 전마(戰馬) 하나 없이 대응할 도리가 없으니, 신의 생각으로는 돌산도의 백야곶(白也串)과 흥양의 도양장(道陽場)의 목마 중에는 전쟁에 쓸 만한 말도 많으니 잘 길들여서 전쟁에 사용한다면 승리할 수 있겠습니다."

라고, 건의하여 육상의 방비까지 염려하였으며, 하루 빨리 왜적을 격퇴하려고 고심하였다.

---

22 가선대부(嘉善大夫) : 종2품의 벼슬.

제2장

용의
주도한

당포
해전

이순신의 제1차 출전은 그의 철저한 준비와 탁월한 전략 전술 및 군사들의 왕성한 공격 정신으로 큰 전과를 올린 것이었으나, 일본 수군의 주력을 섬멸하지는 못했다. 따라서 그는 귀항한 즉시로 군사들을 일단 위로하고 휴식시킨 후, 전선과 무기를 정비하면서 훈련을 실시하는 등, 재출전을 계획하였다.

그는 서울 방어나 임금을 호위하는 것보다 근본적인 문제는 바다를 가로 막아 적의 해상 교통로를 차단함으로써 적의 병력 증강과 보급로를 끊어 버리는 것만이 최종적인 승리를 할 수 있다는 전략적 방책을 재확인 했던 것이다.

그리하여, 여러가지 전비를 서두르는 동안, 경상 우수사 원균으로부터는 왜선의 동향에 대한 공문이 자주 들어왔다. 그중에서 부산 방면의 왜군들이 차차 거제도 서쪽으로 침범하여 연해 등지를 분탕질한다 하는 내용은 그의 마음을 아프게 했다.

분하고 답답함을 이기지 못한 그는 먼저 그가 관할하는 전라 좌도의 수군을 집결하고, 한편으로는 전라 우수사 이억기에게 합력하여 출전하자는 뜻으로 공문을 보내어 전라 좌·우도 수군과의 연합 작전을 계획했다.

그 결과로 이억기와의 공문 연락은 그 결실을 보아 6월 3일 여수앞 바다에 일제히 집결하여 경상도로 출전하기로 약속 되었는데 이순신으로서는 이보다 빨리 출전할 수도 있었으나, 이억기 함대의 사정—물길은 멀고 풍세도 추측할 수 없었다—으로 늦추어진 것이었다.

그러나 예정 출전일보다 1주일 앞선 5월 27일, 이순신에게 도착된원균의 공문은 준비 중에 있는 그의 마음을 조급하게 했다. 즉,

"적선 10여 척이 이미 사천[1] 및 곤양[2] 등지를 침범하였으므로 수사(원균)는 남해 땅 노량(露梁)으로 이동하여 피하고 있소."

실로, 이 공문의 내용이 사실이라면 새로운 조처를 취하지 않을 수없었다. 사천과 여수 사이의 해상 거리는 약 30여 마일로서 몇 시간이면 도달할 수 있는 가까운 거리에 놓여 있을 뿐 아니라, 만일 6월 3일까지 기다려서 떠난다면 그 사이에 사태는 급박해질 것이므로 눈앞에 다가들어 온 적을 격멸하여야 했고, 그러기 위하여는 임기응

1 사천(泗川) : 사천군 읍남면.
2 곤양(昆陽) : 사천군 곤양면 성문리.

변으로 행동을 취해야만 했었다.

이에 이순신은 먼저 주력 함대가 출전한 뒤에 만일의 사태를 대비하여 여수의 유진장(留鎭將)으로서는 그의 군관인 전 만호 윤사공(尹思恭)을 임명하고, 각 진과 포구에는 지휘할 사람이 없으므로 조방장 정걸(丁傑)을 좌수영 관할 지역의 입문인 흥양(興陽)에 파견하여 멀리서 여수의 전초 경계 임무를 맡게 하였다.

이와 같이, 치밀한 수비 계획을 세운 이순신은 예정 출전일을 앞당겨, 홀로 23척의 전선을 거느리고, 5월 29일 새벽에 원균이 머무르고 있는 노량을 향하여 출전했다. 그리고 우수사 이억기에게는 사태의 시급함과 아울러 곧 뒤를 따라 나오도록 통고하였다.

이번 이순신 함대의 편성은 제1차 출전 시와 거의 같았으나, 전주 지방 출장으로 참전하지 못하였던 순천 부사 권준(權俊)을 비롯하여 좌우별도장(左右別都將) 및 귀선돌격장(龜船突擊將) 등 아래와 같이 새로운 부서와 직책이 생긴 것이 특색이었다.

| 제2차 출전 시의 부서장 |

중위장	순천 부사	권준(1차 출전 시 불참)
중부장	광양 현감	어영담(유임)
전부장	방답 첨사	이순신(1차 출전 시 중위장)
후부장	흥양 현감	배흥립(1차 출전 시 전부장)
좌부장	낙안 군수	신호(유임)
우부장	보성 군수	김득광(유임)

좌척후장	녹도 만호	정운(1차 출전 시 후부장)
우척후장	사도 첨사	김완(유임)
좌별도장	우후	이몽구(신임)
우별도장	여도 권관	김인영(1차 출전 시 좌척후장)
한후장	군관	고안책(賈安策) 및 송성(宋晟-신임)
참퇴장	전 첨사	이응화(李應華-신임)
귀선돌격장	군관	이언양 및 급제 이기남(李奇男-신임)

위에서 일부 직책의 변경과 새로운 부서를 설정한 것은 1차 해전
에서 얻은 교훈을 고려한 것이었고, 돌격장의 명칭을 '귀선 돌격장'
으로 바꾸어 '거북선' 을 처음으로 대동하였다.

한편, 이순신은 29일 노량을 향하여 출전하던 날 이상한 꿈을 꾸
었다. 앞으로 닥칠 전투의 승리를 기약하면서 잠시 잠을 자던 중, 꿈
속에서 백발 노인이 그를 발로 차면서,

"일어나라, 일어나라, 적이 왔다."

하므로, 빨리 일어나서 전 함대를 거느리고 노량에 이르자, 적이 있
었다고 한다.

이와 같이 이순신의 꿈은 단순히 꿈으로만 볼 것이 아니라 오직 그의
염원이 왜군의 격멸에 있었다는 것을 말해 주는 것이라고 할 것이다.

불과 23척의 전선으로 편성된 이순신 함대는 5월 29일[3] 순천 앞 바

3 5월 29일 : 당시 양력 7월 8일.

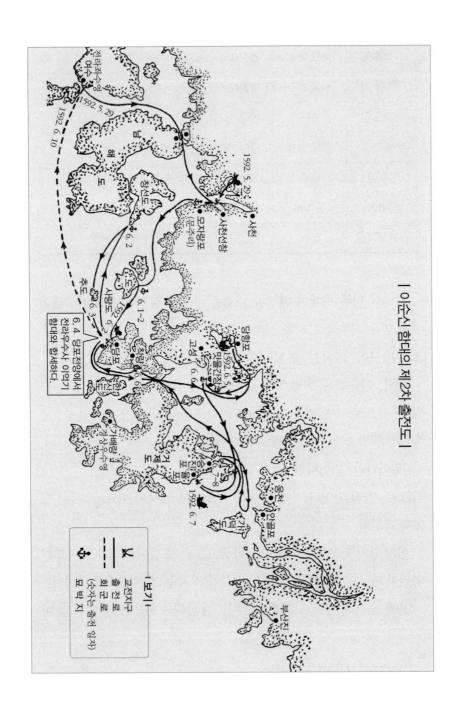

| 이순신 함대의 제2차 출전도 |

| 보기 |

⚓ 교전지구
━━ 출전로
┅┅ 회군로
(숫자는 출전 일자)
⚓ 묘박지

1592. 5. 29

전라좌수영
여수

1592. 5. 29

남
해
도

청산도

모자랑포
(무주리)

사량성항

사천

6. 2

추도

1592 6. 3

사량도

6. 1~2

6. 4 당포전양에서
전라우수사 이억기
함대와 합세하다.

당항포

1592. 6. 5

고성

6. 6

당포

미륵진

가배량

경상우수영

거
제
도

율포

6. 7~8

1592. 6. 7

웅천

안골포

가
덕
도

부산진

다를 지나 노량에 이르렀다. 이때, 이순신 함대의 위용을 바라본 원균은 하동(河東) 선창에서 불과 3척의 전선을 거느리고 달려 왔다. 약속과 같이 원균을 만난 이순신은 왜선에 대한 상세한 사항을 들으면서,

"적선이 지금 어디 있소?

"적선이 사천(泗川) 등지에 이르고 있소."

라는 두 사람의 대화가 끝날 무렵, 멀지 않는 해상에 왜선 1척이 곤양에서 나와 해안선을 따라 사천 방면으로 향하는 것을 발견했다. 이 왜선은 그들 함대의 전초 경계를 위한 척후선인 것같이 보였다.

"즉시 따라가서 잡아라!"

하는 이순신의 우렁찬 목소리와 함께 함대의 선봉에 위치한 전부장 이순신(李純信)과 남해 현령 기효근 등이 추격하기 시작했다.

그러나 겨우 근접하자 왜군들은 배를 버린 채 육상으로 도주하였기 때문에 빈 배만을 때려 부수고 말았다. 뒤따른 여러 전선들도 사천 앞 바다까지 이르러 먼저 왜선의 형세를 바라보았다. 이들 왜선들은 1차 출전 때 발견된 모습과는 전혀 다른 것이었다.

즉, 배들은 산을 구불구불 둘러 7, 8리(里)나 펼쳐 있고 아주 험한 산능선에는 약 4백여 명으로 보이는 왜병들이 장사진(長蛇陣)으로 결진하고, 무수히 붉고 흰 깃발들을 난잡하게 꽂아 사람들의 눈이 어지러울 지경이었으며, 그중에서도 가장 높은 산꼭대기에는 따로 장막을 치고 있는 것이 마치 지휘 본부 같기도 했다.

그리고 산 아래의 해안에는 12척의 누각 대선(樓閣大船)이 줄을 지어 있었는데, 이순신 함대의 접근을 바라본 뒤로는 산등성에 집결한 병사들이 바다에 있는 이순신 함대를 내려다 보며 칼을 휘두르면서

위세를 뽐내고 있는 것이었다. 왜군들의 실정을 파악한 이순신은 그들의 소행을 보아서 당장 공격을 가하고 싶었으나, 먼저 쌍방의 위치와 조류 및 공격 방법 등을 강구한 뒤에 이렇게 말했다.

"화살이 미치지 못하고, 또 적의 배를 불태워 버려야 하겠지만 썰물이다. 적은 높은 곳이며, 우리는 낮은 곳이므로 지세가 매우 불리하고 해도 또한 저물어 간다."

다시 그는 여러 장령들에게,

"저 왜군들이 몹시 교만한 태도를 보이고 있으므로 우리가 짐짓 물러가면 왜군들이 반드시 배를 타고 우리와 싸우려 할 것이다. 우리는 이들을 바다로 끌어 내어 합력하여 격멸하는 것이 가장 좋은 방책이다."

라고 말하고, 처음으로 지형과 조수를 고려하여 유인작전(誘引作戰)을 단행한다는 것을 지시했으며, 곧 선수를 돌려 후퇴하는 것같이 보였다.

이순신 함대의 전술적인 후퇴를 바라본 왜군들은 뒤따라 기세를 올리면서 약 2백 명이 하산(下山)하여, 그 중 100여 명은 언덕 밑에서 총을 쏘고 나머지 100여 명은 그들의 배에 오르고 있었다.

이와 같은 왜군의 움직임도 일종의 전술로서 그들이 약한 것같이 보여도 이순신 함대가 전혀 반격을 가하지 않자 반을 나눠 쫓아나온 것이었다.

때마침 저녁 조수는 밀려들기 시작하여 차차 판옥선 같은 큰 배들도 활동할 수 있게 되었다.

적절한 전기(戰機)를 포착한 이순신은 모든 전선을 향하여,

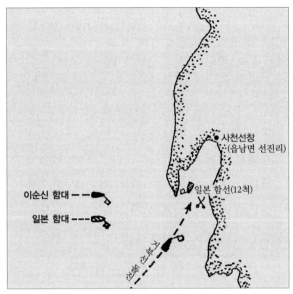

사천 해전도(1592. 5. 29)

'뱃머리를 돌려라!' 는 명령과 더불어 처음으로 출전한 거북선으로 하여금 왜선 속으로 돌진하게 하여 천·지·현·황자의 각종 총통(포)을 발사하도록 하고 뒤따라 다른 전선들도 공격하도록 했다.

왜군들도 산 위와 언덕 밑, 그리고 배 위의 세 곳에서 그들이 갖고 있는 철환을 빗발치듯 발사하면서 대응하여 양 함대는 그때까지 보지 못한 포화전(砲火戰)을 전개하는 것이었으나 왜선의 사수 중에는 불미스럽게도 조선 사람이 섞여 있었다.

이순신은 그 조선 사람을 보자, 분격을 참지 못하여 즉시 노를 빨리 젓게 하여 최선두로 나가면서 바로 그 배를 때려 부수고 말았다.

뿐만 아니라, 그를 뒤따른 여러 전선들도 일시에 12척의 왜선을 향하여 모여들면서 철환과 장편전·피령전·화전 및 천·지자총통 등을 우뢰같이 연발하면서 저마다 함성을 지르며 공격했는데, 그 소리는 마치 천지를 진동하는 것 같았다.

이순신 함대의 집중 포화 공격을 받은 왜군들은 계속 항전하는 것이었으나, 결국은 대부분의 적군이 배와 함께 바닷속으로 거꾸러지거나 겨우 도주할 수밖에 없었다. 심지어는 언덕 밑을 수비하는 병사들도 높은 언덕으로 기어 오르면서 다시 대응할 생각을 못하였다.

때를 같이하여, 이순신 함대의 중위장 권준·중부장 어영담·전부장 배흥립 및 좌척후장 정운 등은 번갈아 드나들면서 왜선을 모두 때려 부수고 혹은 불태워 버렸다.

그중에서도 우척후장 김완은 격전 중, 조선 소녀 1명을 구출하고, 참퇴장 이응화는 왜병 1명의 목을 베었는데, 멀리서 이를 본 왜병들은 발을 구르며 크게 통곡할 따름이었다.

싸움이 끝날 무렵, 격분을 참지 못한 이순신은 각 전선으로부터 날랜 군사를 선출하여 이들 도망친 왜병을 섬멸하려고 했으나, 해가 저물기 시작하고 산 위의 숲이 울창하였으므로 도리어 피해를 입게 될 것을 염려하여 일단 추격전을 중지하였다.

그리고 선창에는 적선 2척을 남겨 두어 이들을 인출 섬포(引出殲捕)⁴할 계획을 세우고 어둠을 이용하여 전 함대를 모자랑포⁵로 이동하여 밤을 지냈다.

교전 시의 함선 세력은 26척(이순신 23척·원균 3척) 대 12척 비율로서 이순신 함대가 우세하였으므로 양편의 치열한 포화가 교발한

---

4 인출 섬포(引出殲捕) : 끌어내어 남김없이 모두 붙잡아 들이거나 전멸시킴.

5 모자랑포(毛自郎浦) : 사천군 웅남면 문주리.

후에는 왜군들의 사상자는 눈을 뜨고서는 볼 수 없는 참상을 이루었음에 반하여, 이순신 함대에서는 나대용과 이설(李渫)이 화살을 맞아 부상을 입었으며, 이순신이 개전 후 처음으로 왼편 어깨에 철환을 맞아 관통상을 입었을 뿐이었다.

이때 이순신은 피가 발 뒤꿈치까지 흘러 내렸지만 끝까지 활을 놓지 않고 독전하다가 싸움이 끝난 뒤에 칼 끝으로 살을 쪼개고 철환을 파내었는데, 그 깊이가 수 촌이나 되었으며, 모든 장령들이 나중에야 그 사실을 알고 놀라지 않는 사람이 없었다.

그는 교전 중 부하들의 사기를 염려하여 자신의 고통을 참았으며, 그가 조정에 올린 장계에는,

"신도 왼편 어깨에 철환을 맞아 등을 뚫었으나, 중상은 아니옵니다."

라고 하였을 따름이었다. 또한 그는 전투할 때마다 여러 장령들에게,

"적의 머리 한 개를 베는 동안에 많은 적을 사살할 수 있는 것이니, 머리를 많이 못베는 것은 걱정하지 말고, 그저 사살하는 것을 먼저 하라. 힘써 싸운 여부는 내가 직접 눈으로 보는 바가 아니냐?"

하여, 전장(戰場)에 있어서 개인적인 공훈보다 전체적인 성공을 위하여 있는 힘을 다하도록 했으며, 그때그때의 상황을 보아서,

"적병을 주로 사살하라, 또는 전선을 주로 때려 부수라!"

라는 등의 명령을 내리곤 했었다.

진두 지휘하다 관통상을 입고도 모든 군사들에게 분투 정신을 보여 준 이순신은 6월 1일 12시경, 모자랑포를 떠나 사량 해상에 이르

러 군사들을 위로하여 쉬게 하며 그날 밤을 지냈다.

이보다 앞서 이날 새벽에는 전일 계획적으로 남겨 둔 적선 2척과 왜병들의 동정을 탐색하여야만 했으나, 개인의 공적(功績)을 빛내기 위하여 그곳을 먼저 다녀온 원균이 말하기를,

"남은 병사들이 모두 도망갔으므로 남겨 두었던 소선 2척만을 불태워 버렸으며, 죽은 왜놈을 수색하여 목을 벤 것이 3급이며, 그 나머지는 숲이 무성하여 끝까지 탐색할 수 없었소."

라고 말하였던 까닭에 바로 사량으로 향하였다.

원균은 사실상 군사 없는 수사로서 아무런 지휘권도 없었으므로 전투 중에는 항시 화살이나 철환에 맞은 왜병들을 찾아 내어 머리 베는 것을 맡아 했었다.

다음 6월 2일[6] 8시경, 사량 해상에서 휴식 중이던 이순신 함대는,

"왜선이 당포 선창에 정박하고 있다."

하는 보고를 받았다. 역시, 멀리 파견해 둔 척후선으로부터의 보고였다. 이순신은 즉시 출발하여 10시경에 약 10마일 떨어진 당포 앞 바다에 도착하였다.

이때, 당포에 머무르고 있는 왜병들은 무려 300여 명이었으며, 그 중의 약 반수는 성내에서 노략질과 여염집들을 불사르는 만행을 자행하면서 성외의 험한 지형을 이용하여 철환을 쏘고 있었으며, 선창에는 21척[7]이 정박하고 있었다.

---

6 6월 2일 : 당시 양력 7월 10일.

7 21척 : 대선 9척 · 중선 12척.

그중에서도 대선 위에는 높은 누각(樓閣)을 세웠고, 그 주위로는 붉은 비단으로 된 휘장을 두르고 사방에 황(黃)자를 크게 썼으며, 앞면에는 붉은 일산(日傘)[8]을 세우고 그 안에 쿠루시마(來島通久)라는 지휘관이 조금도 두려워하지 않고 있었다. 특히 이 쿠루시마는 수군 생활을 경험한 바 있는 유능한 수군 장수였다.

적정과 지형을 상세히 관찰한 이순신은 무조건 공격하지 않았다. 그는 그때까지의 해전 경험과 조금씩 크게 나타나는 왜군에 대한 '공격과 방어의 두 가지 방책'을 다 같이 강구했다. 그는 먼저 탐망선(探望船)을 바깥 바다에 배치하여 후방으로부터의 기습(奇襲)에 대비하게 하고, 주력대는 거북선을 선두로 하여 공격을 개시하도록 했다.

특히, 선두에 위치한 거북선은 반드시 왜선의 누각 대선을 향하여 돌진하면서 전 화력을 집중 발사하도록 명령했는데, 첫째의 공격 목표는 적선의 누각 대선이었다.

거북선은 명령과 함께 누각 대선 밑으로 근접하여 용구(龍口)로부터 현자철환(玄字鐵丸)을 치쏘면서 현자 및 지자철환과 대장군전(大將軍箭) 등을 발사하여 그 누각 대선을 깨뜨리기 시작하고 뒤따른 여러 전선들은 철환과 편전 및 승자총통(勝字銃筒) 등을 쉴 사이 없이 섞어서 연발하여 거북선의 활동을 지원하였다.

왜군들도 맹렬한 반격을 개시하였다. 더구나 이들은 죽을 힘을 다하여 총환과 화살로써 그들의 함대에 무조건 접근하는 거북선에 집중하였으나, 아무런 효력을 얻지 못했다.

---

8 일산(日傘) : 햇볕을 가리기 위한 양산.

배 위에는 한 사람도 없이 용머리를 치켜들고 달려드는 이 거북선은 총환을 맞으면서도 천연스럽게 돌진하기만 했다. 실로, 거북선은 16세기에 있어서의 해상의 괴물(怪物)이었고 당시의 해전술을 변혁시킨 것이었다.

이러는 동안, 누각 대선이 깨뜨려지면서부터 왜병들은 차차 사기를 잃기 시작했다. 그러나 지휘관은 누각 대선 위에서 이마를 맞았음에도 불구하고 대담하게 앉아 있었다.

누각 대선 위의 모습을 본 중위장 권준은 재빨리 용감하게 돌진하면서 화살로써 그 지휘관을 사살했으며, 우척후장 김완과 군관 진무성은 화살을 맞고 떨어지는 지휘관의 목을 베었다.

이 순간부터 왜병들은 일시에 흩어지면서 가까운 육지로 도망치기 시작하였으며, 기회를 놓치지 않으려는 이순신 함대는 일제히 맹격을 가하여 왜선 21척을 모두 불태우거나 깨뜨려 버렸다.

이순신은 여기서도 여러 전선의 군사들을 그대로 상륙시켜 끝까지 추격하려고 했는데, 바로 이때 바깥 바다에 파견해 두었던 탐망선으로부터,

"왜의 대선 20여 척이 수많은 소선을 거느리고 부산으로부터 당포로 내항하고 있습니다."

라는 위급한 보고를 받았다.

이순신은 짐짓 이 보고를 못 들은 체하였는데, 또다시 '수 많은 왜선이 온다.'고 하자, 일부의 군사들은 불안한 기색을 보이는 것이었다. 이때, 이순신은,

"적이 오면 싸울 뿐이다!"

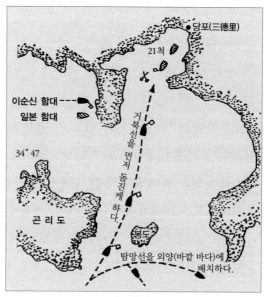

당포해전도

하는 말로써 힘껏 싸운 끝에 기운이 지쳐서 황급한 빛을 보인 군사들의 정신 상태를 바로잡게 했다.

그리고 그는 육상에 대한 추격을 중지함과 아울러 당포는 지형이 협소하여 왜군과의 접전이 부적합하다는 판단을 내려 모든 전선을 바깥 바다로 이동하게 하였는데, 그때 당포로 향하던 왜선들은 불과 2마일 정도의 거리에서 이순신 함대를 발견했으나, 이들 왜선들은 그 순간부터 도망치느라고 분주했다.

바깥 바다로 나온 이순신 함대는 이들 왜선들을 추격하기는 하였다. 그러나 이순신은 날이 저물어 접전할 수 없다고 판단했기 때문에 왜선의 도망로를 관측하면서 야간 추격을 피하고, 안전하게 휴식할 수 있는 창신도[9]로 전 함대를 이동하게 하여 하룻밤을 지냈다.

전투 중, 이순신 함대가 왜선 중에서 노획한 물품 중에는 좌별도장 이몽구가 누각 대선에서 찾아낸 금부채 한 자루가 있었다. 한쪽 바닥 가운데는 '6월 8일 히데요시(六月八日秀吉)'라고 서명되어 있었고, 그 오른쪽에는 '하시바 지쿠 젠노 가미(羽柴筑前守)'라는 다섯 자와, 왼쪽에는 '가메이 류우큐노 카미도노(龜井流球守殿)'이라는 여섯 글 자가 씌어 있는 것이 옻칠한 갑 속에 들어 있었는데 이 부채는 도요토 미 히데요시가 가메이 류우큐노 가미[10]에게 선사한 것이었다.

그리고 소비포 권관 이영남(李英男)도 역시 그 배 안에서 울산 사삿 집 여종 억대(億代)와 거제도 소녀 모리(毛里)를 도로 찾아 내었다.

이번 당포 해전에 있어서 이순신은 일선 지휘관으로서의 신중한 모습과 탁월한 전술의 일면을 보여준 것이었다. 왜선의 동정을 파악 한 뒤에 먼저 누각 대선에 대한 총공격을 가하게 한 것과 공격 개시 전에 탐망선을 바깥 바다에 배치한 것 등은 목표 집중 및 경계의 원칙 을 활용한 새로운 전술의 이용이었다.

만약, 탐망선을 바깥 바다에 배치하지 않고 포구 안쪽을 향하였더 라면 일시에 승전할 수 있었을지라도 곧 왜선 20여 척의 기습을 받았 을지도 모를 일이었다.

창신도에서 전 함대를 하룻밤 휴식시킨 이순신은 다음 3일에는 새 벽부터 추도[11] 일대의 섬들을 수색하였다. 이는 전일 당포 앞 바다에

---

9 창신도(昌信島) : 남해군 창선면.

10 가메이 루우큐노 가미 : 가메이 고레노리(龜井茲矩)라는 장수를 이름한다.

11 추도(楸島) : 통영군 산양면.

서 놓친 왜선을 찾기 위해서였다.

그러나 하루 종일 수색하였음에도 불구하고 아무런 성과를 얻지 못하였으므로 당포에서 멀지 않은 고둔포(古屯浦)에 이르러 밤을 지냈다.

이날도 이순신은 고성 등지까지 나아가고 싶었으나, 너무나 함대 세력이 약하기 때문에 울분을 참고 은근히 이억기 함대를 기다리고 있었다.

다음 6월 4일 아침, 이순신은 전 함대를 거느리고, 다시 전일의 해전지인 당포 앞 바다로 나아가 척후선으로 하여금 그 부근의 왜선을 수색하도록 명했다. 그러자 10시경에는 산중으로 피난하고 있었던 강탁(姜卓)이라는 토병(土兵)이 이순신 함대를 발견하고, 기쁜 듯이 달려와서 그가 본 왜선의 동향을 말하는 것이었다.

"지난 2일, 당포에서 살아난 왜병들은 통곡하면서 그들의 시체를 한 곳에 모아 불사르고 육로로 달아났습니다. 달아날 때, 우리편 사람을 만나도 죽일 생각도 못하고 슬피 울면서 달아났습니다."

그러나 이순신은 그보다도 더 알고 싶은 것은 왜선의 행방이었다.

"그때에 부산 등지에서 구원 오던 왜선은 어느 곳으로 갔느냐?"

"당포 외양에서 쫓겨난 왜선은 거제로 갔다 하옵니다."

이 말을 들은 이순신은 비록 약한 함대 세력이었지만 적이 있는 곳을 알고는 뒤로 물러설 수 없었다. 그는 즉시 여러 장령들을 불러 적이 있는 곳으로 나아간다는 뜻을 전달하고 끝까지 힘을 다할 것을 당부했다.

여러 장령들도 그때까지의 승리에서 자신을 얻고 이순신의 전략·

전술과 용기에 감동하여 결사적인 분전을 약속하였다. 그런데 이순신 함대가 출발하려고 할 때에 멀리 서쪽으로부터 전라 우수사 이억기가 전선 25척을 거느리고 내도하였다.

사천, 당포 등지의 해전에서 26척의 전선으로 용전 분투하여 극도로 피곤한 군사들에게 지원 함대가 온다는 것은 비길 데 없는 반가움이었다. 춤추고 뛰지 않은 군사가 없었으며, 사기는 크게 앙양되었다. 이순신도 반가운 모습을 보이면서 이억기를 향하여,

"영감 웬일이시오? 왜적의 형세가 한창 벌어져 나라의 위급함이 조석에 달렸는데 영감은 어찌 이렇게 늦게 오시오?"

라고 하였다.

이억기는 늦은 이유와 빨리 돕지 못한 데 대한 유감의 뜻을 표하면서 자기보다 나이도 많을 뿐 아니라 단독 출전으로 연전 연승한 이순신을 마음속으로 깊이 존경하고 흠모하였다. 그는 이때 32세의 수사로서 해전 경험이 전혀 없었고, 이순신보다 16세나 아래였다.

이순신은 이억기 및 원균과 함께 전선 51척[12]으로써 연합 함대(聯合艦隊)를 편성하고 앞날의 작전을 위해서 새로운 계획을 논의했으나, 이날은 해가 저물었던 까닭에 전 함대를 착량[13]으로 이동하여 밤을 지냈다.

다음 5일에는 아침부터 안개가 끼어서 도저히 행동할 수 없었다. 그러나 이순신은 더욱 조심하여 척후선을 여러 곳으로 보내어 왜선

12 51척 : 이순신 23척 · 이억기 25척 · 원균 3척이었다.

13 착량(鑿梁) : 충무시 당동.

의 정황을 정탐하게 하고, 한편으로는 안개가 개이기를 기다리는 동안 전투 준비를 철저히 하도록 했는데, 전투 지구에서는 일기가 불순할 때마다 더욱더 적을 경계하고 모든 장비를 매만지는 것이 그의 작전이었다.

이날은 늦게야 안개가 걷혔다. 이순신은 즉시 전 함대에 대하여,

"거제로 향하라!"

라고 명령하였다.

6월 2일 당포 앞 바다에서 도망친 왜선들이 거제에 있다는 보고를 받았기 때문이었다. 이제 3도의 연합 함대가 이순신의 지휘 아래 처음으로 왜선을 찾아 나가는 장엄한 순간이었다. 이때 뜻밖에도 거제에 사는 김모(金毛) 등 7, 8명이 소선을 타고 와서 새로운 사실을 전하였다.

"당포 앞 바다에서 쫓긴 왜선은 거제를 지나 당항포[14]로 이동하여 정박하고 있습니다."

이순신은 즉시 김 모를 안내자로 하여 전 함대를 당항포로 급항(急航)하도록 했다.

이윽고, 포구 바깥 바다에 이르러 지형을 바라 본 이순신은 놀라지 않을 수 없었다.

당항포 성에서 조금 떨어진 들판에 갑옷을 입고 말을 타고 있는 천여 명의 군사가 포진하고 있음을 발견했기 때문이었다.

---

14 당항포(唐項浦) : 고성군 회화면 당항리.

이때 그는 침착하게 사람을 보내어 탐문해 오도록 했는데 그 결과 함안 군수 유숭인(柳崇仁)이 왜군을 쫓아서 이곳에 이른 것임을 확인하고는 마음을 놓았다. 뒤이어 그는 전령선을 통하여 유숭인에게 당항 포구의 형세, 즉 거리는 10여 리(2마일 정도)나 되고, 또 넓어서 전선이 들어갈 수 있다는 사실을 알게 되었다.

일반적인 정황을 알게 된 이순신은 치밀한 계획을 강구하여 먼저 3척의 전선으로써,

"포구 안의 지형을 상세히 정찰하는 동시에 만약 왜선에 발각되면 짐짓 퇴각을 가장하여 포구 바깥으로 이끌어 나오라!"

하고 엄명하였다.

그리고 나머지 전선은 포구 밖에 숨어 있다가 이를 요격할 계획을 세웠다.

몇 시간이 지난 뒤였다. 포구 안으로 들어갔던 전선은 바깥 바다로 나오면서 신기전으로 변보를 알렸다.

"적이 있으니 빨리 들어 오라!"

하는 보고였다. 그러나 이순신은 무조건 전 함대를 움직이지 않고 다시 묘안을 세웠다.

그는 전선 4척을 포구에 머물러 복병하여 있도록 지시한 뒤에 나머지 전선을 거느리고 포구 안쪽을 향하여 천천히 들어갔다.

이때 전선 4척을 포구에 복병해 둔 것은 좁은 길목이므로 전투 중에 도주하는 왜선을 격멸하고, 또 당포 해전 때의 전선 배치의 잇점을 살려, 왜군의 지원선이 올 것을 예측하여 취해진 것으로 이순신의 용의 주도한 작전 계획이었다.

이순신 함대는 한 진으로 형성하여 양편 산기슭의 강(江) 같이 된 곳으로 들어갔다.

유숭인의 말과는 달리 그 거리는 약 4마일이나 되었는데, 이순신은 그 사이의 지형이 그리 좁지 않아 싸울 수 있는 곳이라고 생각했다.

실제, 이 지역은 강과 좁은 바다로서 길이는 약 8마일이고 입구의 제일 좁은 곳이 약 0.2마일이며, 제일 넓은 곳이 약 2마일을 넘지 못하는 곳이었다.

이순신 함대는 소소강[15] 서쪽 기슭에 이르러 비로소 왜선의 실정을 확인하였다.

이들 왜선은 당포 해전 때의 모습과는 달리 모두 검은 칠을 하고 있었으며, 그 크기가 판옥선과 같은 대선이 9척, 중선이 4척, 소선이 13척으로 모두 26척이나 열박하고 있었다.

그리고 그 중의 대선 1척은 선수에 3층 누각을 세웠으며 단청(丹青)으로 분장한 것이 불당(佛堂) 같았고, 앞면에는 푸른 일산〔青蓋〕을 세우고 누각의 아래에는 검은 휘장을 쳤으며, 그 휘장에는 흰꽃 무늬〔白花紋〕가 크게 그려져 있고 휘장 안에는 수많은 병사들이 줄지어 서 있었다.

이들 전선 중, 이순신 함대를 바라본 대선 4척은 포구 안쪽에서 나와 한 곳으로 모이고 있었으며, 모두 검은 깃발을 꽂았고, 기마다 흰 글씨로 '나무묘법연화경(南無妙法蓮花經)'이라는 일곱 글자가 씌어

15 소소강(召所江) : 고성군 마암면 두호리.

있었다.

전투는 왜선들의 선공(先功)으로 개시되었다.

먼저 대선 4척은 이순신 함대를 향하여 철환을 우박같이 연발하는 것이었고, 공격을 당한 이순신은 여러 전선으로 하여금 응사하게 하면서 이들 왜선을 포위하게 했다. 동시에 그는 거북선을 돌진시켜 왜선 중의 대선을 공격 목표로 일제히 천·지자 총통을 쏘게 하고, 다른 전선들도 거북선의 뒤를 따라 번갈아 드나들며 총통과 화살을 우뢰같이 쏘게 했다.

그리하여 당항포의 좁은 포구에는 70여 척의 전선에서 연발되는 총성과 사살당하는 왜군들의 아우성 등이 천지를 진동하는 일대 격전이 전개되었다. 그러나 모든 것이 우세한 이순신 함대의 군사들은 사기충천하여 전세는 결정적이었다.

그런데 그때까지의 전투에서 왜군들은 그들의 전세가 불리하면 반드시 육상으로 도피하는 것이었으므로, 이를 잘 알고 있는 이순신은 이들을 끌어 내어 남김없이 섬멸하기로 결정하였다. 그는,

"우리가 짐짓 전선을 돌려 포위를 풀고 퇴각하는 것같이 보이면 왜병들은 그 틈을 이용하여 전선을 이동할 것이니, 그때 좌우에서 협격하면 모두 섬멸할 수 있을 것이다."

하여, 후퇴 이동의 기만 전술을 하달한 뒤에 곧 여러 전선을 양쪽 기슭으로 배치하고 퇴로를 개방해 주었다.

과연 이순신이 예측한 대로 왜선들은 누각선을 중심으로, 중선 및 소선이 날개처럼 그들의 누각선을 호위하면서 개방된 수로를 향하여 나오는 것이었고, 계속 이들 함대의 동향을 모르는 체 관망하던 이순

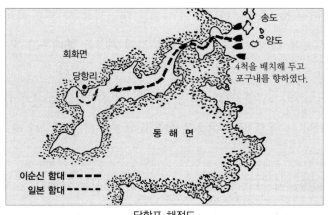

당항포 해전도

신은 이들 함대가 중류에 이르렀을 때, 준엄한 공격 명령을 내렸다.

그는 예정과 같이 좌우로 분산된 모든 전선들에게 명령하여 즉시 포위하게 하고, 거북선은 적의 기함인 누각선에 돌진하여 총통을 쏘게 하며, 다른 전선들은 화전으로 그 비단 장막과 돛을 쏘아 맞히게 하였다.

이에 거북선의 공격과 화전의 연발로 말미암아 누각선의 돛대와 장막은 불길이 일어나는 동시에 누각선 위에 앉아 있던 지휘관도 화살에 맞아 바닷속으로 떨어지고 말았으며, 이러한 광경을 본 다른 대선 4척은 이 틈을 이용하여 허둥지둥 바깥 바다로 도망치기 시작하였다.

그러나 이를 본 이순신과 이억기 함대의 여러 장령들은 좋은 기회를 잃지 않고 즉시 포위하여 맹격을 가하니 지휘관을 잃는 왜군들은 대부분 익사하고, 일부는 기슭을 타고 육지로 올라가서 산으로 도망하였다.

사기충천한 이순신 함대의 군사들은 창검과 화살 등을 가지고 이를 추격하여 43명의 목을 베고, 대부분의 왜선을 불태우고 짐짓 1척만을 남겨 두었다.

이는 이순신이 명령한 것으로 왜병을 섬멸하지 못하였기 때문에, 남은 적이 그 배를 타고 어둠을 이용하여 도주하면 사살해 버리려는 것이었다.

점차로 날이 어두워지고 있었으므로 이순신은 이억기 및 원균과 함께 모든 함선을 포구 바깥으로 이동하게 하여 내일의 작전을 논의하고 하룻밤을 지냈다. 다음 날 새벽에는 전부장 이순신(李純信)이 전일 남겨 둔 적선의 동정을 살피기 위하여 그가 거느린 전선을 포구에 잠복시켜 두었다. 역시 이순신이 명령한 것으로, 도망친 왜군들이 반드시 그 배를 타고 포구로 나올 것을 예상하였기 때문이었으며, 그 예상은 적중했다. 마침 전부장이 포구로 들어가려고 할 때, 왜군들은 남겨 둔 전선에 합승하여 나오고 있었다.

이때 잠복하고 있던 군사들은 일시에 불쑥 나타나면서 지 · 현자총통을 쏘는 한편, 장편전 · 철환 · 질려포(蒺藜砲) · 대발화(大發火) 등을 연발로 쏘았다.

왜군들은 좌 · 우로 또는 앞으로부터의 맹렬한 공격을 받고 결사적으로 도주하려고 했으나, 이를 알게 된 군사들은 요구금(要鉤金)으로 그 배를 끌어내어 배 안의 왜병들을 사살하기 시작했다.

이러는 동안, 반수 이상의 왜병들은 바닷속으로 뛰어 들었으며, 24, 5세로 되어 보이는 지휘관은 배 위에서 부하 8명과 함께 항전을 계속하면서 여러 개의 화살을 맞고도 끝내 버티고 있었으나 결국 10

여 개의 화살을 맞은 뒤에 소리를 지르며 바닷속으로 떨어지고 말았다. 뒤이어, 나머지 8명의 왜병들도 결사적인 항전을 하였지만 군관 김성옥(金成玉) 등이 사살하고 말았다.

그때 좌척후장 정운은 왜군에 사로잡힌 억만(億萬)이라는 동래 소년(13세)을 구출하였으며, 왜선에 실린 궤짝 속에 들었던 많은 문서와 3,040여 명의 분군기(分軍記)를 찾아 내었다. 이 문서에는 개개인의 이름 아래 서명하고 피를 발라 두었는데, 이들 왜병들은 피를 내어 서로 결사적인 분전을 맹세한 듯하였다.

이렇게 하여, 1척을 상대로 새벽부터 시작되었던 전투는 9시경에 끝을 맺었다. 왜선을 불사를 때 원균과 남해 현령 기효근 등은 뒤쫓아 와서 물에 빠져 죽은 왜병들을 모두 찾아내어 목을 벤 것이 50여 명이나 되었으며, 특히 지휘관의 머리는 별도로 이순신(李純信)이 표를 하여 서울로 올려 보냈다.

이순신은 이날의 해전을 보고하는 장계에서,

"〈생략〉 지금까지의 여러 해전에서 옥포는 붉은 기〔赤旗〕· 사천은 흰 기〔白旗〕·당포는 누런 기〔黃旗〕이었고, 이번 당항포 에는 검은 기〔黑旗〕인 바, 그 까닭은 각 부대를 식별하기 위함 이었을 것이며, 분군기(分軍記)를 보아서도 철저한 준비 아래 침범하였음을 알 수 있는 바입니다."

하여, 왜선에 대하여는 세심한 주의로써 관찰하여 보고하였다.

이 해전은 이순신·이억기 및 원균의 연합 함대가 처음으로 치른 것이었으나, 이순신은 원균 및 이억기의 함대를 통합하여 지휘의 통일을 기하였고, 적절한 작전 지휘로써 발견된 왜선을 전부 깨뜨리고 혹은 불살라 버렸다.

그리고 이날은 비가 내리고 바닷길을 분간하기 어려웠으므로 그대로 당항포 앞 바다에서 군사들을 쉬게 한 뒤, 저녁에 맛을간장[16]으로 이동하여 하룻밤을 지냈다.

다음 날, 이순신은 이른 아침부터 모든 함대를 지휘하여 시루섬〔甑島〕[17] 앞 바다에 이르러 일단 포진(布陣)하고 근해 일대의 왜선 수색에 임하였다.

수색 방법은 먼저 탐망선을 멀리 파견하고 주력대는 언제나 출전할 수 있는 만반의 준비를 갖추고 있는 것이었다.

그러자 천성 및 가덕 등지로 파견되었던 탐망 선장 진무 이전(李筌)과 토병 오수(吳水) 등이 왜선 1척을 발견하여 병사 3명을 사살하고 돌아와서,

"가덕 앞 바다에서 1척에 3명이 타고 도망하는 것을 추격하여 모두 쏘아 죽이고 머리 셋을 베었는데, 하나는 원균의 군관에게 빼앗기고 말았습니다."

라고 보고하는 것이었다.

이 말을 들은 군사들은 원균의 만행에 크게 분개했으나, 이순신은 아무런 말을 하지 않고 단지 말을 삼가라는 뜻으로 이들을 책망하고, 이전과 오수 등에게는 각별히 술을 나누어 주고, 다시 가덕 등지를

---

16 맛을간장(部乙干場) : 고성군 동해면.
17 시루섬〔甑島〕: 창원군 귀산면.

수색하게 하였다.

그리고 그는 왜선 1척이 나타났다는 사실로써 반드시 그 주위에 더 많은 왜선이 있을 것으로 믿고, 정오경에는 모든 함대를 지휘하여 영등포 앞 바다에 이르렀다. 이때, 그의 예상과 같이 대선 5척과 중선 2척을 발견하였다. 이들 왜선은 율포[18]를 출발하여 부산 방면으로 향하는 것이었다.

여러 전선들은 역풍을 거슬러 율포 앞 바다까지 추격하여 왜선과는 거리가 약 1마일 정도에 이르자, 왜병들은 전의(戰意)를 상실한 채, 배 안의 적재물을 바닷속으로 던지면서 일제히 도주하기 시작했다.

뒤따른 군사들 중에서 이몽구를 비롯한 여러 장령들은 일제히 공격을 개시하여 왜선을 포획 혹은 깨뜨리고, 혹은 불지르고, 배 안에 타고 있던 왜병들을 사살했다.

병력이 우세해서 쉽게 전승한 이순신은 다시 수색 작전을 전개했다. 그는 모든 전선을 두 개의 전대로 편성하여 가덕 · 천성 및 몰운대[19] 등지를 철저히 수색하도록 하였으나 아무런 성과를 얻지 못하고, 이날은 온천량(溫川梁) 안에 있는 송진포(松津浦)로 이동하여 밤을 지냈다.

이순신은 단 한 번의 단일 지역에 대한 수색 작전만으로 만족하지 않았다. 다음 8일에는 수색 작전을 더욱 확대하여 마산포 · 안골포 ·

─■
18 율포(栗浦) : 거제군 장목면(밤개라고도 한다).

19 몰운대(沒雲臺) : 동래군 사하면.

제포(薺浦) 및 웅천 등지에 탐망선을 파견하고 주력대는 남포 앞 바다로 옮겨 대기했다. 그러나 그날 저녁 탐망선으로부터 어느 곳에도 왜선을 발견할 수 없다는 보고를 접하고 다시 송진포로 옮겨 밤을 지냈다.

이어, 다음 날 새벽에는 웅천 앞 바다로 이동하여 다시 소선을 여러 전대로 나누어 천성·안골포 및 제포 등지로 파견하여 왜선을 탐색하게 하였으나, 역시 왜선의 그림자도 발견할 수 없었으므로, 이날은 당포로 이동하여 밤을 지냈다.

이번 율포 해전은 제1차 출전 시에 있었던 합포 및 적진포 해전에서와 같이 소수의 왜선을 상대로 한 것이었으나, 이순신의 계획에 의한 탐망선의 효과적인 활용으로 쉽게 승리할 수 있었다.

그러나 무엇보다도 왜군의 집결지라고 할 수 있는 부산포만은 이번에도 공격을 가하지 못하였다. 이에 관하여, 이순신은 조정에 올린 장계에서 뚜렷한 이유를 아래와 같이 말했다.

"가덕도에서 수색전을 전개하던 그날 그대로 부산 등지의 왜적을 섬멸하고 싶었으나, 연일 대적을 만나 바다 위를 돌아다니며 싸우느라고 군량이 벌써 떨어지고, 군사들도 피곤할 뿐 아니라 부상자도 많으므로, 피로해진 우리들이 왜적을 대적한다는 것은 군사상 좋은 계책이 아니옵니다.

또, 양산강은 지세가 좁아서 겨우 1척 정도를 수용할 수 있는 곳인데, 적선이 오랫동안 유박하여 이미 험한 곳에 위치하고 있으므로 우리가 싸우려면 적이 응하지 않을 것이고, 또 우리가 퇴각한다면 도리어 약점만 보이게 될 것입니다.

한편, 부산을 향하여 진행한다 하더라도 양산의 적이 뒤를 포위할 것이므로 타도에서 온 군대로써 깊이 들어가서 앞뒤로 적을 받는다는 것은 완전한 계획이 아니옵니다.

본도 병사의 공문에도 서울을 침범한 적들이 운송선을 빼앗아 서강(西江)으로 내려온다 하므로, … 〈생략〉 … 뜻밖에 사변도 걱정하지 않을 수 없어 신은 이억기와 의논하고 다시 가덕 등 여러 섬을 수색했으나, 끝내 적의 종적이 없었으므로 곧 본영으로 돌아왔습니다."

그는 출전 중에 반드시 고려하여야 할 군량 문제와 군사들의 사기 및 적정 등을 신중히 파악한 뒤에 10일 본영으로 귀항한 것이었다.

이번 2차의 출전은 72척의 왜선을 격파하는 큰 전과를 올린 것이었으나, 왜군들의 저항이 강하였기 때문에 이순신 함대는 정병(正兵) 김말산(金末山)을 비롯한 13명의 전사자와 이순신 및 나대용을 비롯한 34명의 전상자를 내었다.

이순신은 이들 중에서 전사자는 반드시 고향으로 보내어 후하게 장사를 지내게 하고, 그 처자는 구휼법(救恤法)에 의하도록 하였으며, 전상자는 약을 나누어 주어 충분히 치료하도록 각별히 지시하였고, 유공 장병을 일일이 3등급으로 나누어 조정에 논공 행상을 건의하였다.

사천·당포·당항포 및 율포 등 네 번의 해전을 총칭하여 '당포 해전'이라고 부르는데, 이순신은 이 해전의 공훈으로 자헌대부[20]로 승직되었다.

---

20 자헌대부(資憲大夫) : 정2품의 벼슬.

한편, 이순신이 출전 중에 있을 때, 산중에서 숨어 있던 피난민들은 이순신이 나타나기만 하면 기뻐하지 않는 사람이 없었다. 이들은 모두 내려 와서 그들이 본 왜선의 동태를 말해 주곤 하였으며, 이순신은 그들의 정상이 측은하여 왜선에서 얻은 쌀과 포목 등을 나누어 주었으며, 자기 주변에 몰려든 200여 명의 피난민들에 대하여는,

"각자가 자기의 직업에 부지런하며 편안히 살 수 있도록 마련하기 위하여 여수와 가까운 장생포(長生浦) 등 땅이 넓고 인가도 많은 곳에 이주시켰습니다."

하여, 피난민들의 안위를 위하여 자신의 힘이 미치는 데까지 계속 노력했으며, 여러 장령들에게는,

"한 번 승첩으로 방심하지 말고 군사들을 위로하고, 군비를 다시 정돈하여 급보만 있으면 출전하되, 언제나 한결같이 할 것을 엄하게 하라."

하여, 귀항 뒤에 일단 전진(戰陣)을 해체할 때에는 언제라도 출전할 수 있는 태세를 갖추게 하고, 육상 전투를 염려하여 6월 14일에는,

"신은 이제 전선 수만 척을 거느리고 비장군²¹을 선봉으로 삼고 바로 일본을 치러 …〈생략〉… 떠나겠습니다."

臣今率戰船數萬艘 以飛將軍某爲先鋒 直擣日本國 某月
신 금 솔 전 선 수 만 소 이 비 장 군 모 위 선 봉 직 도 일 본 국 모 월

某日 發行云云²²
모 일 발 행 운 운

21 비장군(飛將軍) : 선거이(宣居怡)를 이름.
22 이 충무공 전서 권 9에서 인용.

라는 내용의 장계를 써서 서울로 가는 길가에 고의적으로 떨어뜨려 왜군으로 하여금 주워 보게 했다. 이는 육상에 둔거한 왜군들을 정신적으로 불안하게 하고, 그 일부분을 바다로 유인하여 격멸하려는 이순신의 계책이었던 것이다.

그런데 이순신은 수많은 해전에서 왜선을 나포하여 그의 약한 함대 세력을 증강하는 계획을 세우지 못하고 무조건 때려 부수고, 혹은 불태워 버린 것이었으나, 이와 같은 문제는 제3차 출전 시에 고려되었다.

제3장

빛
나
는
한
산
대
첩

제2차 출전에서 귀항한 이순신은 일단 군사를 휴식시키는 한편, 다음 출전을 위한 전선의 정비와 재 훈련 및 첩보 수집을 게을리하지 않았다.

그리고 이와 같은 정비와 훈련은 전라 좌수영 관내의 수군에게만 실시한 것이 아니라, 육상의 순찰사 및 우수사 이억기 등에게도 공문을 돌려 엄한 약속 아래 실시하고 있었다.

반면, 이순신의 출전으로 말미암아 토오도오(藤堂高虎) 및 쿠루시마(來島通久) 등이 거느린 수군 주력 부대를 잃게 된 왜군들은 크게 당황하면서 새로운 대응책(對應策)을 강구하고 있었다.

왜냐하면 개전 초에는 경상도 수군의 파멸로 인하여 수륙병 진책(水陸倂進策)을 단행할 수 있다고 생각하고, 그들의 수군 지휘관들이 일부분 육상 전투에 참가한 것이었으나, 뜻밖에 이순신의 출전으로 그들의 수륙 병진 작전에 커다란 타격을 받게 되었기 때문이었다.

이에 육상의 수비장으로 전출하였던 수군장 와키자카(脇坂安治), 구기(九鬼嘉隆) 및 카토오(加藤嘉明) 등은 그들 수군의 패보를 접하자마자 웅천 및 부산 등지로 내려와서 수군을 다시 수습하면서 그때의 패전을 기어코 보복한다는 목적 아래 철저한 준비를 하고 있었다.

뿐만 아니라, 일본에 있는 도요토미 히데요시는 원정군이 육상에서 연승하는 보고를 듣고 만족하였으나, 반대로 해전에서 연패한다는 보고를 받고는 매우 당황했다. 이에 도요토미는 바다를 제압하지 않고는 도저히 대륙 침공을 성공할 수 없다고 하여 와키자카를 총지휘관으로 삼아 새로이 함대를 조직하게 하여 조선 수군, 즉 이순신 함대를 섬멸할 것을 명령하였으며, 와키자카를 비롯한 여러 수군장들은 제각기 함대를 편성하여 7월 초에는 자신만만하게 서남 해상으로 진출하고 있었다.

이순신은 이와 같은 왜군의 움직임을 수시로 파악하고 있었는데, 그는 철저한 첩보 활동에 의하여,

"가덕과 거제도 등지에 왜선이 10여 척, 혹은 30여 척이 수시로 출몰한다."

하는 사실을 알고 있었다.

그리고 육상 전투에 있어서는 금산(錦山) 등지의 왜군들이 분탕을 자행하고 있으나 대응할 군사들이 없기 때문에 왜군의 기세는 점점

높아지고 있다는 사실을 입수하고 있었으며, 이러한 패보를 접하자,

"이렇게도 조선에 사람이 없는가? 이렇게도 조선 사람은 못난 백성인가?"

라고 한탄하기도 했다.

이순신은 이러한 때 먼저 해상으로 출몰하는 왜군을 격멸하는 것만이 가장 시급한 일이라고 생각했다. 그에게는 '상륙한 왜군들이 아무리 날뛰더라도 바다를 가로막으면 파멸한다.'라는 소신에는 조금도 변함이 없었다.

이리하여, 그는 제3차의 출전을 결정하고, 우수사 이억기와 연락하여 7월 4일 저녁 전라 좌·우도의 함대를 여수 앞 바다에 집결시켰다.

다음 5일에는 연합 함대의 편성과 아울러 철저한 훈련을 실시하고 전투 시에 있어서의 구체적인 방법을 결정한 후 모든 전선을 거느리고 경상도로 출전하였다. 출전 당시의 전선 수는 48(9)척이었으며, 함대 편성은 제2차 출전 시와 거의 같았다.

이순신이 거느린 연합 함대는 그날로 남해의 노량 해상에 이르렀다. 여기서 깨어진 전선 7척을 수리하여 거느리고 온 원균을 만났다. 이순신은 전라 좌·우도 및 경상도의 수군을 통합하여 55(6)척의 전선으로써 연합 함대를 재편성하고 앞으로의 작전 계획 등에 관한 세부 사항을 결정하여 제반 약속을 굳게 하였다.

이때 결정된 계획과 약속에 관하여는 기록에 명시되어 있지 않으나, 1, 2차의 연합 작전에서 얻은 교훈, 즉 단일 지휘관에 의한 명령 계통의 일원화와 작전 시의 여러 표식과 암호 등이 결정되었을 것이

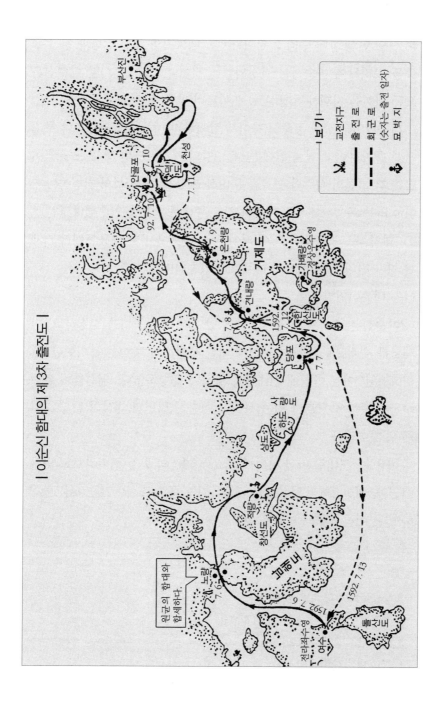

| 이순신 함대의 제 3차 출전도 |

보기
- 교전지구 ✗
- 출 전 로 ━━━
- 회 군 로 ┅┅ (숫자는 출전 일자)
- 묘 박 지 ⚓

부산진

안골포 92.7.10

원균의 함대와 합세하다.

7.11일 천성
7.9 온천량

거제도 견내량 경상우수영 가배량

7.8 1592. 7.12 당포 7.7 한산도

사량도 하도 상도

7.6 창선도 적량

고흥 내

노량 7.6 창선도

전라좌수영 여수 1592. 7.6 1592. 7.13 욕지도

189

며, 3도 연합 함대의 최고 지휘관은 그때까지의 해전 경험과 전선 수 등을 고려하여 이순신이 결정되었을 것이다. 그리고 이날 이순신은 모든 전선을 지휘하여 창신도[1]에 이르러 밤을 지냈다.

다음 7일은 강한 동풍이 불어서 항해하기 매우 곤란하였으나 무리하게 출발하여 해질 무렵에는 6월 2일의 격전지였던 당포 포구에 이르러 각 전선의 식수와 연료를 준비하고 있을 때 그 섬의 김천손(金千孫)이라는 목동으로부터 아래와 같은 중대한 정보를 입수했다. 즉,

"왜의 대·중·소선 70여 척이 오늘 하오 2시경, 영등포에서 거제를 지나 견내량[2]에 이르러 머무르고 있습니다."

라는 내용이었다.

이순신은 즉시 여러 장령들에게 만반의 전투 준비를 명령하고, 밤새도록 숫적으로 우세한 왜선에 대한 응전책(應戰策)을 논의했다. 그리고 8일[3] 이른 아침에 견내량을 향하여 출항하였다. 왜선들이 조선 수군의 동향을 모르고 있는 사이에 이순신은 먼저 왜선의 동향을 알게 된 것이었다.

이윽고, 견내량 바깥 바다에 이르러 왜선의 동향을 바라보고 있을 때였다. 왜선 2척이 선봉으로 나오다가 안쪽으로 들어가는 것을 발견하였다. 이들 2척[4]의 왜선은 척후선인 것 같았다.

---

1 창신도(昌信島) : 남해군 창선면.

2 견내량(見乃梁) : 통영군 용남면 원평리.

3 8일 : 당시 양력 8월 14일.

4 2척 : 대선 1척과 중선 1척.

이순신은 이 2척의 왜선을 뒤쫓아 왜선의 세력과 그 근처의 지형을 상세히 관찰했다. 왜선의 수는 김천손의 말과 거의 같이 73척[5]이었다. 그러나 견내량은 지형이 좁고, 또 암초가 많아서 전선의 활동이 자유롭지 못하다는 것을 확인한 후 이렇게 말했다.

"싸움하기가 어렵고, 적은 형세가 불리하면 기슭을 타고 육지로 올라갈 것이다. 그러므로 한산도 앞 바다로 유인하여 전멸시킬 계획이다.

한산도는 거제와 고성 사이에 위치하여 도주할 곳이 없고, 혹 육지로 오르더라도 굶어 죽게 될 것이다."

그리고 실제로 왜선을 끌어내기 위하여 주력 함대를 조금 한산도 쪽으로 이동시키고, 전선 5, 6척을 선발하여 다음과 같은 지시를 내렸다.

"앞서 들어간 2척의 왜선을 추격하는 것같이 가장하여, 왜선의 공격을 받음과 동시에 주력 함대가 있는 곳으로 슬슬 물러 나오도록 하라!"

이러한 이순신의 유인 전술은 그대로 적중하였다. 전선들이 뒤쫓아가자, 왜선들은 일제히 돛을 달고 나오면서 공격을 개시하는 것이었다. 이 순간, 전선 5, 6척과 조금 후방에 위치하고 있었던 주력 함대는 전술적인 후퇴를 개시하였다.

특히, 이순신은 후퇴를 가장하면서 왜선과의 도전(挑戰)을 시도할 수 있도록 주의 깊게 각 전선들의 속력을 조절했고 왜선들은 사기충

---

5 73척 : 대선 36척 · 중선 24척 · 소선 13척.

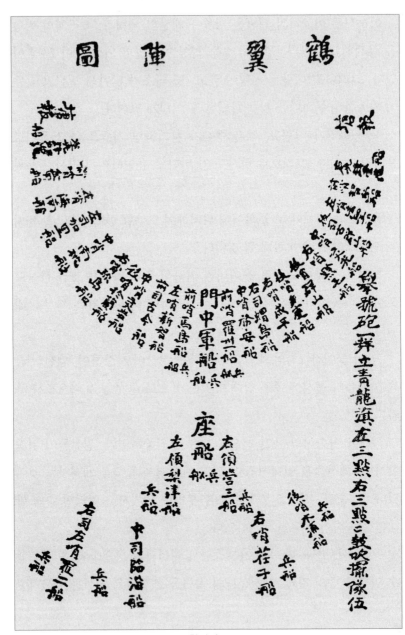

학익진도

천하여 앞뒤를 가리지 않고 따라 나오고 있었다.

양 함대의 전선들이 거의 한산도 앞 바다에 이르렀을 때였다. 돌연히 이순신은 모든 전선을 향하여 북을 울리고 새로운 명령을 내렸다.

"모든 전선은 선수를 돌려라!"

"모든 전선은 학익진(鶴翼陣)⁶을 편성하여 적의 선봉선을 먼저 공격하라!"

명령이 하달됨과 동시에 모든 전선은 위험한 적전(敵前)에서 대회전(大回轉)을 하기 시작했다. 이때의 학익진은 마치 스페인의 무적 함대(Armada)가 영국을 공격할 때의 독수리 진형(Eagle-Formation)과 비슷한 것이었다.

그런데 사실상 이순신의 계획과 명령은 매우 위험한 것이었다. 왜냐하면 공격을 가해오는 적전에서 많은 전선이 일시에 선두를 돌린다는 것은 쉬운 일이 아니기 때문이다. 영국의 유명한 해전사가(海戰史家)인 발라드(G.A. Ballard) 제독도 이러한 이순신의 작전에 관하여 아래와 같이 감탄했었다.

"일제히 180도로 선회하여 적의 선도 추격 함선을 반격하는 전법은 전문적인 지식이 없는 사람으로서는 쉽게 생각할 수 없는 일이며, 또 이러한 기동은 잘 훈련된 함대에서도 시험적으로 시도되는 기동인 것이다."

적전에서 대선회를 무사히 완료한 이순신 함대는 학익진을 형성했다. 이제 왜군의 주력 함대인 신예 전선 73척과 55(6)척으로 편성된

---

6 학익진(鶴翼陣) : 학이 양 날개를 펴듯이 치는 진형(陳形).

이순신 함대가 승패를 판가름할 순간이 닥친 것이다. 이 해전의 패배는 곧 조선 수군의 전멸을 뜻하는 것이며, 나아가서는 도요토미의 대륙 침공을 성취시켜 주는 중대한 판국이었다.

이제 양 함대의 거리는 서로가 식별할 수 있는 정도에 이르렀다. 이순신 함대의 여러 장령들은 조금도 두려움을 갖지 않고 지·현자 및 승자총통 등의 각종 포화를 연발했다. 공격의 주목표는 선봉선 2, 3척이었다.

반면, 상상 외로 대공격을 받게 된 왜의 선봉선은 반격을 개시했다. 그러자 이들 선봉선은 집중 포화를 막아낼 수 없어서 순식간에 부서지기 시작했다. 이리하여 해전은 본격적인 단계에 돌입하는 것 같았으나 의외에도 싱겁게 끝날 징조를 보이고 있었다.

선봉선의 파손을 목격한 다른 왜선들은 초기부터 사기가 저하되어 대혼란을 일으키는 동시에 격전 중 도망할 기색을 보이기 시작했다. 이때 진두 지휘를 하면서 왜선의 동태를 파악한 이순신은 계속 북을 치면서 다시 명령을 내렸다.

"적의 대선 아니면 누각선을 공격하도록 하라!"

이러는 동안, 전투 초기부터 기세를 올린 군사들은 앞을 다투어 돌진하면서 전환(箭丸)을 발사하고, 권준은 자기 자신을 돌보지 않고 맨 먼저 왜의 대선단에 돌입하여 누각 대선 1척을 나포하고, 그 전선의 지휘관과 병사를 사살했으며 이 왜선에 포로된 조선인 1명을 구출했다.

뒤이어 광양 현감 어영담·사도 첨사 김완·흥양 현감 배흥립·방답 첨사 이순신·좌돌격장 이기남·좌별도장 윤사공·낙안 군수 신호·녹도 만호 정운·여도 권관 김인영·발포 만호 황정록·우별도장 송응민·홍양 통장 최천보·참퇴장 이응화·우돌격장 박이량·유군(遊軍一領將) 손윤문·오령장(五領將) 최도전 등의 여러 장령들도 용감히 돌진하여 누각선과 대선에 전 화력을 집중하여 그 배의 지휘관들을 사살하고, 왜선을 나포 혹은 불태우기 시작했다.

전황이 이렇게 진전(進展)하자 비명을 울리면서 바닷속으로 떨어지고, 혹은 거꾸러지는 왜병이 헤아릴 수 없이 많았다. 뿐만 아니라 이들 대선단은 진형을 잃고 혼란 상태에 놓였으며, 독전 중이던 지휘관들의 전사로 인하여 무질서한 발악을 계속하고 있었다.

이날, 왜 수군의 총 지휘관은 39세의 와키자카 야스하루(脇坂安治)였다. 그는 전투 시 후방에서 독전하고 있었으며 그 주위에 14척의 전선을 배치해 두고 있었다. 그러나 이들 14척은 전혀 그들의 병사들을 구출하지 못했으며 이들은 응전할 기색도 없이 공포에 사로잡혀 안골포 및 김해 등지로 도주했다. 특히 와키자카는 도주한 후, 구사일생(九死一生)이라는 말을 남겼다.

이로 말미암아 전방에서 항전하던 약 400여 명[7]은 완전히 대세가 기울어졌음을 알고 가까운 한산도로 도주했으나 퇴로가 막혔으므로 전선을 버린 채 육상으로 도주하고 있었다.

사기충천한 이순신 함대의 군사들은 조금도 두려움을 갖지 않고 이를 추격하여 그 중의 일부는 사살하고, 버린 전선은 모두 불태워 버렸다. 다만 김해 등지로 도주한 14척만은 추격하지 못한 채 종일의

---

7 400여 명 : 일본측 기록에는 200여 명.

접전으로 군사들이 피곤하고 또 해가 저물었던 까닭에 서서히 견내량 안 바다로 이동하여 하룻밤을 지냈다.

이리하여, 이순신은 한산도 앞 바다로 끌어낸 왜선 73척 중, 12척을 나포하고 47척을 불태워 버리는 큰 승리를 거두었다. 특히 전투 중에 12척을 나포한 것은 이번이 처음이었으며, 이러한 승리는 이순신의 탁월한 작전 지휘와 함께 모든 군사들이 용전 분투한 댓가로 얻은 것이었다.

한편, 이 해전에 관한 일본측 전기(傳記)에는 그날의 해전 양상을 이렇게 적어 두고 있다.

"조선의 전선이 좁은 안 바다를 지나 넓은 바다로 나가더니 일시에 키를 다시 잡고 …〈생략〉… 우리 배를 둘러싸고 계속 총과 활을 쏘아 공격하니 우리들 배에서는 사상자가 많았다. 조

견내량 해전(추상)도

선 수군은 큰 배이고 우리는 작은 배이므로 적대할 수 없어서 다시 안 바다로 후퇴했다. 적의 전선은 추격 또 추격하여 우리 배에 화전을 쏘니 배에 불이 일어나는데 …〈생략〉… 이름 있는 자들도 전사했다."

이순신은 다음 날, 다시 왜선을 격멸할 목적으로 가덕 방면으로 향했다. 이때에도 그는 척후선을 멀리 파견하고 그 뒤를 주력 함대가 따르도록 했다. 이들 함대의 군사들은 모두 전일의 전승에 고무되어 드높은 사기로써 최후의 1척까지 때려 부술 전투 정신으로 충만되어 있었다.

그런데 이순신 함대가 견내량을 출발할 시간을 전후하여 왜군의 신예 함대를 거느린 '구기' 및 '카토오' 등은 부산에서 가덕도를 거쳐 바로 이날 안골포로 향하고 있었다. 따라서 이순신 함대와 왜선은 서로 알지 못하는 가운데 접근하고 있었고, 이러한 왜선의 동정은 해가 저물어 갈 무렵에 이순신 함대의 척후선이 먼저 발견하여 다음과 같이 보고했다.

"왜선 40여 척이 안골포에 정박하고 있습니다."

이때 이순신은 이억기 및 원균과 함께 토멸책(討滅策)[8]을 논의했으나 이미 해는 서산에 걸려 있고, 역풍이 강하게 불어 더 나아갈 수 없었다. 그리하여 부득이 온천량에 이르러 하루를 쉬고, 다음 10일 새벽에 안골포로 향하여 출전하였다.

안골포 바깥 바다에 이르자, 이순신은 그때까지 사용하지 못한 작

---

8 토멸책(討滅策) : 공격하여 멸망시키는 계책.

전 계획을 다음과 같이 지시했다.

1. 나(이순신)는 최선두에게 학익진을 형성하여 포구 안을 향하여 돌진한다.

2. 이억기 수사는 포구 바깥 바다에서 결진하여 왜선이 오는 것을 사전에 막는다. 만약, 포구 안에서 전투가 개시되면 일부의 병력을 복병해 두고, 포구 안으로 들어와서 협력한다.

3. 원균 수사는 나(이순신)의 뒤를 따라 전투에 임한다.

말하자면, 이순신은 모든 함대를 나누어 각각 작전 임무를 분담하도록 한 것으로서 안골포의 지형과 왜군들의 실정을 확인하지 못하였던 까닭에 만일의 경우를 위하여 예비 함대와 같은 역할을 고안한 것이며, 또 소수의 전선으로써 적을 유인하려는 것이었다.

예정된 계획에 따라 이순신은 안골포 포구에 이르러 적세를 관망했다. 척후선의 보고와 같이 왜선은 42척[9]이 머무르고 있었다. 그중에서도 기함으로 보이는 3층 누각의 대선 1척과 2층 누각으로 된 대선 2척은 포구 바깥을 향하여 정박하고, 그 외의 여러 전선들은 3개 진으로 형성하여 질서 정연하게 정박하고 있었다.

그리고 이 안골포의 포구는 매우 협소하고 얕아서, 퇴조하면 해저가 노출되기 때문에 판옥선과 같은 대선은 자유롭게 출입할 수 없는

---

9 42척 : 대선 21척·중선 15척·소선 6척.

곳임을 알게 되었다.

적세 및 지형을 파악한 이순신은 수차에 걸쳐 여러 가지 방법으로 유인 작전을 감행했다. 그러나 한산도 앞 바다에서 와키자카가 거느린 그들의 함대가 이순신의 유인 작전으로 말미암아 대패했다는 것을 알고 있었던 까닭에, 형세가 급하면 육상으로 도주하려는 계획으로 전선은 험한 곳에 집결하고 항전할 기색을 보이지 않았다.

이에 이순신은 작전 계획을 일부 변경하여 여러 장령들에게 번갈아 왜선이 있는 곳까지 드나들면서 각종 총통을 빗발같이 발사하게 했다.

이러한 이순신의 공격 방법은 전선과 무기의 형태가 다르지만 1898년 마니라 베이(Manila Bay) 해전 때, 미국의 듀이(George Dewey) 제독이 바로 이와 비슷한 전술로써 승리를 거두었던 것이다.

전황이 이렇게 되자, 공격을 받게 된 왜병들도 이제는 하는 수없이 용감하게 그들이 갖고 있는 조총 등의 신예 병기(新銳兵器)로써 반격했다. 이리하여 이 조그마한 포구에서는 치열한 공방전이 전개됐다. 특히 이 해전을 지휘하는 '구기 요시다카' 는 특수 신형 전선인 '니혼마루(日本丸)' 에 승선하고 있었으며, 조선 수군을 격멸할 것을 사명으로 전투를 격려하고 있었다.

요란한 총성과 더불어 바깥 바다에서 대기중인 이억기 함대도 예정 계획에 의거하여 포구 안으로 돌입했으며, 모든 전선의 화력을 왜선의 누각선에 집중하였다.

이러는 동안, 기함격인 2층 누각선에서 응전하던 병사들은 거의 사망하였다. 살아 있는 약간의 병사들은 도망하지 않고, 그들의 사상

자를 소선으로 실어내
고, 다른 전선의 병사
를 옮겨 실어 결원을
보충하느라고 분망했
다.

그리고 누각선에 옮
겨진 보충 요원 중에서
사상자가 생기면 먼저
와 같이 전투 요원을
다시 누각선으로 모으

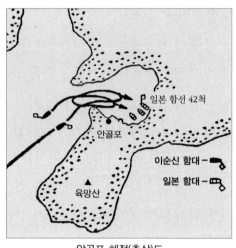

안골포 해전(추상)도

면서 최후의 기력을 다하여 끈기 있게 응전을 계속하는 것이었다.

그러나 이와 같은 양 함대의 공방전이 종일 계속되는 동안, 누각선
과 다른 전선들은 거의 부서지고 지휘관인 구기 및 카토오를 비롯한
일부의 왜병들은 밤을 이용하여 도주하고 말았으며, 안골포 포구에
는 종일의 포성이 멎고 이순신 함대의 늠름한 모습만이 바다 위에 빛
나고 있었다.

이 안골포 해전은 우수한 왜병들의 임전 정신을 보여준 것이었으
나, 이순신의 끈덕진 공격을 막아내지는 못하였다. 한산도 앞 바다에
서 대패한 와키자카 야스하루와 함께 조선 수군을 전멸시킨 후에 수
륙 병진을 꾀하려고 하였던 구기 요시다카와 카토오 요시아키 등이 거
느린 신예 함대마저 거의 전멸당한 것이었다.

한산 및 안골포 해전은 병력 수로나, 지리적 여건에 있어서도 이순
신 함대가 매우 불리하였던 것이나, 그의 유능한 작전 지휘로써 1척

의 전선도 잃지 않았으며, 단지 19명의 전사자와 114명의 전상자를 내었을 따름이었다.

그러나 저녁놀 아래서 도망하는 왜병들의 뒷모습을 바라본 이순신은 승리의 기쁨과 함께 분통함을 참아야만 했었다. 그는 자신의 승리보다 도망친 왜병들이 죄 없는 백성들에게 해를 끼친다는 것을 마음 아프게 여겼던 것으로,

　　　"〈생략〉 상륙한 적을 다 잡지 못하였으니, 그곳 백성으로 산중에 숨어 있는 사람이 많은데, 만일 왜선을 전부 불태워 버리면 도망할 길 없는 막다른 골목의 적들이 우리 백성들에게 살륙을 자행할 것이다. 〈생략〉"

하여 백성들의 생명을 염려한 나머지 포구 안의 잔선(殘船)만은 그대로 남겨 두고, 그날 밤은 약 2마일 정도 밖으로 이동하여 휴식했다. 잔선을 남겨 둔 것은 6월 6일의 당항포 해전 때와 같이 왜병들을 섬멸하기 위한 것이었다.

다음 11일 새벽, 이순신은 안골포로 들어가 보았다. 그러나 왜병들은 밤중에 닻줄을 끊고 도주하고 없었으므로 10시경에 모든 전선을 거느리고 양산강(梁山江)과 김해 포구 등지를 탐색하였다. 그러나 그가 찾는 왜선과 왜병은 발견할 수 없었으므로 다시 새로운 수색 방법을 강구했다.

그는 가덕 바깥 바다로부터 몰운대에 이르기까지 함대의 진형을 펼쳐 수군의 위용을 과시하면서 탐망선을 사방에 파견하여 철저한 수색 작전을 전개했다. 그러자 이날 밤 8시경에 탐망군 허수광(許水

光)으로부터 왜선에 대한 보고를 받았다.

"연대(烟臺) 위로 망을 보러 올라가는 길에, 봉 밑의 조그마한 암자에 사는 늙은 중을 데리고 올라갔습니다. 연대에서 바라보니 양산과 김해의 두 강 구석쪽에 흩어져 있는 전선이 100여 척이나 되는데, 늙은 중의 말을 들으면 '근일에는 날마다 50여 척씩 들어 오던 전선들이 전일에 안골포의 포성을 듣고 간밤에 거의 도망하고 이제 100여 척이 남은 것이다.'라고 합니다."

그러나 이 보고만으로는 확실성이 없으며, 또 해안 깊숙이 왜선이 있다 하더라도 쉽게 공격할 수 없는 일이었다. 그리하여 이순신은 천성보(天城堡)로 이동하여 잠시 동안 왜선들에게 장기간 머무르는 것같이 조선 수군의 위세를 보이게 하고, 그날 밤을 타서 회군(回軍)을 개시하여 12일 10시경 한산도에 이르렀는데, 이날의 야간 이동은 적에게 함대 행동을 은폐하려는 이순신의 치밀한 함대 운용이었던 것이다.

한산도에는 4일 전의 해전 때, 도망친 왜병들이 굶주림에 허덕이면서 일부는 해변에서 어슬렁거리고, 일부는 졸고 있었다.

그러나 이들 왜병들은 도망할 길이 막혀 있으므로, 이순신은 우선 모든 전선과 군사들의 실정을 파악하고 일단 여수로 귀항하여 아래와 같은 장계를 올렸다.

"〈생략〉 신과 본도 우수사(이억기)는 타도의 군사로써 군량이 벌써 떨어졌으며, 또 금산의 적들이 전주에 이르렀다는 연락이 있으므로, 한산도에 있는 왜병들은 거제의 군사와 백성들이 합력하여 토벌한 후 그 결과를 공문으로 통지할 것을 원균과 약속하고 13일 본영(여수)으로 귀항했습니다."

즉, 군량과 육상의 전세를 염려하여 여수로 귀항한 것이었고, 이억기 수사와는 기회를 기다려 다시 연락이 있으면 곧 전선을 거느리고 달려올 것을 약속하고 파진(罷陳)하였다.

이순신은 여수에 도착하자 군사들의 사기를 고려하여 먼저 공을 세운 장령들을 1, 2, 3등급으로 구분하여 보고하고, 또 전사자 19명은 전과 같이 구휼법에 의하도록 했으며, 전상자 114명은 충분한 치료를 하도록 엄명했다. 그리고 그 외의 군사들에게도 각별히 그 노고를 치하하였다.

이번 3차 출전의 두 해전을 합하여 '견내량 해전' 또는 '한산 대첩'이라고 부르는데, 이 해전에서 왜군들은 전라도 수군, 즉 이순신의 위용에 눌려 꼼짝 못하고 말았다. 그들이 바라던 수륙 병진은 꿈으로 사라졌고, 평양까지 진출한 코니시(小西行長)는 지원군이 오기를 고대하였으나, 수군의 패배로 결국 남하(南下)하지 않을 수 없는 운명에 놓였다. 특히 접전할 때 왜선 내에서 구출된 우근신(禹謹身) 등이 진술한 내용에는,

"〈생략〉 다른 말은 모르겠으나 '전라도'라는 말을 들먹이면서 칼을 휘두르고 혹은 …〈생략〉… 조선 수군을 격멸할 기세를 보이더라."

하였고, 또 웅천 사람 주귀생(朱貴生)은,

> "왜인들은 전라도에서 접전할 것이라고 하는데, 여러 배에
> 는 방패 외에 회목(槐木) 판자로써 덧붙여 튼튼히 만들고, 그
> 안에서 서로 약속하고 세 곳에서 분둔하고 있었으나 하룻밤에
> 는 멀리 보이는 고기잡이 불을 보고, '전라도의 수군이 온다.'
> 하고 떠들어 대며 어찌할 줄 모르고 있었다."

라고 하였는데, 이는 전라도, 즉 이순신 함대의 위용에 눌려 어찌할
바를 모르고 있는 왜군들의 실정이라 할 것이다.

그리고 한산 대첩의 보고를 받은 임금(선조)은 또다시 이순신에게
'정헌대부'[10]라는 작위를 내리고 그의 공훈을 이렇게 찬양하였다.

"세상에 드문 인재는 세상에 드문 대우를 받는 법이며, 비상한 충
성은 비상한 공훈을 기다리는 것이니, 큰 상인들 어찌 아까울 수 있
으랴. 왜적에게 8도를 짓밟히어 견고한 성곽을 잃고, 깨끗한 한 조각
의 땅이라고는 전라도와 그 바다뿐이로다."

관군은 흙이 무너지듯 달아나기만 하고 의병은 일어났으나 떨치지
는 못하도다. …〈생략〉… 헛화살 하나도 잃어버릴 것 없이 전승(全
勝)의 공을 세워 임금의 위엄을 땅 끝까지 떨치었으니, 누가 나라의
한 구석만을 지켰다고 할 것이냐? …〈생략〉… 어허, 100리를 가는
사람은 90리로써 반을 삼는 것이니, 그대는 끝까지 변하지 말지어
다."

---

10 정헌대부(正憲大夫) : 정2품의 벼슬.

뿐만 아니라, 뒷날 서양의 사학가들도 높이 평가했는데, 유명한 헐버어트(H.G. Hulbert)는 이렇게 감탄하였다.

"이 해전은 조선의 살라미스(Salamis) 해전이라 할 수 있다. 이 해전이야말로 도요토미의 조선 침략에 사형 선고를 내린 것이며, 도요토미가 기획하던 명나라 정벌의 웅도(雄圖)를 좌절시킨 것은 바로 이 일전(一戰)에 있었던 것이다."

사라미스 해전은 B.C. 480년, 페르샤군이 그리이스의 수도까지 침입하였을 때, 그리이스의 테미스토클레스(Themistocles) 제독이 페르샤 해군을 사라미스 만으로 유인하여 격멸함으로써 전 페르샤 군을 격퇴하게 하는 일대 전환점을 마련하여, 패망 직전에 놓인 그리이스를 구출할 수 있게 하였던 것이다.

따라서 이 해전을 이순신의 한산 대첩과 비교하여 논평하는 것은 해선상의 전술이나 참여한 전선 등이 같다는 것이 아니라, 그 해전의 결과에 나타나는 사실이 같기 때문인 것이다.

참으로, 매사에 주도 치밀한 이순신의 군사 운용과 전투장에서의 침착과 용감함은 힘든 해전을 승리로 이끌어 주었고 나아가서는 임진왜란의 불리한 전국(戰局)을 유리하게 전환해 주었으며, 여기에 그의 공훈이 있는 것이다.

제4장

부
산
포

해
전
의

대
승
리

이순신의 제3차 출전은 왜군의 기세를 완전히 꺾고 말았다. 비록,
그가 왜군의 집결지인 부산을 공격하지는 못했다고 할지라도 왜군들
은 당초의 작전 계획을 변경하지 않으면 안되었다.

견내량 해전의 패보가 일본에 알려지자 도요토미는 크게 실망하여
7월 14일에는 수군장 와키자카 야스하루에게 수군의 경거망동을 꾸
짖고,

"거제도에 축성하여 구기 요시다카 및 카토오 요시아키 등과 같이
이를 수비하도록 하라!"

하는 명령을 내렸다.

뒤이어 16일에는 수군장 토오도오 다카토라에게 대총 300자루와

탄약 약간을 보내어,

"성새(城塞)를 거제도 및 중요 포구에 구축하고 대총을 분치(分置)하여 구기・와키자카・카토오・쿠루시마 및 기슈(紀州)의 수군을 각 성새에 분둔하게 하고, 규슈(九州) 및 시고구(四國) 등지의 전선과 서로 연락하여 조선의 수군에 대비하며 적과 해상에서 싸우는 것을 금한다."

하는 명령을 내려 거제도 등지의 각 포구에 대한 수비에만 주력하도록 하였다.

이러한 도요토미의 명령은 해양의 제패 없이는 대륙으로 진군할 수 없는 것을 확인한 것이었으며, 그들 국내에서는 수군의 재건을 위한 준비를 급히 서두르게 하였다.

그러나 왜군들이 수비 태세에 들어가면서 전비를 강화하는 동안, 이순신은 왜선이 보이지 않는다고 하여 조금도 방심하지 않았다. 그는 기어코 왜군을 섬멸하고 말 것이라는 굳은 각오와 계획 아래, 여수로 돌아온 뒤에도 계속 전쟁 준비에 전력을 기울이고 있었다.

이순신은 전쟁 준비를 하는 데 있어서 중요한 것의 하나는 군량이라고 생각했다. 그는 수차에 걸친 출전에서 항시 군량의 부족으로 고심했으며, 특히 이번 3차 출전에서 여수로 귀항하지 않으면 안 되었던 요건이 군량 문제에 기인하고 있었다. 때문에, 그는 여수로 돌아온 지 3일 후인 7월 16일에는,

"본영과 본도 소속 각 포구의 군량은 세 번이나 출전하여 오랫동안 바다에서 작전 행동을 하는 동안, 많은 전선의 군사들

이 굶주리기 때문에 군량이 넉넉하지 못한 채 이미 다 나누어 주었는데, 왜적들이 아직 물러가지 않아 우리는 잇달아 바다로 내려서야 하므로, 군량을 달리 어찌할 방도가 없어 극히 민망하고 염려스러워 부득이 순천에 눌러 두었던 군량 500여 석은 본영과 인접한 방답진에, 흥량 군량 400석은 여도·사도·발포 및 녹도 등 네 포구에 각각 100석 씩을 우선 옮겨다가 불의의 일에 준비하도록 할 것을 도순찰사(이광)에게 공문으로 보냈습니다."

하는 내용의 장계를 올렸다.

말하자면, 그는 그때까지 비상용으로 준비해 두었던 1천여 석의 군량을 불의의 일에 대비하도록 한 것으로 이와 같은 그의 준비는 군량을 확보해 두어야만 전쟁을 지속할 수 있으며, 또 군사들의 사기를 앙양시킬 수 있는 일이라는 것을 확신하고 있었기 때문이었다.

뿐만 아니라, 이순신은 부산 등지에 왜군이 머무르고 있다는 것보다도 그때까지 수차의 해전에서 연패한 그들이 반드시 준비를 강화하여 다시 침범할 것이라는 것을 굳게 믿고, 전선의 정비와 아울러 철저한 훈련을 실시하면서 항시 탐망선을 멀리 파견하여 해상과 육상의 정세를 파악하고 있었다.

그러는 동안, 육상에서는 여러 곳에서 궐기한 의병(義兵)들이 관군과 합세하거나 혹은 독립하여 항전을 계속하고 있었으며, 견내량 해전의 패전으로 공포를 느낀 왜군들은 도요토미의 명령에 의하여 부산·김해 등지로 모여들기 시작하여, 한편으로는 성을 구축하면서 때때로 가덕·거제 등지에 출몰하여 백성들에게 노략질을 자행하고 있었다.

이러한 왜군의 동태를 들을 때마다 이순신은 매우 분개하였으며, 수륙으로 합공(合攻)하지 못하는 아쉬움을 통감했다. 그러나 그 당시의 조정은 명나라 구원병을 기다리는 것과 당파 싸움을 하는 것밖에는 다른 뚜렷한 계획이 없었고, 또 계획이 있다 하더라도 육상에 둔거한 왜군을 전면적으로 공격할 힘도 없는 실정이었다.

이에, 이순신은 각 도에 가득 찼던 왜군들이 날로 내려오므로 그 도망해 갈 때를 틈타서 수륙 합공으로 섬멸하려고 경상 우도 순찰사 김수(金睟)에게 공문을 발송하여 수륙 합공을 약속했으며, 원균에게도 그 사실을 연락하였다. 그리고 우수사 이억기에게도 동시 출전을 약속하여 8월 1일 여수 앞 바다에서 좌·우도의 연합 함대를 편성하기에 이르렀다.

이때, 정비된 좌·우도의 전선 수는 전선 74척과 협선 92척으로서 모두 166척이었다. 이들 함대는 이날부터 이순신의 지휘 아래 피눈물 나는 맹훈련을 실시했다.

특히, 1·2·3차의 출전은 분산하여 서진(西進)하는 왜선을 찾아 다니면서 개별적으로 격멸하는 작전이었고, 또 교전 시의 병력량을 보아도 견내량 해전을 제외하고는 우세한 것이 없었으나, 이번 출전은 왜군의 총 집결지인 부산 등지를 강타하려는 매우 중대한 결전이었으므로 더욱더 충분한 준비와 함대 훈련을 필요로 하였다.

이순신은 8월 1일부터 계속적인 훈련을 실시하는 도중, 김수로부터 공문을 받았는데,

"육상으로 진군한 왜적들이 낮이면 숨고, 밤이면 행군하여 양산·김해 방면으로 내려오는데, 짐짝들을 가득히 실은 것이 도망하려는 자취가 현저하다."

하는 내용이었다.

이에, 이순신은 근 24일 동안의 함대 훈련을 끝마치고, 8월 24일을 제4차 출전일로 결정하였다. 그는 이번 출전이 수륙 합공으로 왜군을 전멸할 수 있는 가장 좋은 기회라고 생각했다.

그리하여 전라 좌·우도의 연합 함대를 거느린 이순신은 지난 번 출전할 때, 전라도 등지의 방비에만 임하게 하였던 조방장 정걸(丁傑)도 대동하고, 24일 하오 4시경 여수를 출항하였다.

이날은 관음포에 이르러 일단 밤을 지내려고 하다가 다시 한밤중에 야간 항해를 시작하여 동이 트기 시작할 무렵 모자랑포(毛自郞浦)에 도착하였다. 이때는 아침 안개가 사방을 뒤덮고 지척을 분간할 수 없을 정도였다.

25일에는 삼천포 앞 바다를 거쳐 원균과 만나기로 약속한 사량 해상에 이르렀다. 여기서, 원균을 만나게 된 이순신은 왜군에 대한 상세한 정황을 들은 뒤에 당포에 이르러 밤을 지냈다.

다음 26일에는 비바람이 몰아치기 때문에 항해할 수 없었다. 해가 떨어진 뒤에 겨우 함대 행동을 개시하여 견내량에 이르러 잠시 동안 우수사와 작전에 관한 상의를 하고, 밤을 타서 견내량의 좁은 수도를 지나 각호사(角呼寺) 앞 바다에 이르러 밤을 지냈다.

27일은 원균과 함께 앞으로의 작전을 상의한 뒤에, 일단 칠천도에 이르렀다가 밤중에 원포[1]에 이르러 밤을 지냈다.

　실로, 이순신의 함대 행동은 왜군에 접근할수록 야간 항해를 실행한 것이었으나, 이순신 스스로도 앞으로의 작전에 대한 여러 가지 문제점이 많았던 것 같다. 그날, 즉 27일의 일기에,

　　　"〈생략〉 저물 녘에 제포를 건너 서원포(西院浦)에 이르니, 밤은 벌써 11시쯤 되었는데, 서풍이 차게 불어 나그네 마음이 산란했으며, 이날 밤에는 꿈자리도 어지러웠다."

라고 하였다.

　이순신은 이날 원포에서 경상도 육군 체탐인(體探人)[2]으로부터,

　"고성·김해·창원 등지에 주둔했던 왜적이 이 달 24, 5일 밤중에 전부 도망하였다."

하는 새로운 첩보를 입수했다. 이때 그는 왜군들이 도망한 것이 아니라, 산 위에서 함대의 위용을 바라본 뒤에 한 곳으로 이동하여 집결하고 있을 것으로 단정했다.

　그리하여, 이순신은 이날 이른 아침부터 함대 행동을 개시하여 수색 작전을 전개하면서 양산 및 김해 등지로 향하였는데 중도에서 구곡포[3]에 이르러 전복잡이를 한다는 정말석(丁末石)으로부터,

　"김해강에 정박하고 있었던 적선들은 며칠 동안에 떼를 지어 몰운대 바깥 바다로 이동하였습니다."

1 원포(阮浦)：창원군 웅천면 원포리.
2 체탐인(體探人)：몸소 적의 동태를 더듬어 찾아내거나 알아내는 탐지병.
3 구곡포(九谷浦)：창원군 웅천면 귀곡리.

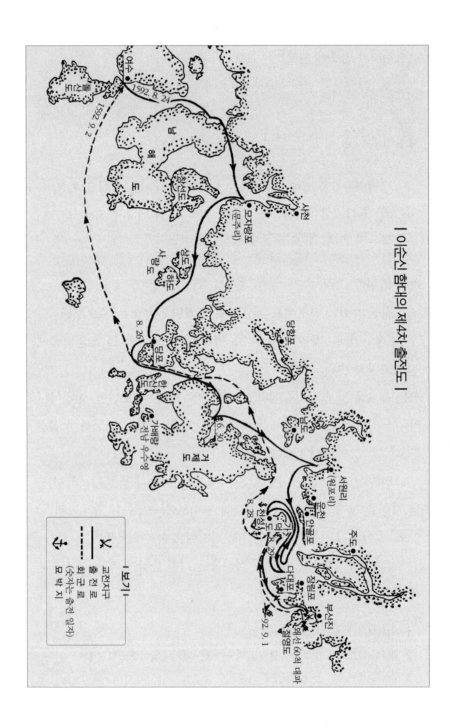

| 이순신 함대의 제4차 출전도 |

| 보기 |

⚓ 교전지구
— 출전로
--- 회군로
(숫자는 출전 일자)
모박지

하는 새로운 사실을 입수했다.

이때부터, 이순신은 왜군의 동태를 보다 정확히 파악하기 위하여 보다 철저한 수색 작전을 전개했다. 즉, 대부분의 전선을 가덕도 북쪽 서편 기슭에 은폐시켜 두고, 이순신(李純信)과 어영담을 가덕 바깥 바다에 잠복하게 한 뒤에, 탐망선으로 하여금 양산 등지의 왜선을 정탐하도록 하였다.

그러나 종일 정탐하고 하오 4시경에 돌아온 탐망선으로부터,

"〈생략〉 왜의 소선 4척이 김해강 하류로부터 몰운대 방면으로 지나가는 것 이외에는 전혀 발견하지 못하였습니다."

하는 보고를 받게 되었으므로, 일단 천성[4] 선창으로 이동하여 밤을 지냈다.

참으로, 적전에서 신중을 기하는 이순신의 함대 행동이었다.

29일은 첫 닭이 울자, 전 함대를 지휘하여 날이 밝을 무렵 낙동강의 양 하구(兩 河口)에 이르렀을 때, 장림포(長林浦)에서 낙오된 듯한 왜병 30여 명이 대선 4척과 소선 2척에 분승하여 양산으로부터 나오다가 이순신 함대를 바라보고는 그들의 배를 버리고 육안(陸岸)[5]으로 도망하고 있는 것을 발견했다.

즉시, 원균이 거느린 전선과 좌별도장 이몽구 등이 추격하여 왜선 6척을 불태워 버렸으며, 뒤따라 이순신은 전 함대를 좌우로 나누어

---

4 천성(天城) : 창원군 천가면.
5 육안(陸岸) : 육지의 기슭. 육지의 언덕.

두 강으로 돌입하려고 했으나, 강구의 지세가 좁고 얕아서 대형 전선들의 활동이 자유롭지 못하여 해전장(海戰場)으로서는 부적합하였다. 그래서 날이 어두워질 무렵에 다시 가덕 북방으로 회항하여 밤을 지냈다.

이날 밤, 이순신은 이억기 및 원균 등과 밤을 새워 가면서 앞으로 치러야 할 부산포 공격에 관한 방책을 논의하였으며, 이 자리에서 그는,

"부산은 적의 근거지가 되어 있으니, 그 소굴을 없애 버려야만 적의 간담을 꺾을 수가 있을 것이다."

하여, 이번 작전의 중대성을 다시 밝혔다.

가덕도 북방에서 제반 계획을 수립한 이순신은 다음 날, 즉 9월 1일[6] 첫 닭이 울자, 전 함대를 지휘하여 부산포로 향하였다.

아침 8시경, 몰운대를 지날 무렵에 갑자기 동풍이 일고 파도가 넘놀기 시작하여, 간신히 함대의 진형을 갖추어 갔는데 그때까지 가보지 못했던 화준구미(花樽龜尾)에 이르러 왜의 대선 5척, 다대포 앞 바다에 이르러 대선 8척, 서평포 앞 바다에 이르러 대선 9척, 절영도에 이르러서는 대선 2척 등 모두 24척이 연안에 정박하고 있는 것을 조방장 정걸 등이 배 안에 많은 물건과 전쟁 기구 등을 실어 둔 채, 전부 깨뜨리고 혹은 불태워 버렸다. 그러나 왜병들은 산 위로 도망하였기 때문에 사살하지 못하고 말았다.

6 9월 1일 : 당시 양력 10월 5일.

여기서, 이순신은 군사들로 하여금 절영도 주위를 샅샅이 수색하게 하였으나, 왜선을 발견할 수 없었으므로 우선 탐망선을 부산포 앞바다로 파견하여 적정을 정탐하게 하였다. 그런데 얼마 후 돌아온 탐망선의 보고 내용은 그를 놀라게 하였다. 즉,

　　"왜선 약 500여 척이 선창 동쪽의 산기슭 아래 정박하고 있으며, 그중에서 선봉선인 대선 4척은 멀리 초량 동쪽으로부터 나오고 있습니다."

하는 것이었다.

　이때, 500여 척이라는 말에 여러 군사들은 긴장과 흥분으로 어찌할 바를 모르고 있는 것 같았다.

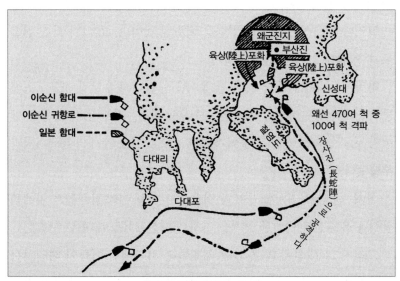

부산포 해전도(1952. 9. 1)

그러나 이순신은 침착한 태도와 위엄 있는 말로써 이억기 및 원균 등에게,

"우리 수군의 위세를 가지고 지금 공격하지 않고 돌아간다면 적은 반드시 우리를 멸시하는 마음이 생길 것이다. 이곳에서 싸워 전멸할지언정 싸우지 않고 돌아가지는 못한다."

하며, 곧 공격할 것을 결심하고 독전기를 힘차게 휘두르며, 부산 선창을 향하여 총공격 명령을 내렸다.

실로, 양 함대의 전선 수만을 비교하더라도 약 3대 1의 비율로 이순신 함대가 열세하였으므로 왜군을 경솔히 취급하지 못할 일이었다.

또 함대의 입지적 조건도 왜군들은 언덕을 의지하여 높은 곳에서 낮은 곳을 향하여 공격할 수 있게 되어 있으나, 이순신 함대는 해상에 완전히 노출하여 공격하는 것으로 매우 불리한 것이었다.

그러나 이순신은 용감히 명령을 내렸던 것이며, 또 그가 가진 전술로써 전 함대를 이끌어 갔던 것이다.

바람에 나부끼는 독전기와 함께 이순신 함대의 우부장 정운·귀선 돌격장 이언양·전부장 이순신·중위장 권준·좌부장 신호 등은 맨 먼저 포구를 향하여 곧장 들어가면서 밖으로 나오던 왜의 대선 4척과 부딪쳤다.

이때, 맨 앞에 위치한 우부장 정운을 비롯한 여러 장령들은 일제히 함성을 올리면서 맹렬한 공격을 가하여 대선 4척을 때려 부수었다.

그러자 그 대선에 타고 있던 왜병들은 바다에 뛰어들어 헤엄쳐서 육상으로 도주하는 것이었으며, 때를 같이하여 기회를 놓치지 않으

려는 여러 전선의 군사들은 여러 종류의 깃발을 휘날리며 북을 치면서 이순신의 명령에 의하여 장사진(長陀陣)[7]으로 형성하여 포구로 돌진하였다. 이 장사진은 손자(孫子)의 병법에서 나온 말로서 지금의 종진형(Culum Formation)과 거의 같았다.

그때, 부산진 동쪽에서 약 1마일 정도 떨어진 언덕 밑의 3개소에 정박하고 있는 왜선들은 탐망선의 보고와 거의 같이 대 · 중 · 소선을 합하여 470여 척이었다.

이들 전선은 이순신 함대를 바라본 뒤에, 두려워서 감히 해상으로 나오지 못하고 망설이고 있는 것 같았으나, 공격과 더불어 발사된 포환과 화살의 세례를 받게 되자, 배 위의 병사들은 제각기 배를 버리고 육상으로 올라가서, 성 안의 언덕 위에 굴을 파고 있는 병사들과 함께 총통과 화살을 갖고 산 위로 피하여, 육상에 진을 치고 대응하는 것이었다.

즉, 산 위에 올라간 왜병들은 6개 진지에 분둔하여 내려다보면서 철환과 편전을 빗발같이 발사하는 것이었다.

궁지에 빠지면 귀중한 전선을 버린 채 육상으로 도주하는 것을 왜군에게서 자주 볼 수 있는 현상이기도 했으나, 이번은 도요토미의 명령과 더불어 철저한 육상의 수비로써 소극적인 전법으로 대응하는 것이었다.

이러한 반격이 개시되고 있을 때, 산 위에서 편전을 쏘는 왜병들 중에는 조선인 같은 사람도 있었고, 혹은 목과(木果)만한 큰 철환과

---

7 장사진(長陀陣) : 한 줄로 길게 벌이는 진법(陳法)의 한 가지.

주발덩이만한 수마석(水磨石) 등이 이순신 함대의 전선 위에 많이 떨어지곤 했었다.

그러나 이 같은 왜군들의 비겁한 수비 위주의 반격전(反擊戰)에 분격한 이순신 함대의 여러 군사들은 더욱더 힘을 다하여 죽음을 무릅쓰고 다투어 돌진하면서 천자 및 지자총통과 장군전·피령전·장편전·철환 등을 일제히 발사하여 서로의 치열한 포화전은 하루 종일 계속되었다.

불리한 위치에서 똑같은 화력의 반격을 받으면서 공격을 계속하던 이순신은 모든 군사들에게,

"왜병을 살해하는 것보다 전선의 격파에 전력을 기울이도록 하라!"

라고 명령했다.

이러는 동안, 왜선 100여 척이 깨어지고 불탔으며, 산 위의 왜병들은 부상자를 굴 속으로 끌고 들어가면서 비명을 지르고 있었다.

포성과 불타는 화염으로 뒤덮인 가운데 전세는 거의 결정적인 단계에 이르렀으나, 육상의 진지에 둔거한 왜병들은 최후의 발악을 계속하고 있었으며, 이순신 함대의 군사들도 조금도 쉬지 않고 맹격을 가하고 있었다.

해가 떨어질 무렵, 이순신은 냉정하게 전세를 판단했다.

그는 왜군들의 기세가 크게 꺾여 있으므로 용맹한 군사를 선발하여 육상의 왜군을 소탕하려고 했다.

그러나 어느 곳에서도 사후 대책을 중요시했던 그는,

1. 성 안팎의 6, 7개소에 머무르고 있는 병사들은 말을 타고 사격을 해 오는 자가 많은 반면에 이쪽은 말이 없으며, 또 종일 포화전에 시달려 있다는 것.

2. 언제 왜군에 의한 반격이 있을지 모를 일이라는 것.

3. 해가 저물고 있으므로 육군의 지원 없는 수군 단독의 추격은 위험하다는 것.

등을 고려하여 추격전의 성공도와 그 효과를 신중히 검토하고 일단 안전한 지역으로 회항(回航)할 것을 결심했다. 그리하여 이순신은 야간 항해를 단행하여 가덕도에 이르러 하룻밤을 휴식하였다.

이번 부산포 해전은 이순신이 그때까지 출전한 여러 해전 중에서 가장 힘들었던 고전이었다. 왜군들은 육상의 높은 언덕에서 그들이 육전에서 노획한 편전·대철환·수마석(水磨石) 등을 발사하였던 까닭에 수많은 전선의 손상과 중부장 정운을 비롯한 6명의 전사자와 25명의 전상자를 내었던 것이며, 육군의 지원을 받지 않는 한, 이들 왜군을 전멸시킨다는 것은 도저히 불가능한 일이었다.

가덕도에서 하룻밤을 지낸 이순신은 다음 날, 즉 9월 2일에 다시 작전 회의를 개최하여 제반 사항을 논의한 뒤에 전일의 소굴을 불지르고, 또 남은 전선들을 모두 불태워 버리려고 했으나, 다시 공격을 중단하게 된 이유를 조정에 올린 장계에서,

"〈생략〉 위로 올라간 적들이 여러 곳에 꽉 차 있는데, 그들이 돌아갈 길을 끊는다면 막다른 골목에 몰린 도적이 되어 버

릴 염려가 있습니다.

　부득이 수륙 합공으로 공격해야만 섬멸할 수 있을 뿐 아니라, 전투 시 풍랑이 심하여 전선이 서로 부딪쳐서 깨어진 곳이 많으므로 전선을 수리하고 군량을 넉넉히 준비한 뒤에 육전에서 크게 몰려나오는 날을 기다려, 경상 감사 등과 수륙으로 함께 공격하여 남김없이 섬멸하기로 하고, 초 2일 진을 피하고 본영으로 돌아왔습니다. 〈생략〉"

하여, 전선의 보수·병기의 수리·군량 준비 및 수륙 합공의 필요성 등을 고려하여 3도 연합 함대를 해체(解體)하고 그날로 여수로 귀항하였다.

　이순신은 먼저 출전 중에 왜군으로부터 노획한 백미·포목 및 의류 등을 군사들에게 전공의 상으로 나누어 주고, 그 동안의 왜군의 정황과 왜군으로부터 획득한 무기인 갑옷·장창·총통 및 대정(大碇 =큰 닻돌) 등과 장편전·지자총통·현자총통·대완구 등을 남김없이 기록하여 보고하였다.

　그리고 전투 중에 사상한 31명에 대하여도,

　"모두 철환을 무릅쓰고 결사적으로 전진하여 싸우다가 사상하였다."

라고 보고 했으며, 전사자는 그 시체를 고향으로 보내어 후하게 장사 지내게 하고, 그 처자는 구휼법에 의하도록 엄명하였다.

　특히, 녹도 만호 정운에 대하여는 별도로 장계를 올려,

　"〈생략〉 정운은 회항할 무렵, 철환에 맞아 죽었사온 바, 그

늠름한 기운과 맑은 혼령이 부질없이 사라져 뒷 세상에 알려지
지 못한다면 참으로 원통한 일입니다.

이대원(李大源)의 사당이 아직 그 포구에 있사오니 같은 제단에 초
혼하고 함께 제사한다면 외로운 혼백을 위함이 되고, 또 한편 남을
격려함이 되오리다."
하여 값있게 전사한 부하를 길이 빛나게 하려고 하였으며, 별도로 차
사원을 정하여 각별히 호상하도록 하고, 그 대신 정운의 후임자가 발
령될 때까지 전만호(前萬戶) 윤사공을 가장으로 파견하여 제반 업무
를 처리하도록 했다.

제5부

건전한 전략

제1장

결말 없는 강화 회담

　이순신이 해상에서 연속적인 대승리를 거두어 거제도 이서(以西)의 해역에서는 왜선의 그림자를 찾아볼 수 없게 되었을 때, 육지의 각처에서도 유생과 승려들까지 나라와 겨레를 위해 궐기하고 있었다. 이들은 의군(義軍) 혹은 승군(僧軍)을 조직하여 관군들과 함께 여러 곳에서 왜군과 부딪치기 시작하였다.

　그중에서도 8월에는 조헌(趙憲)이 승장 영규(靈圭) 등 700의사와 함께 청주를 수복하고, 이어 전라도로 향하는 왜군을 저지하다 금산전투(錦山戰鬪)에서 최후의 한 사람까지 육탄 돌격으로 장렬한 전사를 하여 관의군(官義軍)을 크게 격동시켰다.

9월에는 박진(朴晉)이 '비격진천뢰(飛擊震天雷)'라는 일종의 시한 폭탄을 사용하여 경주를 수복하고, 왜군을 서생포(西生浦)로 패주시켰으며, 10월에는 진주 목사 김시민(金時敏)의 결사적인 항전으로 진주성이 보전되기도 했다.

그와 때를 같이하여 곽재우(郭再祐)·김천일(金千鎰)·고경명(高敬命)·김덕령(金德齡) 등의 눈부신 활약과 더불어 평안도 및 강원도에서 궐기한 서산대사(西山大師)와 사명당(四溟堂) 등이 거느린 승군은 전투에도 참가하면서 경비를 하는 데 크게 이바지하였다.

그러나 이들 승의군(僧義軍)은 단독적으로 활동하거나, 아니면 각처에서 재편성되는 관군과의 협동으로 부분적인 항전을 계속하고 있었으므로 전국(戰局)을 좌우할 만한 결과는 가져 오지 못하였다.

한편, 이 해 7월 명나라에서 5천여 명의 군사를 거느리고 온 조승훈(祖承訓)은 평양까지 진출하였으나, 코니시의 기습을 받아 다시 요동(遼東)으로 철퇴하고 말았다. 그뒤 4만여 명의 군사를 거느리고 온 이여송(李如松)이 다음 해, 즉 계사년(癸巳年) 1월에 이일·김응서 및 서산대사 등의 관의군과 합세하여 평양을 수복하였다.

원래 왜군들은 서울을 함락한 뒤에, 코니시는 평양으로 향하고, 카토오(加藤淸正)는 함경도 방면으로 침입하며, 수군은 서해를 거쳐 평안도까지 진출함으로써 수군과 육군은 다 같이 조선의 전역(全域)을 석권(席捲)하려는 계획이었다.

그러나 이들 왜군 중에서 수군의 진출은 이순신의 출전으로 거의 무너지고, 또 이여송과 이일 등의 맹렬한 공격을 받아 그들의 작전을 변경하여야만 했었다.

이여송의 남진 공세에 밀린 코니시 등이 거느린 왜군들은 대동강 이남으로 후퇴하고, 쿠로다(黑田長政) 및 카토오 등이 거느린 왜군들은 모두 서울로 집결하기에 이르렀다. 그러나 자신만만하게 남진을 계속하던 이여송은 벽제관(碧蹄舘) 전투에서 패배를 당하고 개성으로 퇴각하였다.

이러는 동안, 권율이 1만여 명의 군사를 거느리고 행주산성(幸州山城)에서 3만여 명의 왜군을 격파한 뒤에 파주(波州)로 진군하여 임진강 이남의 지역을 확보하게 되자, 왜군의 육상 세력은 크게 좌절되고 있었다.

이보다 앞서 임진강을 끼고 대진하고 있을 때, 코니시와 소오 요시토모는 강화를 청한 일이 있었으나 거절당하고 말았다. 그 뒤 다시 대동강에 이르러서도 코니시와 소오 요시토모는 겐소(玄蘇) 등을 보내어 강화를 꾀했다. 이때 조정에서도 이덕형(李德馨)을 보내어 강 가운데에서 만나게 하였으나, 역시 강화를 이루지 못하고 말았다.

왜군들은 이때 이순신의 연승으로 전라도를 확보하지 못하여 군량이 결핍하고, 또 유행병이 발생하여 사기는 크게 꺾이고 있었으며, 조선군측에서는 도체찰사 유성룡의 지시를 받은 일부의 관의군들이 수원 및 이천 등지에서 왜군의 퇴로를 차단할 계획을 세우게 되니, 코니시 등은 또다시 강화를 원하게 되었고, 명나라의 이여송도 강화 교섭을 재개할 뜻을 갖기에 이르렀다.

그리하여 명나라의 심유경(沈惟敬)이 서울로 들어가서 왜군들의 서울 철수(撤收)를 종용하자 진퇴양난에 빠져 있던 왜군들은 순응하여 계사년(선조 26년) 4월 18일부터 서울 철수를 개시하였다. 뒤따라 충청·강원 등지에 산재하고 있던 왜군들도 남쪽으로 철수하게 되었다.

이들 왜군들은 주로 경상도의 연해 지대로 집결하여 울산 및 서생포 등지로부터 동래·웅천 및 거제 등지를 연결하는 18개소에 성새(城塞＝성과 진터)를 구축하고 오랫동안 주둔할 태세를 취하였으며, 조선과 명나라의 육군은 서서히 남하하여 왜군과 가까운 곳에서 대치하기에 이르렀다.

더구나, 철수 중에 있던 왜군들은 비겁하게도 조선군만이 지키고 있는 진주성(晋州城)을 공격하였다. 진주성은 남쪽의 요충지일 뿐 아니라, 작년 즉 임진년 10월에 김시민의 항전으로 그들이 참패를 당한 바 있었으므로 이를 복수하고자, 이 해 3월 철수하는 도중에 공격을 가해 온 것이었다.

그러나 이번에도 참패를 당하였던 까닭에 6월에는 남쪽으로 집결한 코니시 및 카토오 등이 거느린 약 5만여 명의 대병력이 또다시 진주성을 포위했던 것이다.

성 중에서는 김천일·최경회(崔慶會)·양산숙(梁山璹) 등 6만여 명의 군·관·민이 힘을 합쳐 최후의 일인까지 8일 동안이나 혈전을 거듭했으나, 결국 성은 왜군의 깃발이 꽂혀지고 말았다.

이리하여 무능한 조정에서 고대하던 명나라 군사들이 들어오기는 했으나, 왜군을 전면적으로 격퇴하지 못하였으며, 오히려 '강화'라는 명목으로 크게 사기가 저하된 왜군에게 새로운 계획에 의한 전비 강화를 할 수 있는 시간을 마련해 주는 데 지나지 않았다. 더구나, 이들 명나라 군사들은 대국에서 왔다는 오만함으로 일부 지역에서 왜군 못지않게 백성들에게 잔악한 행패를 부리곤 했다.

제2장

철통 같은 전라도

이순신은 부산포 해전에서 왜선 1백여 척을 격파하였으나, 그 이전의 해전과는 달리 거의 전부를 격멸하지 못했다. 따라서 그는 출전 당시의 목적을 완전히 달성하지 못했으며, 왜군들의 해상 교통로(海上交通路)[1]도 완전히 차단하지 못한 것이었다.

그러나 그는 유리한 지형에 요새를 구축하고 그들의 전선을 그 요새 안에 머무르게 하였다. 그는 해상에서의 전투를 기피하려는 왜군들에 대하여 성급하게 공격을 가하게 되면 아무 성과 없이 수군력(水

1 해상 교통로 : 주로 부산서부터 일본까지.

軍力)만을 손실하게 된다고 생각했기 때문이며, 더욱 육상 전투는 강화 회담으로 부진 상태에 놓여 있다는 사실을 알았기 때문이다.

그리하여 이순신은 휴전 상태에 있는 동안, 전선의 수리와 군수 물자의 보충 등, 다음 작전을 위해서 시급한 것들을 하나하나 준비하기 시작했다.

특히, 그는 제반 준비를 서두르는 동안, 왜군을 쫓아내고 국난을 극복하는 길은 오로지 제해권의 장악에 있다는 확고한 전략 목표를 가지고 있었으므로,

"한 번만이라도 해상전에서 실패하면 그 여파는 곧 온 나라에 미친다. 해상 제패만이 최종적인 승리를 가져올 수 있는 일이다."
라고 부하들에게 말했다.

이순신은 언제 어느 곳에서도 올바른 전략 아래 작전 임무를 수행하려고 했다. 뿐만 아니라, 그는 군사들의 적극적인 임전(臨戰=전장에 나아감.)으로 수차에 걸친 해전을 승리로 이끌 수 있었던 사실과 그러한 군사들에게는 앞으로의 계속적인 전투를 수행할 수 있는 힘을 마련해야 한다는 것을 명심하고 있었다.

때문에, 그는 자신이 겪는 고충을 억제하면서 모든 군사들의 사기와 결원된 인원의 보충을 위하여 노력했다. 우선 그는 조정에서 내려온 군사들의 표창 명단 중에 누락되어 있는 군사들의 명단을 일일이 조사하여 하루 빨리 표창해 주기를 건의하였다.

이러한 그의 건의는 상벌(賞罰)을 공정하게 엄중히 하려는 자신의 태도를 밝힌 것이며, 또 힘써 일하며 싸운 자에게는 임금으로부터 표창이 내린다는 것을 밝혀 군사들의 사기 앙양에 큰 영향을 주기 위한

것이기 때문이었다.

그러나 모든 일에 세심한 주의를 기울여 다음 작전 준비에 분망하는 이순신에게는 힘든 일들이 많았다. 조정에서는

"행재소(行在所)[2]에서 소용되는 종이를 많이 올려 보내라."

하는 연락이 있는가 하면, 비변사(備邊司)에서는

"전죽(箭竹)을 넉넉히 올려 보내라."

하는 공문이 내려 오는 등, 그들은 수군의 사정을 모르는 채 명령만을 내리곤 했다.

이러한 공문을 받은 그는 모두가 나라를 위하는 일이라는 생각 아래 우선 종이 10권을 준비하여 올려 보내는 동시에 장편 전죽(長片箭竹)과 별도로 임금을 위한 의연곡(義捐穀)[3]을 준비하여 배로 올려 보내기도 했다.

특히, 그는 수군에 관한 준비를 하면서도 정미 500석을 별도로 보관해 둔 일이 있었는데, 이를 본 사람들이,

"그것은 무엇에 쓸 것이냐?"

하고 물은 일이 있었다.

그때 그는 이렇게 답했다.

"지금 임금께서 의주로 피난 중인데, 만일 평양에 있는 적이 서쪽으로 더 침공하면 국왕은 압록강을 건너가게 될 것이다. 그러면, 나의 직책으로서 마땅히 그곳에 가서 국왕을 모셔야 할 것이다. 그때 하

---

2 행재소(行在所) : 의주에 피난 중인 조정.

3 의연곡(義捐穀) : 자선·공익(公益)을 위하여 기부하는 닥나무 껍질로 만드는 종이와 베(穀布).

늘이 만일 중국을 망하게 하지 않는다면 다시 회복하기를 도모할 수 있을 것이다. 설사 불행하게 되더라도 국왕과 신하가 함께 우리나라 안에서 죽는 것이 옳지 않느냐? 더구나 내가 살아 있는 동안에는 적이 감히 침범하지 못할 것이다."

실로, 이순신은 힘겨운 일이 있더라도 그것이 나라를 위한 일이라면 온 정성을 다했으며, 침략자를 끝까지 격퇴시키고 만다는 굳건한 신념과, 설사 힘이 부족하여 패배하더라도 조국 땅에서 죽는다는 굳은 각오를 가진 무인이었다.

한편 그 당시 조선군 내에서는 병무 행정의 문란과 아울러 숨가쁜 전쟁을 겪느라고, 군사들이나 또는 그때까지도 입대하지 않는 장정들이 자신들의 태도를 결정하지 못하고 있는 실정이었다.

소모사(召募使)나, 소모관(召募官)⁴들이 그들의 맡은 모집 인원수를 채우기 위하여 무조건 무리한 모병을 하기도 하였으며, 이로 인한 백성들의 원성은 날로 높아지고 있었다. 그런가 하면 조정에서는 백성들의 원성을 무마한다는 뜻에서 군사들을 충족할 방책을 강구하지 못한 채 일방적으로 임란 이전에 실행하고 있던 '한가족에게서 대충 징발하지 말라." 는 명령을 내리곤 했다.

이 때문에 아직 입대하지 않은 장정들 중에서는 고의적으로 기피를 한다든가, 또는 입대한 군사들마저 죄를 지은 자들은 소모군(召募軍)에 가서 붙으며, 혹은 의병장 밑으로 가는 등, 젊은 장정과 군사들

---

4 소모사(召募使), 소모관(召募官) : 의병(義兵) 등을 불러서 모으는 사람 또는 관원(官員).

이 제멋대로 하고 있는 실정이었다.

더구나 전쟁과 유행병으로 말미암아 전사 또는 병사하는 군사의 수는 날로 증가하고 있었고, 심지어는 변방을 지키는 군사들 마저 소모사들의 강압에 의하여 다른 곳으로 끌려가는 등, 사실상 중요한 지역의 방비는 점점 허술해지고 있었다.

그러한 실정을 파악한 이순신은 먼저 군사를 보충하지 않는다면 앞으로의 수군 작전이 어려워질 것임을 생각하고 또 수군의 특수성, 즉 출전하지 않는 동안에는 전선을 수리하고, 군기를 정비해야 하는 일들에 전력을 기울여야 한다는 것을 생각하고 있었다.

이순신은 임진년 12월 10일, '한가족에게서 대충 징병하지 말라.'는 명령을 다시 취소하지 않는 한 수군의 보충이 불가능하다는 내용의 장계를 올렸다.

"〈생략〉 이같이 위험하고 어려운 때를 당하여 수졸[5] 1명은 평시의 100명에 해당하는 것이온데, '한가족에게서 대충 징병하지 말라.'는 명령을 듣고는 모두 면제하려는 꾀를 품기 때문에 지난 달에는 10명이나 유방군(留防軍)[6]을 내보내던 고을이 이 달에는 겨우 3, 4명을 보내고 있으며, 이제 10명이 있던 유방군이 오늘은 4, 5명 미만이므로 몇 달 안가서 수자리를 지키는 일이 날로 비어, 진포의 장수들이 속수무책일 것입니다.

그러니, 배를 타고 적을 토멸함에 무엇을 힘입어 막아 싸울

5 수졸(戍卒) : 수자리 군사.

6 유방군(留防軍) : 일정한 곳에 머물면서 철저히 적을 방비하던 수비군.

것이며, 성을 지켜 항전(抗戰)함에 누구를 의지하여 하오리까?
…〈생략〉… 대충 징병하는 일은 그전과 같이 시행하되, 조금씩
처리하여 백성들의 원성을 풀어 주는 것이 급선무일 것입니다.
〈생략〉"

이렇게, 그는 군사를 보충할 수 있는 방법을 마련하려고 했으며, 아
울러 그와 같은 내용을 다음 해 4월 10일과 2년 후인 갑오년[7] 1월 5일
에도 장계를 올려, 남해안 일대의 방비를 위한 군사 보충에 전력을 기
울였다.

그런데 이순신은 군사의 보충만으로 만족하지 않았다. 그는 수군
의 중요한 작전 임무 수행을 위하여,

"〈생략〉 신에게 소속된 수군이 5개 고을과 5개 진포(鎭浦)이
온데, …〈생략〉… 도내의 왕명을 받은 장수들이 수군의 여러
장수들을 육전으로 이동시킨다 하고, 혹은 왕명을 들었다 하면
서 전령을 내어 분주히 잡아내는 바, 수군과 육군을 분별할 뜻
이 없으므로 동서로 분주하여 어디로 따라갈지 모릅니다.
명령은 이렇게 여러 곳에서 나오므로 호령이 시행되지 못하
고, 왜적은 제거되지 않았는데 대장의 지휘만 어긋나니 참으로
민망스럽고 걱정이 됩니다.
앞으로 수군에 소속된 수령과 변장들을 다른 곳으로 옮기지
말고 전부 수군에 있도록 조정에서는 각별히 본도의 감사·병
사·방어사 및 조방장에게 명령하여 주시기 바랍니다."

7 갑오년(甲午年) : 1594년(선조 27년).

하는 장계를 올려 수군에 소속된 군사들은 일체 다른 곳으로 이동하지 못하도록 하였다.

참으로, 수군의 중요성을 이해 못하는 세대에 이와 같은 이순신의 건의는 수군 발전을 위한 새로운 계기를 마련한 것이었다.

이순신은 해상 방비뿐만 아니라 육상 방비에도 힘을 기울이고 있었다. 그는 육상의 정세를 주의깊게 내다보면서 전쟁 중에 가장 많이 필요로 하는 화약을 준비하였으니, 즉 부산포 해전 후에 화약을 보충하기 위하여 그 제조 방법을 연구하던 중에,

> "〈생략〉 신의 군관 훈련 주부 이봉수(李鳳壽)가 묘법을 발명하여 3개월 동안에 염초(熖硝) 1천근(600킬로그램)을 제조하여 본영과 각 포구에 분급해 주었으나, 석유황(石硫黃)만은 달리 나올 곳이 없으므로, 감히 100여 근 정도 내려 보내 주심을 청하나이다."

라고 장계하여, 그의 힘이 자라는 데까지는 조정의 도움을 청하지 않고 스스로 화약을 제조하여 앞으로 전쟁에 대비하려 하였다.

또, 그는 경상도 등지에 웅거하고 있는 왜군들이 기회만 있으면 수륙으로 전라도를 침범할 기색을 보이고 있었으므로 이에 대한 방비책을 세웠는데, 조정에 올린 장계에서,

> "〈생략〉 신은 비록 해전을 담당하였사오나, 육상의 방비에도 마음을 늦출 수 없어서 호남 접경인 구례의 석주[8] · 도탄[9] · 광

---

8 석주(石柱) : 구례군 토지면 연곡리.

9 도탄(陶灘) : 구례군 토지면 파도리.

양의 두치[10] 및 강탄[11] 등 요충지를 수비하게 하여 왜군들로 하여금 경계를 넘지 못하게 하였습니다."

하여, 인근 고을에 통문을 보내어 절간에 숨어 있는 중들과 병적에 들지 않고 놀고 있는 자를 적발하여 석주·도탄 및 두치 등지를 수비하게 하였다.

그 당시 이순신의 통문이 어떠한 내용으로 씌어 있었는지는 알 수 없으나, 이 소식을 접한 중(僧)들은 즐거이 모여들어 1개월 이내에 400여 명 이상이나 모였다. 이순신은 다시 이들 중에서 용략(勇略)을 가진 자를 선발하여,

중 삼혜(三惠)는 재호별도장(豺虎別都將).

중 의능(義能)은 유격별도장(遊擊別都將).

중 성휘(性輝)는 우돌격장.

중 신해(信海)는 좌돌격장.

중 지원(智元)은 양병용격장(揚兵勇擊將).

으로 각각 정하고, 방처인(房處仁)·강희열(姜姬悅)·성응지(成應趾) 등은 향도(鄕徒)들을 규합하여 의병을 일으켰던 까닭에 증모할 때에 재배치했다.

구례에서 의병을 일으킨 방처인을 도탄으로, 광양에서 의병을 일

---

10 두치(豆恥) : 광양군 진월면 오사리.
11 강탄(江灘) : 광양군 다암면 섬진리.

으킨 강희열과 중 성휘 등은 두치로, 광주의 승장인 신해는 석주로, 곡성의 승장인 지원은 운봉팔양치[12]로 각각 파견하여 그곳의 관군과 합력하도록 하였다.

그리고 유사시의 병력 이동을 고려하여 성응지에게는 순천성을 수비하게 하고, 중 삼혜는 순천에, 의능은 여수에 각각 머무르고 있다가 왜군의 동향을 보아서 만일 육상이 중대하면 육전으로 나가고, 또 해상이 중대하면 해전으로 임하도록 했다.

그러나 바닷길을 차단하여 도망치는 왜군을 전멸하려면 병력이 약해서는 안 될 것이며, 또 소속 수군력을 정비하여야 했으므로, 성응지 · 삼혜 및 의능 등에게는 전선을 나누어 주어 활용하도록 하였다.

이순신은 여러 전비를 강화하면서도 피난민들에 대한 새로운 대책을 강구하곤 했다. 1592년 말에는 추운 겨울임에도 불구하고 경상도 등지의 피난민들이 200여 호나 여수 경내로 몰려 들어온 것

이순신의 육상방비도

12 운봉팔양치(雲峰 八陽峙) : 남원군 동면 인월리.

을 목격한 그는,

> "〈생략〉임시로 기거할 수 있게 하여 간신히 겨울은 지나게 하였으나, 당장에 구호할 물자를 얻어낼 길이 없습니다. 비록 전쟁이 끝난 뒤에는 그들의 고향으로 돌아가겠지만, 지금 눈앞에서 굶주리는 것을 차마 볼 수 없습니다. 〈생략〉
>
> 신이 피난민들의 거치할 만한 곳을 찾아본 바, 돌산도 만한 곳이 없습니다. 이 섬은 여수와 방답 사이에 위치하여 겹산으로 둘리어 사방에 적도들이 들어 올 길이 없으며 지세가 넓고 토질이 비옥하므로 피난민들을 이곳으로 옮겨 살게 하여 방금 춘경(春耕)을 하게 하였습니다. 〈생략〉"

하는 장계를 올려 피난민들의 정착지(定着地)까지 마련해 주었다.

또 말을 길러 전쟁에 사용할 수 있게 하였으며, 한산도로 진영을 옮긴 뒤에는 순천 및 흥양 등지까지 확대하여 군민 합작의 군량 확보책을 마련하기도 했다. 이러한 그의 움직임은 군인으로서의 이순신이라기보다 애국휼민(愛國恤民)의 사상을 간직한 행정가로서의 능력을 보여준 것이었다.

제3장

웅
포
해
전

해상과 육상의 철저한 방비를 다하면서 피난민들까지 다스려 온 이순신은 다음 해인 1593년 1월 의주에 피난 중인 임금으로부터 두 차례의 유서(諭書)[1]를 받았다. 1월 22일에 받은 내용은,

"명나라 이여송이 대군을 거느리고 평양·황해도 및 서울을 차례로 수복하려고 진군하면 왜군들이 도망할 것이므로 그대 (이순신)는 수군을 지휘하여 왜군의 돌아갈 길을 차단하고 전멸시키도록 하라."

하는 것이었고, 3일 뒤인 25일에 받은 내용은,

---

1 유서(諭書) : 왕이 각 지방으로 파견되는 관찰사(觀察使)·절도사(節度使)·방어사 (防禦使)들이 부임할 때 내리든 명령서.

"1월 8일 이여송이 평양을 수복하고 계속 진군하니, 그대는 수군을 정비하여 해전으로 모조리 무찔러서 나라의 치욕을 크게 씻도록 하라."

하는 것이었다.

그런데 위의 유서는 군사의 보충 및 기타의 전쟁 물자를 제대로 지원하지 못하면서 근본 전략에만 입각하여 명령만을 내리는 조정의 처사였다.

그러나 스스로의 힘이 자라는 데까지 전비를 강화하면서 그때까지 일방적으로 행하여 온 해전에서 육군의 지원을 아쉬워하던 이순신에게는 커다란 희망을 안겨 준 것이기도 했다. 그는 그때까지 숙원이었던 육군의 지원을 받아 '이제는 왜군을 수륙 합공으로 전멸할 수 있다.'고 반가워했다.

그리하여, 즉시 유서의 내용을 소속 각 진포(鎭浦)에 알리는 동시에 1월 30일까지 모두 전선을 동원하여 여수 앞 바다로 집결하도록 하고, 아울러 전라 우도 및 경상 우도 수사에게도 연합 출전을 위한 회합 지점을 통고하였다.

이순신은 스스로 제5차의 출전 일을 2월 2일로 정하고 소속 수군의 집결을 기다리고 있었다. 그러나 연일 계속되는 비바람으로 말미암아 2월 3일에야 겨우 집결될 수 있었으며, 4일과 5일의 악천후는 전선을 겨우 저을 수 있을 정도였던 까닭에 부득이 6일에 출전을 하였다.

2월 6일, 이순신은 전 함대를 지휘하여 역풍을 받으면서 날이 저물어서야 사량 해상에 이르러 밤을 지냈다. 다음 7일 새벽에는 함대 행동을 개시하여 지난날의 격전지를 지나 견내량에 이르러 경상 우수사 원균을 만나고, 8일 정오경에는 뒤따라 온 전라 우수사 이억기 함대와 합세하였다. 여기서 이순신은 3도 수군의 연합 함대를 편성한 뒤에 하오 4시경에 전 함대를 지휘하여 온천량[2]에 이르렀다. 9일은 종일 비가 내렸던 까닭에 10일 아침 6시경 온천량을 떠나 바로 웅포[3]로 향했다.

그 당시 웅포는 부산포 해전이 있은 뒤에 이순신이 전비를 강화하는 동안, 왜군들이 다시 집결하여 그들의 수군 기지로 설정하고, 동서의 산록에 용의주도한 진지를 구축하고, 그 주변의 안골포 · 제포 · 원포 · 장문포 · 영등포 · 천성 및 가덕 등지에 요새지(要塞地)를 두어, 어느 한 곳이 공격을 당하더라도 쉽게 지원하고, 또 방어할 수 있는 태세를 갖추고 있었다.

원래 왜군의 주기지는 안골포이었으나, 이 지역은 해상에 노출되어 있을 뿐 아니라, 육상으로부터 지원이 곤란하였던 까닭에 배를 쉽게 갖출 수 있고, 또 육상의 지원을 받을 수 있는 웅포로 이동했던 것이며, 부산을 수비하는 해상의 제1선 주진지(主陣地)로 정한 곳이었다.

이순신은 항시 부산을 강타하려는 것을 주목표로 정하고 있었으나, 부산보다 먼저 웅포를 공격해야 하는 이유를, 조정에 올린 장계

---

2 온천량(溫川梁) : 거제군 하청면.

3 웅포(熊浦) : 창원군 웅천면 남문리.

에서,

"〈생략〉 웅천의 적들이 부산 항로를 누르고 험한 지형에 웅거하여 배를 감추고 소굴을 많이 만들고 있으므로 부득이 이곳의 적을 먼저 제거해야 하겠습니다."

하여, 전술상 배후(背後)로부터의 위험을 없애 버리는 것이 선결 문제였으므로 웅포를 공격하기로 결정한 것이었다.

그러나 왜군들은 이순신 함대와의 해상 결전을 피하고 그들이 구축한 진지 안에서 음성적인 행동으로 전향하여 전혀 바다 바깥으로 나오지 않고 주로 산록의 진지를 따라서 이동하여 그들 전선을 엄호하면서 사격을 가하는 것이었다. 이순신은 원하는 해상에서의 전투를 실행하지 못했으며, 수륙 합동 작전이 필요하다는 것을 다시 느끼게 하였다.

웅포 앞 바다에 이르러, 왜군들이 포구 깊숙이 줄을 지어 감추어 둔 전선과, 소굴을 많이 만들어 두고 있는 것을 본 이순신은 3도 수군을 은폐하고 먼저 경쾌선을 파견하여 왜선을 바깥 바다로 유인하려고 했다.

그러나 왜군들은 겁을 내어 나오지를 못하고 단지 경선(輕船)만이 바깥 바다로 나오다가 다시 안으로 들어가곤 하므로 전면적인 공격을 가할 수가 없었다. 다만 왜군들은 동서 산록의 진지에 깃발을 꽂고 총을 쏘면서 교만한 꼴을 보일 따름이었다. 때문에 이순신은 그날의 일기에서,

"〈생략〉 두 번이나 유인하려고 하였으나, 우리 수군을 겁내 어 나올 듯하면서도 도로 들어가 버리니 끝내 모조리 잡아 없 애지 못한 것이 통분하다."

하여, 안타까운 심정을 토로했으며, 부득이 하오 8시경에는 소진포[4] 로 회항하여 밤을 지냈다.

11일은 흐린 날씨로 말미암아 군사들을 휴식하게 하고, 12일 새벽 에 다시 3도 수군을 지휘하여 웅포 앞 바다에 이르러, 공격했다가 다 시 퇴각하는 등 유인 전술을 감행했으나, 역시 전날과 같이 왜군들은 총만을 쏠 따름이었다. 이날도 이순신은 통분한 심경을 간직한 채 칠 천도로 회항하였다.

그런데 10일과 12일의 유인 작전은 비록 성공하지 못하였지만, 왜 군의 사상자는 그 수를 헤아릴 수 없었으며, 이순신은 깊숙한 진지까 지 돌진해 보려는 계획을 세워 보기도 했으나, 왜군들의 진지가 어느 정도로 험하게 구축되어 있는지를 명확하게 알 수 있었던 까닭에 일 단 중지하고 말았다. 왜군들의 동태로 보아서 육군의 지원을 받지 않 는 한에는 도저히 섬멸할 수 없는 일이었다.

이순신은 칠천도에 머무르고 있는 동안 군사들을 휴식시키면서 경 상 우도 순찰사 김성일(金誠一)에게,

"육군 장수들에게 명령하여 병마를 거느리고 빨리 웅천을 공격하 도록 하여 주시오."

하는 내용의 공문을 발송하고, 다음 작전을 구상하고 있었다. 육군이

━━
4 소진포(蘇秦浦) : 거제군 장목면 송진포리.

웅천을 공격했을 때 해상으로 몰려 나오는 왜군들을 어떻게 섬멸하느냐 하는 것이 그가 생각하는 일이었다.

그런데 17일에는 이억기 수사와 함께 원균이 있는 곳으로 갔다가, 선전관이 유서를 갖고 왔다는 말을 듣고 진으로 돌아오던 도중에,

> "〈생략〉 명나라 군사들이 평양을 수복하고 서울을 향하고 있으니, …〈생략〉… 급히 적들의 돌아갈 길을 차단하고 몰살하도록 하라."

하는 유서를 받았다.

이 유서는 사실상 1개월 전에 있었던 육상의 전세를 알리는 것이었으나, 육전의 부진 상태를 안타까워 하던 이순신에게는 매우 반가운 소식이었으며, 그가 고심하고 있던 웅포 공격에 대한 용기와 희망을 넣어 준 것이었다.

유서를 받은 다음 날 이순신은 전 함대를 지휘하여 웅천에 이르러 공격을 개시했으나, 왜군들은 여전히 대응하지를 않고 이순신 함대의 동정만을 살피고 있을 따름이었다. 이에, 이순신은 그때까지 구상하고 있었던 유인 작전을 한 번 시도해 보았다.

그는 사도 첨사 김완을 복병장으로 임명하여 여도 만호·녹도 가장·좌우별도장 및 좌우돌격장 등을 거느리고 송도(松島)에 복병하게 한 뒤에 여러 전선을 포구로 돌진시켜 왜선을 꾀어 나오게 했다.

그러자 이번에는 이순신의 함대를 만만히 보았는지는 알 수 없는 일이지만, 왜선 10여 척이 뒤를 따라 나오는 것이었다. 기회를 놓치지 않으려는 이순신은 먼저 복병선으로 하여금 10여 척의 왜선을 포

위하게 하고 각종 총통을 발사하도록 했다. 복병선들이 날쌔게 공격을 가하자, 왜선들은 불의의 공격과 포위를 당하여 대응을 하면서 포구 안으로 도망치기 시작하는 것이었다.

그때 좌별도장 이설(李渫) 및 좌돌격장 이언량(李彦良) 등은 도망치는 왜선 중, 3척을 끝까지 추격하여 그 배에 타고 있던 100여 명을 사살하였으나, 전선만은 깊이 들어간 뒤였었기 때문에 사로잡지 못했다.

이로 인하여 왜군의 사기는 크게 저하되어 다시 나오지 않으므로 이순신은 모든 전선들을 사화랑[5]으로 이동시켜 일단 휴식했다.

이번에도 사실상 육군의 협력이 전혀 없었기 때문에, 왜군들을 전부 끌어내지 못한 이순신은 이들의 사기가 저하된 기회를 이용하여 수륙 합동 작전을 단행하려고 두 번째로 경상 우도 순찰사에게 육군의 웅천 공격을 요청했다.

그러나 순찰사의 답장에,

"〈생략〉 곽재우로 하여금 먼저 창원을 토벌하게 하고, 차차 웅천을 진격하게 한다."

하는 연락을 받고, 크게 실망하지 않을 수 없었다.

그 뒤 왜선을 눈앞에 둔 이순신은 끝까지 일방적인 해상 공격을 가하여 왜군을 섬멸하려고 하였으나, 19일은 서풍이 크게 불어 출전하지 못하고, 20일 새벽 사화랑을 떠나 동풍을 받으면서 진격하였으나,

---

5 사화랑(沙火郞) : 창원군 웅천면.

교전 시에는 바람이 크게 불어 전선들이 서로 맞부딪쳐 파손될 지경에 이르러 전투를 계속할 수 없었다.

무리한 공격은 도리어 손해를 입게 된다는 판단을 내린 이순신은 호각을 불고 초요기를 세워 전투 중지를 명령함과 더불어 전 함대를 소진포로 이동하게 하고, 다음 날까지 머무르면서 새로운 작전을 논의하였다.

2월 10일, 12일, 18일 및 20일에 계속 일방적인 공격을 하였으나, 큰 성과를 얻지 못한 이순신은 조금도 자신의 계획을 변경하지 않고 계속 공격할 것을 결심했다. 그는 이억기 및 여러 장령들에게,

> "〈생략〉 육군이 뒤를 공격하지 않고는 적을 섬멸할 길이 없다. 그러나 요사이는 적의 전상자가 많고 사기가 저하되어 있으며 포구를 살펴보니 험한 설비는 없는 것 같고, 또 전선 7, 8척은 출입할 만하다. 여러 날의 전투에서 섬멸하지 못하니 참으로 통분하다. 〈생략〉"

하여, 일반적인 정황을 말하고, 다음과 같은 구체적인 작전 계획으로써 웅포를 공격하게 했다.

즉, 22일 웅천 앞 바다에 이르러,

1. 그가 모집하여 거느린 두 승장(삼혜 및 의능)과 의병장성 응지는 서쪽인 제포로 상륙한다.

2. 3도의 전선 중 변변하지 못한 것을 골라서 동쪽인 안골포로 상륙하게 한다.

3. 3도의 수군 중에서 각각 경쾌선 5척씩을 선발하여 15척으로써 주력대를 편성하여 웅포로 돌진한다.

4. 기타의 전선들은 주력대를 뒤따른다.

이러한 이순신의 계획은 왜군의 세력을 견제 또는 분산시킨 뒤에 웅포의 저항력을 약하게 하여 포구 깊숙이 감추어 둔 전선을 공격하려는 것이었고, 그의 빈틈없는 계획에 의거하여 전투는 종일 계속되었다.

주력대가 돌진하면서 지·현자총통을 계속 발사하자 왜군은 수많은 사상자를 내었다.

동·서로 상륙한 의승병과 사수들도 창과 칼을 휘두르며, 또는 활과 총으로 왜병을 닥치는 대로 사살했다.

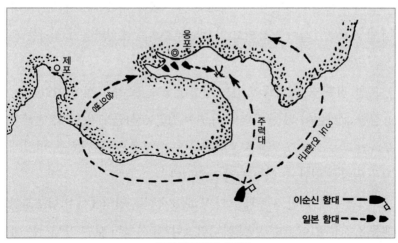

제2차 웅포해전 추상도

그런데 웅포의 왜군들은 해상보다 육상의 진지를 견고하게 구축하고 있었기 때문에, 전멸시킨다는 것은 힘드는 일이었고, 왜군들은 그들의 진지를 이용하여 항전하는 것이었다.

격전 중, 사도 첨사 김완과 우별도장 이기남 등이 왜군에 포로가 되었던 웅천 수군 이준련(李準連)과 양갓집 딸 매염(每染)을 비롯한 5명을 구출하였는데, 이들이,

"왜군의 사상자는 많으며 왜의 장수도 사살되었고, 1월 말부터는 유행병이 번져 사망자가 속출하고 있습니다."

하여 그들의 실정을 알 수 있었다.

이에, 이순신과 여러 군사들은 더욱더 용기를 내어 최종적인 승리를 거둘 때는 바로 이때라고 판단하고, 발포 통선장 이응개(李應漑)와 가리포 통선장 이경집(李慶集) 등은 서로 다투어 돌진하여 왜선을 때려 부수었다.

그러나 불행하게도 이 두 척의 전선은 돌아 나올 때, 서로 충돌하여 발포 통선 1척이 전복되고 겨우 일부분의 승조원만을 구출하는 손실을 당하였다.

또한 전투 중 왜군들이 진도 상선(上船)을 포위한 적이 있었는데, 용감한 군사들이 있는 반면에 아주 비겁한 군사들도 있었다. 원균의 부하인 좌부장과 우부장은 포위된 진도 상선을 못 본 체하는 바람에 겨우 위급을 면할 수 있는 순간도 있었다.

이순신은 이러한 원균과 그의 부하들이 전투 지역에서 비협조적인 행동을 하는 일이 한두 번이 아니었으나, 군사들이 보는 앞에서는 아무런 말을 하지 않았으며, 이날도 마음속으로 전복된 통선과 희생된

군사들은 모두 자신의 잘못 때문이라 생각하고, 소진포로 회항하여 치열했던 그날의 전투를 회상하며 하룻밤을 지냈다.

다음 날, 23일부터 이순신은 악천후에도 불구하고 계속 웅천 등지의 왜군을 견제하면서 28일과 3월 6일에는 다시 웅포를 공격하였다. 이때는 전라 좌수영을 떠난 지 오래되었으나, 포환과 시석(矢石)을 전보다 더 많이 준비하였으므로 최대한의 화력을 이용했다.

그런데 왜군들은 그전과 같이 산록의 진지에서 응사하면서 바깥 바다로는 나오지 않아 큰 성과는 얻지 못하였으므로, 그때까지 육전에만 사용되었던 '비격진천뢰(飛擊震天雷)'를 전선 위에 장비하여 활용하였으며, 또 그때까지 보지 못한 새로운 전술, 즉 '화선(火船)'을 사용하려는 계획을 세우기도 하였다.

산록의 진지를 향하여 비격진천뢰를 발사하니 왜군들은 어찌할 바를 모르고 그들의 사상자를 끌고 도주하는 것이었으나 역시 해상에서 육지를 공격하는 것이기 때문에, 비격진천뢰로써도 견고하게 구축된 방어진을 파손하기에는 힘들었으며, 그 속에서 항전하는 왜군을 섬멸할 수 없었다.

때문에 이순신은 풍향을 이용하여 배에 불을 질러 그 배로 하여금 왜선이 있는 곳을 향하도록 하여 왜선을 공격하려고 3월 10일에는 사량 해상으로 퇴진하여 화선을 준비하였다. 그러나 매사에 세심하고 백성들의 생활을 염려해 오던 그는 조정에 올린 장계에서,

"〈생략〉 명나라 군사가 아직까지 머뭇거리기만 하는데, 부질없이 적선만 불태워 버리면 반드시 돌아갈 길을 잃은 적의 최

후 발악이 백성들에게 가해질 것입니다."

하여, 일단 화선의 사용을 중지하고 복병선을 웅천으로 파견하여 왜군의 동정만을 정찰하게 하였다.

그동안 이순신의 심경은 점점 초조해지고 있었다. 조정에서 말하는 명나라 군사들의 지원이 없을 뿐 아니라, 2월 6일 출전한 이래 근 2개월 동안 해상을 항해하면서 삭전 임무를 수행하였으므로 군사들의 노고와 더불어 시급한 여러 문제들을 해결하지 않고서는 더 이상 머무르면서 작전 임무를 수행할 수 없었다. 그리하여 그는 4월 3일을 기하여 일단 3도의 연합 함대를 해체하고 전라 좌수영으로 귀항했다.

조정에 올린 장계에서,

"〈생략〉 여러 곳에 머무르고 있는 왜군들은 여전히 버티고 있으며, 농번기가 되어 비가 많이 내렸으나 연해안 여러진이 모두 출전하였고, 좌·우도의 수군이 모두 농민이기 때문에 농사를 전폐하면 가을 추수의 소망은 바랄 수 없습니다.

우리나라 8도 중에서 오직 호남이 조금 안전하여 군량이 모두 이 도에서 나오는데, 도내의 장정들은 모두 육전과 해전으로 나가고 늙고 약한 사람들은 군량을 운반하느라고 경내에는 남은 일군이 없어 봄 한 철이 지나도록 들판이 쓸쓸하니, 다만 백성들이 생업을 잃어 버릴 뿐 아니라, 필요한 여러 물자마저 의뢰할 수 없으므로 민망하고 걱정되는 것입니다.

사부와 격군들이 비록 교대로 귀향하여 농사를 짓고자 하나, 달리 대할 사람이 없어서 영구히 살아갈 길이 끊어질 뿐 아니라, 유행병이 번져 사망자가 속출하고 있으므로 명나라 군사들이 남쪽으로 내려 오는 날일지라도 병들고 굶주린 군사를 거느리고서는 도망하는 왜군을 섬멸하기 어려운 형편입니다.

그러므로 우선 교대로 들어가 농사를 짓게 하고 아울러 병든 군사를 간호하며 군량을 준비하고 전선을 수리하면서, 명나라 군사들이 내려오는 것을 살펴서 기회를 보아 다시 출전하도록 지난 4월 3일 이억기와 약속하고 본도[6]로 돌아왔습니다. 〈생략〉"

하여, 왜군을 눈앞에 두고 돌아가지 않으면 안 되었지만, 그보다도 이순신은 지휘관으로서의 명석한 판단을 내린 것이었다. 이번 출전으로 왜군들을 계속 깊숙한 포구 안에서 꼼짝 못하게 하였으며, 그가 육군의 지원을 아쉬워하면서 전비를 강화하는 동안, 해상의 사정은 육상 정세와 더불어 교착 상태로 들어가고 말았다.

6 본도(本道) : 전라 좌도, 즉 전라 좌수영(여수)을 이름.

제4장

조심스러운 수색 작전

　근 2개월 동안에 걸친 웅포 해전은 이순신이 말과 글로써 표현할 수 없는 분통과 고충을 겪었다. 무엇보다도 3도 수군의 연합 작전은 지휘권이 확립되어 있어야 하고, 또 3도의 수사는 최대한의 협력을 하여야만 했으나, 원균은 그렇지 못했다. 원균은 그전에도 그러했지만, 이번 웅포 해전에서는 더욱더 비협조적인 태도를 나타내어 작전상의 커다란 지장을 초래하기도 했다.

　이순신은 그때마다 넓은 도량으로 이를 묵과하면서 작전 임무 수행에 총력을 기울이곤 했으나, 참을 수 없는 분함을 자신의 일기에다 이렇게 써 두었다.

2월 22일 ;

"〈생략〉 참으로 분하였다. 오늘 분한 것을 무슨 말로 다하랴. 모두 경상 수사(원균) 때문이다. 〈생략〉"

2월 23일 ;

"〈생략〉 원수사가 와서 보았다. 음흉함은 말할 수 없다. 〈생략〉"

3월 2일 ;

"이영남 및 이여점이 왔다. 그들에게 원수사의 잘못하는 일들을 들으니 한심스러웠다."

이와 같이 이순신은 극단적인 문구를 남기기까지 했지만 전체적인 작전을 위해서는 이렇다 할 불만을 나타내지 않았다. 더구나 원균의 행동은 점점 노골화 되었어도 '왜군을 격퇴하기 위해서는 참아야 한다.' 는 마음 가짐으로 원균에 대한 비방을 하지 않으려고 했으며, 항시 자신의 지휘 능력이 졸렬한 탓이라고 뉘우치고 있었다.

그는 여수로 돌아온 지 3일 뒤에 자신을 뉘우치는 장계를 올렸는데, 지난 2월 22일의 해전 때 통선 1척을 전복 상실한 데 대하여,

"〈생략〉 신이 외람되이 중책을 지고 밤낮 근심하고 두려워하여 티끌만한 공로나마 보답하기를 생각하고 있었는데, …〈생략〉… 부하 장령들이 승리한 기세를 타고 교만한 기운이 날로 더하여 앞을 다투어 돌진하며, 서로 뒤떨어지는 것을 두려워하므로 신이 재삼 명령하여 적을 가벼이 여기면 반드시 패하는 법이라고 하였습니다.

그러나 오히려 조심하지 않고 통선 1척을 마침내 전복시켜 많은 죽음이 있게 되었으니, 이것은 신의 용병(用兵)과 지휘 능력이 부족하였기 때문이므로, 극히 황공하여 거적자리에 엎드려 죄를 기다립니다."

하여, 통선 1척과 인명의 피해를 감추려 하지 않고 솔직하게 보고하는 동시에 그날의 일기에는,

"〈생략〉 발포이선(鉢浦二船)과 가리포이선(加里浦二船)이 명령하지 않았는데, 돌입하다가 그만 얕은 곳에 걸려서 적들에게 습격을 당하게 된 것이 통분하여 가슴이 찢어질 것만 같다."

라고 하였다.

이순신이 왜선의 동향을 살피면서 나라를 위해 심혈을 기울이고 있을 동안, 남해안 일대에 집결한 왜군들도 그들 본국으로부터 오는 병사들과 합력하여 호남 등지를 노리는 진용을 형성하고 있었으며, 이를 알게 된 조정에서는 5월 2일 또다시 그에게 유서를 전달하였다.

"〈생략〉 그대(이순신)는 수군을 정비하여 들어오는 왜선을 쳐부수어 함부로 상륙하지 못하도록 하라."

사실상, 이 유서는 그전에 몇 차례에 걸쳐서 받았던 것과 같이 수군의 일방적인 출전을 강요하는 데 지나지 않았으며, 함대 세력이나 기타의 전쟁 물자를 고려하지 않고 있었다.

그러나 유서를 받은 이순신은 각 진포의 전선을 소집하고, 또 우수

사 이억기에게도 통고하여 5월 7일 경상도로 향하여 출전했다. 바로 1년 전의 이날 옥포에서 대승리를 거두었던 것으로 그에게는 그날의 감격을 회상하였을지도 모른다.

그는 산더미 같은 파도를 헤치면서 간신히 미조항에 이르렀다.

전라 좌·우도의 함대 세력은 그동안의 피눈물나는 준비로 인하여 이순신이 거느린 함선은 전선 42척과 척후선 52척이었고, 이억기가 거느린 함선은 전선 54척과 척후선 54척으로 모두 202척에 달하고 있었다.

다음 8일에는 사량 해상을 지나 당포에 이르고, 9일은 걸망포¹에 이르러 비와 바람을 피하면서 이억기 및 가리포 첨사 구사직(具思稷)과 함께 앞으로의 작전을 상의했으며, 이날 저녁에 겨우 2척을 거느리고 온 원균과 합세하였다. 원균은 불과 2척의 전선으로써 경상도를 대표하여 3도 연합 함대의 일원이 되었던 것이다. 10일은 흐린 날씨임에도 불구하고 이순신은 일찍 출항하여 견내량에 이르러 일부 전선을 점검하였다. 그리고 그곳에서 선전관 고세충(高世忠)이 갖고 온 유서를 받았는데,

> "〈생략〉 왜군들이 전선과 수군들을 전부 집결시켜 부산 해구(海口)에 정비하였다 하니, 경솔하게 움직이지 말고 경략²의 지시를 기다려서 적을 무찌르는 일에 협력하여 나라의 치욕을 씻도록 하라."

1 걸망포(乞望浦) : 통영군 용남면.
2 경략(經略) : 명나라 장수 송응창을 이름.

하는 것이었다.

이순신은 병력 증강의 필요성과 경략, 즉 명나라 장수의 지시를 받으라는 반갑지 않은 명령에 대하여,

"〈생략〉 신은 견내량에 이르러 적의 형세를 탐망해 본 바, 웅천의 적들은 여전히 웅거하고 있습니다. 그런데 부산으로 나아가려면 웅천이 길목이 되는 까닭에, 부산으로 깊이 들이 간다면 적군이 앞뒤에 있게 됩니다.

따라서, 아무리 생각해 보아도 수군만으로는 끌어낼 길이 없으므로 부득이 육군과 합세한 뒤에 수륙에서 섬멸하여야 하겠습니다.

경상도는 왜군들에게 분탕 당한 나머지 명나라 군사들을 치다꺼리 하느라고 격군(格軍)[3]을 채울 길도 없으며, 또한 사부(射夫)와 격군들도 굶주리고 파리해져서 노를 저어 배를 부리기에 감당하기 어려운 형편입니다. …〈생략〉…

병력이 극히 약세함은 참으로 딱하고 걱정되는 바이며, 적이 도망할 날이 빠를지 늦을지도 예측하기 어렵사오니, 복청하건대 충청도 수군을 보내어 하늘에 닿는 치욕을 씻게 하시기를 바라옵니다."

하는 내용의 장계를 올려, 그때까지 간직하고 있었던 소신, 즉 부산 공격의 위험성, 수륙 합공의 필요성 및 수군 증강의 필요성 등을 극력 건의했다.

■
 3 격군(格軍) : 이조 때 수부(水夫)의 하나로, 사공(沙工)의 일을 돕는 사람.

11일에는 견내량을 중심으로 멀리 파견시켜 두었던 탐적인(探賊人)으로부터 '가덕 바깥 바다에 왜선 200여 척이 머물고 있으며, 웅천에도 전일과 같다.'는 보고를 받았으나, 경솔한 작전 행동을 하지 않았으며, 13일에는 조그만 산둥 위에서 군사들에게 '활 쏘는 시합'을 하도록 하면서 왜선의 동정을 살피고 있었다.

그런데 다음 14일에는 다시 송경략(宋經略)의 지시라 하면서,

"전선을 정비하여 적을 무찌르고 경략의 말대로 먼저 부산을 불지르라."

하는 유서를 받았다.

이는 확실히 부산 및 웅천 등지의 실정을 파악하지 못한 조정의 그릇된 처사였다. 때문에, 이순신은 우선 제1선에서 파악한 왜군의 실정을 아뢰는 장계에서,

"〈생략〉 창원 · 웅천 · 김해 · 양산 등지에 웅거하여 길목을 누르고 있던 적의 형세가 지금에는 더욱더 강해졌으므로 육군의 지원없이 수군만으로는 도저히 끌어내기가 어려우니 매우 걱정입니다. …〈생략〉… 충청도 수군을 빨리 보내 주시기 바랍니다."

하여, 전날과는 다른 대군 앞에 경솔하게 단독 작전을 수행할 수 없음을 밝히고, 보다 조심스러운 수색전을 전개하였다.

21일은 유자도(柚子島), 24일은 칠천도, 25일은 다시 유자도 등지를 수색하면서 왜선을 거제 이서의 지역에는 침범하지 못하게 하였

으며, 6월 1일에는 고대하던 충청 수사 정걸(丁傑)이 도착하여 합세하였다.

이순신은 수사 정걸과 함께 여러 날 동안 함대 작전을 상의한 뒤에 6월 13일에는 세포⁴, 19일에는 오양역⁵ 등지를 수색하다가 21일 새벽에 일단 한산도에 이르러 왜선이 몰려 나오기를 기다렸다.

그러나 그때까지 여러 곳으로 이동하면서 왜선의 동향을 살핀 이순신의 전략과 전술은 해상에서의 대전투를 시도하려고 하는 것이었으나, 왜군들은 해상에서의 전투를 극력 회피하면서 병력을 증강하여 조금씩 서진을 감행하는 것이었으므로 육군의 지원 없이는 사실상 진공(進攻)이 불가능한 일이었다.

한산도에서 왜선이 물러나오기를 기다리던 이순신은 6월 23일 복병선으로부터, '왜선이 오양역 앞까지 이르렀다.'는 보고를 받자, 즉시 호각을 불어 닻을 올리게 하여 적도⁶로 향하였으나, 왜선들은 복병선에 발견되자, 다시 바깥 바다로 나오지 않는 것이었다.

27일에는 다시금 '적선이 견내량에 출현하였다.' 하므로 곧 그곳으로 나아갔으나, 이미 도망가고 없었으므로 불을도(弗乙島)⁷ 앞 바다로 옮기었다.

그 뒤에도 여러 번 '적선 출현' 이라는 보고와 동시에 출동했으나,

■

4 세포(細浦) : 거제군 사등면 성포리.

5 오양역(烏楊驛) : 거제군 사등면 오양리.

6 적도(赤島) : 화도.

7 불을도(弗乙島) : 화도.

역시 왜선들은 도주하였던 까닭에 별다른 성과를 얻을 수 없었다. 마치 견내량을 통과하려는 왜선과 이를 저지하여 섬멸하려는 이순신 함대는 숨바꼭질을 하는 격으로 서로 주력대의 행방을 감추어 가면서 함대 행동을 하는 것 같기도 했다.

그러나 끝까지 왜선을 놓치지 않으려는 이순신은 7월 4일 걸망포(乞望浦)로 퇴진하였다가 다음 날에는 '적선 10여 척이 견내량으로 넘어 온다.' 하므로 다시 견내량으로 나아갔으나, 이때에도 왜선은 도주하고 적도에는 말[馬]만 있었으므로 이를 싣고 다시 걸망포에 이르러 진을 치고 밤을 지냈다.

다음 7일에는 경쾌선 15척을 선발하여 견내량 등지를 탐색하게 하고, 10일에는 한산도 끝머리에 있는 세포로 옮기었으나, 11일에는 또다시 '적선 10여 척이 견내량으로 내려온다.' 하므로, 즉시 그곳으로 나아가서 퇴각시킨 뒤에 걸망포를 지나 14일에 한산도의 두을포[8]로 진을 옮겼다.

이번 이순신의 출전은 처음부터 끝까지 수색전으로서 큰 전투는 없었을 뿐 아니라, 발견한 왜선을 끝까지 추격하지 않고 여러 번 중도에서 포기하곤 했다. 이에 대하여 이순신은,

"〈생략〉 왜군들은 반드시 우리 군사를 유인하여 좌·우로 또는 뒤로 포위할 계책일 것이다. 〈생략〉"

하였다.

---

8 두을포(豆乙浦) : 통영군 한산면 두억리.

그 당시 왜군들은 부산 등지에서 웅천에 이르는 연해안 일대에 영구적인 병영을 구축하고, 6월 15일 이후로는 진주 복수전을 위하여 창원 방면의 병력을 함안 방면으로 투입함과 아울러, 해상으로는 부산 및 김해 지역에 있던 800여 척의 전선이 모두 서쪽으로 이동하여 웅천 · 제포 및 안골포 등지로 집결하고 있었다.

때문에, 육군의 지원 없이 수군만으로 단독 진격은 병력 및 3도 함대의 분위기 등 여러 가지 조건으로 극도로 불리했으며, 무리한 공격으로 왜군에 포위를 당하게 되면 매우 위험한 일이었으므로 이순신은 모험적인 작전을 하지 않았던 것이다.

제5장

외
로
운

한
산
도

수색 작전을 전개하는 동안 원균의 비협조적인 행동으로 인한 내부의 불화와 명나라 군사들의 작전 지휘권에 대한 간섭은 이순신의 작전 행동을 부진하게 하였다. 이미 2월과 3월에 있었던 웅포 해전 때에도 나타났지만, 공명심이 강한 원균은 덕망이 높은 이순신을 시기하여 처음부터 방해하는 행동을 노골화하였다.

작전 초기인 5월 8일에도 관하의 수군을 집합시키지 않았으며, 다음 날 저녁에야 겨우 2척의 전선을 거느리고 도착하기는 했으나, 구국일념(救國一念)의 이순신은 아무 말 없이 반가이 그를 맞이했던 것이다.

원균은 이순신의 일기에서 볼 수 있는 바와 같이 공석상에서 술주정을 부리며, 거짓 공문을 돌려 대군을 소동하게 하는 등 작전에는 성의를 보이지 않았다.

5월 14일 ;

　"〈생략〉 나는 우수사(이억기)의 배로 옮겨 선전관과 이야기하며 술을 두어 순배 나누자, 영남 우수사 원균이 와서 술주정을 부리니, 온 배 안 장령들이 분개하지 않는 이가 없었다. 그 고약스러움은 말할 길이 없다."

5월 21일 ;

　"〈생략〉 원수사가 거짓 내용으로 공문을 돌려 대군을 동요시켰다. 군중에서조차 속임이 이러하니 고약스러움을 말할 길이 없다."

5월 30일 ;

　"〈생략〉 남해 기효근이 배를 내 배 곁에 대었는데, 배 안에 어린 색시를 싣고서 남이 알까 두려워 한다. …〈생략〉… 그러나 그 대장인 원수사부터 역시 그러하니 어찌 하랴."

6월 10일 ;

　"〈생략〉 원수사의 공문이 왔는데, 내일 새벽에 나아가 치자는 것이었다. 그의 시기와 흉모는 형언할 길이 없다.

6월 11일 ;

　"〈생략〉 아침에 적을 토벌할 일로 공문을 만들어서 영남 수사 원균에게 보냈더니 술이 취하여 정신이 없다고 하면서 회답하지 않았다."

이러한 이순신의 일기는 왜군을 섬멸하려는 그의 심중을 크게 불안하게 하였으며, 원균의 행동은 작전에 지대한 영향을 가져오게 한 것이었으나, 이때에도 그는 원균에 대한 비방을 하지 않았다.

그리고 3도 수군의 지휘권마저 해결되지 않고 있는 그 당시에 명나라의 지나친 간섭은 수군에까지도 미치게 되어, 5월 2일과 10일의 두 차례에 걸친 유서로 명장 송응창의 지시를 따르도록 하였던 것이며, 다시 7월 1일의 유서에는,

"이제 송경략의 분부를 듣건대, 부총병 유정(劉綎)을 재촉하여 날랜 군사들을 거느리고 급히 왜군을 무찌르도록 하였다 하니, 그대는 전선을 정비하여 부총병의 지시를 받아 빨리 무찌르되 지체하거나 어긋남이 없도록 하라."

하는 등, 일선 지휘관으로서는 사실상 누구의 지시를 받아야 할 것인지를 분별할 수 없을 정도였다.

심지어는 명나라 군사를 수군 진영에 파견하여 수군의 허실을 알아보는 등, 수륙 합공이라는 미명 아래 조선 수군을 간섭하는 실정이었다.

명군의 이러한 지시와 간섭은 왜군을 하루 빨리 섬멸한다는 근본목적을 성취시키는 데 있어서는 필요에 따라 받을 수도 있는 일이었으나, 명군은 왜군 섬멸에 적극적인 성의가 없었으며, 또 해상 실정을 알지 못하고 있었으므로, 오히려 작전상에 많은 지장을 초래하게 하여 이순신으로 하여금 적극적인 진공(進攻)을 하지 못하게 한 것이었다.

그러한 때, 이순신은 명군과 왜군의 동향을 계속 주시하면서 기회만 있으면 전선과 무기를 새로이 만들고 군량을 준비하는 등 전쟁을 지속할 방도를 강구하고, 나아가서는 하루 빨리 육군의 지원이 있기를 기다리면서 서해 진출의 요충지인 한산도를 중심으로 철저한 저지선(沮止線)을 펴고 있었다. 당시 왜선을 눈앞에 두고서도 공격 못하는 이순신은 그의 비통한 심경을 일기에서,

5월 16일 ;

"〈생략〉 명장이 중도에서 늦추며 머뭇거리는 것은 교묘한 계책이 없어 그러는 것 같다는 말을 들으니, 나라를 위해서 걱정이 많은 중에 일이 이와 같아 더욱더 한심스러워 눈물을 지었다."

6월 3일 ;

"〈생략〉 적들의 발악이 날로 더해 가는데, 일은 모두 이렇게 되어 가니 어찌하랴, 어찌하랴!"

7월 1일 ;

"〈생략〉 나라를 근심하는 생각으로 마음이 조금도 놓이지 않아 홀로 뱃전 밑에 앉았으니 온갖 회포가 일어난다."

라고 하였다.

계사년(1593년) 5월 7일 전라 좌수영을 출항한 이래, 근 2개월 동안 걸망포·견내량·제포·유자도 및 불을도 등, 한산도 부근을 수색하면서 왜선의 서침을 저지하고, 7월 14일 한산도의 두을포로 진

을 옮긴 이순신은 조정에 건의하여 그곳을 3도 수군의 제1선 수군 진영으로 선정하였다.

이러한 수군 진영의 설정은 부진된 육상 정세와 왜선의 동향을 정확하게 파악한 이순신의 전략적 목적이었던 것으로 조정에 올린 장계에서,

"신의 생각으로는 요로를 고수하여 편안히 있다가 피로한 적을 기다려 먼저 선봉을 깨뜨리면 비록 백 만의 대적이라도 기운을 잃고 마음이 꺾여서 도망하기에 바쁠 것이라고 생각합니다.

더구나, 한산일해(閑山一海)는 작년에 대적이 섬멸 당한 곳이므로 이곳에 주둔하고 적의 동태를 기다려 동심협공(同心協攻)하기로 결사서약(決死誓約)하였습니다."

하여, 왜군 섬멸책에 관한 일단을 말하였다. 이 한산도의 지리적 조건과 수군 진영 설정의 구체적 목적에 대하여 그의 조카 이분(李芬)은,

"7월 15일 공(이순신)은 본영이 전라도에 치우쳐 있기 때문에 바닷길을 막고 지휘하기가 어려우므로, 마침내 진을 한산도에 옮기기를 청하여 조정에서도 이를 허가하였다.

이 섬은 거제도 남쪽 30리에 있는데, 산이 바다 구비를 둘러싸서 안에서는 배를 감출 수 있고, 밖에서는 그 속을 들여다 볼 수 없으며, 또 왜선들이 전라도를 침범하려면 반드시 이 길을 거치게 되는 곳이므로 공이 늘 승리를 이룩할 수 있는 곳이라고 하더니, 이때에 여기

로 와서 진영을 설치하게 된 것이다."

라고 하였다.

그리고 이순신이 한산도로 옮긴 다음 날인 7월 16일, 현덕승(玄德升)에게 보낸 편지 중에는,

"〈생략〉 생각하면 호남은 나라의 울타리이므로 만일 호남이 없으면 그대로 나라가 없어지는 깃입니다.

그리하여, 어제 진을 한산도로 옮겼으며, 바닷길을 가로막을 계획입니다."

라고 하여, 전략적 요충지로 이용하려는 태도를 밝혔다.

그러나 그가 한산도를 수군 기지로 설정하였지만, 공세적 입장을 취할 수는 없었다.

그 당시 왜군들은 웅천 등지에 대·중·소선 200여 척과 그 옆의 제포 등지에 70여 척을 정박시키고 있었으며, 거제도의 북단인 영등포·장문포·송진포 및 김해 일대는 70여 척 혹은 100여 척을 정박시키고 있었을 뿐 아니라, 성새(城塞)와 막을 짓고 오랫동안 머무를 계책을 꾸미면서 기회를 노리고 있는 실정이었다.

때문에, 수군 단독의 공격은 도저히 불가능했으며, 수륙 협공을 단행한다 하더라도 고전을 면하지 못할 일이었으므로 이순신은 새로운 방안을 모색하고 있었으나, 관하 수군의 사정도 쉽게 공격할 수 없는 형편에 놓여 있었다. 그 당시의 실정을 그는 조정에 올린 장계에서,

"〈생략〉 좌수영을 떠난 지 오삭(五朔)¹이 되었기 때문에 군정(軍情)이 풀어지고 용기도 꺾였을 뿐 아니라, 유행병이 크게 번져 진중의 군사들이 반이나 전염되어 사망자가 속출하고 군량마저 결핍하여 굶게 되고, 굶던 끝에 병이 나면 반드시 사망하므로 군사들의 수는 날로 격감하나 다시 보충할 사람도 없습니다. 신이 거느린 수군만도 사부 및 격군을 합하여 6천 2백여 명이었으나, 작년과 금년에 전사자와 병사한 자가 600여 명에 달하고 있는 바, …〈생략〉… 남아있는 군사들은 하루 식량이 불과 2, 3홉이므로, 주리고 피곤함이 겹쳐서 활을 당기고 노를 젓기에 도저히 감당하기 어려운 형편입니다."

라고 한 것으로 보아 한산도를 수군 진영으로 설정한 전후의 실정은 참으로 암담하였다.

따라서 이러한 곤궁을 어떻게 해결하면서 왜군을 격멸할 것인가 하는 것이 이순신의 고충이었고, 군사들도 서로 협력하여 난국을 타게 하여야 할 중대한 시기에 직면하고 있었다.

그러한 시기에 모든 군사들이 잘 참고 견디며, 한 사람의 이순신을 따름으로써 왜선의 서침을 막을 수 있었고, 나아가서는 임진왜란을 승리로 이끌 수 있었던 것이다.

---

1 오삭(五朔) : 다섯 달. 5개월.

제6부

위대한 개혁

제1장

통제사 발령과 꿈

이순신은 한산도를 전략적인 수군 기지로 설치하였으나, 그때까지도 3도 수군은 각각 독립된 지휘관을 갖고 있었고, 이를 통수(統帥)하는 지휘관이 없는 체제(體制) 아래 놓여 있었으므로 많은 고충을 겪어야만 했었다.

1592년과 1593년에 걸친 10여 번의 해상 전투에서 그가 거느린 함대가 중심 세력을 이루고, 그의 작전 계획에 의거하여 승리를 하였던 것이나, 사실상 각도의 주장(主將)인 수사는 누가 누구를 지휘하고 명령할 권한이 없었다.

따라서 통수권이 없는 체제 아래서 연합작전(聯合作戰)을 수행한다는 것은 근본적으로 불합리한 것이었고, 그러한 체제 아래서 작전을 수행하여야만 했던 이순신에게는 눈물겨운 일들이 한두 가지가 아니었다. 그러기에 그는 새로운 계획으로 수군 진영을 한산도로 옮긴 다음 날에는 스스로의 괴로운 심경을 일기에다 썼다.

"가을 기운이 바다에 들어오니 나그네 회포가 어지럽다. 홀로 뱃전에 앉아 있으니 마음이 몹시 산란하다. 달빛은 뱃전에 비치고 정신도 맑아져서 잠을 이루지 못하는 사이에 이느덧 닭이 울었다."

그 당시는 오늘날과 달리 상부로부터 관한 지시와 명령, 그리고 특별한 지원 등을 기대할 수 없었으며, 통수권도 없는 상태에서 증강되어 가는 왜군을 견제하면서 부족한 군수 물자를 보충하여야 하는 중대한 시기였다.

그러한 때에 이순신은 거의 매일 잠을 이루지 못하고 각 수사들과 논의하여 힘이 미치는 데까지 철저한 대책을 강구하는 등, 잠시도 우국 심경을 버리지 못하였다.

그 속에서도 한 가지 반가운 일은 해상전에 대한 관심도 없고 지식도 갖지 않았던 조정에서도 전쟁이 장기화함에 따라 수군의 중요성과 아울러 수군만을 통수할 수 있는 한 사람의 지휘관이 있어야 한다는 것을 알게 된 것이었다.

그리하여 이순신이 한산도로 수군 진영을 옮긴 지 15일 뒤인 8월 1일에는 충청도·전라도 및 경상도의 3도 수군을 총지휘하는 3도 수군 통제사(三道水軍統制使)라는 직책을 신설하고, 이순신을 '전라 좌수사 겸 3도 수군 통제사'로 임명하였다.

조정에서의 발령은 8월 1일이었으나 이순신이 통제사 임명에 대한 교서를 접수한 것은 10월 1일이었는데, 그 교서(敎書)의 요지는 대략 아래와 같았다.

"〈생략〉 오직 그대는 일생 고절(一生苦節)을 지켜 나라의 만리장성이 되었으니, 남은 군사를 규합시켜 전라 및 경상도의 요로(要路)에서 강한 왜적을 요격하여 한산 및 당항포 해전의 기이한 공을 세우고, 힘써 일한 공로가 모든 영문(營門)[1]에 뛰어나서 표창하고 승직함이 세 번 대첩에 거듭 빛나도다.

돌아 보건대, 군사상 가장 걱정스러운 것은 이른바, 통솔한 사람이 없다는 것인데, 서로 각각 제 형편만 지킨다면 어찌 팔이 손가락 놀리듯 할 수 있으며, 또 서로 관섭(管攝)이 없으면 혹은 뒤늦게 오고, 혹은 앞서 도망가는 폐를 면하지 못할 것이며, 그러다가 마침 위급함을 만나면 조처할 방도가 없을 것이니, 하물며 이제 적의 형세가 쇠하지 아니하여 속이고 거짓함이 갈수록 더해가는 것임을 어찌 하리오.

부산에서 창과 칼들을 거두어 겉으로는 철병(撤兵)[2]할 뜻을 보이는 척하면서 사실은 군량을 바다로 운반하여 마음속으로는 다시 일어날 꾀를 가진 듯한데, 거기에 응하여 대책을 세우기란 지난 번보다 더욱 어려운 일이 있을 것이므로 이에 그대를 기용하여 본직에다 전라·충청·경상 3도 수군 통제사를 겸하게 하노니, 아아, 위엄이 사랑을 이겨야만 진실로 성공할 것

---

1 영문(營門) : 병영(兵營)의 문.
2 철병(撤兵) : 군대를 철수함.

이며, 공로는 제 뜻대로 해야만 이룩할 수 있을 것이로다.

수사 이하로 명령을 받들지 않는 자는 그대로 군법대로 시행할 것이며, 부하 중에서 둔한 자는 그대가 충효로써 책려(策勵)[3]할지로다."

이렇게 당시의 임금인 선조는 이순신의 우국 충정을 믿고 또 의지한 것이었다. 그리하어 남해안 일대, 즉 3도 수군은 비로소 이순신의 지휘 아래 통합을 보게 되었고, 이순신은 통제사의 본영을 그대로 한산도에 두고 스스로의 소신대로 일할 수 있었다.

그리고 뜻밖에 통제사를 임명한다는 교서를 받게된 이순신은,

"〈생략〉 3도 통제사를 겸하라는 분부를 변변치 못한 신에게 내리시니 놀랍고 황송하여 깊은 골에 떨어지는 듯하옵니다. 신과 같은 용렬한 사람으로는 도저히 감당하지 못할 것이 분명하므로 애타고 민망함이 이 때문에 더하옵니다."

하는 자신의 심경을 장계하였다.

임금의 교서에는 '절대적인 권한', 즉 수사라 할지라도 명령을 좇지 아니하는 자는 누구든지 군법으로써 조처하도록 하였으나, 이순신은 전라 좌수사로 발령되어 집무할 때와 같이 일체의 기무를 엄격한 법으로써 또는 권세의 발동으로써 해결하려고 하지 않았다.

그는 수사 이하는 누구든지 충의심을 발휘할 수 있도록 격려했으

---

3 책려(策勵) : 채찍질하여 격려함.

며, 혹 잘못하는 일이 있어도 관대히 처리하여 스스로 깨우치게 했다. 심지어는 원균과 같은 비협조적인 수사까지 포용하려고 온갖 심혈(心血)을 기울이곤 했었다.

그런데 여기서 꿈 이야기를 하지 않을 수 없다. 비록 이순신은 통제사의 임명장을 10월 1일에 받았지만, 조정에서 통제사를 임명한 8월 1일의 일기에,

"새벽 꿈에 큰 대궐에 이르렀는데, 모양이 서울 같았다. 영의정이 와서 인사를 하기에 나도 답례를 하였다.

임금이 피하신 일에 대하여 서로 이야기 하다가 눈물을 뿌려 가며 탄식할 적에 벌써 적의 형세는 종식되었다고 말하였다. 서로 일을 의논할 즈음 좌우의 사람들이 구름같이 모여드는 것을 보고 깨었다."

하였는데, 이 꿈은 이순신에게 '오늘 너에게 통제사로 임명한다.' 는 사실을 분명히 암시해 준 것이었다. 그리고 위와 같은 내용의 꿈은 그가 진중 생활을 하는 동안 어렵고 중요한 일이 있을 때마다 반드시 그 전날 아니면 그날에 꾸었던 것인데, 나라의 앞날에 대하여 무관심한 사람으로서는 생각할 수 없는 일이었다.

참으로 이순신은 자나 깨나 나라의 앞날을 연구하고 있었기에 그 것이 바로 꿈으로 나타난 것이며, 12척의 전선으로써 10배 이상의 적을 격멸해야 하는 1597년 9월 16일의 명량 해전 때에는 하루 전날의 꿈에서 전승(戰勝)을 위한 계시를 받은 일도 있었다.

제2장

민주적인
운주당(運籌堂)

이순신이 초대 통제사로 임명된 뒤로는 그때까지 진통을 겪어오던 수군의 지휘권이 차차 확립되어 갔으나, 해상 정세에는 이렇다 할 진전을 보지 못하였다.

왜군들은 주로 웅천·창원 및 김해 등지의 요해지(要害地)¹를 점유하여 포구 안에서만 우물거리면서 장기적인 작전 준비에 임하고 있었다.

육상에 있어서는 명군과 왜군 사이의 화의교섭(和議交渉)으로 말미암아, 이순신이 태산같이 믿고 또 갈망하고 있는 육군의 지원은 생각할 수 없었다.

그러나 통제사 이순신은 왜선의 해상 진출이 없다고 하여 조금도 경계하는 마음을 풀지 않았다. 그는 항시 척후선(斥候船)²을 웅천 등

1 요해지(要害地) : 지세(地勢)가 적의 편에 불리하고 자기편에는 긴요한 지점(地點).
2 척후선(斥候船) : 적의 형편을 정찰·탐색하는 배.

지로 파견하여 왜선들의 동태를 철저히 정탐하게 하고, 스스로 모든 일을 솔선수범했다.

특히 그 당시 이순신의 진중 생활에 관하여는 그의 조카 이분(李芬)이 쓴 행록에,

"〈생략〉 공(이순신)은 진중에 있는 동안 여자를 가까이 하지 않았으며, 매일 밤 잘 때에도 띠(帶)를 풀지 않았다. 그리고 겨우 한두잠 자고 나서는 사람들을 불러들여 날이 샐 때까지 의논하였다.

또 먹는 것이라고는 아침 저녁 5, 6홉(合)뿐이라, 보는 사람들은 공이 먹는 것 없이 일에 분주한 것을 크게 걱정하는 것이었다.

공의 정신은 보통 사람보다 갑절이나 더 강하여서 이따금 손님과 함께 밤중에 이르기까지 술을 마시고도 닭이 울면 반드시 촛불을 밝히고 혼자 일어나 앉아 혹은 문서를 보기도 하며, 혹은 전술을 강론하기도 했다. 〈생략〉"

라고 하였다.

이순신은 한산도에 운주당(運籌堂)을 설치하였다. 지금 말하는 일종의 참모부 혹은 작전 상황실과 같은 것으로서, 모든 군사들은 누구를 막론하고 자기의 의견이나 또는 통제사에게만 알려할 정보 및 건의 사항 등이 있으면 언제든지 개진(開陳)할 수 있게 하였으며, 그 의견 중에 특출한 것이 있으면 그것을 채택하여 작전이나 군사 운영면에 반영하기도 했다.

지금은 한산도에 제승당(制勝堂)이 있으나, 운주당이나 제승당은 같은 것으로서 운주, 즉 '모든 계획을 세운다.' 고 하여 운주당이라고 불렸는데, 이순신은 항시 그곳에서 기거하며 집무하였다.

그리고 그는 그러한 운주당을 한산도에만 설치하지 않고 그가 오랫동안 머무르는 곳에는 모두 다 설치하여 집무하였다. 뒷날 그가 백의종군 중에 다시 기용되어 수군 진영을 설치했던 고하도(高下島)[3] 및 고금도(古今島)에도 운주당을 설치하여 모든 계획을 수립했던 것이다.

한편, 육상전의 부진으로 장기전을 취하지 않을 수 없었던 이순신은 휴전 상태에 놓여 있는 동안, 한 사람의 노력과 일각의 시간이라도 이를 이용하여 선결 문제인 군량 확보와 군사의 보충 및 훈련, 총포의 제작과 전선의 건조 등, 병력 증강에 총력을 경주하였다.

그 당시 이순신은 여러 가지 방법을 강구하여 군량을 확보하기에 이르렀는데, 이에 관하여는 이분(李芬)의 행록에,

"〈생략〉 공(이순신)이 진중에 있으면서, 항상 군량 때문에 걱정하여, 백성들을 모아들여 둔전(屯田)을 짓게 하고, 사람을 시켜 고기를 잡게 하며, 소금을 굽게 하고, 질그릇을 만들게 하는 등, 모든 일을 안 하는 것이 없었고, 그것을 모두 판매하여 몇 달 동안에 수만 석의 군량을 쌓게 되었다."

라고 하였는데, 이것 역시 모든 일을 자립(自立) 즉, 스스로 해결하여 왜적을 격멸하려는 통제사 이순신의 건전한 태도에서 이루어진 것이었다.

■
3 고하도(高下島) : 보화도라고도 하며 목포 앞 바다에 있다.

제3장

군민합작의
둔전 설치

이순신은 전라 좌수사라는 직위에 있을 적에도 군사 문제로 해결하는 한편 곤궁에 빠져 있는 피난민들의 생활에 이르기까지 그의 권한이 미치는 한 이를 돌보았던 것이었으나, 통제사라는 직책을 겸임한 이후로는 더욱더 민생 문제와 군량을 염려하여 보다 새로운 대책을 강구하곤 했었다. 그는 1593년 윤 11월 17일 조정에 올린 장계에서,

"〈생략〉 신의 생각에는 각도의 피난민들이 이미 정주할 곳을 잃었고, 또 생명을 이어갈 방도가 없어서 보기에도 참담한 형편입니다.

그러니 이들을 이 섬(돌섬도)에 불러 들여 살게 하면서 협력하여 농사를 지은 뒤에 서로 절반씩 나누어 가지게 한다면 공사간에 다 좋을 것 같습니다.

그리고 흥양 등지의 유방군(留方軍)은 도양장(道陽場)[1]으로 들어가서 농사를 짓게 하고, 그밖에 남은 땅은 백성들에게 나누어 주어 병작하게 하고, 말(馬)들은 고금도로 옮겨 모으면 목장에도 손해가 없고 군량에도 도움이 될 것입니다."

하여, 군사(軍事)와 민사(民事)를 크게 염려하여 여러 섬에 있는 목마장과 미개간지를 활용하여 피난민과 노잔병을 이용하는 둔전책(屯田策)을 조직적으로 추진하여 군량 확보와 아울러 피난민을 구휼하려고 하였다. 그리고 이와 같은 그의 활동은 민생이 안정되어야만 반드시 군비가 너그러워진다는 원칙 아래서 계속적으로 실시했다.

이순신은 자신의 뜻에 의한 계획을 공문으로 여러 곳에 연락하기 때문에 모든 일을 신속하게 처리할 수 없었다. 또한, 도원수(都元帥) 및 순찰자에게도 지시를 받아야 할 일도 많으나, 서로 먼 곳에 있기 때문에 어긋나게 되는 일들이 한두 가지가 아니었다.

그러한 불편을 오래 전부터 느껴 온 그는 또다시 새로운 방도를 세워야만 했기 때문에, 계사년 윤 11월에는,

"〈생략〉 신의 어리석은 생각으로는 문관 한 사람을 순변사의 예에 의하여 종사관(從事官)이라는 직책을 주어 여러 곳을 왕래하면서 협의 사항을 통지하고 또, 소속 연해안의 여러 고을을 순시하면서 모든 일을 감독 처리도 하고, 사부와 격군과 군량을 계속 마련하도록 한다면 앞으로 닥쳐오는 큰 일을 만분

---

[1] 도양장(道陽場) : 고흥군 도양면 도덕리.

의 일이라도 해결할 수 있겠습니다.

　그리고 여러 섬에 있는 목장 중에서 비어 있는 넓은 땅을 논이나 밭으로 개간할 곳도 조사해 보아야 하겠으므로 망녕되이 감히 품의하오니 조정에서 충분히 검토하시어 만일 사리와 체모에 무방하다면 먼저 장흥에 사는 전 부사 정경달(丁景達)이 지금 자기 집에 있다 하오니 특별히 종사관으로 임명해 주시기를 바라옵니다."

하는 내용을 장계하여 그가 직접 순시하지 못하는 지역은 그의 뜻을 전달하고, 또 제반 업무를 감독하고 처리할 수 있게 하여 보다 밝게, 보다 신속하게, 보다 효과적으로 귀중한 시간을 이용하려고 노력하였다.

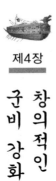

제4장

창의적인
군비 강화

이순신이 한산도에서 전선·병기 및 군량 등을 어떻게 하여 어느 정도의 준비를 하였던가?

거북선의 건조를 위시하여 항시 창의적 두뇌를 발휘하였던 그는 1592년과 1593년을 통하여 왜군의 신무기이며 주 병기인 조총에 대한 관심을 가지고, 어떻게 해서라도 그 보다 위력이 강한 것을 만들려고 노력하였다. 그리하여 통제사 발령을 받기 직전의 계사년 8월에는,

"〈생략〉 신이 여러 번의 큰 전투에서 왜군의 조총을 얻은 것이 매우 많사온데, 항상 눈앞에 두고 그 묘법을 실험한 바, 총신이 길기 때문에 총구멍이, 깊고 또 깊기 때문에 거슬리는 힘이 강하여 맞기만 하면 반드시 파손되는데 우리의 승자(勝者)

나 쌍혈총통(雙穴銃筒)은 총신이 짧고 총구멍이 얕아서 그 위력이 조총보다 못하고 그 소리도 크지 못하므로 항시 조총을 만들고자 하였습니다.

그런데 신의 군관 정사준(鄭思俊)이 그 묘법을 알아 내어 대장장이 낙안 수군 이필종(李必從), 순천에 사는 종 안성(安成), 피난하여 본영에 와서 사는 김해 절 종 동지(同志), 거제 절 종 언복(彦福) 등을 데리고 정철(正鐵)을 두들겨 만들었습니다. 〈생략〉"[1]

하여, 새로운 '정철총통(正鐵銃筒)'을 주조하였으며, 다시 그것을 실험하여 그 위력이 조총보다 강함을 실증한 뒤에는 즉시 관하의 진포(鎭浦)에서 같은 모양으로 만들어 사용하게 하고, 한편으로는 그 견본과 주조법을 권율 등 육상의 지휘관들에게 보내어 하루 빨리 많이 만들어서 왜군을 격퇴하는데 사용하도록 조처하였다. 뿐만 아니라, 그는 조정에 올린 장계에서 말했다.

"〈생략〉 지금 당장에 적을 막아내는 병기는 이보다 좋은 것이 없습니다. 그러므로 위의 정철로 만든 조총 5자루를 올려 보내오니 조정에서도 각 도와 각 고을에 명령하여 모두 제조하도록 하되, 제조하는데 감독하면서 제조한 군관 정사준과 이필종 등에게 각별히 상을 내리셔서 감격하여 열심히 일하게 하고 모두들 서로 다투어 만들어 내게 함이 좋겠다고 망녕되이 생각하였음을 삼가 아뢰옵니다."

■
1 이순신의 장계에서 인용.

그런데 이순신은 정철총통의 위력이 조총보다 강하다는 것을 실증하였으나, 철을 많이 구해야 할 난관에 부닥치고 있었다. 그 당시 이순신은 정철총통 이외에도 새로이 만들어지는 수많은 전선에 장비하여야 할 지자 및 현자총통 등을 만들고 있었던 것으로 이에 소요되는 철을 구하려고 백방으로 노력했다.

처음에는 중(僧)들을 모아 별도로 화주(化主)[2]라 하여 권문(勸文)을 들고 다니면서 철을 얻기도 하고, 한편으로는 조정에 건의하여 백성들의 기본권리를 침해하는 강제적인 수집을 피하여 여러 곳에 산재되어 있는 총통을 빨리 수군으로 이송하도록 하여 그것으로써 우선 각종 총통을 주조하였다.

그리고 총통의 주조와 함께 준비하여야 할 화약에 있어서도 염초(焰炒)는 수군 자체에서 끓여 내고, 달리 구할 수 없는 석유황(石硫黃)만을 조정에 요구했다.

이순신은 군량 및 총통 등을 준비하면서도 왜군들이 반드시 언젠가는 재침할 것을 믿고 이들 왜군에 대항할 수 있는 수많은 전선을 만들고 있었다.

사실상 모든 전비가 충만되었다 하더라도 전선이 부족하면 필요한 군량과 군사들을 수송할 수 없고, 나아가서는 어느 한 가지도 성취할 수 없는 일이었다. 때문에 그는 통제사 임명을 받기 이전부터 전선을 건조하고 있었으며, 심지어는 전라 좌수영을 떠나서 출전 중이었던 계사년 6월 23일의 일기에,

---

2 화주(化主) : 불교에서 나온 말. 시물(施物)을 얻어 절의 양식을 이어대는 중.

"새 배에 쓸 밑판을 다 만들다."

하여, 여수를 출항한 뒤 왜선을 수색하면서도 일부에서는 전선을 만들곤 했다.

그 당시의 전선이란 오늘날과 달리 주로 목재로 만드는 것이었으므로 쉬운 일은 아니었다. 이순신은 한산도에 수군진영을 설치한 뒤로는 각 도 수사들과 약속하여 대대적으로 벌목 조선(伐木造船)을 단행했으며 통제사 임명을 받은 뒤로는 그 해 즉, 1593년 말까지 최대한의 전선과 기타의 전비를 강화하여, 다음 해 1월 중에는 전 수군력을 집결하여 '부산으로 진격한다는 계획'을 세우고 각 수사들과는 두 번 세 번 약속하였다.

그리하여 이순신은 총통 기타의 준비와 함께 '전선 배가(戰船倍加)'를 목표로 대규모의 조선 공사를 실시하였으며 각 도의 수사들도 그의 뜻을 받들어 그 해 윤 11월 17일까지 아래와 같은 신조 전선(新造戰船)의 증강을 보게 되었다.

| 1593년 말의 신조 전선 |

전라 좌도(이순신)　　　전선 가조 60척

전라 우도(이억기)　　　전선 가조 90척

경상 우도(원균)　　　　전선 가조 40척

충청도(정걸 및 구사직)　전선 가조 60척

계 250척

그 밖에도 전선보다 적은 사후선(伺候船)³의 건조는 전라 좌·우도 150척, 경상 우도 40척, 충청도 60척으로 전선과 합하면 모두 500척이었고, 사부(射夫)와 격군(格軍)의 수도 3만 5천여 명(충청도는 제외)을 훈련하였다.

이와 같이 불과 1년 동안 2배 이상의 대증강을 보게 된 것은 오로지 그의 끊임없는 노력과 더불어 각 수사와 모든 군사들의 숨은 노고와 협조가 있었기 때문이었다.

이순신은 한산도에 있을 동안, 종일 군의(軍衣)를 재단하기도 했으며, 태귀연(太貴連)과 이무생(李茂生) 등으로 하여금 환도⁴를 만들게 하여 충청 수사 등 여러 장병들에게 선물로 나누어 주기도 했다. 그중에서 갑오년 4월에 만들어 그가 간직하고 있었던 한쌍의 환도에는 칼자루 바로 위의 칼면에 아래와 같은 검명(劍銘)을 친필로 새겨 두었다.

한 칼에는,

석자 칼로 하늘에 맹세하니 산과 강물이 떤다.

三尺誓天 山河動色
삼 척 서 천 산 하 동 색

다른 한 칼에는,

한 번 휘둘러 쓸어 버리니 피가 산과 강을 물들이도다.

3 사후선(伺候船) : 일종의 정찰선.
4 환도(環刀) : 장검(長劍)이라고도 한다.

一揮掃蕩　血染山河
일 휘 소 탕　혈 염 산 하

　이 환도 한쌍은 지금까지 현충사에 보존되어 있으나, 그가 직접 전
투 시에 실제로 사용한 것은 아니고, 항시 벽머리에 걸어 두고 바라
보며 정신을 가다듬던 것이었다.

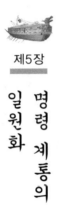

제5장

명령 계통의
일원화

이순신은 자신의 노력에 의하여 수많은 전선을 건조한다 하더라도 조정으로부터 일정한 인원과 군량 및 기타 전쟁물자에 이르기까지 아무런 지원을 기대할 수 없었다. 때문에, 그는 전선 건조와 더불어 군사의 모집 및 군량 등 여러 방면에 걸쳐 이중 삼중의 곤경을 겪어야만 했으나, 스스로 불평 없이 해결하려고 노력했다.

더구나 그 당시의 병무 행정은 극도로 문란했다. 연해안 일대에 몰려 있는 감사(監司)나 병사(兵使)들, 즉 육군 지휘관들은 임의로 통문(通文)을 발하여 명나라 군사들이 연습을 시킨다든가, 복병 파수하게 한다든가, 의병군으로 활용하게 한다 하면서 연해안의 군사들은 육전으로 징발하고 있었다.

특히 연해안의 군사들은 명령의 혼란으로 정신을 차리지 못한 채,

'해전은 어렵고 육전은 쉽다.' 하여 육전으로 나가는 실정이었으나, 수군의 지휘관으로서는 이를 막을 수 없었다. 뿐만 아니라 각 지방의 수군들은 관할 지역이 아니라는 것을 핑계하여 따르지 않았고, 군사상 중대한 일까지도 내버려 두는 실정이었다.

군량면으로 보더라도 개전 이래 계속해서 연해안의 군량을 실어내고, 또 얼마간 저장된 것은 명나라 군사들의 식량을 하느라고 거의 탕진되었으며, 육상의 여러 진장들이 또 계속해서 실어가므로 그 일대의 백성들은 육상으로, 아니면 해상으로 징발되는 등, 도저히 견딜 수 없는 지경에 이르러 다른 지역으로 이사하는 사람이 속출하는 실정이기도 했다.

따라서 수군이 필요로 하는 군사와 군량은 쉽게 해결할 수 없었으며, 근본적으로 명령 계통과 수군 및 육군의 관할 지역 등을 다시 명확하게 하지 않고서는 수군의 활동이 원만해질 수 없었다.

그러한 때 이순신은 그전에도 건의한 바 있는 일이지만 왜군의 형세에 대한 해상 방어의 중요성을 또다시 건의함과 아울러 계사년 9월에는 해전과 육전의 다른 점을 일일이 열거하는 장계에서,

"〈생략〉 해전으로 말할 것 같으면 많은 군졸들이 모두 배 안에 있으므로 적선을 바라보고 비록 도피하려고 하더라도 그들의 형편이 어쩔 수 없는 것입니다.

하물며 노를 재촉하는 북소리가 급하게 울릴 때, 명령을 위반하는 자가 있을 것 같으면 군법이 뒤를 따르는데 어찌 심력(心力)을 다하지 아니할 것이며, 거북선이 먼저 돌진하고 판옥선이 뒤따라…〈생략〉… 포환과 시석을 빗발치듯 하면 적의 사

기가 크게 꺾이어 물에 빠져 죽기에 이르니 이것은 해전의 쉬운 점입니다."

하여 해전의 쉬운 점을 지적함과 아울러 수군의 보충이 어렵다는 사실 등을 열거한 뒤에,

"수사는 수군의 대장으로서 호령을 내려도 각 고을 수령들은 자기 소관이 아님을 핑계하고 전혀 거행하지 않아 심지어 군사상의 중대한 일까지도 내버려 두는 일이 많이 있어 일마다 늦어지게 되는데, 이런 큰 사변을 당하여 도저히 일을 처리하기 어렵사오니 …〈생략〉… 수령들을 아울러 지휘할 수 있도록 하여 주시기 바랍니다."

하여, 수령들을 지휘할 수 있는 명령 계통을 세우고, 또 두달 뒤인 윤 11월에는 수군 운용의 고충과 건조의 실정을 보고하는 장계에서,

"〈생략〉 신과 같은 둔재는 만 번 죽어도 마땅하거니와 당장 나라가 다시 살아나야 할 이때, 전혀 어름어름하려고만 하여 이 지경에 이르렀으니 뒷날에 후회한들 무슨 소용이 있사오리까. …〈생략〉… 앞으로는 3도 수군에 소속한 연해안 각 고을의 장정과 군기들은 모두 이동시키지 말고 전적으로 수군에 소속시키기로 도원수와 3도 순찰사에게 다시 각별한 분부를 내려 주시기를 바랍니다."

하여, 수군에 소속한 지역에는 모두 통제사의 명령을 따르도록 하고,

육상의 어떠한 지휘관도 사전 협의 없이는 군사나 군량 등을 징발할 수 없도록 하여 전선 건조에 따른 군사의 보충과 군량 및 병기 등을 동시에 준비하려는 올바른 태도를 보였다.

그러나 보행 아니면 말〔馬〕을 타고 공문을 전달하여야 하는 당시에 있어서는 오늘날과 같이 빠른 시간 내에 이순신의 뜻이 해결될 수 없었다.

수군 활동의 중요성을 모르는 명나라 장수와 육상의 지휘관들은 그들이 맡은 지역의 국부적인 방비를 위하여 계속 장정들을 징발해 갈 뿐만 아니라 심지어는 명나라 지휘관의 명령이라 하여,

"〈생략〉 방어사와 병사에게 각각 5천 명씩 배정하고, 좌·우도의 수사에게 각각 2천 명씩 배정하였으니, 소속 각 관포에 고루 배정 …〈생략〉… 도원수의 명령을 기다리도록 하라! 〈생략〉"

하는 등 일정한 계획과 현황을 파악하지도 않고 직위와 권세로써 명령만을 내리는 것이었다.

물론 전쟁의 승리를 위하여는 수륙군(水陸軍)을 구별할 필요도 없이 수군의 인적 자원이 충족하면 육군으로, 또 육군이 충족하면 수군으로 돌려야 하겠으나, 수군 자체의 필요한 인원을 충족할 방도가 없는 상태에서 전라 좌·우도에서 4천 명을 징발하라고 하였으니, 그때의 이순신은 말문이 막혔을지도 모른다. 이 글을 받은 이순신은 웅천 등지의 왜군들의 정황과, 도저히 병력을 징벌할 수 없다는 사실을 조정에 올린 장계에서,

"〈생략〉 수군의 사부와 격군을 남김없이 뽑아 내어도 4천 명이란 수가 차지 못할 것입니다. 대개 방어사나 병사들은 육전을 하는 대장으로 항시 육상에 주둔하고 있으므로 각각 5천 명의 군사를 준비한다는 것이 이치에 당연하다 하겠으나, 수군은 바닷길을 끊어 막고 있기 때문에 그 방비하는 것이 서로 다른데, 바다를 떠나 육지로 올라 오라고 하는 것은 실로 좋은 계책이 아닌 것입니다. 뿐만 아니라, …〈생략〉… 수군에 소속된 정예 군사 1명은 100명의 적을 대적해 내는 것이므로 도저히 뽑아내어 보낼 수 없다는 사유를 들어서 우선 회답하였사오니, 조정에서는 순찰사 이정암과 도원수 권율에게 아울러 각별히 신칙해 주시기를 바랍니다.

다만 수군을 징발하는 일이 이렇게 소란스러우면 신은 소관하고 있는 수졸들을 통제할 수 없을 것이며, 해상 방비에 관한 모든 일은 백 가지 중에 한 가지도 조처할 수 없게 되고, 수군의 군세가 나날이 고약해진다면 해상으로 덤벼드는 적을 저지하기 어려울 것이므로 밤낮 없이 근심하고 있음을 삼가 감추어 아뢰옵니다."

라고 하였다.

그리고 수군에 소속된 지역에는 육군을 배정하지 말 것이며, 군량 및 병기도 다른 곳으로 이동하지 말도록 각 도의 관찰사 및 병마절도사들에게 명령해 줄 것을 두 번째로 건의하여 보다 계획성 있는 수군 활동을 모색했다.

한편 이순신은 통제사로 집무한 지 9일이 지난 10월 9일에는,

"그대는 통제사로서 3도의 장령과 군사를 두 패로 나누어 번갈아 휴가를 보내되 옷과 양식을 준비해 주도록 하라."

하는 유서를 받았다.

이때, 그는 동절기를 맞이하여 해상 활동을 할 수 없다는 것을 판단하여 원균 및 중위장 권준 등으로 하여금 한산도 부근을 방비하게 하고, 11월 1일에는 이억기에게 일단 전라 우수영으로 귀항하여 제반 전비를 갖추어서 다음 해 1월 15일까지 도착하도록 하였으며, 이순신 스스로도 전라 좌도 연해안 일대의 전선 건조 현황과 군사·병기 및 군량 등을 점검하기 위하여 12월 12일 한산도를 출발하여 여수 등지로 향하였다.

제6장

과
거
시
험
장
설
치

　이순신은 10여 차례의 해상전을 통하여 훈련된 군사가 있어야 한
다는 것을 절실히 느끼고 있었으며, 이들 군사들에게는 일정한 시험
을 보여 승진할 수 있는 기회를 주어야 한다는 것도 잘 알고 있었다.

　그러나 그 당시의 유일한 관문인 무과 시험은 통제사의 권한으로
행할 수 없었고, 반드시 조정에서 공고하는 장소에서 응시하여야만
했다. 때문에, 이순신은 그때까지 해상활동으로 말미암아 한 번도 응
시할 수 있는 기회를 주지 못한 이들 군사를 위하여 새로운 장계를 올
리지 않을 수 없었다.

　그는 항시 승진(昇進)을 원하는 군사들에게는 반드시 승진할 수 있

는 기회를 부여함으로써 그들의 사기를 앙양할 수 있는 일이라고 믿고 있었다. 그리하여 전주에서 무과 시험이 개설된다는 통고를 받자, 12월 23일에는 아래와 같은 장계를 올렸다.

"〈생략〉 듣건대, 12월 27일 전주에서 과거 시험장을 열라고 하였다 하오나, 해상에 있는 군사들은 물길이 멀고, 또 기일 내에 도착하기 어려울 뿐 아니라, 적과 대진해 있는 때에 뜻밖에 일이 있을지도 모르므로 정군 용사(精軍勇士)들을 일시에 내어 보낼 수 없습니다.
그러므로 수군에 소속된 군사들은 경상도의 예에 따라 진중에서 시험을 보여 그들의 마음을 풀어 주도록 하되 규정 중에 있는 '말을 달리면서 활 쏘는 것' 은 먼 바다에 떨어져 있는 섬이라 말을 달릴 만한 땅이 없사오니, 그 대신 편전을 쏘는 것으로 시험 받으면 편리할 것 같사온 바, 조정의 선처를 바라옵니다."

즉, 육상과 다른 해상 사정을 고려함과 아울러 시험장을 한산도에 개설하도록 함으로써 획기적인 군 인사 관리를 이루어 놓았다. 이러한 그의 건의는 임금을 비롯한 중신들의 제기를 받아 다음 해, 즉 1594년 4월 6일, 한산도에서 시험장을 개설하기에 이르렀다.
그는 시험 전일까지 도원수 권율(權慄)과의 공문 왕래로서 참시관(參試官)과 시험관을 결정하였으며, 3일 동안의 시험을 치룬 후 9일에는 100명의 합격자를 내어 군사들의 마음을 흐뭇하게 하였다.
군사들의 사기를 항시 염려해 온 이순신은 잘하는 자에게 상을 내리고, 잘못하는 자에 벌을 주는 일을 잊지 않았다. 그는 고의적으로 여러 이유를 들어 핑계삼아 방비를 소홀히 하는 자, 또는 방비군의 결원을 낸 수령 등은 직위의 고하를 가리지 않고 처벌하여 다른 장령들에게 군율(軍律)의 엄함을 보였으며, 그 반면에 우수한 군사들 중에서 이미 표창을 받은 자, 표창할 자를 냉정하게 평가하여 그야말로 공정하고 엄중한 신상필벌(信賞必罰)을 시행하였다. 그는 상벌의 공정성이 군사들의 사기에 지대한 영향을 미친다는 것을 생각하고 아래와 같은 내용의 장계를 올렸다.

"〈생략〉 전라 좌도에 소속된 여도 만호 김인영은, 전쟁이 나던 때부터 분발하여 항시 앞장서서 적의 목을 벤 것도 많았지만, 다만 훈련부정(訓練副正)에 승진되었을 뿐이니 다른 사람들의 예와는 다른 것입니다. 전후의 공로를 상고한 뒤에 발포 만호 황정록(黃廷祿)의 예에 의하여 같은 논평으로 같은 표창을 내리셔서 다른 사람들을 격려하여 주시기를 청하나이다."

뿐만 아니라, 이순신은 거의 해마다 봄, 여름에 밀려 닥치는 유행병(流行病)으로 숨져 가는 군사와 백성들을 구제하기 위하여 백방으로 약품을 준비하는 등, 그가 취할 수 있는 노력을 다했다.

그러나 그에게도 이 유행병만은 자신의 힘으로 어찌할 수 없으므로 유능한 의원을 특명으로 파견하도록 장계를 올리기도 하고, 사망자들은 차사원을 보내어 그 유해를 장사지내게 하고 글을 지어 제사를 지내 주기도 했다.

그런데 글을 지어 유행병에 죽은 자들을 제사지내던 그날 새벽에

이순신은 이상한 꿈을 꾸었다. 여러 사람들이 그의 꿈에 나타나서 원통함을 호소하기에 이순신은,

"너희들은 왜 그러느냐?"

라고 물었는데, 그들은

"오늘 제사에 전사자 및 병사자들은 다 얻어 먹었지만 우리들은 그 속에 같이 들지 못하였기 때문입니다."

라고 하였다. 너무나 이상한 일이기에 비록 꿈속에서나마 이순신은,

"너희들은 무슨 귀신이냐?"

라고 다시 묻자,

"물에 빠져 죽은 귀신입니다."

하고 대답하는 것이었다.

이순신은 즉시 일어나서 그가 쓴 제문을 다시 보니, 물에 빠져 죽은 귀신에 대한 구절이 없었으므로 그 제문을 고쳐서 제사지내도록 하였다 한다.

참으로, 그의 꿈은 누구나가 꿀 수 있는 꿈이라기보다 백성을 사랑하고 군사들을 아끼는 숭고한 정신과 치밀한 성격을 말해주는 것이었다.

제7장

지극한 효성

계사년(선조 26년) 12월 12일, 관하 수군 진영을 순찰하기 위하여 여수로 향한 이순신은 순천·흥양·보성·광양·낙안 등지의 전선 건조 현황을 순시한 후, 우선 건조 완성된 전선 중에서 19척만을 거느리고 다음 해 1월 17일 한산도로 귀항하였다.

순시 중에는 사부(射夫)와 격군(格軍)을 모집하느라고 온갖 고충을 다하기도 했으며, 1월 11일에는 어머님을 만나러 여천군에 있는 고음천(古音川)[1]으로 간 일이 있었다.

남보다 인자하고 엄격한 그의 어머님은 임진왜란이 발발한 그 해 초에 아들 이순신의 청에 못이겨 이곳으로 내려와서 피난살이를 하

---

1 고음천(古音川) : 여천군 쌍봉면 웅천리 곰내라고도 한다.

고 있었으며, 그때 79세의 노령으로 겨우 명맥을 유지하고 있었다.

남다른 효성을 간직하고 있는 이순신은 계속된 출전으로 오랫동안 어머님을 만나지 못하고 문안 편지만은 종종 써 올렸으나, 그도 인간이었기에 조석으로 모시지 못함을 매우 안타까워 했었다. 뿐만 아니라, 그는 어머님 외에도 삼촌 · 부인 · 아들 · 조카 등을 자주 만나지 못함을 못내 아쉬워하곤 했다.

그러나 중대한 책임을 지니고 있는 통제사로서 그러한 가정적인 일에 마음을 쓰지 않으려고 스스로 노력했으며, 가정에 대한 여러 가지 그리움이 치솟을 때에는 언제나 일기에서 자신의 심정을 위무하곤 했었으나, 어머님에 대하여는 생신일을 잊지 않고 그날의 일기에, 어머님을 위로해 드리지 못하는 아들의 심정을 써 두었다. 즉,

계사년(1593년) 5월 4일 ;

이날은 어머님의 생신일이건만, 적을 토멸하는 일 때문에 가서 헌수(獻壽)[2]의 술잔을 드리지 못하게 되니 평생의 한이 된다.

갑오년(1594년) 5월 4일 ;

새벽에 맏아들 회(薈)가 계집종들과 함께 어머님 생신상을 차려 올릴 일로 돌아갔다.

을미년(1595년) 5월 4일 ;

이날은 어머님 생신일인데, 몸소 나아가서 잔을 드리지 못하고 홀로 먼 바다에 앉았으니 회포를 어찌 다 말하랴.

---

2 헌수(獻壽) : 환갑잔치 등에 장수(長壽)를 비는 뜻으로 술잔을 올림.

병신년(1596년) 5월 4일 ;

　　이날은 어머님 생신일인데 헌수의 술잔을 올리지 못하여 심회가 평온하지 못했다.

정유년(1597년) 5월 4일 ;

　　어머님 생신일이라 슬프고 애통함을 참을 수 없었다.

라고 하였고, 아버님에 대하여도 백의종군 중이었던 7월 2일의 일기에

　　"〈생략〉 오늘이 돌아가신 아버님 생신일인데, 멀리 천 리 밖에 와서 군복을 입고 있으니, 이런 일이 어디 있을 것인가."

하였다. 그리고 어머님이 고음천으로 와 계시고, 자신은 왜적을 격멸하기 위하여 한산도 등지로 출전 중에 있을 때에는 반드시 여수를 다녀오는 탐망선(探望船)이나, 아들·조카 및 종들에게 어머님의 근황(近況)을 자세히 알아 오게 하고 이들이 다녀온 회답이 '편안하시다' 하면 언제나 '다행다행(多幸多幸)이다' 하면서 매우 기뻐하였으며, 계사년 6월 12일의 일기에는,

　　"아침에 흰 머리털을 여러 오라기 뽑았다. 흰 머리털이 무엇이 어떻겠는가마는 다만 위로 늙으신 어머님이 계시기 때문이다."

하여, 당시 49세였던 이순신은 어머님을 위해서, 흰 머리털을 뽑아야만 했고, 한편으로는 '어머님의 안부를 못 들은 지 벌써 7일이라

무척 초조하다.' 하는 등 어머님을 잊은 날이 거의 없었다.

반면으로, 그의 어머님 역시 출전한 아들의 뒷모습을 상상하면서 한 번만이라도 더 보고 싶은 심정을 간직하곤 했으나, 위급한 나라의 앞날을 위하여는 스스로 외로움을 참고 견디어야 한다는 것을 명심하고 있었다.

때문에 1월 11일[3], 아들을 만난 그의 어머님은 조금도 외롭고 쓸쓸한 표정을 나타내지 않았으며, 다음 날 이순신이 하직을 고할 때에도 그의 어머님은 조금도 이별에 대한 슬픈 표정을 보이지 아니하고,

"잘 가거라, 나라의 욕됨을 크게 씻으라."

敎以好赴 大雪國辱
교 이 호 부 대 설 국 욕

하고, 두 번 세 번 타이르시는 것이었다.

그때, 이순신도 몸이 몹시 불편하였으나, 그러한 표정을 전혀 보이지 아니하고 어머님의 장수(長壽)를 빌었으며, 언젠가는 수연(壽宴)[4]을 베풀려고 생각했었다.

그런데 부모에 대한 그리움을 간직한 이순신은 통제사라는 직책으로서 적당한 시기에 어머님을 자주 만나 볼 수 있는 몸이기도 했으나, 공(公)·사(私) 문제를 막론하고 왜군들의 정황을 판단한 뒤에 출장 또는 휴가를 얻어서 한산도를 떠나곤 했다. 그는 자신의 공정한 행

3 1월 11일 : 갑오년(1954년) 1월 11일.

4 수연(壽宴) : 장수(長壽)를 축하하는 잔치.

동만이 고향을 떠난 모든 군사들의 외로운 심정을 무마할 수 있을 것으로 믿고 있었으며, 또 자신의 행동은 모든 군사들이 주시하며 본보기로 삼는다는 것을 잘 알고 있었다.

더구나, 그가 어머님을 만나기 위하여 당시 진주 등지에 있었던 체찰사(體察使) 이원익(李元翼)에게 써 올린 글월, 즉 휴가 신청서는 뒷사람의 가슴을 찌르는 명문이었다.

"〈생략〉 살피건대, 세상 일이란 부득이한 경우도 있고 정에는 더할 수 없는 간절한 대목도 있습니다. 이러한 정으로써 이러한 경우를 만나면 차라리 나라 위한 의리에는 죄가 되면서도 할 수 없이 어버이를 위하여는 사정(私情)으로 끌리는 수도 있는 듯합니다. …〈생략〉… 저는 원래 용렬한 사람으로 무거운 소임을 욕되이 맡아 일에는 허술히 해서는 안 될 책임이 있고, 몸은 자유로이 움직일 수 없어 부질없이 어버이 그리운 정곡(情曲)만 더할 뿐입니다.

자식 걱정하시는 그 마음을 위로해 드리지 못하는 바, 아침에 나가 미처 돌아오지만 않아도 어버이는 문 밖에 서서 바라본다 하거늘, 하물며 못 뵈온 지 3년째나 되옵니다.

얼마 전 하인편에 글월을 대신 써 보내셨는데, '늙은 몸의 병이 나날이 더해가니 앞날인들 얼마 되랴. 죽기 전에 네 얼굴이나 한 번 보고싶다.' 하셨습니다. 남이 들어도 눈물이 날 말씀이거늘, 하물며 그 어머님의 자식이야 어떠하겠습니까? 그기별을 듣고서는 가슴이 더욱 산란할 뿐 다른 일엔 마음이 잡히지 않습니다.

제가 지난날 건원보 권관으로 있을 적에 선친이 돌아가시어 천 리를 분상한 일이 있었사온 바 살아 계실 때 약 한 첩 못달여 드리고 영결(永訣)조차 하지 못하여 언제나 그것으로 평생 유한(遺恨)이 되었습니다.

이제 또 어머님께서 70을 넘으시어 해가 서산에 닿은 듯 하온 바, 이러다가 만일 또 하루 아침에 다시는 뵈실 길 없는 슬픔을 만나는 날이 오면, 이는 제가 또 한 번 불효한 자식이 될 뿐 아니라 어머님께서도 지하에서 눈을 감지 못하실 것입니다.

그러므로 이 겨울에 자친을 가 뵈옵지 못하면, 봄이 되어 방비하기에 바쁘게 되어 도저히 진을 떠나기가 어려울 것이옵니다. 이 애틋한 정곡(情曲)[5]을 살피시어 며칠간의 휴가를 주시면 한 번 가게 됨으로써 늙으신 어머님 마음이 적이 위로될 수 있을 것입니다.

그리고 그 사이에 혹시 무슨 변고가 생긴다면 어찌 휴가 중이라 하여 감히 중대한 일을 그르치게 하겠습니까?"

실로, 이 글은 어머님을 모시지 못하는 아들의 지극한 심정을 솔직하게 표현한 것이었으며 이러한 그의 심정은 병신년(丙申年) 10월 7일에 수연(壽宴)을 베풀어 어머님을 즐겁게 하고, 나아가서는 그도 일시적이나마 그때까지 가슴에 사무쳤던 애타는 정곡을 풀기도 했다. 그러나 그는 오래 머무르지 못하고 4일 뒤에는 어머님을 떠나 한산도에 이르렀다. 확실히 이순신은 남다른 효성을 지닌 사람이었다.

5 정곡(情曲) : 간곡한 정.

제7부

참을 수 없는 울분

제1장

제
2
차

당
항
포

해
전

이순신은 병력 증강에 전력을 다하는 한편 가장 중요한 정보 활동
을 철저히 하였다. 통제사로서 계속 한산도에 머무르는 동안 각 처의
망대(望臺)[1]에는 장령(將領)[2]을 파견하여 멀리 적세를 정찰하여 급히
보고하도록 하고, 물길의 요충지에는 복병장(伏兵將)을 배치하였다.

이러는 동안, 한 해 겨울을 지난 갑오년[3] 2월부터는 지난 날 이순

---

1 망대(望臺) : 적의 동정을 망보는 높은 대. 망루(望樓).

2 장령(將領) : 지금의 장교와 같다.

3 갑오년(甲午年) : 1594년(선조 27년).

신의 위력에 눌려 바깥 바다로 나오지 못했던 왜선들이 차차 움직이기 시작하여 진해·고성 등지를 마음대로 출입하면서 민가를 불사르고 살인하는 등, 온갖 행패를 자행하고 있었다. 그리고 이들 왜선의 동향을 알게 된 경상 감사 한효순(韓孝純)의 장계에 의하여 조정에서는 2월 1일 이순신에게,

"〈생략〉그대는 3도 수군을 지휘하여 적을 무찌르라."

하는 유서(諭書)를 전달하여 왜선에 대한 공격을 명령하는가 하면, 다시 2월 5일에는 도원수 권율로부터,

"〈생략〉명나라의 심유경(沈惟敬)이 벌써 왜군과 화친을 결정하였다."[4]

하는 회답을 받게 되는 등, 공격을 해야 할 것인지, 아니면 화친으로 인하여 공격을 중단해야 할 것인지를 통제사 이순신으로서는 갈피를 잡을 수 없었다. 이에 대하여 이순신은 2월 6일 일기 끝머리에 기록하였다.

"〈생략〉간사한 꾀와 교묘한 계책을 헤아릴 길이 없는 놈(왜적)들이라 전에도 놈들의 꾀에 빠졌고, 또 이렇게 빠져 들어가니 한탄스러운 일이다.〈생략〉"

---

4 갑오 일기 2월 1일에서 인용.

그러나 이순신은 침착한 태도로 이미 배치해 두었던 각 처의 망장과 복병장을 통하여 들어오는 여러 보고를 신중히 검토하였다. 그 중, 2월 7일에는 고성 현령 조의도의 보고에서,

"적선 50여 척이 춘원포[5]에 출현하였다."

하였고, 이어 2월 8일에는 순천 부사로부터,

"〈생략〉 고성 소소포[6]에 적선 50여 척이 드나든다. 〈생략〉"

하는 보고를 받기에 이르렀다. 이때, 이순신은 제만춘(諸萬春)에게 왜선이 출현하는 해역의 지형을 조사하도록 하면서 망장과 복병장에게는 계속 철저한 정탐을 하도록 했는데, 그로서는 보다 정확한 왜선들의 동태를 파악하기 위해서였다.

그리하여 여러 곳에서의 보고를 통하여 왜선의 동태를 정확히 파악하려고 하던 중, 21일에는 벽방(碧方)[7] 망장 제한국(諸漢國)으로부터,

"〈생략〉 구화역[8] 앞 바다에 왜선 8척이 와서 머물고 있습니다. 〈생략〉"

---

5 춘원포(春院浦) : 통영군 광도면 예승포.

6 소소포(召所浦) : 고성군 마암면 두호리.

7 벽방(碧方) : 통영군 광도면.

8 구화역(仇化驛) : 통영군 광도면 노산리.

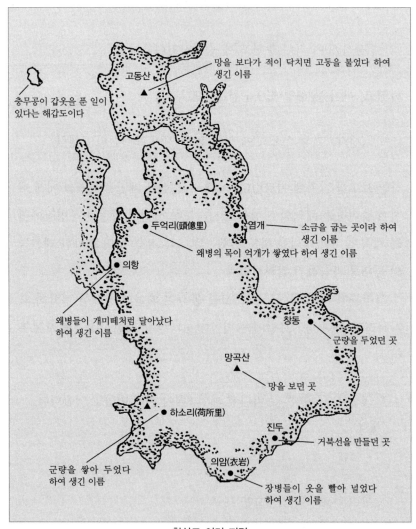

망을 보다가 적이 닥치면 고동을 불었다 하여
생긴 이름

고동산

충무공이 갑옷을 푼 일이
있다는 해갑도이다

두억리(頭億里)   염개   소금을 굽는 곳이라 하여
생긴 이름

왜병의 목이 억개가 쌓였다 하여 생긴 이름

의항

왜병들이 개미떼처럼 달아났다
하여 생긴 이름

창동

군량을 두었던 곳

망곡산

망을 보던 곳

하소리(荷所里)

진두
거북선을 만들던 곳

의암(衣岩)

군량을 쌓아 두었다
하여 생긴 이름

장병들이 옷을 빨아 널었다
하여 생긴 이름

한산도 여러 지명

하는 보고를 받았는데, 뒤이어 22일에는 왜선 10척이 구화역에 도착하고, 6척은 춘원포에 이르렀다는 보고와, 29일에는 '왜선 16척이 소소포에 들어 왔다.'는 등의 보고가 연달아 들어오는 것이었다. 이러한 보고 내용을 검토한 이순신은 이들 왜선들이 비록 주력대(主力隊)는 아니지만, 떼를 지어 움직이고 있음을 확인하였다.

그런데 그때까지 확인된 왜선들의 척수는 매우 적은 것이었으나, 3월 3일 하오 2시경에 도착한 벽방 망장 제한국 등의 급보에는,

"오늘 날이 밝을 무렵에 왜의 대선 10척 · 중선 14척 · 소선 7척이 영등포에서 나오다가 21척은 고성땅 당항포로 향하고, 7척은 진해땅 오리량⁹으로 향하였으며, 3척은 저도¹⁰로 향해 갔습니다."

하는 내용으로서, 이제는 왜선들의 움직임이 전보다 크게 나타나고 있음이 확인되었다.

이에, 이순신은 경상 우수사 원균과 전라 우수사 이억기 등에게 전령하여 다시 엄하게 '출전한다'는 것을 약속하고, 한편으로는 순변사 이빈(李蘋)에게도 전일의 약속에 의하여 '보병과 기병을 거느리고 빨리 진격하여 하륙한 왜적들을 모조리 무찔러 잡도록 해 달라.'는 내용의 공문을 발송하였다. 이는 왜적을 수륙으로 합공하여 전멸하기 위해서였다.

---

9 오리량(吾里梁) : 창원군 귀산면.
10 저도(猪島) : 창원군 귀산면.

그리고 이순신은 그날 밤 8시에 3도의 모든 전선과 장수들을 한산도 앞 바다에 집결하게 하여 어둠을 타고 몰래 출전을 단행하였다. 이 밤중의 함대 행동은 그전에도 있었던 바와 같이 함대 행동을 비밀히 함으로써 그들이 도망하기 전에 전멸해 버리려는 것이었다.

모든 전선을 거느린 이순신은 견내량을 통과하여 그날 밤 10시경, 거제도 내면 지도[11]에 이르렀다. 여기서 그는 일단 모든 군사들을 휴식하게 하면서 새로운 계획을 강구하고, 다음 날 즉, 3월 4일 새벽 2시경, 다시 왜선이 있는 곳을 향하여 출항하였는데, 그때 세운 작전 계획은 아래와 같았다.

1. 전선 20여 척을 예비대로 견내량에 머물러 두어 불의의 사태에 대비한다.

2. 3도의 경예선(輕銳船)을 가려내어,

   1) 전라 좌도에서는 좌척후장 사도 첨사 김완 · 일령장 노천기 · 이령장 조장우 · 좌별도장 전 첨사 배경남 · 판관 이설 · 좌위 좌부장 녹도 만호 송여종 · 보주 통장 최도전 · 우척후장 여도 만호 김인영 · 일령장 윤붕 · 귀선돌격장 이언량(이상 10명).

   2) 전라 우도에서는 응양별도장 우후 이정충 · 좌응양장 어란 만호 정담수 · 우응양장 남도 만호 강응표 · 조전통장 배윤 · 전부장 해남 현감 위대기 · 중부장 진도군수 김만수 · 좌부장 금갑도 만호 이정표 · 통장 곽호신 · 우위중부장 강진 현감 유해 · 좌부장 목포 만호 전희광 · 우부장 주부 김남준(이상 11명).

■ **11** 지도(紙島) : 통영군 용남면.

3) 경상 우도에서는 미조항 첨사 김승용·좌유격장 남해현령 기
효근·우돌격도장 사량 만호 이여점·좌척후장 고성 현령 조
의도·선봉장 사천 현감 기직남·우척후장 웅천 현감 이운
용·좌돌격장 평산포 만호 김축·유격장 하동 현감 성천유·
좌선봉장 소비포 권관 이영남·중위 우부장 당포 만호 하종해
(이상 10명) 등 31명의 장수를 선발한 뒤에 수군 조방장 어영
담을 인솔 장수로 삼아 당항포와 오리량 등지의 왜선이 머무
르고 있는 곳으로 몰래 급히 파견한다.

3. 이순신은 이억기 및 원균과 함께 함대를 거느리고 영등포와
장문포의 적진(敵陣) 앞 바다의 증도(甑島) 해상에서 학익진
을 형성하여 한 바다를 가로 끊어서 앞으로는 함대의 위세
를 보이고 뒤로는 적들의 도망하는 길을 막는다.

즉, 이순신은 해상의 중요한 해역을 장악하여 함대의 시위를 행하
면서 공격하려는 것이었으며, 모든 전선은 그의 예정 계획에 의거하
여 각각 포진하였다.

이순신 함대의 치밀한 포진을 알았는지 또는 몰랐는지는 명확하지
않으나, 그때 왜선 10척이 진해선창[12]으로부터 기슭을 따라 나오고
있었다.

이를 발견한 어영담(魚泳潭)이 거느린 경예선은 일시에 좌·우로
부터 협공을 가하여 6척은 읍전포(邑前浦)[13]에서, 2척은 어선포(於善

12 진해선창(鎭海船滄) : 창원군 진동면 진동리.
13 읍전포(邑前浦) : 창원군 진해면 고현리.

浦)¹⁴에서, 나머지 2척은 자구미포(柴仇味浦)¹⁵에서 모두 버린 채 뭍으로 올라가므로 빈 배만을 남김 없이 불태워 버렸다. 다만, 왜병들은 배를 버리고 산으로 도망하였기 때문에 사살하지 못했다.

그때, 당항포에 머무르고 있던 왜선 21척은 그들의 모든 전선들이 불타고 있는 연기를 바라보고는 모두 상륙하여 육전으로 대항하려는 태도를 보이고 있었다. 왜군의 동정을 관찰한 이순신은 수륙으로 협공하기 위하여 또다시 순변사 이빈에게 육군의 지원을 독촉하는 공문을 보내고, 우선 어영담에게 명령하여 인솔한 여러 장수들을 거느리고 바로 그곳으로 향하게 했다.

그러나 어영담이 당항포에 이르렀을 때는 마침 그날의 저녁 조수가 나간 뒤이며 또 날이 어두워 공격을 할 수 없는 실정이었다. 그래서 이순신은 왜선들이 도망하지 못하게 하기 위하여 당항포 포구를 가로 막고 그날 밤을 지냈다.

다음 5일은 새벽부터 행동을 개시하여 이순신과 이억기는 바다에 결진하여 밖에서 들어오는 적에 대비하고, 어영담이 여러 장수들을 거느리고 포구 안으로 돌진해 들어갔으나, 왜병들은 밤을 이용하여 모두 도망치고, 왜선 21척에는 기와와 왕죽(王竹)을 만재한 채 열박해 있었으므로 모두 불태워 버렸다.

이리하여 이 당항포 해전은 포성을 울리지 않은 채 끝난 것이었으나, 이순신은 왜병들을 섬멸 사살하지 못했던 아쉬운 심정을 조정에

---

14 어선포(於善浦) : 통영군 용남면.

15 자구미포(柴仇味浦) : 창원군 귀산면.

올린 장계에서,

"〈생략〉이러한 때를 당하여 수륙이 상응하여 일시에 합공했더라면 거의 섬멸할 수 있었을 것입니다.

그런데 수륙군의 주둔한 곳이 서로 멀리 떨어져 있기 때문에 쉽게 빨리 통고하지를 못하여 새장 속에 들어 있는 적을 다 잡지 못한 것이 참으로 통분합니다. 〈생략〉"

라고 하였으며, 그날은 모든 전선을 집결하여 한 바다에 충만(充滿)[16]한 채 포성을 울리면서 동·서로 함대의 진형을 바꾸면서 대대적인 공격을 전개할 것 같은 기세를 보였다.

그러자 영등포·장문포·재포·웅천·안골포·가덕 및 천성 등지에 웅거해 있던 왜적들은 겁을 내어, 복병하고 있던 막집을 모두 그들의 손으로 불지르고 무서워서 굴 속으로 들어 가서 밖에는 그림자조차 없어지고 말았다.

그리하여, 이순신은 6일 아자음포(阿自音浦)[17]를 출발하여 순풍에 돛을 달고 앞뒤를 서로 이어 흉도(胸島)[18] 앞 바다에 이르러 이억기 및 원균과 함께 새로운 대책을 강구했다.

1. 나주 등지에서 만드는 전선과 각 고을의 징모병이 도착하지 않았기 때문에 제반 사정이 마비되어 있다.

16 충만(充滿) : 가득하게 참.

17 아자음포(阿自音浦) : 통영군 용남면?

18 흉도(胸島) : 거제군 거제읍.

2. 충청도 수군이 아직 도착하지 않아서 군세가 다소 약하다.

3. 다시 형세를 보아 진격하기로 한다.

하는 세 가지 요건을 고려한 이순신은 대대적인 공격을 일단 보류하고, 7일 밤 10시경에 한산 진중으로 귀항하였다.

이번 출전은 별다른 전투를 하지 않고도 수군이 합력하여 31척을 불태운 전과를 올렸으나, 빈 배 31척을 모두 나포하여 다시 이용할 계획을 세우지 못하고 불태워 버린 것은 이순신의 커다란 실책이라 할 것이다.

그리고 경상 우수사 원균은 이와 같은 전공을 모두 경상도 수군만의 것으로 장계를 올렸기 때문에 진중의 여러 장령들은 불평이 많았는데, 이를 알게 된 이순신은 다시 상세하게 각 도별로 전공 장령들의 명단과 불태워 버린 척 수 등을 장계하여 그러한 불평을 무마하였으며, 왜선 중에서 꺼내온 의복 및 양식 등은 군사들에게 각각 나누어 주고, 그들의 전공을 치하하였다.

제2장

금토패문(禁討牌文)에
답하는 글월

당항포 해전을 끝마치고 6일 흉도에 이르렀을 때, 이순신은 그 전날부터의 병세가 더욱 심하여 몹시 괴로워하고 있었는데, 남해 현령 기효근(奇孝謹)으로부터, "왜군을 공격하지 말라."하는 내용의 금토패문(禁討牌文)을 받았다.

즉, 왜놈 8명과 명나라 군사 2명이 당시 왜국과 화의 교섭을 목적으로 웅천에 머무르고 있는 명나라 선유도사(宣諭都司) 담종인(譚宗仁)이 보내는 패문(牌文)을 갖고 온 것이었다.

이순신은 눕기조차 불편한 몸으로 명나라 군사를 불러들여 그 까닭을 물었는데 답하는 내용에,

"작년 11월, 도사 담종인 등이 웅천에 도착하여 지금까지 머물고 있으면서 명나라 조정에서 화친을 허락하는 명령이 오기를 기다리고 있습니다.

그런데 근일에는 왜군들이 귀국 조선 수군의 위세를 겁내어 상심 낙담하여 도사 대인 앞에 온갖 애걸을 다하여 이 패문을 만들어 보내게 된 것입니다."

하였다. 이순신은 교활한 왜군들이 온갖 간사한 꾀를 내어 그곳에 있는 명나라 군사와 함께 그들이 이 패문을 만들어 도사 담종인의 이름으로 부쳐 보내게 한 것이 분명하다고 단정했으나, 그 담 도사가 언제 웅천에 이르렀는지는 전혀 모르고 있었다.

우선 그는 명나라 군사가 갖고 온 패문을 받지 않는다는 것은 온당하지 않은 일이라고 생각하고 그 패문을 펼쳐 보았는데, 그중에는 아래와 같은 말이 씌어 있었다.

"왜군의 여러 장수들이 마음을 돌려 귀화하지 않는 자가 없고, 모두들 무기를 집어 넣고 군사들을 휴식시키며 그들 본국으로 돌아가려고 하니, 너희들 모든 병선들도 각각 제 고장으로 돌아가고 왜군의 진영에 가까이 하여 트집을 일으키지 말도록 하라."

이 패문은 참으로 허무맹랑한 것으로서 이를 읽던 이순신은 너무도 분하여 견딜 수 없었다. 그는,

"…제 고장으로 돌아가고…"

하는 구절에 이르러 더욱더 분함을 참지 못했다.

그리하여, 즉석에서 패문에 대한 답서를 쓰려고 했으나, 그때 몸

은 극도로 불편하여 꿈쩍거릴 수 없었다. 때문에, 우선 아랫 사람에게 답서를 기초하도록 했으나, 글의 내용이 마음에 맞지 않아, 다시 경상 우수사 원균이 손의갑(孫義甲)을 시켜서 지어 온 것도 마땅하지 않았다. 분함을 참을 수 없었던 그는 아픈 몸을 겨우 일으켜 스스로 글을 지어 정사립(鄭思立)[1]에게 대서하도록 하여 즉시 담 도사에게 발송하고, 이어 12일에는 그 패문을 동봉하여 조정에 장계를 올렸다.

그가 지은 금토패문에 대한 답서는 이러하였다.

| 금토패문에 답하는 글월 |

"조선 신하 3도 수군 통제사 이순신은 삼가 명나라 선유도사(宣諭都司) 대인 앞에 답서를 올리나이다.

왜적이 스스로 흔단(釁端)을 일으켜 군사를 이끌고 바다를 건너와 죄 없는 우리 백성들을 죽이고, 또 서울을 침공하여 흉악한 짓들을 저지른 것이 말할 수 없으니, 온 나라의 신하와 백성들의 통분함이 뼈 속에 맺혀 이들 왜적과 같은 하늘 아래서 살지 않기로 맹세하고 있습니다."

하여, 그는 왜군의 간악한 행위를 말하고, 뒤이어 3도 수군의 작전 계획을 설명한 다음에,

"도사 대인의 타이르는 패문이 뜻밖에 진중에 이르러 받들어 두 번 세 번 읽어 보니, 순순히 타이르신 말씀이 간절하고 곡진하기 그지없습니다. 그런데 패문의 말씀 중에,

---

1 정사립(鄭思立) : 이순신의 군관.

'왜장들이 마음을 돌려 귀화하지 않는 자가 없고, 모두 병기를 거두어 저희 나라로 돌아가려고 하니, 너희들 모든 병선들은 속히 각각 제 고장으로 돌아가고 왜군 진영에 가까이 하여 트집을 일으키지 말도록 하라.'

하였는데, 왜인들이 거제·웅천·김해·동래 등지에 진을 치고 있는 바, 그곳이 모두 다 우리 땅이거늘 우리에게 왜군의 진영에 가까이 가지 말라 하심은 무슨 밀씀이며, 또 우리들에게 속히 제 고장으로 돌아가라 하니 제 고장이란 또한 어느 곳에 있는 것인지 알 길이 없고, 또 트집을 잡은 자는 우리가 아니요 왜적들입니다. 왜인들이란 간사스럽기 짝이 없어 예로부터 신의를 지켰다는 말을 들은 적이 없습니다.

흉악하고 교활한 적도들이 아직도 그 포악스런 행동을 그치지 아니하고 바닷가에 진을 갖춘 채 해가 지나도 물러가지 아니하고, 여러 곳을 쳐들어와 살인하고 약탈하기를 전일보다 곱절이나 더하오니, 병기를 거두어 바다를 건너 돌아가려는 뜻이 과연 어디 있다 하오리까!

이제 강화한다는 것은 실로 속임과 거짓밖에 아니옵니다.

그러나 대인의 뜻을 감히 어기기 어려워 잠깐 동안 두고 보려 하오며, 또 그대로 우리 임금께 아뢰려 하오니 대인은 이 뜻을 널리 살피시어 놈들에게 역천(逆天)과 순천(順天)의 도리가 무엇임을 알게 하시오면 천만 다행이겠습니다. 삼가 죽음을 무릅쓰고 답서를 드립니다."

라고 하였다.

참으로, 이순신의 글은 자주국민(自主國民)으로서의 떳떳한 태도를 그대로 표현한 명문 중의 명문이었으며, 읽는 사람으로 하여금 가슴을 뜨겁게 했다.

뿐만 아니라, 이 글은 대국의 위세를 빙자하여 조선의 백성을 깔보며 무자비한 언행을 마음대로 하던 명나라 군사들에게 반성의 기회를 준 것이기도 했다.

이순신은 그의 병세가 더욱더 위중해 갔지만 하루도 눕지 않고 집무했다. 그때 그의 아들과 조카들은 차마 눈뜨고는 볼 수 없어 휴양하기를 청하였으나, 오히려 그는 화를 내어,

"이제 적을 상대해 승패 결단이 숨가쁜 사이에 놓여 있다. 대장으로서 죽지 않았으니, 누울 수 있을 것이냐!"

하는 말로써 훈계를 하고, 억지로 12일 동안이나 병과 싸워 가면서 집무하였다.

제3장

장문포 해전과 접괘

　이순신은 당항포 해전 후, 귀항하는 도중에 금토패문을 받았지만, 그것으로 말미암아 자신의 작전 계획을 변경하지 않았다.

　그는 계속해서 왜군의 정세를 정찰하면서 해상으로 나타나기만 하면 격멸하려고 했으나, 당항포에서 대패한 왜군들은 일체 그들의 꼬리를 감추고 있었기에 이순신도 조그마한 공(功)을 탐하여 대군을 동원하지 않고 사태의 변동만을 주시하였다.

　그러나 당항포 해전이 있은 지 4개월이 지난 7, 8월경부터는 왜군들의 움직임이 전보다 조직적으로 나타나기 시작하여 장문포[1] 일대

---

1 장문포(場門浦) : 거제군 장목면 장목리.

를 중심으로 연안에는 각 포구마다 집을 짓는 등, 장기간 머무를 준비를 하고 있었으며, 이를 알게 된 이순신은 수륙 합공책(水陸合攻策)에 의한 출전 태세를 갖추기에 이르렀다.

8월 초순부터 이순신은 도원수 권율과 여러 차례에 걸친 공문으로 출전을 위한 여러 대책을 상의하고, 또 직접 만나는 등 분주한 나날을 보내던 중 9월 22일에는 권율로부터,

"27일 군사를 일으킨다."

하는 내용의 연락을 받았다.

이때부터 그는 보다 적극적인 임전 태세를 취하여 24일에는 해전 시 각도 지휘관들의 표식을 위한 호의(號衣)를 지급했다. 즉,

전라 좌도는 누런 옷 9벌,

전라 우도는 붉은 옷 10벌,

경상도는 검은 옷 4벌,

이었다.

뒤이어, 26일에는 유명한 육군장 곽재우(郭再祐) 및 김덕령(金德齡) 등이 권율의 지시에 따라 견내량에 이르렀기에 이순신도 27일 한산도를 출발하여 적도(赤島)² 앞 바다에 이르러 이들 육군장을 각 전선에 승선하게 했다. 말하자면, 이제 그가 원하던 수륙 합공 작전을 실천 단계에 옮기려는 순간이었다.

이어, 28일에는 흉도 앞 바다에 이르러 일단 휴식하고, 29일에 일제히 장문포 앞 바다로 돌입하였다. 이때, 왜군들은 험준한 곳에 웅

---

2 적도(赤島) : 통영군 화도.

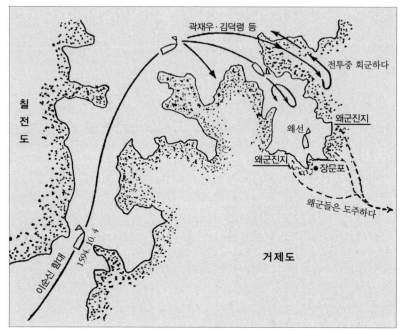

장문포 해전도

거하여 나오지 아니하고 누각을 높이 짓고 있었으며, 양쪽 봉우리에
는 벽루(壁壘)[3]를 쌓고 있으면서 조금도 항전하려고 하지 않았다. 다
만, 선봉선 2척을 공격하기는 하였으나, 이것 역시 승조 인원들이 육
지로 도주하였던 까닭에 빈 배만 때려 부수고, 다시 칠천량으로 이동
하여 밤을 지냈다.

그 후, 이순신은 칠천량을 기점으로 하여 장문포 등지의 왜군을 격
멸하려고, 여러 날 동안 상세히 정찰하게 하였으며, 직접 전선을 거

---

3 벽루(壁壘) : ① 쳐들어오는 적을 막아내기 위하여 흙·돌 따위로 쌓은 성채.
　　　　　　　 ② 성벽(城壁)과 성루(城壘).

느리고 공격해 보기도 하였으나, 역시 응전할 기색을 하지 않았다.

그리하여, 10월 4일에는 보다 본격적인 수륙 합공 작전을 계획하였는데, 계사년 즉, 1593년에 있었던 웅포 해전 때의 전술과 거의 같은 것이었다.

1. 곽재우·김덕령 등에게 초군 수백 명을 주어 산으로 오르게 한다.
2. 선봉선을 장문포에 파견하여 들락날락하면서 싸움을 걸게 한다.
3. 이순신은 뒤이어 중군(中軍)을 거느리고 수륙이 서로 호응하게 한다.

이 계획에 의거하여 공격을 개시하였으나, 곽재우·김덕령 등의 육군들은 왜군들이 겁을 내어 동·서로 분주하면서 칼을 휘두르는 것을 보고서는 계속 공격하지 않고 배로 내려오고 말았다. 그리하여, 전과를 얻지 못한 이순신은 육군의 무능을 통탄하면서 칠천량으로 선단을 이끌고 회군하였다.

그러나 6일에는 다시 선봉선으로 하여금 장문포를 공격하게 하였는데, 뜻밖에도 장문포의 왜군들은,

"일본은 지금 명나라와 화친을 의논하는 중이니, 서로 싸울 수 없다."

日本興大明方和睦云
일 본 흥 대 명 방 화 목 운

하는 패를 꽂아둔 채 도주하고 없었다.

이에, 이순신은 군사들로 하여금 무조건 왜군들의 소굴에 상륙하게 한다는 것은 위험하고, 또 곽재우·김덕령 등이 거느린 육군들도 사실상 대병력이 아니라는 점을 판단하여 7일에는 일단 수륙군을 해체하고, 8일에 한산도에 이르렀다.

원래, 이순신은 육군의 지원을 얻어 거제도 북방을 봉쇄한 뒤에 고립된 왜군을 격멸하려는 계획이었다. 그러나 육군의 무능으로 말미암아 왜군의 해상 출현을 봉쇄하는 것으로써 이 장문포 해전은 막을 내리고 말았다.

한편, 이순신이 장문포 해전을 계획하고 있을 8월 30일에는 아내의 병세가 위독하다는 연락을 받은 일이 있었는데, 그는 그날의 일기에서,

"아내의 병이 극히 위독하다고 한다. 벌써 생사간의 결말이 났을지도 모른다.
그러나 나라 일이 이러하니 다른 일에는 생각이 미칠 길이 없다. 다만, 세 아들, 딸 하나가 어떻게 살아갈 것인가! 가슴이 아프고 괴롭구나!"

하여 스스로의 심정을 일기에 적어 놓을 따름이었으며, 장문포를 공격하기 직전인 9월 28일의 일기에는,

"새벽에 불을 밝히고 홀로 앉아 적을 치는 일로 길흉(吉凶)을 점쳐 보았다. 첫 점은 활이 살을 얻은 것과 같다〔如弓得箭〕

는 것이었고, 다시 쳐보니 산이 움직이지 않는 것과 같다〔如山
不動〕는 것이었다."

하여, 앞으로 닥칠 작전에 대한 성공 여부를 점쳐 보기도 했다. 이와
같이 점쳐 보는 일은 그의 심정이 불안할 때면 종종 있었다.

그 해, 7월 13일의 일기에도,

"〈생략〉 비가 오는데 홀로 앉아 면(葂)⁴의 병세가 어떤가를
생각하고 글자를 짚어 점을 쳐 보니 군왕을 만나 보는 것 같다
〔如見君王〕는 괘가 나왔다. 아주 좋았다.

다시 짚으니 밤에 등불을 얻은 것과 같다〔如夜得燈〕는 괘가
나왔으니, 두 괘가 다 좋은 것이었다. 조금 마음이 놓였다. 〈생
략〉"

라고 하였다.

이러한 점(占)은 오늘날 미신이라고 말할지 모르지만, 그 당시는
미신이 아니라 출전하는 장수들은 종종 자신의 계획을 시험해 보는
것이었다.

---

4 면(葂): 이순신의 셋째 아들.

제4장

대감의 잔치

    이순신이 통제사로 집무하는 동안 그에 대한 원균의 시기와 음모는 나날이 깊어 가고 있었다. 원균은 항상 자기가 선배라는 생각만으로 이순신을 따르지 않았다. 심지어 원균은 자기와 친한 사람을 만나기만 하면 울면서 동정을 구하기도 했고, 나아가서는 위급하고 중요한 전투 지역에서도 이순신의 말을 지키지 않을 때도 있었다.

    그럴 때마다 군법에 의해서 능히 처벌할 수 있는 이순신은 주위의 잡음을 일소하면서 이해와 설득으로 다스리려고, 원균에 대한 일체의 비방을 하지 않았다.

    그는 자신 뿐만 아니라, 그의 자제들도 경계하여 원균에 대하여는,

    "누가 만일 묻거든, 다만 용서해 주어야지 하고 대답하여라."

하였다.

이러한 말은 이순신에 대한 원균의 비방이 너무나 크게 번져 그의 자제들이 분함을 참지 못하고 있는 정도에 이르렀기에 함구령을 내린 것이었다.

또한, 그의 자제들은 그가 어떤 이에게 형벌을 내리는 것을 보고,

"그 자의 죄는 용서해 주지 못할 것입니다."

하고 말한 일이 있었는데, 이순신은 그들에게 말하였다.

"형벌은 규율대로 할 일이지 누구의 말에 따라 오르내리는 것은 아니며, 또 자제된 도리로는 남을 살려 주는 길로 말할 것이지 무거운 형벌을 주라고 말하는 것은 옳지 못한 일이다."

실로, 그는 넓은 도량으로 공직(公職)을 수행하려 했고, 또 감정에 치우친 일은 일체 삼가는 무인이었다.

그런데 모든 일을 이해와 설득으로써 다스리려고 하는 이순신도 높은 직위만을 탐하는 원균의 행동만은 단시일에 해결할 수 없었으며, 그로 인한 군내의 분위기는 뒤숭숭하기까지 했다. 때문에 그러한 실정을 곰곰이 생각해 본 이순신은,

"왜군을 눈앞에 두고 있는 이때, 큰일을 그르칠까 두렵다."

하여, 앞으로의 국난을 염려한 나머지 새로운 결심을 했다.

그는 갑오년[1] 말, 조정에 대해 자기의 직책을 교체하여 주기를 요청하는 장계를 올렸다. 바로 그의 나이 50세 때의 일이었는데, 나라와 겨레를 위해서 통제사라는 높은 직위를 사임한다는 내용이었다.

---

1 갑오년(甲午年) : 1594년(선조 27년).

이에, 조정에서도 다음 해 2월, 이순신과 원균에 대한 문제를 여러 차례에 걸쳐 신중히 논의하기에 이르렀다. 그 결과 통제사의 직책을 쉽게 교체할 수 없다 하여 마침내 원균을 을미년² 2월에 충청도 병사(兵使)로 전출 시켰는데, 그 후 원균은 다음 해에 다시 전라 병사로 전직 되었다.

실로, 이순신은 관직 생활을 시작할 때부터 간직한 태도, 즉 직책의 고하를 가리지 않고 어떠한 직위에도 만족하고 오직 나라와 겨레의 영원한 앞날을 위하여 헌신하며 봉사하려는 그의 정신은 전사할 그 순간까지 조금도 변함이 없었다.

원균의 후임으로는 배설(裴楔)이 임명되었다. 그는 수사로 임명될 때까지 자기 자랑을 스스로 남에게 말하기 좋아하는 교만한 사람으로서 일찍이 남에게 협조하는 일이 거의 없었다.

그러한 배설이 어느 날, 한산도에 이르러 이순신이 처사하는 것을 직접 보고서는 여러 사람들에게,

"이 섬에 와서 영웅을 만나 볼 줄은 뜻하지 않았던 일이다."

라고 하면서 탄복하였다. 말하자면, 이순신의 앞에서는 교만하던 배설도 스스로 머리를 수그리고 말았던 것이다.

을미년 8월에는 우의정 이원익(李元翼)이 도체찰사³가 되어 호남 및 영남 등지를 순시하던 중 수군들로부터 수많은 호소문을 접수하여 이를 전주까지 갖고 와서 이순신을 불러 그것을 처리하도록 한 일

2 을미년(乙未年) : 1595년(선조 28년).
3 도체찰사(都體察使) : 전시에만 두던 군인 신분의 벼슬.

이 있었다.

　그때 진주에 이른 이순신은 바른 손에 붓을 쥐고 왼편 손으로 종이를 당기며 쉽게 판결을 내렸다. 이를 본 이원익 일행은 그 판결이 모두 사리에 합당하였으므로 놀라고 감탄하여, 이순신에게,

　"우리들도 이렇게는 판결을 못하겠는데, 그대는 어찌 그리 능란하오."

라고 하였다.

　그러나 이순신의 대답은 간단했다. 그는 조용히,

　"이것이 모두 수군에 관계되는 일이라, 늘 보고 듣고 해 온 일이기 때문입니다."

라고 말하므로, 이원익은 다시 감탄하였다.

　그 후, 8월 25일에는 이원익 일행이 이순신과 함께 한산도에 이르러 진중의 형세를 두루 시찰하기도 했었는데, 9월 2일에는 아무런 행사도 없이 그대로 떠나려고 했다. 이때, 이순신은 이원익에게,

　"군사들 생각에는 반드시 대감이 잔치도 열고 시상도 있을 것으로 알고 있을 것인데, 이제 그런 행사마저 없다면 실망할까 염려스럽소이다."

라고 말하자, 이원익은,

　"매우 좋은 일이오. 그러나 내가 아무런 준비가 없으니 어찌하오."

하면서 난처한 표정을 지었는데, 이순신은,

　"내가 대감을 위해서 미리 준비하여 두었으니, 허락만 하면 대감의 분부라 하고 잔치를 열겠소이다."

라고 정중히 말하면서 이원익이 쾌히 승낙해 주기를 원하였다.

이에, 이원익은 크게 기뻐하고 이순신의 뜻을 따랐으며, 마침내 소를 30여 마리나 잡아서 성대한 잔치를 베풀게 되자 모든 군사들은 즐거워하지 않는 자가 없었다. 이러한 잔치는 군사를 사랑하고 위문하며, 또 사기를 앙양시키려는 이순신의 염원에서 우러난 것으로서 뒷날 이원익은,

"이통제(이순신)는 참으로 큰 인물이너라."

李統制大有才局[4]
이 통 제 대 유 재 국

라고 칭찬하였을 뿐 아니라, 인조(仁祖) 때 이원익이 임금께 지난날 한산도에서 본 이순신의 계획과 잔치를 베풀게 된 일들을 아뢰자, 인조도,

"이 아무(이순신)는 참으로 장군이군. 그리고 그 마음과 지혜도 과연 가상하였군."
하고 말하였다 한다.

4 이 충무공 전서 권 9에서 인용.

제5장

한산섬 달 밝은 밤에

이순신이 한산도에서 진중 생활을 하는 동안, 원균의 전출로 말미암아 그때까지 부분적으로 뒤숭숭하던 군중(軍中)의 분위기는 일단 진정된 것 같았으나, 그것만으로 그의 마음이 안정될 수는 없었다.

그 당시는 전란으로 인하여 농민이 이농(離農)하여 전국에 기근(飢饉)이 발생하고 초근목피(草根木皮)[1]를 예사롭게 먹는 일까지 일어나

---

1 초근목피(草根木皮) : 풀뿌리와 나무껍질. 곧 영양 가치가 적은 악식(惡食)을 가리키는 말.

는 처참한 상태였고, 조정에서는 전란의 한 고비를 넘겼다 하여 다시 당론을 일으켜 점점 어지러운 세태를 자아내고 있었다.

그러한 때, 서울과 가까운 충청 병사로 부임한 원균은 당시의 당색 (黨色)을 이용하여 이순신에 대한 끈덕진 모해 공작을 전개하고 있었으며, 그러한 원균의 움직임은 이순신에게도 종종 들리곤 했다.

뿐만 아니라, 국내의 기근과 당론을 이용하여 전란 초기부터 있었던 토적(土賊)들은 전국의 도처에서 굶주린 백성들을 규합하여 소란을 일으키고 있었으며, 그중에서도 병신년, 즉 1596년 7월 홍산(鴻山)에서 일어난 이몽학(李夢鶴)의 반란은 수천의 백성을 규합하기까지 했었다.

조정에서는 이몽학의 반란을 평정하기는 했으나, 종국적으로는 전란 초기에 구국 일념으로 의병을 일으켜 용전 분투한 호남의 의병장 김덕령 및 최담령(崔聃令) 등을 이몽학의 반란에 내통하였다 하여 사형에 처하는 등 백성들의 심금(心琴)을 울리었으며, 그러한 조정의 처사는 오직 국가를 위하여 헌신하고 있는 이순신 및 그 밖에 용장들에게도 심리적으로 커다란 충격을 주었다.

비록 전쟁은 휴전 상태에 놓여 있었지만, 스스로 피눈물을 흘리면서 전비를 강화하는 이순신에게는 육상에서 들려오는 처참한 모습과 그의 가족에 대한 불행한 소식 등을 들을 때마다 자신은 걷잡을 수 없는 우울하고, 불안하고 또 분한 심경에 놓이곤 하였다.

그는 그럴 때마다 개인보다 나라를 위해서 어느 누구에게도 말할 수 없는 자신의 괴로운 심경을 일기나 시가(詩歌)를 통해서 발산했다.

그도 인간이었기에 달이 유난히 밝을 때 또는 새벽달이 창가에 비칠 때면 그때까지 참고 견디어 오던 자신의 솔직하고 거짓 없는 심경을 토로하기도 했는데, 지금까지 전해 오는 그의 시가는 아래와 같은 것으로서 읽는 사람의 가슴을 뜨겁게 하고 있다.

| 한산도의 밤(閑山島夜吟) |

한 바다에 가을 빛 저물었는데	水國秋光暮 수 국 추 광 모
찬 바람에 놀란 기러기 높이 떴구나.	驚寒鳩陣高 경 한 구 진 고
가슴에 근심 가득하여 잠 못 드는 밤	憂心輾轉夜 우 심 전 전 야
새벽달 창 너머로 칼과 활을 비추네.	殘月照弓刀 잔 월 조 궁 도

〈이은상 역〉

이 시는 원래 한문으로 지은 시로서 그가 언제 지었는지는 확실히 알 수 없으나, 을미년(乙未年) 10월 20일의 일기에,

"오늘 밤 바람은 몹시 싸늘하고 차가운 달빛이 낮과 같아 잠을 이루지 못하고, 엎치락뒤치락 밤을 새웠다. 백 가지 근심에 가슴을 설렐 뿐이다."

하는 글이 적혀 있을 따름이다.

그리고, 이 시는 동서고금의 많은 영웅시 중에서도 가장 훌륭한 작품의 하나인 동시에 그가 나라를 근심하던 안타까운 심정을 잘 표현한 작품이었다.

| 한산도의 노래 |

한산섬 달 밝은 밤에	閑山島 月明夜 한 산 도 월 명 야
수루에 홀로 앉아	上戍樓² 상 수 루
큰 칼 옆에 차고	撫大刀 무 대 도
깊은 시름 하는 차에	深愁時 심 수 시
어디서 일성호가는	何處一聲羌笛 하 처 일 성 강 적
남의 애를 끊나니	更深愁 경 심 수

이 노래는 그의 심중과 또 당시의 분위기를 표현한 것이었다. 이 밖에도 그가 한산도에서 읊은 노래는 20여 수가 있었으나, 수차의 난리를 겪는 동안 없어지고 이것만이 전하여진다.

이 노래 역시 그가 언제 읊었는지 명확하지 않으나, 갑오년(甲午年) 6월 11일의 일기에,

　　"〈생략〉 이야기 할 적에 피리 소리가 처량하게 들려 왔다."

라는 기사와 을미년 8월 15일의 일기에,

　　"희미한 달빛이 다락에 비치었는데, 잠을 이루지 못하고 시
　　를 읊어 긴 밤을 새웠다."

라는 기사가 적혀 있을 따름이다.

■

2 수루(戍樓) : 적군의 동정을 망보려고 성 위에 만든 누각(樓閣).

| 무제육운(無題六韻) |

비바람 부슬부슬 흩뿌리는 밤 　　　 簫簫風雨夜
　　　　　　　　　　　　　　　　소 소 풍 우 야

생각만 아물아물 잠 못 이루고 　　　 耿耿³不寢時
　　　　　　　　　　　　　　　　경 경　불 침 시

쓸개가 찢기는 듯 아픈 이 가슴 　　　 懷痛如摧膽
　　　　　　　　　　　　　　　　회 통 여 최 담

살을 에는 양 쓰린 이 마음. 　　　 傷心似割肌
　　　　　　　　　　　　　　　　상 심 사 할 기

강산은 참혹한 꼴 그냥 그대로 　　　 江山猶帶慘
　　　　　　　　　　　　　　　　강 산 유 대 참

물고기 날새들도 슬피 우노나. 　　　 漁鳥亦吟悲
　　　　　　　　　　　　　　　　어 조 역 음 비

나라는 허둥지둥 어지럽건만 　　　 國有蒼黃勢
　　　　　　　　　　　　　　　　국 유 창 황 세

바로 잡아 세울 이 아무도 없네. 　　　 人無任轉危
　　　　　　　　　　　　　　　　인 무 임 전 위

제갈량(諸葛亮) 중원 회복 어찌 했던고 　 恢復思諸葛
　　　　　　　　　　　　　　　　회 복 사 제 갈

재우치던 곽자의(郭子儀) 그리웁구나. 　 長驅慕子儀
　　　　　　　　　　　　　　　　장 구 모 자 의

몇 해를 원수막이 해놓은 일들 　　　 經年防備策
　　　　　　　　　　　　　　　　경 년 방 비 책

이제 와 돌아보매 임만 속였네. 　　　 今作聖君欺
　　　　　　　　　　　　　　　　금 작 성 군 기

〈이은상 역〉

이 시는 그의 우국 심경을 토로한 것이었다.

---

3 경경(耿耿) : ①불빛이 깜박깜박함. ②마음에 잊혀지지 아니하고 염려가 됨.

한산섬 생활

제갈량과 당나라를 구출한 곽자의를 사모한다는 것은 스스로의 애타는 심혈을 쏟은 것이었다.

이 시를 지은 날짜는 알 수 없으나, 다만 갑오년 친필 일기 초고의 잡기사 속에 적어 놓았으며, 이와 비슷한 기사가 갑오년 9월 3일의 일기에,

"초저녁에 촛불을 밝혀 두고 혼자 앉아 스스로 생각하니 나라는 어지럽건만 안으로 건질 길이 없다. 이 일을 어찌하면 좋겠는가."

하는 기사와 을미년 7월 1일의 일기에,

"〈생략〉홀로 다락에 앉아 국세가 아침 이슬 같음을 생각하니, 안에는 대책을 결정할 만한 기둥 같은 인재가 없고, 밖으로는 나라를 바로잡을 만한 주춧돌 같은 인물이 없다. 이 생각을 하니 사직이 장차 어찌될지 몰라 마음이 뒤숭숭하다."

하는 기사가 보일 따름이다.

그러나 이 시는 우시 우국하던 진실 소박한 정열이야말로 무문농묵(舞文弄墨)⁴이나 하는 문필가 따위로는 흉내도 낼 수 없는 것이었다.

| 선거이 수사를 떠나 보내면서(贈別宣水使居怡) |

북쪽에 갔을 때도 같이 일하고	北去同勤苦 북 거 동 근 고
남쪽에 와 사생 결단 같이 하였소.	南來共死生 남 래 공 사 생
오늘 밤 이 달 아래 잔을 들고는	一杯今夜月 일 배 금 야 월
내일이면 우리 서로 나뉘겠구료.	明日別離情 명 일 별 리 정

〈이은상 역〉

이 시는 을미년 9월 14일의 일기에 적혀 있다.

선거이(宣居怡)는 이순신이 북변 생활을 할 때부터 잘 아는 사람이었다. 즉, 이순신이 녹둔도의 둔전관을 겸하고 있을 때, 오랑캐의 침

---

4 무문농묵(舞文弄墨): 붓을 함부로 놀리어 문사(文辭)를 농(弄)하는 일.

입을 격퇴한 뒤에 이일(李鎰)의 시기로 하옥된 일이 있었는데, 그때 병사의 군관으로서 눈물을 지으며 그를 위로했던 일이 있었으며, 그 뒤에 충청 수사로 임명되어 한산도에서 이순신을 도와 둔전을 경영하는 일을 협력하고 있었다.

그러자 그 해 을미년 9월에 전직되어 다른 곳으로 가게 되었기 때문에 이순신은 9월 14일 밤, 몇몇 장령들과 함께 송별연을 같이 하면서 위의 시를 읊은 것이었다.

실로, 그의 시, 그의 일기, 그의 노래는 모두 나라의 앞날을 근심하는 정곡이었다. 그런데 위의 시나 노래는 정조(正祖) 19년(1795년)에 편찬된 이 충무공 전서에 채록되어 있는 것이나, 그 뒤 1934년 청주에서 간행된 이 충무공 전서에는 더 많은 그의 시를 채록하고 있으므로, 이를 옮겨 보면 아래와 같다.

┃ 진중에서 읊음(陣中吟) ❶ ┃

님의 수레 서쪽으로 멀리 가시고	天步西門遠 천 보 서 문 원
왕자들 북쪽에서 위태한 몸.	君儲北地危 군 저 북 지 위
나라를 근심하는 외로운 신하	孤臣憂國日 고 신 우 국 일
장수들은 공로를 세울 때로다.	壯士樹勳時 장 사 수 훈 시
바다에 맹세함에 용이 느끼고	誓海魚龍動 서 해 어 룡 동
산에 맹세함에 초목이 아네.	盟山草木知 맹 산 초 목 지

이원수 모조리 무찌른다면   讐夷如盡滅

수 이 여 진 멸

내 한 몸 이제 죽는다 사양 하리오.   雖死不爲辭

수 사 부 위 사

| 진중에서 읊음(陣中吟) ❷ |

이백 년 누려 온 우리나라가   二百年宗社

이 백 년 종 사

하루 저녁 급해질 줄 어찌 아리오.   寧期一夕危

영 기 일 석 위

배에 올라 돛대 치며 맹세하던 날   登舟擊楫日

등 기 격 집 일

칼 뽑아 천산 위에 우뚝 섰었네.   拔劍倚天時

발 검 의 천 시

놈들의 운명이 어찌 오래랴   虜命豈能久

노 명 기 능 구

적군의 정세도 짐작하거니,   軍情亦可知

군 정 역 가 지

슬프다, 시 구절을 읊어 보는 것   慨然吟短句

개 연 음 단 구

글을 즐겨 하는 것은 아닌 거라네.   非是喜文辭

비 시 희 문 사

| 진중에서 읊음(陣中吟) ❸ |

한 바다에 가을 바람 서늘한 밤   水國秋風夜

수 국 추 풍 야

하릴없이 홀로 앉아 생각하노니.   愁然獨坐危

초 연 독 좌 위

어느 때나 이 나라 편안하리오   太平復何日

태 평 복 하 일

지금은 큰 난리를 겪고 있다네.   大亂屬玆時

대 란 속 자 시

공적은 사람마다 낮춰 보련만   業是天人貶

업 시 천 인 폄

이름은 부질없이 세상이 아네.   名猶四海知

명 유 사 해 지

변방의 근심을 평정한 뒤에   邊憂如可定

변 우 여 가 정

도연명 귀거래사 나도 읊으리.   應賦去來辭

응 부 거 래 사

〈이은상 역〉

| 무제(無題) ❶ |

병서도 못 읽고서 반생을 지났기로   不讀龍韜過半生

부 독 용 도 과 반 생

위태한 때이지만 충성 바칠 길이 없네.   時危無路展葵誠

시 위 무 로 전 규 성

지난날엔 큰 갓 쓰고 글 읽기 글씨 쓰기   峨冠曾此治鉛槧

아 관 증 차 치 연 참

오늘은 큰 칼 들고 싸움터로 달리노니.   大劍如今事戰爭

대 검 여 금 사 전 쟁

마음엔 저녁 연기 눈물이 어리우고   墟落晩烟人下淚

허 락 만 연 인 하 루

진중엔 새벽 호각 마음이 상하누나.   轅門曉角客傷情

원 문 효 각 객 상 정

개선가 부르는 날 산으로 가기 바쁘거든   凱歌他日還山急

개 가 타 일 환 산 급

어찌타 연연산(燕然山)에 이름을 새기오리.   肯向燕然勒姓名

긍 향 연 연 륵 성 명

〈이은상 역〉

| 무제(無題) ❷ |

아득하다 북쪽 소식 들을 길 없네　　北來消息杳無因
　　　　　　　　　　　　　　　　　북 래 소 식 묘 무 인

외로운 신하 때 못탄 것 한이로구나.　皓髮孤臣恨不辰
　　　　　　　　　　　　　　　　　개 발 고 신 한 불 신

소매 속엔 적을 꺾을 방법 있건만　　袖裡有韜摧勁敵
　　　　　　　　　　　　　　　　　수 리 유 도 최 경 적

가슴 속엔 백성 건질 방책이 없네.　　胸中無策濟生民
　　　　　　　　　　　　　　　　　흉 중 무 책 제 생 민

천지는 캄캄한데 서리 엉키고　　　　乾坤黯黲霜凝甲
　　　　　　　　　　　　　　　　　건 곤 암 참 상 응 갑

산과 바다 비린 피가 티끌 적시네.　關海腥膻血浥塵
　　　　　　　　　　　　　　　　　관 해 성 전 혈 읍 진

말을 풀어 화양으로 돌려 보낸 뒤　待得華陽歸馬後
　　　　　　　　　　　　　　　　　대 득 화 양 귀 마 후

복근 쓴 처사 되어 살아가리다.　　幅巾還作枕溪人
　　　　　　　　　　　　　　　　　폭 건 환 작 침 계 인

〈이은상 역〉

| 죽은 군졸들을 제사하는 글(祭死亡軍卒文) |

윗사람을 따르고 상관을 섬겨　　　觀上事長
　　　　　　　　　　　　　　　　관 상 사 장

너희들은 직책을 다하였건만,　　　爾盡其職
　　　　　　　　　　　　　　　　이 진 기 직

부하를 위로하고 사랑하는 일　　　抗醪吮疽
　　　　　　　　　　　　　　　　항 료 연 저

나는 그런 덕이 모자랐도다.　　　　我乏其德
　　　　　　　　　　　　　　　　아 핍 기 덕

그대 혼들을 한 자리에 부르노니　招魂同榻
　　　　　　　　　　　　　　　　초 혼 동 탑

여기에 차린 제물 받으오시라.　　設奠共享
　　　　　　　　　　　　　　　　설 전 공 향

〈이은상 역〉

이 제문은 이순신이 을미년 중에 전사한 군졸들을 제사지낸 글로서 그 전편을 잃어 버리고 다만 윗 구절만 남아 있는 것으로 부하를 사랑하는 그의 정성을 드러낸 것이었다.

참으로, 이순신은 세계 사상 어느 누구와도 비교할 수 없는 명장이면서도 당시 세계에 뛰어난 문인이며 시인이기도 했다.

제8부

흔들리지 않는 신념

제1장

요
시
라
의

간
계

　하루도 운주당을 떠나지 않고 전비 강화에 여념이 없었던 이순신
은 국내의 정황을 통탄하면서도 군사들에게는 엄숙하고 화기(和氣)
있는 통솔로써 조금도 긴장을 풀지 않았다.

　그는 육상에서의 화의 교섭으로 휴전 상태에 들어갔지만 그것은
전쟁을 일시 중단하기 위한 명나라와 일본과의 계책일 것이며, 왜군
들은 반드시 대대적인 공격을 재개(再開)할 것을 예견(豫見)하고 있었
다.

　그의 예견과 같이 그동안 끌어오던 화의 교섭은 심유경(沈惟敬)과
코니시(小西) 등이 일본으로 건너가서 도요토미 히데요시를 만나자
마자 결렬되고 말았다.

원래, 도요토미는 '조선 8도 중 4도를 나누어 받고 명나라 황녀(皇女)를 일본 국왕의 후비(後妃)로 할 것' 등 7개 조목을 화의 조건으로 제시한 것이었으나 심유경 등은 이러한 7개 항목의 조건이 명나라에 그대로 알릴 수 없는 것이었으므로 명나라에 이르러서는 도요토미의 말과는 달리 도요토미가 입공(入貢)과 봉왕(封王)을 원한다고 보고함으로써 화의 교섭은 각도를 달리하고 있었던 것이다.

그때, 명나라에서는 심유경의 보고를 받자 여러 차례의 회의를 거쳐 병신년(丙申年)[1] 6월에는 단지 '도요토미를 일본국왕으로 봉한다.'는 고명(誥命)[2]을 정사 양방형(楊方亨)과 무사 심유경에게 주어 일본으로 떠나게 하였고, 조선 측에서는 그 해 8월에 사신 황신(黃愼) 등이 뒤따라 일본으로 갔다.

그리하여 그 해 윤 8월, 일본에서 도요토미와 양방형 등이 회담을 열었으나, 도요토미는 그가 원하지도 않고 또 뜻하지도 않았던 고명을 보게 되었으므로 즉석에서 회담은 결렬되고 말았던 것이다.

이에 황신은 우선 사람을 보내어 화의 결렬을 조정에 통고하고 12월에 귀국하여,

"일본이 재침을 꾀하고 있습니다."

라는 적의 실정을 보고하였다.

이때 무능한 조정은 위급하게 되었음을 명나라에 보고함과 동시에 또다시 원군(援軍)을 요청하고 국내에서는 제반 전쟁 물자를 산성(山

---

1 병신년(丙申年) : 1596년(선조 29년).

2 고명(誥命) : 중국 당나라 이후 5품관 이상의 관리를 임명할 때에 주는 사령(辭令).

城)으로 옮기는 등 재침을 눈앞에 두고 방책을 서두르고 있었다.

한편, 화의 교섭이 진행되는 동안 전비를 강화하던 일본은 화의가 결렬된 다음 해, 즉 정유년(丁酉年) 1월에는 도요토미의 명령에 의하여 카토오 및 코니시 등이 임진년의 경험을 되살려 선봉군 1만 4천 명을 거느리고 재침입의 태세를 취하였다.

이들 왜군은 지난날의 경험과 교훈에서,

"통제사 이순신이 바다를 제패하고 있는 동안은 침공 목적을 달성할 수 없다."

하여 먼저 조선 수군을 격멸해야 한다는 전략 방안을 세웠으나 통제사 이순신과의 정면 대전은 불리할 뿐 아니라, 반드시 참패한다는 것을 자각하고 새로운 간사한 계책을 마련하였다.

즉, 이들 왜장 중에서 코니시 및 카토오 등은 이미 조선에서 오랫동안 작전을 수행하면서 조정의 당쟁 및 이순신과 원균의 관계 등을 알고 있었으므로 이를 이용하여 이순신을 제거하든가, 아니면 이순신 함대를 그들의 대군이 있는 곳으로 유인하여 복병한 군사로써 기습하려는 계획을 세웠다.

그리하여, 먼저 도착한 코니시는 그의 부하 요시라[3]를 경상 좌병사 김응서(金應瑞)의 진중으로 보내어 밀서(密書)[4]를 전달하였다.

"이번 화의의 결렬은 카토오의 탓이므로 코니시는 카토오를 미워하여 죽이려 하고 있다. 카토오는 모일(某日)에 일본으로부터 다시 군

---

3 요시라(要時羅) : 요시라(要失羅)라고도 한다. 쓰시마도 출신의 간첩.

4 밀서(密書) : 비밀히 보내는 편지.

사를 거느리고 올 것이니, 조선에서는 통제사로 하여금 해상에서 요격하게 하면 조선의 원수도 갚고 코니시의 마음도 쾌하리라."

이 밀서는 분명히 코니시 등이 꾸민 간계(奸計)였음에도 불구하고 좌병사 김응서는 이 사실을 중요한 정보라도 입수한 것으로 믿고 도원수 권율에게 보고 하였으며, 또다시 권율은 최고 지휘관으로서 이렇다 할 평가를 내리지도 않고 조정에 보고하였다.

그런데 요시라는 사실상 이중(二重) 간첩의 역할을 한 적이 있었으며, 또 조정에서는 전란을 겪는 동안 코니시와 카토오 등이 공명심이 많을 뿐 아니라, 종교적 대립으로 그 사이가 좋지 못하다는 것을 어느 정도 알고 있었으므로 심각하게 그 밀서를 분석 평가하지 않았다.

그리하여, 조정에서는 코니시가 보낸 밀서 내용을 그대로 믿고,

"통제사 이순신을 출동하게 한다."

하는 결정을 내렸으며, 이러한 결정을 권율로 하여금 이순신에게 전달하게 하였다.

권율은 1월 21일 한산도에 이르러 이순신에게,

"카토오가 다시 온다 하니, 수군은 꼭 요시라의 말대로 하여 기회를 잃지 말도록 하라."

라고 하였다.

이때, 이순신은 왜군의 간계라는 것을 알면서도 권율의 앞에서는 일단 나라의 명령을 받아들이지 않을 수 없었으나, 매사에 치밀한 그에게는 즉각적으로 출전할 수 없는 다음과 같은 이유가 있었다.

1. 적으로부터 세워지는 '토적계(討敵計)'는 원칙적으로 간계

(奸計)인 것으로 일대 모험이다.

2. 해상으로 나갔다가 적의 계교에 빠져 기습을 당할 우려가 있다.

3. 대군을 동원하면 복병을 할 수 없고, 또 소군을 동원하여 복병을 많이 두면 만일의 경우가 위험하다.

4. 이일대노(以逸待勞)[5]가 병법의 원칙이다.

하여, 우선 척후선을 멀리 파견하여 철저한 경계를 하게 하면서 우선 대군을 출전시키지는 않았지만, 스스로 가덕도 등지까지 수색 작전을 전개하고 있었다.

그 후 제1차의 간계에서 실패한 코니시 등은 다시 요시라를 김응서에게 보내어 카토오가 이미 도착하였다는 사실을 비롯하여,

"이순신이 천재일우(千載一遇)[6]의 기회를 놓쳤으니 원망스럽다."

하는 내용으로써 이순신을 통제사의 지위에서 제거하려고 했다.

그런데 이순신의 예견과 같이 이즈음 왜군들이 건너온 것은 사실이었으나 카토오 등이 장문포 및 서생포 등지에 도착한 날짜는 권율이 한산도에서 이순신을 만난 1월 21일보다 1주일이나 빠른 15일을 전후한 시기였다.

제2장

어전 회의 그를 투옥한

이순신을 제거하려는 음모는 코니시만이 아니었다. 그동안 원균의 활동은 급진전하여 조정에서 회의가 있을 때마다 서인 김응남(金應南) 일당을 시켜 선조에게 이순신에 대한 비방을 늘어 놓게 하고 있었으므로, 선조도 차차 이순신에 대하여 좋지 못한 감정을 갖기에 이르렀다.

그러할 때 카토오가 군사를 거느리고 상륙하였다는 소식과 코니시의 간계는 당시의 조정 내에서 이순신을 제거하려는 서인 일당들의 좋은 자료가 되고 말았다.

황신의 보고로 말미암아 뒤숭숭해진 조정에서는 아무런 방책이 없는 회의만을 되풀이했으며 조신 회의에서 서인 김응남·윤두수(尹斗壽)·이산해(李山海) 등은 보다 적극적으로 이순신을 모함하기 시작

했다. 즉, 황신의 서장이 도착한 다음 날인 1월 23일, 별전(別殿)에서 열린 회의에서는,

[전략]

선조 : 한산도 장수(이순신)는 드러누워서 무엇을 하고 있는지 모르겠군.

윤두수(판중추부사) : 순신은 왜적을 겁내는 것은 아니고 실상 나가 싸우기를 꺼리는 것입니다. 임진년에 정운(鄭運)이 절영도를 거쳐서 행선하다가 적의 대포에 맞아 죽었사옵니다.

이산해(영중추부사) : 순신은 정운과 원균이 없기 때문에 머뭇거리게 된 것입니다.

김응남 : 정운은 순신이 싸움에 나서지 않기 때문에 죽이려고 하자, 순신이 겁을 내어 어쩔 수 없이 억지로 싸웠사온데, 해전에서 승리한 것은 정운이 격려해서 된 것이라고 정언 신이 늘 정운의 위인됨을 말하는 것이었습니다.

선조 : 이제 순신에게 어찌 카토오의 머리를 잘라 올 수 있도록 기대할 수 있겠는가?

다만, 배를 거느리고 위세를 부리면서 기슭으로만 돌아다니며 종시 성의를 내지 않으니 정말 개탄할 일이다.

(한참 동안 탄식하다가 한숨을 쉬며 하는 말)

나라는 그만이냐, 어쩌면 좋겠는가? 어쩌면 좋겠는가?

하는 말들이 오고갔다.

말하자면, 이날의 회의는 '요시라의 말대로 이순신이 카토오를 잡지 않았다는 것과 정운과 원균이 없었으므로 이순신이 출전하지 않았다.' 하는 허무맹랑한 말만으로써 이순신을 중상 모략하여 그에 대한 선조의 인식을 나쁘게 조작하는 모임이었다.

그런데 서인 일당들은 그것만으로 만족하지 않았다. 그들은 나라의 앞날을 걱정하기는커녕 다시 27일의 회의에서는 이순신을 추천한 동인 유성룡마저 이순신에게 불리한 발언을 하도록 했으며, 유성룡의 태도 여하에 따라서는 유성룡마저 제거하려고 하였다.

때문에 유성룡은 유구무언(有口無言)[1]이었으며, 이순신을 위한 옳은 발언을 할 사람은 아무도 없었다. 이날 회의에서는,

[전략]

선조 : 전라도 등지는 전혀 방비가 없고, 또 수군도 하나 오는 자가 없다니, 어찌 된 일인가?

유성룡(영의정) : 그곳에는 호령이 잘 행해지지 않기 때문에 군사들이 곧 나서지 못하는 것입니다.

윤두수 : 이순신은 조정의 명령을 받들지 아니하고 싸움을 꺼려, 물러나서 한산도만 지키고 있었기 때문에 이번에 큰 계획이 실시 될 수 없었던 것에 대하여 신하들로서 어느 누가 통탄하지 아니하오리까?

---

1 유구무언(有口無言) : 입은 있어도 할 말이 없음. 변명할 말이 없음.

정탁 : 순신은 과연 죄가 있사옵니다.

선조 : 이제는 설사 손에 카토오의 머리를 들고 온다 해도 결코 그 죄를 용서하지 못할 것이다.

유성룡 : 순신은 같은 동리 사람이라 신이 젊어서부터 잘 알았사온데, 능히 자기 직책을 다할 사람으로 보았으며, 또 평소 희망이 반드시 대장이 되려는 것이었사옵니다.

선조 : 글자는 아나?

유성룡 : 강직해서 남에게 굴복할 위인이 아니옵기로 신이 천거는 했습니다만, 임진년 공로로 정헌(正憲)까지 올린 것은 너무 지나친 일입니다.

선조 : 이순신은 용서할 수 없어! 무장으로서 어찌 감히 조정을 격멸히 여기는 마음을 품을 수 있을 것인가?

김응남 : 수군으로서는 원균만한 이가 없사오니 그대로 버려서는 안 될 것이옵니다.

유성룡 : 원균은 나라를 위한 정성도 적지 않사옵니다.

선조 : 수군의 선봉을 삼아야겠어.

김응남 : 지당하옵니다. 〈중략〉

정탁 : 참으로 죄가 있기는 하옵니다만, 이런 위급한 때에 대장을 바꿀 수는 없사옵니다. 〈중략〉

선조 : 순신은 도저히 티끌만큼도 용서할 수 없어. 무신으로 조정을 업수히 여기는 버릇을 징계하여 다스리지 않으면 안 돼. 〈중략〉

선조 : 해야 할 일은 속히 하는 것이 옳다. 원균도 오늘 정사

에 할 수 있지?

이정형(이조참판) : 원균이 통제사가 되면 일이 잘못될까 두렵습니다. 갑자기 할 것이 못 되오니 자세히 살피어 하옵소서.

하는 말들이 오고 갔다.

선조를 비롯한 조정의 최종적인 결정은 원균을 통제사로 기용하는 것으로 귀착되어 갔으며 다음 날 선조는,

"원균을 경상 우도 수군 절도사 겸 경상도 통제사로 임명한다."

하는 유서를 내렸다.

뒤이어 2월 4일에는 사헌부에서 이순신을 하옥하여 청죄[2]하여야 한다고 주청(奏請)[3]하기에 이르렀으나, 이때 선조는 사태가 위급함을 고려하여,

"천천히 하리라."

하였다.

그러나 2일이 지난 2월 6일, 선조는 이순신을 잡아 올 때의 주의사항 즉,

"선전관의 표신[4]과 밀부(密符)[5]를 주어 잡아 오게 하라.

---

2 청죄(聽罪) : 죄의 고백을 들음.

3 주청(奏請) : 임금께 상주하여 주청함.

4 표신(標信) : 궁중에 급변(急變)을 전할 때나 궁궐 문을 드나들 때에 표로 가지는 문표(門標).

5 밀부(密符) : 유수(留守)·감사(監司)·병사(兵使)·수사(水使)·방어사(防禦使)에게 병란(兵亂)이 일어나면 때를 가리지 않고, 곧 응할 수 있게 하기 위하여 내리는 병부(兵符).

또 원균과 교대한 후에 잡아 오도록 하라.

또 전쟁 중이면 싸움이 끝나고 쉬는 틈을 보아 잡아 오도록 하라."

하는 명령을 내리고, 다음 7일에 통제사를 바꿀 뜻을 밝혔다.

그때, 이순신은 서울에서의 회의 결과도 아랑곳 없이 왜선을 수색 토멸하기 위하여 한산도를 떠나 가덕 방면으로 출전 중에 있었으나, 잡아 올리라는 명령이 내렸음을 듣고 즉시 한산도로 귀항했다.

벌써 이때는 원균이 통제사로 발령되고 이순신은 무보직 상태와 같았다.

그러나 이순신은 아무 말 없이 진중의 모든 전쟁 물자를 원균에게 인계하기 시작했다. 특히, 인계 품목 중에는,

군량미 ; 9,914석(밖에 있는 것은 제외)

화약 ; 4,000근

총통 ; 300자루(각 배 안에 실린 것은 제외)

등이었고, 그밖에 다른 장비도 하나하나 헤아려 인계하였다.

어느 한 가지를 막론하고 그의 손과 정성으로 이룩된 장비가 아닌 것이 없었고, 군사들과 함께 피눈물 나는 곤경을 겪어 가면서 있는 힘을 다하여 전비를 강화하려고 했으며, 구국의 일념 이외에는 아무런 생각을 갖지 않았던 그가 이제는 죄 없는 죄인이 된 것이었다.

자신의 피땀으로 얼룩진 총자루를 들고 인계할 그때의 그의 심경은 바로 이순신이 아니면 느낄 수 없었을 것이다.

확실히, 이순신은 파란곡절(波瀾曲折)[6]을 수 없이 겪은 인간이었다.

---

6 파란곡절(波瀾曲折) : 사람의 생활 또는 일의 진행에 있어서 일어나는 많은 곤란과 변화.

때문에, 그도 그 순간 가슴의 피가 뭉쳤을 것이며, 어느 순간은 화도 났을 것이고, 또 어느 순간은 자신도 모르게 눈물을 흘렸을 것이다.

정말 그는 억울하게 잡혀간 것이었다.

그 당시, 도체찰사로 영남 등지를 순시하면서 이순신의 처사를 보고 감탄했던 이원익은 이 소식을 접하는 즉시로 장계를 올려,

"왜적들이 제일 무서워 하는 것은 우리 수군이요, 또 이 아무(이순신)는 바꿔서 안 될 사람이며, 원균을 보내서도 안 될 일입니다."

하였으나, 아무런 반응이 없으므로 스스로 탄식하면서,

"이제는 국사(國事)도 다시 어찌할 길이 없게 되었다!"

라고 말하기까지 하였다.

그러나 이순신은 자기 자신의 일에 대하여 어느 누구의 동정을 바라지 않았다. 그는 관직 생활을 시작할 때부터,

'명령은 온당하든, 또는 부당하든 모두 나라에서 내려지는 것.'

이라고 믿고 있었던 것이며, 그러기에 터지려는 가슴을 움켜쥔 채 5년 동안 정들인 한산도를 뒤에 두고 2월 26일 서울로 향하였다.

그때, 그가 잡혀 간다는 소식을 듣게 된 백성들은 서로 다투어 길목으로 모여들었다. 이들은 남녀 노소를 막론하고 죄없고 악의 없는 순진한 백성들이었다. 이들은 서로 이순신을 에워싸며 마치 큰 불행을 자기가 당하는 것같이 울부짖으며,

"대감, 어디로 가시옵니까?

이제 우리들은 다 죽었습니다."

라고 외치면서 어쩔 줄을 몰랐다.

그들은 관원도 무서운 줄을 모르고 덤벼들었다. 떠나가는 이순신

은 그가 아끼고 사랑했던 백성들의 숨김 없는 울부짖음을 듣자, 비로소 억눌렸던 마음의 뜨거운 눈물을 흘리며 손으로 그들을 위무해 주면서 앞으로의 그들의 일까지 걱정해 주었다.

온 백성들이 슬퍼했던 반면 즐거워 날뛰는 자들도 없지 않았다. 이들은 바로 조선과 대륙을 재침하려는 도요토미와 그의 부하 코니시 등이며, 또 원균을 비롯한 조정의 서인 일당들의 웃음이었다.

그러나 이 땅에서 녹을 먹는 양심있는 사람이라면, 그 웃음은 반드시 선 웃음이었을 것이며, 뒷날 언젠가는 자신들의 잘못을 뉘우쳤을 것이다.

제3장

신구차(伸救箚)

　사랑하는 군사와 백성들의 통곡하는 소리를 뒤로 남긴 채 함거(艦車)[1]에 실린 이순신은 3월 4일 서울에 도착하였으며, 그날 저녁 감옥으로 들어갔다.

　그때, 어떤 사람이 이순신을 찾아와서 위로하면서,

　"상감께서 극도로 진노하시고, 또 조정의 여론도 엄중하여 사태가 어찌 될지 알 수 없으니 이 일을 어찌하면 좋겠소?"

하고 걱정을 한 일이 있었다.

　이 말을 듣게 된 이순신은 조금도 슬픈 표정이나, 이상한 생각을 갖지 않았으며 다만 조용한 목소리로,

---

　1 함거(艦車) : 옛날 죄인을 호송하던 수레.

"죽고 사는 것은 천명이다. 죽게 되면 죽는 것이다."

死生有命 死當死矣[2]
사 생 유 명 사 당 사 의

라고 말할 뿐이었다.

그런데 선조도 여러 차례의 중신 회의를 통하여 이순신에 대한 중형을 결심한 것이었으나, 좀더 자세한 내용을 알고자 어사 남이신(南以信)을 한산도에 파견하여 이순신이 출전하지 않았던 사실을 조사 보고하도록 하였다.

그러나 중요한 임무를 지닌 남이신은 전라도 등지에 이르렀을 때, 이순신의 원통함을 풀어 달라고 애원하는 관·민들이 많았음에도 불구하고 이순신을 모함하여,

"가서 듣사온 바, 카토오라는 놈이 건너오다가 섬에 걸려서 7일 동안이나 꼼짝 못했는데도 이순신이 나아가 잡지 않았다는 것이옵니다."

라고 하였다.

사실, 이로 말미암아 그때까지도 이순신의 공적을 보아 그의 죄과를 조금이라도 참작하려고 했던 선조는 크게 노하여 오히려 중신들보다 먼저 극형에 처하려고 결심하기에 이르렀다. 이와 때를 같이하여 경림군 김명원(金命元)이 임금에게 경전 강독을 하던 중에

"왜적들이 뱃길에 익숙한데 7일 동안 섬에 걸렸더라는 말은 빈말인 듯합니다."

━
2 이 충무공 전서 권 9에서 인용.

라고 말하자 선조도,

"내 생각에도 그렇기는 하다."

라고 하였다.

뿐만 아니라, 그 뒤에 원균이 패하고 이순신이 통제사가 되어 대승리를 하였을 때, 지난날의 남이신을 만난 어떤 친구는,

"7일 동안 섬에 걸렸다는 소문은 대관절 어디서 들었는가? 나도 그때 마침 전라도를 순시하고 있었는데, 나는 전혀 그런 소문을 듣지 못하였는 걸."

라고 말하자, 남이신은 부끄러워 하였다 한다. 이는 남이신이 한산도까지 가지 않고 당색에 이끌리어 중도에서 돌아와 선조에게 허위 보고를 하였음을 말하는 것이기도 했다.

이순신에 대한 고문은 투옥 8일 후인 3월 12일에 처음으로 실시되었다. 당시 이순신이 투옥되었을 때부터 서울 등지에 있는 여러 수군 가족과 친척들은 혹시 그가 죄를 다른 수군들에게 전가하지나 않을까 하고 두려워하는 사람들도 있었다.

그러나 이순신은 어떠한 중형(重刑)을 받더라도 앞뒤의 정황을 들어서 소신대로 개진할 뿐이며, 직접적으로나 간접적으로 남에게는 아무런 관련이 되는 말은 일체 언급하지 않았다. 심지어는 원균에 대하여도 나쁜 말이나 공격을 아니하고 유유히 조리를 따졌을 뿐이었다.

그래서 그를 논죄할 뚜렷한 증거가 없었다. 그러나 원래 그를 처형하려고 음모한 것이기 때문에 김응남, 윤두수 등은 현감을 역임한 바 있는 박성(朴惺)을 시켜

"이순신은 당연히 목을 베어야 합니다."

하는 내용의 상소문을 올리게 하는 등, 여러 가지로 모함하여 이순신은 살아날 수 있는 방법이 없었다.

그러면, 이순신의 죄명은 무엇이었던가?

그의 죄명은 이러하였다.

1. 조정을 속여 임금을 업신 여긴 죄.

2. 적을 놓아 주어 나라를 저버린 죄.

3. 남의 공로를 빼앗은 방자한 죄.

등이었다. 이러한 죄명으로 국문(鞫問)[3]을 당한 것은 단 한번인 것 같으나, 그 한 번의 국문이 어느 정도였는지는 알 길이 없다. 그러나 죄명으로 보아서 심했을 것이다.

옛말에 '영웅은 쉽게 죽지 않는다.' 라는 격언은 이순신을 두고 하는 말인 것 같았다.

그가 옥중에 있을 때, 전라 우수사 이억기는 사람을 보내어 안부를 묻는 말에서,

"수군은 멀지 않아 패할 것입니다. 우리들은 어느 곳으로 가서 죽을지 모르겠습니다."

하였으며, 그 당시 북도에 사는 지방 군사 몇 사람은 마침 과거에 응시하기 위하여 상경하였다가 이순신의 소문을 듣고서는 비분을 참지 못하여,

---

3 국문(鞫問) : 국청에서 중대한 죄인을 심문하는 것.

"이순신을 석방하여 북병사(北兵使)⁴로 임명해 주기를 바랍니다."
하는 내용의 글을 올리기까지 했다.

그러나 이러한 사실들은 모두 선조의 마음을 조금도 움직이지 못했다. 단지 판중추부사(判中樞府使)로 있던 정탁(鄭琢)이 써 올린 신구차(伸救箚)⁵만이 선조의 마음을 움직일 수 있었으며, 그로 인하여 사형 직전에 놓인 이순신을 감형하여 구출할 수 있었다.

정탁은 살벌한 당시의 당파 싸움 속에서도 선조와 원균을 두호하는 서인들의 감정을 촉발하지 않는 범위 내에서 우선 이순신이 대죄인이라는 사실을 전제로 하여 아래와 같이 신구차의 글귀를 이어나갔다.

"엎드려 아뢰옵니다.

신이 일찍 위관(委官)이 되어 죄수를 문초해 본 적이 한두 번이 아니온데, 대개 보면 죄인들이 한 번 심문을 거치면 그대로 상하여 쓰러져 버리고 마는 자가 많아, 비록 거기에 좀더 밝혀 줄 만한 사정을 가진 경우가 있어도 이미 목숨이 끊어진 뒤라 어떻게 할 길이 없었으므로 신은 항상 이를 민망하게 여겨왔습니다.

이제 모(이순신을 이름)가 이미 한 번 형벌을 겪었사온데, 만일 다시 또 형벌을 가하면 무서운 문초로 목숨을 보전하지 못하여 혹시 성상(聖上)의 호생⁶하시는 본의를 상하게 하지나 않을까 하고 걱정하는 바

■
4 북병사(北兵使) : 함경도 병마 절도사의 약칭.
5 신구차(伸救箚) : 일종의 죄 없는 사람을 사실대로 변명하여 구원을 하는 구명 진정서.
6 호생(好生) : 생명을 소중히 함.

이옵니다."

하여, 이순신은 이미 형벌을 받았음을 말한 다음에 임진년의 공훈 및 그가 출전을 하지 않은 일에는 반드시 무슨 곡절이 있다는 사실과 나라에서는 유능한 인재를 최대한으로 아껴야 한다는 사실들을 아주 명문으로 글귀를 이어가면서,

"이제 그의 죽음은 진실로 아깝지 않사오나, 나라에 있어서는 관계됨이 가볍지 않는 만큼, 어찌 걱정할 만한 중대한 사실이 아니오리까?"

이제 그는 사형을 당할 만한 중죄를 범하였으므로 죄명조차 극히 엄중하옴은 진실로 성상의 말씀과 같사온 바, 그도 또한 공론이 지극히 엄중하고 형죄 또한 무서워 생명을 보전할 가망이 없는 것을 알 것이옵니다.

바라옵건대, 은혜로운 하명으로써 문초를 덮어 주서서 그로 하여금 공로를 세워 스스로 보람있게 하시오면 성상의 은혜를 천지 부모와 같이 받들어 목숨을 걸고 갚으려는 마음이 반드시 저 명현(名賢)만 못지 않을 것이 온 바, 성상 앞에서 다시 나라를 일으켜 공신각에 초상이 걸릴 만한 일을 하는 신하들이 어찌 오늘의 죄수 속에서 일어나지 않으리라고 하오리까."

하며, 이순신은 스스로 반성하고 있을 것이므로 그의 사형을 감하여 국난을 타개하는 일에 이바지하도록 할 것을 건의하였다.

그리하여, 신구차를 잃고 감동한 선조는 말 없는 이순신에게 특사령을 내렸으며, 이순신은 투옥 28일 만인 4월 1일 석방되었다.

제4장

두 번째 백의종군

이순신은 무죄의 판결로써 석방된 것은 아니었다. 죄목을 그대로 지닌 채 백의(白衣), 즉 계급 없는 병사로 도원수 권율의 지휘 아래에서 종군하여 다시 공로를 세우라는 명령이었고, 그로서는 두 번째로 받는 쓰라린 '백의종군(白衣從軍)'[1]이었다.

그는 옥중 생활과 국문에 지친 심신이었음에도 불구하고 아무런 불평이 없었다. 자신의 심경을 조금도 이해하지 않는 조정의 처사였고, 또 불의의 국문에서 받은 상처마저 아물지 않았지만, 나라의 장

---

1 백의종군(白衣從軍) : 벼슬이 없는 사람으로 군대를 따라 전장에 나감.

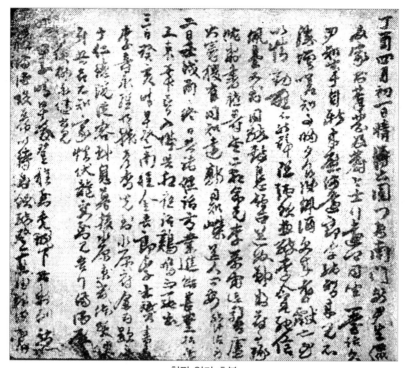
친필 일기 초본

래를 위하여 53세의 노령으로 힘차게 옥문을 나왔던 것이다.

그가 석방된 4월 1일은 맑은 날씨였다. 옥문을 나와 남문 밖 윤간 (尹侃)의 종의 집에 이르러 그의 조카인 봉(菶) 및 분(芬)을 만나 오래 도록 이야기하였다.

무슨 말을 하였는지는 알길이 없으나 종의 집에서 머무르다가 바로 권율이 있는 곳으로 내려가야 하는 그의 얼굴에는 아들과 조카들에게 미안하다는 기색을 보였을지도 모른다.

특히, 이날에는 문안하러 오는 사람, 혹은 술병을 갖고 와서 권하는 사람들도 있었으며, 그를 적극적으로 도울 수 없었던 유성룡과 그를 구출한 정탁 등의 중신들도 사람을 보내어 문안하는 것이었다.

다음 날, 즉 4월 2일에는 종일 비가 내렸다. 때문에, 이순신은 집에서 자신의 상처를 어루만지며 여러 조카들과 이야기하고 어두울 무렵에 성 안으로 들어가서 정승[2]과 이야기하다가 닭이 울어서야 헤어져 나왔다.

3일에는 남쪽을 향하여 길을 떠나 수원에 이르러 경기 관찰사 수하에서 심부름하는 이름도 모르는 군사의 집에서 잤는데 이날의 일기에,

"〈생략〉 신복룡(愼伏龍)이 우연히 왔다가 내 행색을 보고 술을 갖추어 가지고 와서 위로하였다. 부사 유영건(柳永健)이 나와 보았다."

라고 하였다.

이날 '내 행색을 보고' 는 어떤 행색이었을까? 또 나와 보는 사람은 무엇 때문이었을까? 다시 4일의 일기에서도,

"〈생략〉 일찍 길을 떠나 독성(禿城)[3] 아래 이르니, 판관 조발(趙撥)이 술을 갖추어 막을 치고 기다렸다. …〈생략〉… 냇가에서 말을 쉬고 오산(吾山) 황천상(黃天祥)의 집에 이르러 점심을 먹었다.

---

2 정승(政丞) : 유성룡을 이름한다.

3 독성(禿城) : 수원군 성호면 양산리.

황(黃)은 내 짐이 무겁다고 말을 내어 실어 보내니 고맙기
그지 없다. 수탄을 거쳐 평택 고을 이내은손(李內隱孫)의 집에
이르니 주인의 대접이 매우 은근하였다.
　자는 방이 아주 좁고 불까지 때서 땀을 흘렸다."

하였는데, 이날 그의 심경은 어떠했을까? 다음 5일에는 해가 뜨자 길
을 떠나 아산에 이르렀다. 여기서 그는 1주일 동안 머무르면서 먼저
선영(先塋)[4]에 참배하고, 가까운 친지들을 만나 보기도 했다.
　특히 산소에 나아가 울며 절하고는 한참 동안 일어나지 못한 일도
있었으며, 그동안의 심경을 11일의 일기에서,

　"새벽에 꿈이 몹시 산란하여 이루 다 말할 수 없다. 덕(德)이
를 불러 이야기하고, 또 아들 울에게 이야기하였다.
　마음이 매우 불안하여 미친 듯 마음을 걷잡을 수 없으니, 무
슨 징조인지 모르겠다.
　병드신 어머님을 생각하며 눈물이 흐르는 것을 깨닫지 못하
였다.
　그래서 종을 보내어 어머님의 소식을 알아오게 하였다."

라고 하였다.
　이어 12일에는 어머님이 무사히 안흥(安興)까지 이르렀다는 연락
을 받고, 아들 울을 먼저 바닷가로 보낸 뒤에 그도 13일에는 어머님

4 선영(先塋) : 조상의 산소.

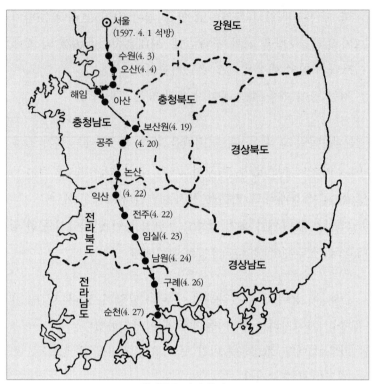

백의종군 시의 행적도

을 마중하려고 바닷가로 가는 길에 홍찰방(洪察訪)의 집을 잠깐 들렀
다가 홍백(興伯)의 집에 이르렀을 때, 순화(順花)라는 종으로부터

　　"어머님이 돌아가셨다."

는 뜻하지 않은 부음(訃音)의 소식을 들었다.

　이때, 그는 일기에서,

　　"〈생략〉 뛰어나가 뛰며 딩구니 하늘의 해조차 캄캄하다. 〈생
　략〉"

하여, 자신의 슬픔을 어찌할 줄 몰랐다.

그런데 이순신의 어머니는 아들 순신이 옥중에 들어갔다는 소식을 듣자 여수를 출발하여 바닷길로 고향, 즉 아산으로 향하던 중 안흥량(安興梁)[5]을 지나서 별세하였던 것이며, 그 배는 곧 해암(蟹岩)[6]에 도착하여 부음을 전한 것이었다.

그러나 이순신은 그때까지도 자신의 행동을 자유롭게 할 수 없는 신분이었다. 때문에, 자기를 압송하는 도사(都事)의 허가를 얻어 먼저 배가 대어 있는 해암으로 향하였다. 그곳에서 그는 2일 동안 상례 준비를 서둘렀는데, 16일의 일기에,

"궂은 비. …〈생략〉… 배를 끌어 중방포(中方浦)로 옮겨 대고 영구를 상여에 싣고 집으로 돌아왔다. 마을을 바라보며 찢어지는 아픈 가슴이야 어떻게 다 말하랴.

집에 이르러 빈소를 차렸다. 비는 그대로 퍼붓고 나는 맥이 다 빠진데다가, 남쪽으로 내려는 가야겠고, 울며 부르짖으며 다만 어서 죽었으면 할 따름이었다."

하였다. 고향으로 갔었지만, 하늘마저 슬퍼하여 비가 내리고 있었다.

그러나 17일에는 도사의 독촉을 받아 19일에 다시 남쪽으로 향하였다.

그날 길을 떠날 때, 이순신은 어머님 영령 앞에 엎드려 울면서,

5 안흥량(安興梁) : 서산군 근흥면.

6 해암(蟹岩) : 아산군 인주면 해암리.

"어찌하랴, 어찌하랴! 천지간에 내 운명 같은 사람이 또 어디 있을 것이랴. 일찍 죽는 것만 못하구나!"

하였으며, 또 다른 문헌에는,

"나라에 충성을 바치려 했건만 죄가 이미 내 몸에 이르렀고, 어버이에게 효도하려고 했건만 어버이마저 가 버리셨구나!"

라고 하였다.

참으로 그의 심정은 말과 글로써는 표현할 수 없는 일이었다.

슬픔과 원통함을 그대로 간직한 채 이순신은 매일 아침 일찍 길을 떠나야 했고, 거의 날마다 종(奴)들이 거처하는 허술한 방에서 숙박하는 등, 온갖 고충을 겪으면서 공주·예산·전주·임실·남원·운봉 및 구례 등지를 지나 27일에 감회 깊은 순천(順天)에 이르렀다.

그때 이순신의 도착을 알게 된 도원수 권율은 군관 권승경(權承慶)을 보내어 그를 조문하여 안부를 물은 뒤에 28일에는 다시 군관 권승경을 보내어,

"상중에 몸이 피곤할 것이니, 회복되는 대로 나오라."

하는 명령을 내렸으며, 뒤이어 통제영에 있는 군관 중에서 이순신을 잘 아는 자를 나오게 하여 그를 간호하도록 했다.

이러한 권율의 명령은 명목상으로는

"상중에 몸이 피곤할 것이니…"

하였지만, 그 이면에는 이순신이 국문에서 얻은 신체적 악조건을 염려하고 있었을지도 모를 일이었다.

그리하여, 뜻밖에 휴양 명령을 받은 이순신은 그곳에서 장사를 지내지 못한 어머님의 소식과 아울러 원균의 불미스러운 일들을 많이

들었으며, 5월 8일에는 원균으로부터 문상하는 편지를 받기도 했으나, 이 편지는 권율의 강압에 못이겨 보낸 것이었다. 그 뒤 약 2주간 휴양한 그는 5월 14일 권율이 있는 초계(草溪)로 향하여 길을 떠났다.

그는 그날로 구례에 이르렀으며, 다음 15일부터 25일까지 이곳에서 머무르게 되었는데, 불과 10여 일의 일기 중에는

15일 ;
"〈생략〉 주인 집이 낮고 험하여 파리가 벌 떼같이 꾀니 사람이 밥을 먹을 수 없었다. 〈생략〉"

21일 ;
안홍제(安弘濟)들이 이 상궁에게 말과 20살 짜리 계집종을 바치고 놓여 나갔다고 하였다. 안(安)은 원래 죽을 죄도 아닌데 여러 번 맞아 거의 죽게 되었다가 물건을 바치고서 석방이 되었다는 것이다.

안팎이 모두 바치는 물건의 다소로 죄의 경중을 결정하다니 이러다가는 결말이 어떻게 될지 모르겠다. 이야말로 돈만 있으면 죽은 사람의 넋도 찾아 온다는 것인가!"

23일 ;
"〈생략〉 혼자 촌집에 기대어 앉았으니 회포가 그지 없다. 슬프고 그리운 생각을 어찌하랴."[7]

라고 하였다.

---

7 이 충무공 전서 권9에서 인용.

특히 20일에는 체찰사 이원익을 만나, 나랏일을 함께 걱정하고, 음흉한 원균의 무고하는 행동이 심하다는 등의 이야기를 듣기도 했었다. 이원익은 2년 전에 한산도를 순시하였을 때 이순신의 위용과 지략에 감탄한 일이 있었는데, 24일에는 이원익이 이순신에게 군관 이지각(李知覺)을 보내어

"경상 우도의 연해안 지도를 그리고 싶으나 그릴 수가 없으니 본대로 그려 주면 좋겠다." **8**

하므로, 이순신은 거절할 수 없어 그려서 보내 주기도 했다.

말하자면, 이순신은 백의종군하는 죄인이며, 지난날 수군 통제사였지만 그림 솜씨도 매우 좋을 뿐 아니라, 남해안 일대의 지리에 밝았으므로 점점 필요한 사람이 되어 갔던 것이다.

그리고 26일에는 비를 맞으면서 길을 떠나 석주관(石柱關)**9** 및 진주 등지를 거쳐, 6월 4일에는 초계에서 10여 리 떨어진 모여곡(毛汝谷)에 이르렀으나, 권율이 출장 중이었으므로 이날은 만나지 못하였다.

이에 이순신은 권율이 진으로 돌아올 때를 기다리면서 6일에는 자기가 거처할 방을 새로 도배하고, 군관들의 휴식소 두 간을 만들기까지 했으며, 2일이 지난 8일에야 비로소 권율을 상면하여 함께 한참 동안 이야기했으며, 9일에는 처음으로 노마료(奴馬料)를 받았다.

이 노마료는 군대 일에 대한 일종의 보수로서 종과 말을 먹일 비용

---

8 정유 일기 5월 24일에서 인용.

9 석주관(石柱關) : 구례군 토지면 연곡리.

이었는데, 백의종군의 길을 떠난 이후로 이날까지는 순찰사나, 아니면 그가 지나가는 것을 알게 된 그 지방의 친지나, 관원들의 위안과 그들이 정성으로 보내 온 것으로써 충당하곤 했던 것이다.

이렇게, 이순신은 3개월 동안 말 못할 고충을 겪고 여장을 풀기는 했으나 그동안 그가 쓴 일기는 읽는 사람의 가슴을 뜨겁게 했다.

죄인이 되어 남쪽으로 향하는 그였지만, 그 지방의 관원들과 지난날의 천지들은 반드시 찾아와서 문안을 드리든가 아니면 술과 떡을 바치는 것이었다.

이순신은 초계에서 7월 18일까지 종군하였다. 비록 계급없는 병사였으나, 도원수 권율 및 그 지방의 높은 관리들의 위안을 받으며 하루하루를 지나는 동안, 지난날 생사고락을 같이했던 군사들에게 일일이 격려의 편지를 내었고, 또 6월 23일은 스스로 대전(大箭)을 다시 다듬기도 했으나, 그동안 그는 외롭고 슬프고 분함을 스스로 억제하면서 조용히 변모되어 가는 정세를 주시하고 있었다.

제5장

곤장 맞는 원균

이순신이 백의종군의 고행을 겪고 있을 동안 후임으로 임명된 통제사 원균은 부임함과 동시에 일대 인사 이동을 단행했다.

즉, 그는 이순신의 다년간의 경험으로 만들어 놓은 군중의 규칙을 변경하고, 이순신 밑에서 자라난 강직한 장령들을 파면 또는 전직시키고, 그 후임으로는 자기의 뜻을 무조건 받아들일 수 있는 무능하고 아첨 잘하는 장령들을 임명했다.

뿐만 아니라, 그는 지난날의 심복 부하였던 이영남과 같은 장령마저 자기의 과거를 자세히 알고 있는 사람이라 하여 미워하므로 군사들의 분위기는 차차 동요되고 있었다.

원균은 조금도 자신을 반성하지 않고 불평하는 군사들에게 형벌을 남용했다.

나아가서는 이순신이 누구나 들어가서 일을 의논할 수 있도록 만들어 둔 운주당에는 안팎으로 울타리를 둘러치고 자신은 그 안에서 애첩(愛妾)을 불러들여 날마다 술로써 세월을 보내고 있었으며, 부하 장령들이 무슨 일을 의논하기 위하여 들어가려고 하여도 이를 허가하지 않았다.

때문에, 이순신 밑에서 철저한 생활을 해 오던 군사들은

"적을 만나면 도망할 수밖에 없다."

하면서 수군거리기 시작했으며, 여러 장령들도 서로 원균을 비웃으면서 중요한 군사상의 문제마저 전달하지 않는 실정에 놓이고 말았다.

말하자면, 원균은 개인적 향락을 위한 권력의 남용으로 그때까지 이순신이 애써 길러 둔 기강을 극도로 문란하게 하여 왜군의 침입을 막을 수 없는 위기에 몰아 넣고 말았던 것이다.

이러한 원균의 움직임은 통제사가 되었다는 그것만으로 만족하는 것이었으며, 통제사로서 해야 할 뚜렷한 전략이나 새로운 문제들의 구상은 사실상 그에게 없었다.

일찍 원균은 통제사로 부임하던 날 동암공(東巖公)[1]을 찾아간 적이 있었는데, 이때 두 사람의 대화는 원균의 본성을 잘 나타내고 있었다. 즉,

원균 : 내가 이 직함(3도 수군통제사)을 영화롭게 여기는 것은

---

1 동암공(東巖公) : 안방준(安邦俊)의 중부(仲父). 동암공 처가 원(元)씨이다.

아니오. 오직 이순신에 대한 부끄러움을 씻었다는 것이 통
쾌합니다.

동암공 : 영감(원균)이 능히 마음을 다해서 적을 무찔러 그 공
로가 이순신의 위에 뛰어나야만 '부끄러움을 씻었다.'고
할 수 있지. 그저 이순신을 대신함으로써 통쾌하게 여기는
것만으로는, 어찌 부끄러움을 씻었다고 하겠소.

원균 : 내가 적을 만나 싸우게 될 때, 멀면 편전(片箭)을 쏘고
가까우면 장전(長箭)을 사용할 것이오. 또 칼을 쓰다가 칼
이 부러지면 단신(單身)으로 적을 쳐 버릴 터이니 이래도
이기지 않겠소?

동암공 : (웃으면서) 대장으로서 칼을 쓰는 데 있어서 단신으
로 적과 싸우다니 과연 옳겠소?

하였으며, 원균이 떠난 뒤에 동암공은,

"원균의 사람된 인품을 보니 큰일은 다 글렀다…."

라고 하면서 탄식하였다.

실로, 원균은 이순신과는 달리 나라를 위하여 헌신하겠다는 마음
보다 개인적인 영달과 향락만을 추구하는 파렴치하고 교활한 무능한
인간이었다.

이러한 원균의 지휘 아래 수군의 방비가 점점 허술해지고 있을 무
렵 왜군들은,

"이순신이 잡혀갔으므로 이제 아무런 근심이 없다."

하면서, 일종의 주연을 열기도 했다.

그런데 이즈음 왜군들은 3월 중순경부터 보다 활발한 침공 작전을 개시하여 6월 하순경에는 서생포·부산·가덕·안골포 및 웅천 등지에 새로운 모습을 나타내고 있었다. 이들 왜군 중에서 토오도오·와키자카 및 카토오 등이 거느리는 수군 주력 부대는 웅천을 근거로 하여 조선 수군을 격멸할 계획을 세우고 있었다.

또한, 이들 왜군들은 간계를 써서 이순신을 통제사의 직위에서 물리치는데 성공하고 기뻐하였지만 그동안 너무나 많이 이순신 함대에 참패를 당해 왔던 까닭에 좀처럼 서쪽으로 공격할 용기를 갖지 못하고 있다가 다시 요시라를 통하여 그전과 같은 방법으로 간계를 꾸며,

"왜군 후속 부대가 바다를 건너오니 조선 수군은 바다 위에서 요격(邀擊)[2]하면 성공할 것이다."

하는 밀서를 김응서에게 보내었다.

이때, 왜군들의 동태를 주시하고 있던 도체찰사 이원익은 왜군이 건너오기 전에 격멸하여야 한다는 계획으로 도원수 권율과 상의하고, 수군의 출동을 결정하였다. 그리하여 권율은 원균에게 함대 출동을 명령하기에 이르렀다.

그때, 원균은 자신의 출전을 회피하려고 먼저 육군과 합력하여 안골포의 왜군을 섬멸한 뒤, 수군을 동원하여 부산 등지를 공격하여야 한다는 '수륙 합동 작전'을 주장하였다.

이러한 주장은 지난날, 이순신이 육상에 웅거한 왜적을 무찌르기 위해서 주장하던 말을 되풀이하는 것이었다.

---

2 요격(邀擊) : 도중에서 기다리고 있다가 적을 냅다 치는 일. 요격(要擊).

그러나 원균은 계속적으로 출전을 명령하는 이원익과 권율의 독전에 못이겨 6월 18에는 무계획하게 한산도를 출발하여 안골포와 가덕 등지를 공격하기는 했으나, 아무런 소득도 없이 수군 장수였던 보성 군수 안흥국(安興國) 등을 잃은 채 부산까지 진격하지 못하고 중도에서 돌아오고 말았다.

이러한 원균의 패보를 알게 된 권율은 분함을 참지 못하여 6월 21일에는 원균을 사천까지 호출하여 곤장(棍杖)을 치면서 꾸짖고 재출전을 명령했다.

원균은 자신의 잘못을 반성하지 않고 매를 맞은 것만을 분하게 여겼으나 지난날 이순신이 출전하지 않았다는 이유를 중대시하여 그를 모함하고 자기가 그 직함을 맡았으므로 양심의 가책을 느껴 부득이 출전하지 않을 수 없었다.

초계 등지에서 종군하고 있던 이순신은 원균의 패보를 6월 25일에 들을 수 있었다. 이때 그는 일기에서,

> "〈생략〉 보성 군수 안흥국이 탄환에 맞아 죽었다는 소식을 듣고 놀라 슬픔을 이기지 못했다. 적을 한 놈도 잡지 못하고 먼저 두 장수를 잃어 버리니 통탄함을 어찌 말하랴. 〈생략〉"

하여, 전사자에 대한 슬픔과 분함을 이기지 못했다.

제6장

칠천량 해전의 참패

도원수 권율로부터 곤장을 맞고 되돌아 온 원균은 7월 4일, 200여 척의 전선을 거느리고 한산도를 출항했다. 3도의 함대는 외형상의 위용을 과시하면서 5일은 칠천량을 지나 거제도 북방을 거쳐, 6일에는 일단 옥포에서 유박했다.

7일 새벽에는 다대포로 향하였는데, 그 당시 다대포에는 왜선 8척이 머무르고 있었으나, 뜻밖에 대함대를 발견하고는 배를 버리고 육상으로 도주하고 말았다. 이를 본 3도의 장령들은 힘들이지 않고 그 배들을 모두 불태워 버린 뒤에 곧바로 절영도 앞 바다로 향했다.

그런데 뜻밖에도 이곳에는 수많은 왜선이 쓰시마에서 건너오고 있었다. 그때, 원균은 계획없는 엄한 명령을 내려 모든 전선으로 하여

금 장렬한 전투를 시도하게는 하였으나, 바람이 점점 심하게 일어나고, 또 종일의 항해로 말미암아 군사들은 피로하여 그들이 어떻게 하여야 좋을지를 분간하지 못하고 있었다.

왜선들은 교란 작전을 전개하여 고의적으로 접근하였다가 혹은 퇴각하는 등 조선 수군을 극도로 피로하게 만들어 놓은 뒤에 격멸하려고 하고 있었다.

그러는 동안, 원균이 거느리는 함대는 심한 풍랑으로 분산되기 시작하여 일부 전선은 서생포 등지까지 밀려가서 왜군에게 격파되는 등 전세는 매우 불리하였다. 이에, 원균은 간신히 남은 전선을 수습하여 가덕도로 후퇴하는데 성공하였으나, 벌써 가덕도에는 왜군들이 복병하여 대기하고 있었다.

지난날, 이순신은 어느 곳에서도 군사들의 안전을 위하여 철저한 정찰을 실시한 뒤에 군사들을 휴식하게 하였으나, 원균은 위험한 전투 지역을 겨우 탈출하였음에도 불구하고 이렇다 할 경계와 정찰을 하지 않고 가덕도에 이르자마자, 목마른 군사를 상륙시킴으로써 숨어서 대기하고 있던 왜군들의 기습을 받아 400여 명[1]의 아까운 군사를 잃고 다시 칠천량으로 이동하였다.

한편, 서생포 등지에서 겨우 살아난 세남(世男)[2]은 알몸으로 도주하여 7월 16일에는 이순신에게 그날의 해전 상황을 보고하였는데, 아마 세남이라는 자는 이순신에게 만은 빨리 알려야 한다는 생각에

---

1 400여 명 : 일본 측 기록에는 200여 명으로 씌어 있다.

2 세남(世男) : 영암군 송지면에 사는 종.

서 먼 거리를 달려 왔을지도 모른다.

이순신은 세남의 말을 듣자, 그날의 일기에서,

  "〈생략〉 우리나라가 믿어 온 것은 오직 수군뿐인데, 수군이
  이러하니 다시 더 바라볼 것이 없다. 거듭 생각할수록 분한 마
  음에서 가슴이 찢어지는 것만 같다."

하고, 즉시 이 사실을 도원수 권율에게 전하여 사후 대책을 수립하도
록 했다.

뿐만 아니라 그는 세남에게서 들은 말을 상세하게 자신의 일기장
에 적어 두었다.

그런데 칠천량에 들어온 원균은 왜군에 대한 새로운 대책을 세워
야 함에도 불구하고, 또다시 도원수 권율에게 불려 가서 패전의 책임
을 추궁당한 뒤로는 매일 술만 먹고 취하여 여러 장령들의 작전에 관
한 중요한 건의마저 전혀 듣지 않았으며, 자신의 과오보다 벌을 받았
다는 그것만을 분하게 여길 따름이었다.

칠천량에서 경상 우수사 배설은 반드시 패전할 것을 예견하고 여
러 번 안전한 지역으로 후퇴할 것을 원균에게 건의하였으나 듣지 않
았으며, 7월 15일에도 배설은,

"칠천량은 물이 얕고 좁아서 전선을 마음대로 움직일 수 없으므로
빨리 다른 곳으로 옮겨야 한다."

하였으나, 역시 패전한 그대로 퇴진할 수 없다는 명령을 내리고 있을
따름이었다.

그때 원균이 거느리는 조선 수군의 실정을 어느 정도 알게 된 왜군

측에서는 부산포로부터 먼저 웅천으로 이동하여 수군장 토오도오 및 와키자카 등은 육군장 코니시 등과 연석회의를 열고 조선 수군을 기습할 계획을 세웠다.

이들은 7월 14일까지 거제도 북방으로 이동한 뒤에 15일의 달 밝은 밤을 이용하여 포성 3발을 신호로 일제히 기습을 개시하기로 결정하고 있었다.

그리하여, 왜군들은 조선 수군의 형세를 정탐하면서 점점 칠천량으로 접근하고 있었다. 이들이 거느린 전선도 임진년과는 다른 강력한 것이었으며, 아무런 경계 없이 거의 포기상태에 놓여 있는 원균에게 이러한 왜군의 이동이 발견될 리 만무하였다.

7월 15일의 밝은 달밤, 왜군들은 예정 계획에 의거하여 포성을 울림과 동시에 기습 공격을 개시하였다. 기습을 당한 우리 군사들은 그때까지 이순신 밑에서 연마되어 온 전술로써 항전을 하였지만 점점 증강되는 왜군 앞에서는 어쩔 도리가 없었다.

더구나, 통제사 원균은 부하들의 항전하는 모습을 끝까지 지키면서 독전하지 못하고 뭍으로 도주하고 말았다. 지휘관을 잃은 대부분의 군사들은 장렬한 최후를 마치고 말았다.

전라 우수사 이억기 및 충청 수사 최호를 비롯한 역전의 용장들은 그들이 타고 있는 전선과 함께 전사하였으며, 다만 처음부터 후퇴를 주장해 오던 배설만이 12척의 전선을 이끌고 탈출하는 데 성공하였을 따름이었다.

그때, 배설은 한산도에 이르러 대세를 만회할 수 없다고 생각한 나머지 관민들을 피난하게 하고, 또 한산도 내의 모든 시설과 군량 및

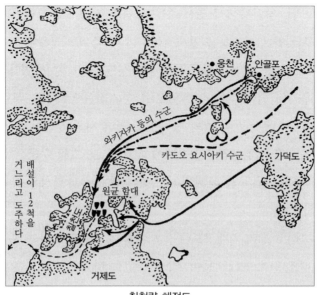

칠천량 해전도

군기 등을 불사르고 전라도 등지로 피난하였다.

원균은 순천 부사 우치적 등과 더불어 알몸으로 뭍으로 오르기는 하였으나, 뒤따라 오는 왜병의 칼날에 비겁한 최후를 고하고 말았다.

이를 역사에서는 정유년, 즉 1597년 7월의 칠천량 해전이라고 하며 7년 동안의 임진왜란을 통하여 조선 수군이 처음이자 마지막인 단한 번의 참패를 당한 해전이었다.

이 해전으로 이순신이 피와 땀으로 이룩해 두었던 수군이며, 또 지난날 왜군의 간담을 써늘하게 하였던 조선 수군은 하루 아침에 지휘관도 전선도 없이 전멸을 고하고 말았던 것이다. 비록 배설의 12척과 소수의 군사들이 겨우 탈출하기는 했어도 어느 곳에서 무엇을 하고 있는 지를 알 수 없었다.

반면, 칠천량에서 조선 수군을 거의 전멸하고 그때까지 이순신으로부터 받은 서러움을 일시적이나마 씻게 된 왜군들은 다시 7월 말경부터 새로운 작전 계획을 세워 남원성 공격을 개시하였다.

우키다 히데이에(宇喜多秀家)를 총지휘관으로 하는 부대는 코니시 등이 거느린 5만여 명의 병력으로 일단 사천 부근에 집결하여 곤양 및 하동을 거쳐 8월 5일 구례에 이르고, 또 그들 수군은 섬진강을 거슬러 역시 같은 날 구례에 이르러 수륙으로 남원성을 공격할 태세를 취하였다.

그리고 모리 히데모도(毛利秀元)를 지휘관으로 하는 부대는 카토오 및 쿠로다(黑田長政) 등이 거느린 5만여 명의 병력으로 전주를 향하고 있었다.

이보다 앞서 왜군의 재침으로 크게 당황한 명나라에서는 그들 나라의 방위를 염려하여 급속한 출동을 개시하였다.

즉 국방장관격인 형개(邢玠)를 총사령관으로 하여 양호(楊鎬)·마귀(麻貴) 및 양원(楊元) 등이 거느린 대군이 압록강을 건너와서 5월 하순에는 방비 지역을 결정하였다.

양원은 남원성에 이르고, 그 밖에는 성주·전주 및 충주 등지에 배치되었으며, 조선군 측에서도 도체찰사 이원익 및 도원수 권율의 지휘하에 각 지구에서 명나라 군사와 협력하여 왜군의 북진을 저지하려 하였다.

그러나 수륙 합동으로 남원성 공격을 계획한 왜군들은 8월 14일부터 공격을 개시하여 16일에는 이를 점령하였으며 명나라의 양원은 겨우 탈출하여 퇴각하고 말았던 것이다.

뒤따른 왜군들은 계속 북진하여 코니시는 전주를 무혈 점령하였으며, 영남과 호남의 중요한 관문인 황석산성(黃石山城)은 카토오 등이 거느린 대군이 점령하기에 이르렀다.

　이러는 동안 국내의 민심을 크게 소란하였으며, 서울에서는 백성들이 시골로 피난하는가 하면 왕비 및 왕자는 수안(遂安)으로 피난하고 명나라 군사들은 한강 등지에 집결하여 서울 방어에 주력하는 등 전란의 영향은 전국으로 번지고 말았다.

제9부

죽음을 각오한 기백(氣魄= 씩씩한 정신)

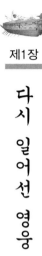

제1장

다시 일어선 영웅

이순신이 초계(草溪)에서 칠천량의 패보를 접한 것은 2일 후인 18일 새벽이었다. 비록 백의종군의 몸이었지만 그에게 수군에 관한 소식만은 빨리 전해지곤 했었는데, 이날에도 그의 일기에 의하면,

"새벽에 이덕필(李德弼)이 변홍달(卞弘達)과 함께 와서 전하는 말이 '16일 새벽에 수군이 기습을 받아 통제사 원균이 전라 우수사 이억기·충청 수사[1] 및 여러 장수들과 함께 많은 해를 입고 수군이 크게 패했다.'는 것이었다. 듣자니 통곡이 터져 나

---

1 충청수사(忠淸水使): 당시 수사는 최호(崔湖)였다.

옴을 이길 길이 없다.〈생략〉"

하였다. 그는 나라와 겨레를 위하여 그가 심혈을 기울여 길러 왔고,
또 그의 가슴속에서 잠시도 떠나지 않고 있었던 수군의 패보를 듣자,
크게 통곡을 하였다.

이윽고, 도원수 권율이 놀란 기색으로 이순신을 찾아 왔다. 권율도
이순신에게 수군의 패전을 알리고 시급한 대책을 논의하기 위해서였
다. 두 사람은 잠시 동안 별다른 말이 없었으나, 먼저 권율이 이순신
에게,

"일이 이미 이렇게까지 되었으니 어떻게 하면 좋을까?"

하면서 두 사람은 낮 10시까지 사후 대책을 논의하였다.

그러나 특출한 방책을 정할 수 없었으며, 권율은 그 당시 최고 지
휘관으로서 빨리 대책을 세워야 했었기 때문에 이순신에게 새로운
방안이 나올 것을 기대할 따름이었다.

이때 이순신 역시 심각한 생각에 잠겨 있었으나 자신 없는 말을 하
지 않는 것이 그의 태도였고, 패전의 원인과 수군의 실정을 확인하지
않고서는 뚜렷한 말을 할 수 없는 일이었다. 그러기에 그는 권율에게,

"〈생략〉내가 직접 연해안 지방으로 가서 듣고 본 뒤에 방책
을 정하겠습니다. 〈생략〉"

余告以吾往沿海之地 聞見而定之云[2]
여 고 이 오 왕 연 해 지 지   문 견 이 정 지 운

■
2 이순신의 정유 일기 7월 18일 기사 중에서 인용.

하여 권율의 허락을 청했다. 권율은 매우 기뻐하면서,

"그렇게 하면 얼마나 좋겠소. 내가 대감을 대할 면목이 없소이다."

하고 처음으로 이순신에게 '대감'이라고 불렀다 한다.

이순신은 그날로 송대립(宋大立)·유황(柳滉)·윤선각(尹先覺)·방응원(方應元)·현응진(玄應辰)·임영립(林英立)·이원룡(李元龍)·이희남(李喜男)·홍우공(洪禹功) 등 군관 9명을 대동하고 연해안 지방을 향하여 길을 떠났다. 이 9명의 군관은 권율이 이순신에게 배속시켜 준 것이었다.

그는 삼가현에 이르러 새로 부임한 현감과 오랫동안 의논하고, 19일에는 비를 맞으면서 단성(丹城)의 동산산성(東山山城)에 올라 형세를 관망한 후 단성현³에서 유숙했다.

이어 20일에는 진주 등지를 조사하고, 21일에는 곤양(昆陽) 고을을 지나 노량⁴에 이르렀다. 여기서 그는 지난날의 부하였고, 또 칠천량 해전에서 살아 나온 거제 현감 안위(安衛)와 영등포 만호 조계종(趙繼宗) 등 10여 명을 만나서 패전의 상황을 들을 수 있었다. 이들은 모두 울며 말하기를,

"대장 원균이 적을 보자 먼저 뭍으로 달아나고, 여러 장수들도 모두 그 같이 뭍으로 달아나 이 지경에 이르렀다."

하면서 통제사 원균을 원망하고 '그 살점이라도 뜯어 먹고 싶다.' 하는 것이었으나, 경상 우수사 배설(裵楔)만은 도망하였던 까닭에 만나

---

3 단성현(丹城縣) : 산청군 단성면.

4 노량(露梁) : 하동군 금양면 노량리.

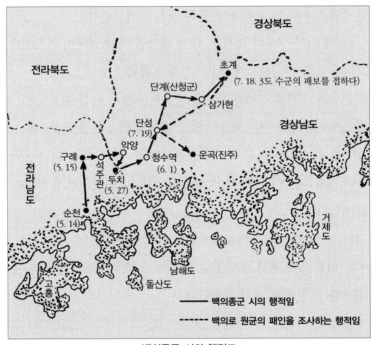

백의종군 시의 행적도

지를 못했다.

특히, 이날 밤 이순신은 배 위에서 거제 현감 안위와 함께 새벽 2시경까지 여러 계획을 논의하느라고 눈을 붙이지 못하여 눈병을 얻었다.

22일 아침에는 이곳 노량에서 배설을 만나 원균이 패망한 경위를 자세히 듣게 되었으며, 식후에 남해 현감 박대남(朴大男)이 있는 곳에 이르렀을 때는 자신의 병세가 악화하여 도저히 움직일 수 없었으므로 오후에 곤양에 이르러 휴식하였다.

실로, 그는 병세가 위중했음에도 불구하고 참고 견디면서 여러 곳을 답사해야만 했었는데, 그때의 병세란 서울에서의 국문의 여독과 원균의 패전에서 받은 충격으로 인한 것이었을지도 모를 일이었다.

23일에는 우선 그때까지의 조사 내용을 원수부[5]에 보고하고, 곤양 십오리원[6]을 지나 전일 숙박한 일이 있던 운곡에 이르러 휴식하였다.

그는 이 운곡에서 8월 2일까지 머무르는 동안 진주 목사 및 남해 현감 등과 앞으로의 대책을 논의했었다.

한편, 조정에서 칠전량 해전의 패보와 더불어 왜군의 대대적인 북상(北上)에 관한 급보를 접한 것은 7월 22일이었다. 무엇보다도 수군의 대패는 선조를 위시하여 온 백성들을 크게 놀라게 한 것이었다. 때문에 선조는 패보를 접하는 날 중신 회의를 열고 사후 대책을 토의하게 했다.

그러나 전일의 전쟁이 조금 휴전 상태에 들어갔다 하여 당파 싸움을 되풀이 하고, 이렇다 할 방비책을 세우지 않았던 그들이 선조 앞에 모인 중신들이었으므로 별다른 대책이 있을 수 없었다. 이들은 서로 돌아보며 아무런 말을 못하고 있었는데, 이날의 회의에서는 대략 이런 말들이 오고 갔다.

　선조 : 〈생략〉 수군이 전부 패망했으니 이제는 어찌할 길이
　　　　없소. …〈생략〉… (목소리를 높여서) 그래 대신들은 왜 아
　　　　무런 대답이 없나? 이대로 두고 그저 아무것도 아니할 셈

5 원수부(元帥府) : 권율이 있는 곳.
6 십오리원(十五里院) : 사천군 곤양면 봉계리.

인가? 그래 아무 대답도 아니하면 저절로 왜적이 물러가고
나라 일이 잘 되어 갈 것이란 말인가!

유성룡(영의정) : 대답하지 못하는 것이 아니옵니다. 너무나
답답하여 당장 무슨 좋은 계책이 생각나지 않으므로 미처
아뢰지 못하는 바이옵니다.

선조 : 전부 패망한다는 것은 천운이니 어찌할 수 없는 일이
다. 원균이는 죽었을망정 달리 사람이 없겠는가? 〈생략〉 왜
물러나서 한산도를 보전하지 못하였나?

이항복(병조판사) : 지금 할 일이라고는 통제사와 수사를 빨리
임명하여 그들을 시켜 계획을 세우게 하고, 방비를 하도록
하는 길밖에 없사옵니다.

선조 : 그래 그 말이 옳다. 〈생략〉

김명원(형조판서) : 만일 장수를 보낸다면, 누가 할 만한 사람
이 있사오리까?

이항복 : 오늘 할 일은 오직 통제사를 선정하여 임명하는 것이
옵니다.

그 후, 형조판서 김명원(金命元)과 병조판서 이항복(李恒福)은 조용
히 선조에게,

"이것은 원균의 허물이옵니다."

"마땅히 이순신을 통제사로 임명하여야 할 것이옵니다."

라고 진언(進言)[7]하여 다음 날, 즉 7월 23일에 상중(喪中)에 백의종군

■
7 진언(進言) : 윗사람에게 자기 의견을 들어 말함.

하고 있는 이순신에게,

"전라 좌도 수군절도사 겸 경상·전라·충청 3도의 수군 통제사를 다시 임명한다."

하는 교서를 내렸다.

그런데 운곡에서 이순신이 통제사 재임명에 관한 교서를 받은 것은 8월 3일 이른 아침이었다. 선전관 양호(梁護)가 그에게 전달한 것으로 이상하게도 이순신에게 먼저 알려지고 있었다. 즉, 이순신은 하루 전날인 8월 2일의 일기에,

"〈생략〉 이날 밤 꿈에 명령을 받는 징조가 있다. 〈생략〉"

是夜夢有受命之兆
시 야 몽 유 애 명 지 조

라고 하였다. 확실히 그의 꿈은 그의 지성을 말해 주는 것이었다.

지난날, 통제사의 직위를 삭탈하고 사형에까지 처하려던 이순신을 특사하여 백의종군하게 했던 선조는 그를 다시 임용함에 있어서 임금으로서 떳떳하게 할 말이 없었다.

때문에 선조가 내린 교서는 하나의 임명장이나 훈시문이 아니라 간곡한 사정을 설명하여, 다시 나라를 위하여 헌신해주기를 애원(哀願)하는 글이었다. 그 교서의 내용은 대략 아래와 같았다.

"짐은 이와 같이 이르노라.

어허, 나라가 의지하여 보장을 삼는 것은 오직 수군뿐인데, 하늘이 아직도 화를 거두지 않아 …〈생략〉… 3도 수군이 한 번

싸움에 모두 없어지니 근해의 성읍을 누가 지키며, 한산진을 이미 잃었으니 적이 무엇을 꺼릴 것이랴?

생각하건대, 그대는 일찍이 수사 책임을 맡던 그날 이름이 났고, 또 임진년 승첩이 있은 뒤부터 업적이 크게 떨치어 변방 군사들이 만리장성처럼 든든히 믿었는데, 지난 번에 그대의 직함을 갈고 그대로 하여금 백의종군하도록 하였던 것은, 역시 사람의 모책이 어질지 못함에서 생긴 일이었거니와, 오늘 이와 같이 패전의 욕됨을 당하게 되니, 무슨 할 말이 있으리오. 무슨 할 말이 있으리오.

이제, 특별히 그대를 상복을 입은 그대로 기용하는 것이며, 또한 그대를 백의(白衣)에서 뽑아내어 다시 옛날같이 전라 좌수사 겸 충청·전라·경상 3도 수군 통제사로 임명하노니 그대는 도임하는 날, 먼저 부하들을 불러 어루만지고 흩어져 도망간 자들을 찾아내어 단결시켜 수군의 진영을 만들고, 나아가 요해지를 지켜 군대의 위풍을 새로 한 번 떨치게 하면 이미 흩어졌던 민심도 다시 안정시킬 수 있으려니와 적도 또한 우리 편의 방비가 있음을 듣고 감히 일어나지 못할 것이니, 그대는 힘쓸지어다.

수사 이하는 모두 지휘 관할하되 일을 함에 규율을 범하는 자가 있다면 군법에 의거 처단하려니와 그대가 나라를 위해 몸을 잊고 시기에 따라 나아가고 물러오는 것은 이미 다 그 능력을 겪어 보아 아는 바이니 내 구태여 무슨 말을 많이 하리오. 〈생략〉

그대는 충의의 마음을 더욱 굳건히 하여 나라를 구하려는 소원을 풀어 주기 바라면서 이에 조칙을 내리노니 그렇게 알

지어다."

한편, 이순신이 백의종군 중에 재임명되었지만, 그로서는 그러한 명령을 받든, 받지 아니하든 간에 나라를 위한 자신의 소신에는 조금도 변함이 없었으며, 그의 소신, 즉 인생관(人生觀)은 그가 친필로 남긴 아래의 글에서도 찾아볼 수 있다.

"어허! 이때가 어느 때인데 저 강[8]은 가려는가! 가면 또 어느 곳으로 가려는가! 무릇 신하로서 임금을 섬김에는 죽음이 있을 뿐이며, 다른 길이 없을 것이다. 이때야말로 나라의 위태함이 마치 터럭 한 가닥으로 천 근을 달아 올려야 할 때이다.

신하로서 몸을 버려 나라의 은혜를 갚을 때이며, 간다는 말은 진실로 마음에도 생각 못할 말이어늘, 하물며 어찌 입 밖으로 낼 수 있을 것인가!

그러면 내가 강이라면 어떻게 한다 할 것인가? 몸을 헐어 피로써 울며, 간담을 열어 젖히고서 사세가 여기까지 왔으니 화친할 수 없음을 밝혀 말할 것이며, 아무리 말해도 그대로 되지 않는다면 거기 이어 죽을 것이요, 또 그렇지도 못하면 짐짓 화친하려는 계획을 따라 몸을 그 속에 던져 온갖 일에 낱낱이 꾸려가며 죽음 속에서 살 길을 구하면, 혹시 만의 하나라도 나라를 건질 도리가 있게 될 것이어늘 강의 계획은 이런 데서 내지 않고 그저 가려고만 했으니, 어찌 신하된 자로서 몸을 던져 임금을 섬기는 의라 할 것인가?"

---

8 강(綱) : 송나라의 대신 이강(李綱)을 이름.

위의 글은 그의 정유년 일기책 잡기사 중에 '송나라 역사를 읽고 〔讀宋史〕' 라는 제목으로 써 둔 한 편의 수필로서 책임 있는 자의 도피 사상이 부당함을 통탄하고 '신하된 자로서 죽음 속에서 구국의 실마리를 찾아 내어야 한다.' 는 것을 명확히 밝히고 있는데, 이것이 바로 이순신의 인생관이며, 국가관이었다.

　확실히, 그는 정유년의 쓰라린 고행 속에서도 '애국 충성만을 다한다.' 는 확고 부동한 태도로써 자기 자신을 이끌어 올린 무인임에 틀림없었다.

제2장

폐허 속의 수군 재건

오늘날, 지휘관이 전임 발령을 받으면 건전한 조직과 규율 아래 수천 수만의 훈련된 장병이 있고, 정비된 수많은 함선 및 기타의 모든 장비가 정돈되어 있으며, 또 군수 지원이 따르기 마련이고, 올바르게 부대를 지휘하면 그 임무를 완수할 수 있는 것이다.

그러나 이순신이 두 번째로 받은 통제사 발령은 이와는 전혀 다른 것이었다. 임금이 내린 큼직한 교서 한 장밖에는 아무것도 없었으며, 이순신이 곧 조선 수군의 전부이며 이순신밖에는 병기도 전선도 군사들도 없었던 것이다.

다만 이순신에게는 군관 9명과 군사 6명뿐이었고, 이들을 거느리고 전선과 군사를 모으면서 밀려 닥치는 왜군의 대세(大勢)를 막아야 하는 중대한 임무가 있을 따름이었다.

뿐만 아니라, 이순신은 앞으로의 전쟁을 위한 여러 물자마저 스스로의 힘으로 해결해야만 했었다.

그와 같은 벅차고 중대한 임무를 맡게 된 이순신은 아무런 불평도 하지 않았다. 그는,

"살아 있는 한 반드시 직무를 완수하여 나라의 치욕을 씻어야 한다."

하고 결심했다. 그러기에 그는 교서를 받자마자,

"나라 일이 급하니 일각을 지체할 수 없다."

하여 즉시로 행동을 개시하였다.

8월 3일은 교서를 받은 일에 대한 서장을 써 올리고 즉시 길을 떠나 섬진강 하류에 있는 두치[1]로 향하여 하오 6시경 행보역[2]에 이르렀다. 여기서 말을 쉰 다음 자정을 넘어 길을 떠나 날이 밝을 무렵에 두치에 이르렀다. 다시 행군을 계속하여 쌍계동[3]을 거쳐 석주[4]관을 지나 구례에 이르렀을 때에는 해가 저물고 있었을 뿐 아니라 경내가 쓸쓸하였다.

이 구례에서 그는 북문 밖[5] 전일 백의종군 때 유숙한 바 있는 집에서 잤는데 이미 주인은 산골로 피난했다는 것이었다.

---

1 두치(豆峙) : 광양군 다암면 섬진리.

2 행보역(行步驛) : 하동군 횡천면 여의리.

3 쌍계동(雙溪洞) : 하동군 회개면 탐리.

4 석주(石柱) : 구례군 토지면 연곡리.

5 북문 밖 : 구례군 구례면 봉북리.

다음 4일에는 압록강원[6]까지 행군하여 그곳에서 점심을 먹고, 오후에 곡성(谷城)에 이르렀으나, 역시 관청과 여염집이 모두 비어 있었다. 그는 이 곡성에서 유숙하기로 하고 남해 현감 박대남(朴大男)을 곧 바로 남원으로 보냈다.

그런데 그 당시 이순신의 행동은 매우 위험했으며, 또 한편으로는 흥미 있는 행적으로 보여 주고 있었다.

즉, 칠천량 해전에서 승리한 왜의 수군들이 남원을 침범하기 위하여 8월 5일 구례에 이르렀음에 반하여, 이순신은 8월 4일 오전에 구례를 지나고 있었다. 지난날은 이순신이 각 처에 산재한 왜선을 찾아서 격멸하는 것이었으나 이번에는 마치 빗방울을 피하듯이 왜군의 주력을 피하면서 작전 임무를 수행하고 있었던 것이다.

때문에, 이순신은 조심스럽게 행동하여 8월 5일 옥과[7]에 이르렀다. 이때 피난하는 사람들은, '이순신이 온다' 는 말을 듣고 모두 길을 메우고 있었는데, 이순신은 그날의 일기에,

    "〈생략〉 피난가는 사람들로 길이 찼다. 놀라운 일이다. 놀라
    운 일이다. 말에서 내려 타일렀다. 〈생략〉"

    朝食後到玉果境 則避亂之人 彌滿道路 可愕可愕 下坐開諭
    조식후도옥과경 즉피란지인 미만도로 가악가악 하좌개유

하였다.

그리고 이 옥과에서 지난날 귀신 돌격장이었던 이기남(李奇男) 부

6 압록강원(鴨綠江院) : 곡성군 죽곡면 압록리.

7 옥과(玉果) : 곡성군 옥과면.

자(父子)와 의연곡을 수집하여 군량 보충면에 공이 많았던 정사준 및
정사립 형제를 만났는데, 그가 쓴 일기에는 별다른 말이 없으나, 아
마 이들을 만난 이순신은 감개 무량했을지도 모른다.

　다음 6일은 옥과에서 계속 머무르는 동안 하오 6시경에 군관 송대
립이 왜군의 정황을 정탐하고 돌아왔다. 특히 이곳에서는 피난 중이
던 장정들이 울면서 그들의 가족에게,

　"사또가 다시 오셨으니, 이제 우리는 살았다."

　"자, 우리 대감이 오셨다. 이제 너희들도 죽지는 않을 것이다. 너
희들은 천천히 찾아들 오너라. 나는 먼저 대감을 따라 가겠다."
하였으며, 이렇게 말하는 사람들이 계속 늘어나고 있었다.

　이들 피난민들이 이순신을 따르려고 한 것은 지난날 이순신의 공훈
과 또 그가 피난민들을 사랑하고, 보호했었다는 것을 너무나 잘 알고

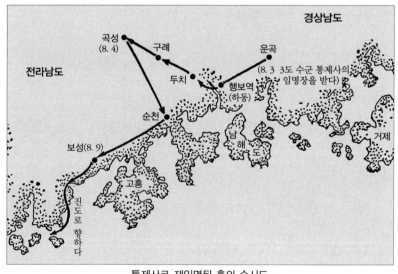

통제사로 재임명된 후의 순시도

있었으므로 그의 뒤를 따르면 반드시 살 수 있다는 것을 확신하고 있었던 까닭이었다. 반면에 이순신이 옥과에 들어왔다는 말을 듣게 된 현감은 병이라 핑계하여 나오지 않았으나, 군관을 보내어 잡아서 처벌하려고 하자 그제야 현감이 찾아 와서 잘못을 사과하는 것이었다.

피난민을 위로하면서 군사를 수습하던 이순신은 7일 이른 아침에 옥과를 떠나 순천으로 향하는 도중에 전라 병사가 지휘하는 군사들이 패전하여 돌아오는 것을 보고 이들로부터 말 세 필과 약간의 활을 얻고, 그날 밤은 강정[8]에 이르러 유숙하였다.

다음 8일 새벽에 길을 떠나 부유창[9]에 이르러 조반을 먹었다. 원래 이곳에는 큰 군량 창고가 있었으나, 왜군들이 침범한다는 소문만을 들은 병사(兵使) 이복남(李福男)이 불을 질렀기 때문에 그 많은 군량은 잿더미만 남아 있었다. 다시 길을 재촉하여 순천에 들어갔으나, 역시 성 안팎에는 인적 하나 없이 쓸쓸하기만 하였는데, 중 혜희(惠熙)가 찾아오므로 그에게 의장첩[10]을 주어 중들을 모집하여 의병을 조직하도록 했다.

그리고 이곳에서 병사가 미처 처리하지 못한 총통 같은 무기는 다른 곳으로 옮겨 묻어 두라고 지시한 뒤에 가벼운 장편전은 군관들이 나누어 가지게 하고, 그날은 순천에서 유숙하였는데, 그동안 그가 모은 군사의 수는 60여 명에 이르고 있었다.

한 곳에서 오래 머무를 수 없는 이순신은 다음 날에도 역시 일찍

---

8 강정(江亭) : 곡성군 석곡면 유정리.

9 부유창(富有倉) : 순천군 주암면 창촌리.

10 의장첩(義將帖) : 의병장의 사령장.

길을 떠나 낙안[11]에 이르렀는데, 여기서도 옥과에서와 같이 5리 밖까지 많은 사람들이 나와서 환영하고 있었다.

이순신은 이들을 위로하면서 도망가고 흩어지게 된 경위를 상세하게 물었는데, 이들이 답하는 내용을 그날의 일기에,

"〈생략〉 모두들 말하기를, 병사가 적이 쳐들어 온다고 떠돌면서 창고에 불을 지르고 달아난 까닭에 백성들도 흩어져 도망가는 것이라 했다. 〈생략〉"

라고 하였다.

실제 조사해 본 결과 관청과 창고가 모두 타고 없었다.

이순신은 관리와 백성들이 눈물을 흘리면서 진심으로 그를 환영하는 모습을 8월 9일의 일기에,

"〈생략〉 점심을 먹은 뒤에 길을 떠나 10리쯤 오니 늙은이들이 길가에 늘어서서 다투어 술병을 가져다 바치는데, 받지 않으면 울면서 강제로 권한다."

라고 하였다.

이때, 이순신에게 술만이라도 권하던 노인들은,

"전라도에서 왜군을 물리쳐 줄 영웅은 이순신밖에 없다."

라고 믿고 그들이 그때까지 존경하고 사모하던 이순신을 꼭 한 번 만이라도 만나서 인사를 올려야 하겠다는 솔직한 심정을 표현한 것이

---

11 낙안(樂安) : 승주군 낙안면.

라 할 것이다.

　노인들의 정성을 받고 감개무량했던 이순신은 곧 길을 떠나 그날 저녁 조양창[12]에 이르렀는데, 사람은 하나도 없고 창고 곡식은 봉해 둔 채 그대로였으므로 군관 4명을 시켜 지키게 하고, 김안도(金安道)의 집에서 유숙하였다. 역시 이 집 주인도 피난가고 없었다.

　그런데 이순신은 여러 날의 노독(路毒)[13]과 각 처에서 받은 정신적 충격으로 다음 10일에는 몸이 몹시 불편하여 그대로 김안도의 집에서 휴식하고, 11일 아침 일찍이 양산원(梁山沅)[14]의 집으로 옮겼으나, 역시 주인은 바다로 피난해 갔고 곡식은 가득 쌓여 있었다.

　늦게 송희립(宋希立)과 최대성(崔大晟) 등을 만났다.

　이어 12일에는 조정에 올릴 장계 초안을 수정하고 그대로 유숙하였다. 특히, 이날 이순신은 거제 현령과 발포 만호를 불러 새로운 지시를 내린 뒤에 이들로부터 배설의 겁내던 모습을 듣고 탄식함을 이기지 못하여 그날의 일기에,

　　"〈생략〉 권세 있는 사람들에게 아첨이나 하여 제가 감당하지 못할 지위까지 올라 나라의 일을 크게 그르치건마는 조정에서 이를 살피지를 못하고 있으니 어찌 하랴, 어찌 하랴!"

　　媚悅權門濫陞非堪 大誤國事 朝無省察 奈何奈何
　　이 열 권 문 람 승 비 감　대 오 국 사　조 무 성 찰　내 하 내 하

라고 하였다.

■
　12 조양창(兆陽倉) : 보성군 조성면 조성리.
　13 노독(路毒) : 여행에서 오는 피로. 여로(旅路)에 시달려 생긴 병.
　14 양산원(梁山沅) : 한 군데의 초고에는 양산항(梁山沆)으로 적혀 있다.

이어 13일에는 거제 현령 안위(安衛)와 발포 만호 소계남(蘇季男)을 만났다. 특히, 수사 배설과 여러 장수 및 패해 나온 사람들이 묵고 있는 곳을 알게 되었으나, 그가 기다리던 우후 이몽구가 나타나지 않았는데, 하동 현감 신진(申蓁)으로부터,

"〈생략〉 3일, 내(이순신)가 떠난 뒤 정개산성(鼎蓋山城)과 벽견산성(碧堅山城)을 지키는 군사들이 흩어져 버려 제 손으로 불질러 버렸다."

하는 사실을 듣고 통탄하기도 했었다.

14일에는 우후 이몽구가 전령을 받고 들어왔기에 본영(전라 좌수영)의 군기를 전혀 옮겨 싣지 않은 일로 곤장 80대를 때려 보내고, 하오에는 어사 임몽정(任夢正)을 만나기 위해서 보성(寶城)으로 가서 열선루(列仙樓)에서 그날은 유숙하였다.

15일에 보성에서 선전관 박천봉(朴天鳳)으로부터 임금의 유서를 받았는데, 8월 7일 작성된 것이었다. 곧 받았다는 장계를 작성한 뒤에 군기를 검열하여 말 네 필에 갈라 실었다.

이어 16일에는 보성 군수와 군관들에게 명령하여 도망친 관리들을 찾아내도록 하였는데, 이때를 전후하여 모은 군사는 모두 120여 명이었다.

보성에서 2일 간 머무른 이순신은 17일 아침에 군사들과 이곳을 떠나 장흥 땅 백사정(白沙汀)을 거쳐 군영구미[15]에 이르렀다.

원래, 이순신은 수사 배설과의 약속에서 그가 육로로 군영구미에

---

15 군영구미(軍營仇未) : 강진군 고조면.

이르면 배설은 전선을 군영구미로 보내어 그곳에서 이순신이 전선을 거느리고 회령포[16]로 향하는 것으로 되어 있었다. 그러나 그곳은 무인지경일 뿐 아니라, 배설은 약속을 어겨 전선을 보내지 않았으므로 이순신은 크게 실망하기도 했다. 그리고 이 군영구미에서는 장흥의 군량미를 취급하는 관리들이 군량미를 훔쳐내어 나눠 가지려던 것을 발견하고 이들 관리를 호되게 곤장을 때리기도 했다.

다음 18일에는 전선을 수습하기 위하여 회령포에 이르렀으나, 이순신이 기다렸던 수사 배설이 배멀미를 핑계하여 나오지 않았는데, 그곳에 남아 있는 전선이 겨우 10척밖에 없었다. 그러나 이순신은 전라 우수사 김억추(金億秋)와 협력하여 모두 12척의 전선을 수습한 뒤에 모든 군사들에게 명령하여,

"거북선으로 단장하여 군대의 위세를 돋구도록 하라!"

하였다.

그리하여, 이순신은 근 15일 동안의 강행군에서 얻은 겨우 12척의 전선과 120여 명의 군사를 거느린 '수군 통제사'로서의 행세는 할 수 있게 되었으나, 대부분의 군사들은 칠천량 해전에서 탈출하였던가 아니면 왜군에 대한 공포증에 걸려 있는 자들로서 이들의 정신적 불안을 해소시키지 않는 한에는 앞으로의 작전을 수행할 가능성이 희박하였다.

이에 19일에는 우선 여러 장령들을 집합하게 하여, 그가 간직하고 있었던 3도 수군 통제사의 교서를 내놓았다. 이때 여러 장령들은 그 교서에 숙배(肅拜)[17]하는 것이었으나, 수사 배설만은 숙배하지 않았

---

16 회령포(會寧浦) : 장흥군 대덕면 회진리.

17 숙배(肅拜) : 구배(九拜)의 한 가지. 고개를 숙이고 손을 내려 절을 함.

다. 오늘날의 취임식과 같은 절차를 밟는 것이었으며, 그 자리에서 이순신은 장엄한 목소리로,

"우리들이 지금 임금의 명령을 다 같이 받들었으니, 의리상 같이 죽는 것이 마땅하다. 사태가 여기까지 이르렀는데 한 번 죽음으로써 나라에 보답하는 것이 무엇이 그리 아까울 것이냐! 오직 죽음이 있을 뿐이다."

라고 하였다.

이순신의 말이 끝나자, 감동하지 않는 군사가 없었다. 이렇게 12척으로써 결사보국(決死報國)[18]을 맹세한 그는 우선 회령포의 포구가 좁기 때문에 20일에는 이진(梨津)[19]으로 함대를 이동하였다.

그러나 21일에는 그가 곽란(癨亂)[20]을 일으켜 구토와 설사를 하고 인사불성이 되었다. 22일도 곽란이 회복되지 않아서 통증이 더욱 심하였는데, 23일에는 배 위에서 누워 있을 수도 없는 정도에 이르렀다. 그날의 일기에,

"병세가 몹시 위독하여 배에서 거처하기가 불편도 하고, 또 실상 전투 장소가 아니므로 배에서 내려 포구 밖에서 잤다."

라고 하였다. 실로 위의 일기는 그때까지 전투장에서 자신의 몸을 돌보지 않았던 이순신의 정신을 다시 또 밝혀 준 것이라 할 것이다.

---

18 결사보국(決死報國) : 죽을 각오를 하고 나라의 은혜에 보답함.

19 이진(梨津) : 해남군 북평면 이진리.

20 곽란(癨亂) : 음식이 체하여 별안간 토하고 설사가 심한 급성 위장병. 곽란(霍亂)과 같이 쓰임.

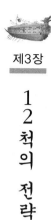

제3장

1
2
척
의
전
략

이순신이 12척의 전선을 수습한 무렵이었다. 조정에서는 그를 다시 통제사로 임명하기는 하였지만, 수군이 너무 미약하여 도저히 왜군을 당해내지 못할 것이라 하여, 이순신에게 수군을 폐지하고 육전에 종군하라는 명령을 내린 일이 있었다. 이에 대하여 이순신은

"저 임진년(1592년)으로부터 5, 6년 동안에 적들이 감히 충청도와 전라도를 침범하지 못한 것은 우리 수군이 그 길목을 지키고 있었던 때문입니다.

이제 신에게 전선 12척이 있사온 바 죽을 힘을 다하여 항거해 싸우면 오히려 할 수 있는 일입니다.

만일 수군을 전폐한다는 것은 적들이 만 번 다행으로 여기는

일일 뿐 아니라, 충청도를 거쳐 한강까지 갈 것이므로 그것이 신이 걱정하는 바입니다.

그리고, 비록 전선은 적지만 신이 죽지 않는 한에는 적들이 우리를 업신여기지는 못할 것입니다."

라고 하는 내용의 장계를 올려서 수군 폐지를 강경히 반대하고 해상 방어의 중요성과 아울러 해상 방어를 위한 비장한 결의를 표시하였다.

특히, '신이 죽지 않는 한에는 적들이 업신여기지는 못할 것입니다.' 하는 말은 이순신이 간직한 신념(信念)을 다시 한 번 드러낸 것이었다.

그리하여 폐허에서 얻은 불과 12척의 전선만으로써 조선 수군의 명맥(命脈)을 유지하게 한 이순신은 매우 괴로운 신체적 조건에 놓여 있었지만, 나라를 위하여는 잠시도 편안히 휴식할 수 없었다. 8월 24일에는 아침 일찍이 행동을 개시하여 도괘포(刀掛浦)를 지나 어란포[1] 앞 바다로 이동하였는데, 이곳도 벌써 관리와 백성들이 모두 피난가고 없었으므로 그대로 해상에서 하룻밤을 지냈다.

다음 날인 25일, 조반을 먹고 있을 때 온 군중이 공포와 불안으로 동요하였는데, 이유는 당포의 보자기가 피난민의 소 두 마리를 훔쳐 가면서 '적이 온다' 하고 헛소문을 유포하였던 까닭이었다.

이순신은 헛소문을 유포한 2명을 잡아서 목을 베어 군중에 효시

■ **1** 어란포(於蘭浦) : 해남군 송지면 어란리.

(梟示)²하여 군심(軍心)을 진정시켰다.

한편 그 당시 왜의 수군들은 육군과 함께 남원성을 점령한 뒤에 다시 대대적인 서침(西侵)을 단행하여, 지난날 이순신이 이진(梨津)을 떠난 24일에는 이진과 가까운 회령포에 접근하고 있었다.

묘하게도 왜의 수군들은 조선 수군이 그들과 가까운 곳에서 재편성되었음을 모르고 접근하고 있었고, 통제사 이순신도 왜의 수군이 눈앞에 밀려 들고 있다는 위급한 순간을 모르는 채, 전선 12척을 수습하게 된 것이었다. 뿐만 아니라, 이순신의 회령포 도착이 며칠만 늦었더라도 조선 수군은 영원히 그 그림자조차 찾지 못할 운명에 놓일 뻔하였다.

그러나 위급을 겨우 모면한 이순신의 침착한 태도와 철저한 경계 태세는 결국 왜의 수군을 먼저 발견하게 되었다. 어란포에 계속 머무르는 동안, 26일 늦게 임준영(任俊英)으로부터,

"적선이 벌써 이진에 도착했다."

하는 보고를 받았다. 임준영은 이순신이 어란포에 도착하여 달마산³ 등지에 파견한 척후장이었다.

이때 임준영의 말을 듣게 된 장령들은 다시금 공포에 사로잡혀 도피하려는 기색을 보이는 등, 온 군중은 다시 동요하기 시작했으며, 27일에는 수사 배설이 이순신을 찾아와서 놀란 빛을 보이면서 '빨리 다른 곳으로 이동하는 것이 좋다.' 는 뜻을 보였다. 그러나 이순신은

---

2 효시(梟示) : 효수(梟首)하여 경중(警衆)하는 뜻으로 뭇사람에게 보임.〔효수(梟首) : 죄인의 목을 베어 높은 곳에 매달아 놓는 처형(處刑)의 한 가지.〕

3 달마산(達磨山) : 해남군 송지면.

태연한 목소리로,

"수사는 그저 피하려고만 하는가!"

하여, 배설에게 우선 임전 태세를 갖추게 하자, 다른 군사들도 감히 도피하지 못하고 있었다.

그러자 배설이 다녀간 다음 날, 즉 8월 28일 새벽 6시경에 과연 왜 선 8척이 불의에 어란포 앞 바다에 출현하였다. 이들은 왜선의 선발 대인 것 같았다.

그때, 12척에 승선한 군사들은 마치 지난날 이순신의 공격을 받은 왜병들의 모습과 같이 겁을 내어 그들의 전선을 육안(陸岸)으로 이동 하는 등, 도망칠 기회만을 노리고 있었고, 수사 배설마저 피하여 도 주하려고만 했다. 참으로 위급한 순간이기도 했다.

그러나 이순신은 조금도 동요하지 않고 엄숙한 모습으로 각지기 (角指旗)를 휘두르며 적선 추격을 명령을 내림과 동시에 몸소 최선두 에서 북소리를 울리면서 추격을 하기 시작했다. 뒤따라, 준엄한 명령 과 함께 이순신의 모습을 본 수사 배설 이하 군사들도 어쩔 수 없이 그의 뒤를 따르며 추격전에 임하였다.

그러자 불리할 것을 깨달은 왜선들은 곧 퇴각하기 시작하였다. 이 순신은 계속 이들 적선을 추격하여 갈두⁴까지 이르자, 멀리 도망하므 로 추격을 중지하고 말았다. 실제로 더 추격할 수도 있었지만, 왜선 들의 주력이나 아니면 불의의 기습을 받을 것을 염려한 나머지 되돌 아온 것이었다.

4 갈두(葛頭) : 해남군 송지면 갈두.

그러나 이순신은 반드시 왜선들이 함대 세력을 강화하여 새로운 공격을 가해 올 것을 판단한 나머지 그날 저녁에는 12척의 함대를 장도[5]로 이동하여 밤을 지내고, 이튿날 즉 8월 29일에는 벽파진(碧波津)[6]으로 이동하였다.

　이 벽파진은 진도의 동쪽 끝머리에 위치하여 해남(海南)을 바라볼 수 있는 곳이며, 또 서북쪽에는 남해상에서 서해상으로 빠져나가는 유일한 물목인 울두목, 즉 명량(鳴梁) 또는 명양(鳴洋)이라는 해협이 있고, 이 해협을 지나면 오른편 해남 쪽에 전라 우수영이 있었다.

　이순신이 3도 수군 통제사로 다시 임명된 뒤에 무인공성(無人空城)의 참상을 목격하면서 회령포 · 이진 · 어란포 등지를 거쳐 이곳 벽파진까지 함대를 이동함에는 보다 큰 이유, 즉 그에게는 뚜렷한 전략이 있었던 것이다.

　지난날 그가 전라 좌수영(여수)에 있을 동안은 항시 남해 노량수도(露梁水道)와 견내량을 중요한 전략적 방어선으로 결정하고 있었으며, 이를 최대한으로 이용하였으나 그 뒤 원균의 패전으로 인하여 이러한 방어선은 순식간에 무너지고 말았다. 뿐만 아니라, 방어선을 쉽게 돌파한 왜군들은 해상과 육상으로 전라도를 침범하고 있었다.

　때문에, 이순신은 보다 빠른 시일 내에 전선과 군사를 수습하기 위하여는 왜군이 침범하지 않은 지역을 답사해야만 했고, 수습된 12척의 적은 병력으로써는 지난날과 같이 정면에서 도전할 수 없는 일이

　5 장도(獐島) : 광양군 골약면.
　6 벽파진(碧波津) : 진도군 고군면 벽화리.

었다.

　그러나 왜군의 진출을 좌시하고만 있을 수 없는 이순신은 비록 적은 병력이나마 그들의 서해 진출만은 꼭 저지하여야 한다고 생각했으며, 그 결과 서해 진출의 물목인 명량해협을 최종적인 방어선으로 설정하고 벽파진으로 이동한 것이었다.

　그리고 그는 왜군들의 서해 진출을 막는 길만이 전란을 끝맺게 할 수 있는 일이라고 생각하고, 이 지역만은 최대한의 힘을 다하여 사수하려고 했다.

　그리하여, 이순신은 보다 철저한 경계 태세를 취하면서 전투 준비에 분망하고 있었으나, 9월 2일에는 새로운 사건의 발생으로 그의 마음은 걷잡을 수 없을 정도에 이르기도 했다. 즉, 뜻밖에도 이날 새벽 경상 우수사 배설이 도망하였기 때문이었다.

　배설은 겁이 많았지만 병법에 소양이 있고 실전에 경험이 있는 사람이었다. 그러기에 이순신은 어떻게 하든 그를 진중에 있도록 하려고 무척 노력했었으나, 이미 도망하였던 까닭에 크게 낙심하였다.

　더구나, 이 사건은 그때까지도 공포 심리를 버리지 못한 군사들의 심리 상태를 배설이 실제 행동으로써 대변한 것이었고 이로 말미암아 군사들은 더욱더 큰 불안을 갖기에 이르렀다.

　12척의 전선을 거느린 이순신은 군사들의 공포 분위기를 씻어 줄 시간을 갖지 못한 채 앞으로 닥칠 전투에 임해야만 했고, 또 전투를 하면서도 일일이 군사들을 격려해야만 하는 복잡한 심경이었다.

제4장

벽파진의 9월 9일

    이순신은 벽파진에 있을 동안, 9월 7일에는 새로운 적정을 입수했다. 즉, 탐망 군관으로 파견되었던 임중형(林仲亨)이 돌아와서,

    "적선 55척 중에 13척이 벌써 어란포 앞 바다에 이르렀는데, 아마 그 뜻이 우리 수군을 공격하려 함에 있는 것 같습니다."

라고 보고하는 것이었다.

    지난날 한산도에 있을 때 같으면 왜선을 찾아 다니면서 격멸하였고, 또 왜선이 출현만 하면 출전했던 것이 바로 이순신이었지만, 이제는 소수의 병력이었으므로 그럴 수도 없는 상황이었다. 때문에, 그는 임중형의 보고를 받은 즉시 여러 장령들에게,

    "전투 태세를 취하라!"

하는 엄한 명령만을 내리고 왜선들이 가까이 오면 전력을 다하여 격멸하려고 했다.

그날, 하오 4시경이었다. 과연 13척 중 12척의 왜선이 바로 벽파진을 향하여 들어오고 있었다. 이들은 12척의 조선 수군이 두 번째 맞이하는 왜선이었으며, 기묘하게도 12척 대 12척의 전투가 전개될 순간이었다.

이순신은 준엄한 출전 명령을 내림과 동시에 선두에 위치하여 이들 왜선을 요격하였는데, 그날의 일기에,

　　"우리 배들이 닻을 달고 바다로 나가서 적선을 추격하니, 적
　　선은 뱃머리를 돌려 도망했다. 멀리 바다 밖까지 추격하다가
　　바람과 조수가 모두 역류이고, 또 복병선이 있을 우려도 있어
　　더 추격하지 않았다."

라고 하였다. 이들 왜선들은 지난 8월 28일 어란포에서 8척으로 공격했다가 실패하였기 때문에 이번에는 똑같은 수의 전선을 동원하여 조선 수군의 동정을 정탐하려는 것이었으나 뜻밖에 이순신의 강력한 공격으로 또다시 퇴각하게 된 것이었다.

이순신은 왜선을 퇴각시킨 것만으로 만족하지 않았다. 그는 벽파진으로 되돌아 온 뒤에 원균이 패전한 칠천량 해전의 교훈을 상기하면서 반드시 왜선들이 야습(夜襲)해 온다는 것을 굳게 믿고 여러 장령들을 집합시켜,

"오늘 밤에는 반드시 적의 야습이 있을 것이다. 여러 장수들은 미리 알아서 준비할 것이며, 조금이라도 군령을 어기는 일이 있으면 군

법대로 시행하리라." [1]

하고 특별히 경계하도록 했다.

그의 예견과 같이 바로 그날 밤 10시경 왜선들은 포를 쏘면서 벽파진을 향하여 들어오고 있었다. 이때, 이순신은 여러 군사들이 겁내는 것같이 보였으므로 다시 엄중한 명령을 내리고 스스로 최선두에 위치하여 지자포를 발사하면서 반격을 가하였다.

이러는 동안, 포성은 천지를 진동하고 왜선들은 앞뒤로 네 번이나 공격했다가 또 물러갔다가 하면서 대포만을 쏘고 있었으나, 도저히 그들로서는 당하지 못할 것이 분명하였으므로 결국 퇴각하고 말았다.

야습을 하게 된 왜선들은 칠천량에서와 같이 기습으로써 쉽게 격멸할 것으로 믿고 공격을 시도한 것이었으나, 밤을 경계하는 이순신 앞에서는 도저히 그 뜻을 이루지 못한 채 물러서지 않을 수 없었다.

세 번째로 내습(來襲)해 온 왜선을 무난히 격퇴시킨 이순신은 다음 날, 즉 9월 8일의 일기에,

"여러 장수들을 불러서 대책을 토의하였다.

우수사 김억추(金億秋)는 겨우 일개 만호(萬戶)에 적합한 인물이지, 대장 재목은 못되는 인물인데 좌의정 김응남(金應南)이 정다운 사이라고 해서 억지로 임명하여 보냈으니, 이야말로 어찌 조정에 사람이 있다고 하겠는가! 다만 때를 못 만난 것을 한탄할 뿐이다."

---

1 정유년 일기 9월 7일에서 인용.

라고 하였다.

다음 날은 9월 9일로서 조선뿐만 아니라 동양에서는 연중행사의 하나로 손꼽는 명절이었다. 그는 상제의 몸이지만 이날만은 군사들에게 기쁘게 놀 수 있는 잔치를 베풀어 주기 위하여 소 다섯 마리를 잡게 하고 아울러 많은 술을 준비하여 군사들의 마음을 기쁘게 해 주었다. 이 소는 9월 1일 제주도의 어부 점세(占世)가 그에게 바친 것이었다.

춤과 노랫소리 등이 울려 퍼지는 가운데서 이순신은 스스로 군사들의 흥겨움을 돋구려고 이곳 저곳을 돌아다니며, 어느 노령(老齡)의 군사에게는 술을 권하기도 하고, 술을 받아 마시기도 했다.

그러나 이순신은 부하들을 쉬게 하는 이러한 흥겨운 시간에도 철저한 경계를 잊지 않았다. 그는 수많은 군사들의 안전을 위하여, 또 왜선들의 야습을 사전에 막기 위하여 많은 척후병을 배치해 두고 있었다.

그때에 2척의 왜의 척후선이 어란포로부터 산 그늘을 따라 몰래 숨어 감보도[2]까지 들어와서 조선 수군의 실정을 정탐하고 있었으나, 즉시 이순신이 배치해 둔 척후병에게 발견되고 말았다. 왜선 발견의 보고를 받은 이순신은 조금도 당황하지 않고 침착하게 영등포 만호 조계종(趙繼宗) 등에게 이들 왜선을 추격하도록 명령하고, 여전히 다른 군사들에게는 즐겁게 놀 수 있도록 하였다.

뜻밖에 추격을 당한 2척의 왜의 척후선은 당황하여 배 안에 실었

■
2 감보도(甘甫島) : 진도군 고군면.

던 물건을 바닷속으로 버리면서 도주했으며, 조계종 등이 계속 추격하였으나 격파하지 못하고 말았다. 바로 이순신 앞에 나타난 네 번째의 왜선이었으나, 역시 그의 철저한 야간 경계로 인하여 군사들이 즐겁게 놀 수 있었고, 나아가서는 군사들의 사기를 어느 정도 진작시킬 수 있었다.

그 후, 며칠 동안은 왜선의 침범이 없었는데, 왜선들은 네 차례에 걸친 작전 행동의 교훈에서 대함대가 아니면 응전할 수 없다 하여 어란포 등지에서 그들의 주력 함대를 기다리면서 새로운 계획을 세우고 있었기 때문이었다.

그 동안 이순신은 자신의 심경을 그의 일기에서,

9월 11일 ;

"〈생략〉 홀로 배 위에 앉아 어머님 그리운 생각에 눈물을 지었다.

천지 간에 나 같은 사람이 또 어디 있으랴? 〈생략〉"

9월 12일 ;

"〈생략〉 배 뜸 아래 앉아서 심회를 억제하지 못하였다."

9월 13일 ;

"〈생략〉 꿈이 이상도 했다. 임진년 승전할 때의 꿈과 대강 같았다. 이 무슨 징조일까?"

하여 부모 그리운 생각에 눈물을 지우기도 했으며, 앞으로 닥칠 왜선들을 섬멸한 것과 같은 꿈을 꾸기도 했었는데, 이 꿈은 3일 뒤에 있을 명량 해전의 승리를 암시해 주는 것이기도 했다.

한편, 이순신이 벽파진에 머무르고 있을 동안 수많은 피난선들이 주변에 모여 들고 있었다. 이들 피난선은 이순신의 그늘에서 만이라도 서성거리면서 반드시 살 수 있다는 믿음에서 여러 곳에서 운집한 것이었다.

이순신은 분망한 나날을 보내면서도 이들 피난선과 피난민들을 가급적 안전한 지역으로 이동하도록 설득시키고, 또 전투를 예상할 때에는 전령선(傳令船)을 보내어 멀리 피하도록 재삼 권유하기도 했다. 그러나 피난선들은 쉽사리 이순신의 주변을 떠나지 않고 머뭇거리고 있는 것이었다.

뿐만 아니라, 그는 최종 방어선인 명량 해협을 사수(死守)하기 위하여 명량의 물길을 조사하기도 하고, 전투 시 왜군들의 공격력(攻擊力), 즉 화력을 분산하기 위하여 명량 해협에 불쑥불쑥 튀어 나온 바윗돌에는 거적을 덮어 왜군들로 하여금 조선 수군의 군량으로 오인하도록 하였으며, 또 한편으로는 왜선들을 걸어 넘기기 위하여 수중철색(水中鐵索)을 준비하기도 하였다.

제5장

명량 해전의
대승리

이순신의 철저한 경계는 결국 전승의 요인(要因)이 되었다. 9월 14
일이었다. 이날은 북풍이 크게 불고 있었는데, 이순신은 벽파진 맞은
편에 보이는 연기와 함께 중대한 첩보를 입수하였다. 바로 왜군들의
동정을 정탐하기 위해서 육지로 파견된 임준영(任俊英)이 올린 신호
(信號)불이었으며, 이윽고 돌아온 임준영은 이순신에게,

"적선 200여 척 중에서 55척이 이미 어란포에 들어왔습니다."
하는 보고와 함께 사로잡혀 갔다가 도망해 돌아 온 김중걸(金仲傑)이
전하는 말이라 하면서,

"중걸(仲傑)이 이달 초 6일 달야의산(達夜依山)[1]에서 왜적에게 붙잡

---

1 달야의산(達夜依山) : 달마산을 이름한다.

혀서 왜선에 탔었는데, 이름을 모르는 김해 사람이 밤중에 귀에다 가만히 말하기를,

왜놈들의 말이 조선 수군 10여 척이 우리(왜선) 배를 추격해서 혹은 사살하고, 혹은 배를 불질렀으니 보복을 하지 않을 수 없다. 여러 곳의 배를 모아 조선 수군을 모조리 격멸한 뒤에 곧바로 한강으로 올라가자."

라고 하더라는 것이었다.

그때 이순신은 그 보고를 믿기는 어려워도 그럴 수도 있을 것 같아서 곧 전령선을 우수영[2]으로 파견하여 피난민들에게,

"곧 안전한 육지로 올라가라."

라고, 권고하게 했다. 이는 앞으로의 일대 격전을 예상하여 피난민들을 전투장 밖으로 이동하게 하여 안전한 보호를 하기 위해서였다.

이어, 15일에는 12척의 전선을 거느리고 진을 우수영으로 이동하였는데, 그 이유는 이순신 일기에서,

"〈생략〉 벽파진 뒤에 명량이 있는데, 수적으로 적은 수군으로 명량을 등지고 진을 칠 수가 없기 때문이었다. 〈생략〉"라고 하였다.

진을 이동한 그날, 우수영에서 이순신은 모든 장령들을 소집하여 명량을 앞에 두고 결전(決戰)을 단행한다는 작전 계획과 해전의 방법

----

2 우수영(右水營) : 해남군 문내면.

등을 설명한 뒤에 부하들에게

　"〈생략〉 병법에 말하기를, 반드시 죽을 각오를 하면 산다고 하였다. 또, 한 사람이 길목을 잘 지키면 천 명도 두렵게 할 수 있다는 말이 있다. 이 말은 모두 지금의 우리를 두고 하는 말이다. 너희 여러 장령들이 조금이라도 군령(軍令)을 어기면 군율대로 시행해서 작은 일이라 할지라도 용서하지 않겠다. 〈생략〉"

라고 하여 결전을 맹세하였다.

　이순신의 말이 끝나자, 여러 장령들은 칼을 들어 맹세하였으며, 스스로 가슴속에 결사구국(決死救國)을 두 번 세 번 되새기었다.

　참으로 이순신은 비장한 각오와 신념을 토론한 것이며 그러한 그의 신념은 결국 영감(靈感)[3]을 통하여 꿈에서 승리할 수 있는 방책(方策)을 얻기에 이르렀다. 즉 위의 맹세한 내용과 함께 15일의 일기에 의하면,

　"이날 밤, 신인(神人)이 꿈에 나타나서 가르쳐 주시기를 이렇게 하면 크게 이기고, 이렇게 하면 패하게 된다고 하였다."

라고 하였다 한다.

　신의 계시(啓示)를 받은 이순신은 그날 밤을 겨우 넘기고 이튿날, 즉 9월 16일 이른 아침에는 망군(望軍)으로부터,

---

3 영감(靈感) : 신(神)의 영묘한 감응(感應). 신의 계시를 받은 것 같은 느낌.

"〈생략〉 수를 헤아릴 수 없는 많은 적선들이 바로 우리 배를 향하여 들어오고 있습니다. 〈생략〉"

하는 보고를 받았다.

수륙병진책(水陸併進策)에 의거한 왜선들이 서해를 거쳐 한강에 이르기 위하여 그 물길인 명량 해협에 접근하고 있는 것이었고, 또 이들은 그때까지 네 번에 걸친 소전투에서 이미 조선 수군의 실정을 파악하고, 10배 이상의 전선을 동원하여 자신만만한 기세를 보이고 있었다.

그런데 이 명량 해협은 진도와 화원 반도 사이에 있는 좁은 수로로서 가장 좁은 곳은 폭이 약 320야아드이며, 이 해역의 조류는 한국의 여러 수로 중에서 가장 빠른 곳이었다. 그중에서 명량도(鳴梁渡)는 가장 좁은 곳의 북쪽에 있으며, 수심은 불과 1.9미터이고 이 명량도에 있어서 조류를 보면 북서류(北西流)는 상마도의 저조(低潮) 후 약 1시간부터 고조(高潮) 후 약 1시간까지 흐르고, 최강 유속(流速)은 9.5노트 이상에 달하고 있다.

특히, 이 해역의 최강 유속은 명량도(진도 등대 부근)의 하류 해역에서 흐르며, 대조(大潮) 때에는 약 11.5노트가 되는 경우도 있다. 또한 이 해역의 조류는 일반적으로 동남류가 북서류(목포 방면)보다 약 2노트 정도 빠르게 흐르고 있으며, 북서류와 동남류의 최강 유속 시간과 전류시간(轉流時間)의 간격은 전반적으로 일정하지 않으나, 약 3시간 내외의 간격으로 변하고 있다.

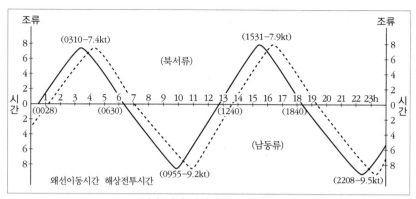

명량 해전 당일의 조류 예상도

① 본 표는 1965년 해군대학에서 연구한 제1차 자료임.

② 본 표는 1965년 10월 10일(음 9월 16일)의 진도 수로의 조
류표를 기준하여 06:30이 전류 시간(남동류 개시)인 경우
를 환산하여 산출하였다.

③ 본표 중 실선(—)은 06:30이 전류 시간(남동류 개시)인 경
우의 조류도임.

④ 본표 중 점선(…)은 07:00가 전류 시간(남동류 개시)인 경
우의 조류도임.

　명량 해전을 실행한 9월 16일[4]은 대조기였으며, 조류도 최강류(最
强流)가 흐르고 있었다. 앞의 표에서 볼 수 있는 바와 같이 그날 아침
왜선들은 목포 쪽으로 흐르는 북서류, 즉 순류(順流)를 타고 명량 해
협을 통과하려고 하였을 것이나, 뜻밖에도 이순신 함대의 강력한 저
항을 받았고, 전투 중에는 동남류가 흐르게 되어 고전을 면하지 못하

4 9월 16일 : 당시 양력 10월 26일.

였던 것이다.

반면, 이순신은 왜선을 맞아 격멸하기 위하여 강력한 역류(逆流)를 타고 전투 해역에 돌입하였을 것이며, 다음 전류기가 닥칠 때까지 결사적으로 왜선들의 해협 통과를 저지하는 동안, 동남류가 흐르게 됨에 유리한 위치에서 전투를 하였을 것으로 보인다.

이순신은 이러한 좁은 해역에서 조류를 이용하려는 계획을 분명히 세우고 전투에 임한 것이었다.

이윽고, 이순신은 보고를 받은 즉시로 모든 전선에 대하여 출전 명령을 내리고, 스스로 최선두에서 우수영을 떠나 명량으로 향했는데, 그때에는 반대 방향으로 조류가 흐르고 있었다. 거의 때를 같이 하여 순조를 타고 명량 해협에 돌입한 왜선은 모두 133척이었다.

왜선들은 순식간에 12척의 전선을 포위하면서 포를 쏘기 시작했다. 이순신의 뒤를 따른 여러 전선들은 결사 구국의 신념으로 전투 해역에 들어섰지만, 10배 이상의 왜선을 목격한 군사들 중에는 스스로 낙심하고, 회피하려는 태도를 보이기도 했다. 특히, 우수사 김억추는 자신의 직책을 잊어 버리고 이순신을 따르지 않은 채, 아득한 후방에서 서성거리고 있었다.

그러나 이순신은 우선 왜군들에게 약함을 보일 수 없다 하여 앞으로 돌진하면서 지·현자총통을 일제히 발사하고 그밖에 여러 종류의 화기 및 화살을 빗발같이 발사했다. 반면, 왜선들은 일시 공격했다가 또 물러났다가 하면서 감히 당하지 못할 것같이 보이고 있었으나, 벌써 이순신이 타고 있는 전선은 몇 겹으로 포위되고 있었다. 참으로 위급한 순간이기도 했다.

때문에, 배 위에 서 있는 군사들은 장차 어떤 일이 벌어질까 하여 서로 돌아 보면서 얼굴빛이 변하고 있었다. 그때 이순신은 위엄 있는 목소리로,

"적선이 천 척이라도 감히 우리 배를 당해내지 못한다. 그러니 조금도 마음을 동요하지 말고 힘을 다하여 적을 쏘아라!"[5]

하면서, 여러 군사들을 격려하고 다른 전선을 돌아 보았다.

뜻밖에도 여러 전선들은 벌써 800미터 정도 물러나서 전투 상황을 바라보면서 앞으로 나오지 못하고 있었으며, 불리하면 도망칠 준비를 하고 있는 것 같았다.

여러 전선의 실정을 알게 된 이순신은 너무나 분하여 곧 배를 돌려 뒤쪽에서 서성거리고 있는 중군 김응함(金應諴) 등을 즉결 처분하려고 했다. 그러나 뱃머리를 돌리면 김응함의 전선들이 퇴각하는 것으로 알고 더 멀리 물러날 것이고, 또 왜선들이 점점 가까이 오면 사태가 매우 위험하게 될 것을 예상했다.

그리하여, 이순신은 우선 호각을 불어 중군에게 군령을 내리는 깃발을 세우게 하고, 또 초요기(招搖旗)를 세웠다. 즉, 중군 김응함과 다른 전선을 호출하는 일종의 신호기를 올렸던 것이다.

이에, 치열한 전투 중에 김응함의 전선이 가까이 오고, 그보다 앞서 거제 현령 안위(安衛)의 전선이 먼저 달려 왔다. 이순신은 곧 배 위에서 안위를 불러,

"안위야 네가 군법에 죽고 싶으냐? 네가 물러나면 살 듯 싶으냐?"

하고 꾸짖었다. 이순신의 말이 끝나자마자, 안위도 황급하여

---

5 정유 일기 : 9월 16일에서 인용.

"예, 어찌 감히 죽지 않사오리까."

하고 말하면서 왜선 속으로 돌진하여 용전 분투하였다. 이순신은 다시 김응함을 불러,

"너는 중군으로서 멀리 도망하여 대장을 구하지 않으니, 네 죄를 어찌 면할 것이냐? 당장 처형해야 할 것이지만 전세가 급하므로 우선 공을 세우게 한다."

하고 말하자, 김응함도 황송하여 역시 안위의 뒤를 따라 돌진하였다.

안위와 김응함이 결사적으로 돌진하는 순간, 왜군의 대장선은 다른 2척을 거느리고 일시에 안위의 전선에 개미떼같이 매달려 서로 앞을 다투어 기어오르고 있었다. 반면, 안위의 전선에 타고 있는 군사들은 제각기 죽기를 맹세하여 어느 군사는 몽둥이를 쥐고, 혹은 긴 창을 쥐고, 혹은 수마석(水磨石) 덩어리 등을 갖고 마구 찌르고 던지고 하여 용감히 싸우는 것이었으나, 힘이 지치는 기색이 보이고 있었다.

그때, 안위의 전선을 바라본 이순신은 재빠르게 돌진하여 빗발치듯이 지·현자총통 등을 연발하면서 왜선 3척을 거의 격파하고 안위를 구출하는 등 싸움은 절정에 달하였다.

또한, 이순신을 뒤따른 녹도 만호 송여종(宋汝悰)과 평산포 대장(代將) 정응두(丁應斗)의 전선이 힘을 합하여 왜군의 대장선을 완전히 격파하였으며, 안위의 전선에 달려든 나머지 2척의 왜선도 이순신의 공격을 받아서 그 갑판 위에는 움직이는 것이 하나도 없었다.

이러는 동안, 이순신이 타고 있는 전선의 근처에는 사상(死傷)된 수많은 왜병들이 물 위에 떠돌아 다니고 있었다. 그중에는 꽃무늬를 수놓은 붉은 비단옷을 입은 자도 있었는데, 그것을 본 준사(俊沙)는

그 꽃무늬 옷을 입고 있는 자를 손가락으로 가리키면서 외쳤다.

"저것이 안골포 해전 때의 왜의 수군 장수였던 마타시(馬多時)이다."

이 준사는 안골포 해전 때 투항해 온 사람이었다.

준사의 말이 끝나자, 이순신은 즉시 김돌손(金乭孫)을 시켜 갈고리로 끌어 올리게 하였는데, 이를 확인한 준사는 좋아라고 날뛰면서,

"그래, 바로 마타시입니다."

라고 말하는 것이었다.

분개한 이순신은 즉시 명령하여 아직 숨이 붙어 있는 마타시의 몸뚱이를 토막토막 짜르게 하고, 그 머리를 돛대 위에 매달게 하였다.

이 마타시는 왜군의 한 지휘관으로서 임진년에 그들 수군의 주력대를 거느린 바 있는 쿠루시마(來島通總)이었다 하며, 그밖에도 이 명량 해전에는 카토오 · 와키자카 · 토오도오 등이 각각 전선을 거느리고 있었다 한다.

대장선의 격파와 더불어 돛대 위에 매달린 그들 대장의 머리를 본 왜선들의 사기는 극도로 꺾이었고, 이때는 왜군에게 유리하던 조류마저 차차 불리하게 흐리기 시작하였다.

그에 반하여, 이순신을 비롯한 여러 군사들은 사기충천하여 일제히 북을 치며 지 · 현자총통과 여러 종류의 화전을 빗발같이 쏘면서 계속 맹렬한 공격을 가하여 31척의 왜선을 격파하였으며, 대장을 잃게 된 왜선들은 차차 물러나고, 얼마 후에는 바다 뒤에 이순신의 늠름한 모습과 그를 도운 군사들의 환호성만이 울려 퍼지고 있었다.

한편, 전투 직전까지 멀리 가지 않고 우수영 근해에 몰려 있던 피난선과 피난민들은 그들의 배를 전선으로 위장(僞裝)하여 조금도 겁

내지 않고, 기세를 올리면서 성원하였다 한다.

이들은 처음에 배 위에서 또는 산 위에서 함성을 지르곤 하였으나 12척의 전선이 무수한 왜선들에 의해서 포위되고, 또 이순신의 전선이 고전을 면하지 못하고 있는 것을 목격하고는 서로들 돌아보고 통곡하면서,

"우리들이 여기에 온 것은 다만 통제사 대감만 믿고 온 것인데, 이제 이렇게 되니 우리는 이제 어디로 가야 하겠소?"
라고 말하기까지 하였다.

그러나 차차 왜선들이 물러가고 바다 위에서 12척의 전선만이 남게 되는 통쾌한 광경을 보고서는 감격의 눈물과 환호성을 올렸다.

한편 쫓겨가던 왜선들은 이순신이 미리 준비해 두었던 '수중 철색'에 걸려 물결과 함께 수많은 전선들이 전복되었다.

이리하여 12척으로, 133척 중 31척을 격파한 명량 해전은 막을 내렸으며 이순신은 그날의 일기 끝머리에,

"이는 실로 천행(天幸)이다."

하여, 자신의 계획과 고충에서 얻은 전과를 하늘에 미루었으나 이 명량 해전은 어떤 기적이나 천행으로 승리한 것은 결코 아니었다.

이순신의 애국 충정에 의한 전략·전술과 그를 도운 군사들의 용감한 전투력이 일치함으로써 승리한 것이었다. 나아가서 이 명량 해전은 칠천량 해전 이후에 해상과 육상을 여지없이 짓밟았던 왜군의 '수륙 병진 계획'을 송두리째 부수어 버리고, 정유 재란의 전환점을 마련해 준 것이었다.

제10부

기쁨과 슬픔

제1장

모여 드는 피난선

명량 해전 후 이순신은 모든 전선을 거느리고 그날로 우수영에서 약 19마일 떨어진 당사도[1]로 옮겨 밤을 지냈다.

싸움이 끝난 뒤에 전선은 12척이 그대로 남아 있었으나, 군사들 중에는 사상자도 있었고, 또 모든 군사들이 극도로 피로하여 전투를 계속할 수 없을 정도에 이르고 있었기 때문에 왜군의 재침(再侵)을 고려한 나머지 일단 북쪽으로 이동한 것이었다.

또한, 그는 명량에서 왜군의 대선단을 전부 격파하지 못하였던 까닭에, 우선 군사들을 위로하고 한편으로는 군사를 모으면서 조심스럽게 정찰 활동을 전개하여 왜군들의 동향을 명확히 파악한 후에 새

---

1 당사도(唐笥島) : 무안군 암태면.

로운 계획을 세우기로 하였다.

당사도에서 하룻밤을 지낸 그는 이튿날 어외도[2]에 이르러 하루를 휴식하고, 다음 날인 19일부터는 일찍이 출항(出航)하여 칠산[3] 바다를 건너 법성포[4]·홍농[5]·위도[6] 및 고군산도[7] 등지까지 항해하면서 해상과 육상의 정세를 살피고, 새로운 수군 기지를 물색하기도 했다.

그러나 그가 가진 고민은 한두 가지가 아니었다.

시급한 문제만을 보더라도 전쟁 무기가 너무나 미약했고, 군량마저 밑바닥을 드러내고 있었다. 더구나 늦은 가을철의 해상은 매우 추웠는데, 군사들이 입고 있는 얇은 옷을 대치할 방도가 없었다.

이러한 그의 고민을 조정에서 알았다 하더라도 조정으로서도 별다른 지원을 할 수 없는 실정이었고, 전라도 등지마저 왜군의 침범으로 인하여 대부분의 관청이 빈집만 남기고 있을 따름이었다.

이순신은 전쟁을 위한 무기와 전선 등을 마련하기 전에 먼저 군사들이 추위를 넘길 수 있는 옷과 군량을 준비하기 위해 백방으로 노력하였다.

그런데 명량 해전 다음 날, 어외도에 이르렀을 때는 무려 300여 척의 피난선이 먼저 도착해 있었고, 이들 피난민들은 명량에서 승리한

---

2 어외도(於外島) : 무안군 지도면.

3 칠산(七山) : 영광군 낙원면.

4 법성포(法聖浦) : 영광군 법성면.

5 홍농(弘農) : 영광군 홍농면.

6 위도(蝟島) : 영광군 위도면.

7 고군산도(古群山島) : 옥구군 서유도.

것을 알고 서로 다
투어 치하하면서 양
식을 갖고 와서 군
사들에게 나누어 주
는 것이었다.

이때 피난선들이
모여드는 것을 본
이순신은 이들을 향
하여,

"적의 대선단이
바다를 뒤덮는데,

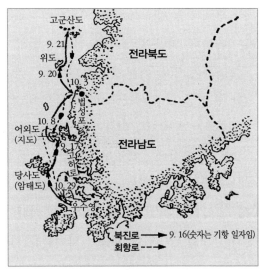

명량해전 후 충무공의 순항도

너희들은 어찌하여 여기에 머물러 있는가?"
라고 물어 보았다. 그러자 피난민들은 대답했다.

"저희들은 다만 대감만 바라보고 여기 있는 것입니다."

이순신은 다시 물었다.

"너희들이 내 명령대로 한다면 내가 너희들의 살 길을 지시해 줄
것이요, 만일 그렇지 않으면 어찌할 길이 없다."

이순신의 말이 끝나자, 피난민들은 입을 모아 말했다.

"어찌 명령에 감히 복종하지 않겠습니까?"

이순신은 마음속으로 기뻐하면서 근엄한 목소리로,

"이제 군사들이 배도 고프고 옷도 없어 이대로 가다가는 모두 죽게
되겠는데, 하물며 적을 막아 주기를 어떻게 바랄 것이냐!

너희들이 만일 옷이나 양식을 내어서 우리 군사들을 도와 준다면

적을 무찌를 수 있을 것이며, 너희들도 죽음을 면할 것이다."
라고 말하자, 피난민들은 아무런 불평 없이 그대로 시행하였다.

그리하여, 정성 어린 양식과 의복 등으로 군사들은 그 해의 추위를 면할 수 있었으며, 이러한 피난선들은 이순신이 가는 포구마다 따르고 있었으므로 여러 곳에서 도움을 받을 수 있었다.

그동안, 육상에서 북진하던 카토오 등이 거느린 왜군들은 9월 6일 직산 북방의 소사평(素沙坪)에서 명나라의 대군에 의해서 대패하여 그들의 북진이 좌절되었으며, 육상의 대패와 함께 9월 16일 명량 해전의 참패로 말미암아 겨울이 닥쳐옴을 이유로 해상과 육상에서의 진출을 단념하고, 10월부터 남해안으로 집결하기 시작하였다.

북진하였던 카토오 등은 상주(尙州)를 거쳐 영천·대구·성주 및 창령 방면으로 각각 퇴각하였으며, 한편 전주에서 금강 부근까지 북진했던 우기다 및 코니시 등은 서해안과 나주 및 해남 방면을 거쳐 순천 방면으로 퇴각하였다.

이리하여, 수만의 왜군들은 울산으로부터 순천에 이르는 남해안 8백 리에 걸쳐 성을 쌓고 제각기 주둔하여 다시 그 주변의 여러 고을은 파멸을 면할 수 없게 되었다.

이순신은 이러한 왜군의 동향을 피난민들로부터 부분적으로 들어가면서 척후병을 계속 해상과 육상으로 파견하는 등 보다 새롭고 정확한 왜군의 정황을 정찰하여 앞으로의 계획을 수립하려고 했다.

10월 9일에 어외도를 거쳐 감명 깊은 우수영으로 들어왔으나 성 안팎에는 전혀 인적(人跡)이 없고, 바라보기에 처참하기만 했다. 바로 가까운 해남에도 왜군이 머무르고 있기 때문에 관민들이 피난한 것이었다.

이때 이순신은 우수영을 중심으로 여러 곳을 순시하면서 왜군이 근접하고 있는 우수영은 당분간 수군의 기지로 사용할 수 없다는 사실과 그때까지 수집된 첩보에 의하여 약한 병력으로써 더 이상 남해 등지로 진출할 수 없다는 결정을 내렸다.

이에 이순신은 우선 수군이 주둔할 기지를 물색하기로 결정하고, 10월 11일에는 발음도(發音島)에 이르렀다. 여기서 그는 직접 지리적 조건을 엄밀히 정찰 검토하고, 중군 김응함(金應諴) 및 순천 부사 우치적 등과 함께 새로운 계획을 세우기로 했다.

그런데 그동안 이순신은 거의 연일 몸이 불편하여 움직이기 곤란할 정도였으나, 억지로 참으면 조심스러운 정찰을 하던 중에 10월 13일에는 정찰 임무를 마치고 돌아온 임준영으로부터 새로운 보고를 받았다.

"해남에 웅거했던 적들이 초 10일에 우리 수군이 내려오는 것을 보고는 겁을 내어 11일에 모두 도주하였다 합니다."

이러한 왜군의 도주는 비단 해남 지방만이 아니었다. 곳곳에 웅거하였던 왜군들은 이순신이 나타났다는 소식을 듣자 모두 도주하는 것이었다. 임준영은 계속 말을 이어 이순신을 놀라게 하는 보고를 하였다.

"해남 향리(鄕吏) 송언봉(宋彦逢)과 신용(愼容) 등이 왜군의 진중에 들어가서 적의 앞잡이가 되어 지방 사람들을 많이 죽였다 하옵니다."

이순신은 이 말을 듣자, 곧 순천 부사 우치적과 금갑도 만호 이정표(李廷彪) 등 10여 명을 해남으로 보내어 해남의 치안을 유지하게 하고, 또 남은 왜군을 소탕하도록 하였으며, 그 밖에 여러 지방도 염려하여 그 지방의 수령들을 담당 지방으로 돌려보내어 하루 빨리 지방 행정을 복구하도록 하였다.

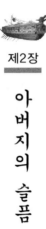

제2장

아버지의 슬픔

　군무에 시달려 몸을 이기지 못하는 이순신에게 10월 14일에는 뜻하지 않은 비보(悲報)가 전해졌다.

　그날의 일기에 의하면, 이날도 밤 늦게 앞으로의 계획을 생각하다가 잠이 들락 말락할 때에 꿈을 꾸었다.

　　"새벽 2시쯤 꿈에 내가 말을 타고 언덕 위를 가는데, 말이
　　실족하여 개천에 떨어졌으나 넘어지지는 않고, 막내 아들 면
　　(葂)이 나를 붙들어 안으려는 것 같은 형상을 보고 깨었다. 무
　　슨 징조인지 모르겠다."

하였다.

실로 그의 꿈은 적중했다. 바로 그날 저녁 천안에서 온 사람이 집안 편지를 전하는 것이었다. 그는 봉함을 뜯기도 전에 뼈와 살이 먼저 떨리고 심사가 혼란했다. 겨우 겉봉을 뜯고 거죽에 '통곡(慟哭)'이라는 두 자를 쓴 둘째 아들 열(莈)[1]의 글씨를 보자마자, 셋째 아들 면(葂)이 전사한 줄 알고 자기 자신도 모르게 소리를 내어 통곡하였다.

이보다 앞서 육상으로 북진을 계속했던 카토오 등이 거느린 왜군들은 이순신의 고향인 아산 등지를 분탕했는데, 그의 일가는 모두 타버렸다. 이러한 사실을 이순신은 10월 1일 서울로부터 공문을 갖고 내려온 전령을 통하여 알고 있었다.

그리하여, 그는 그 이튿날인 10월 2일에 맏아들 회(薈)로 하여금 집안 일을 알아 보도록 아산으로 보내고, 그 소식을 고대하고 있던 차에 14일의 비보를 받은 것이었다.

이순신은 이때 부인 방씨와의 사이에 아들 3형제와 딸 하나가 있었다. 맏아들 회는 31세이고, 둘째 아들 열은 27세이며, 셋째 아들 면은 21세의 어린 나이였다. 세 아들 중에서도 셋째 아들 면은 담략과 총기가 있었기 때문에 아버지의 특별한 사랑을 받고 있었으며, 또 이순신도 면의 장래를 크게 기대하고 있었다.

아들 면은 어머니를 모시고 고향인 아산(牙山)에 가서 있던 중, 그해 9월에 왜군이 침입했다는 소식을 듣고는 분함을 참지 못하였다.

가족들은 모두 피난할 준비를 했었으나, 면은 오히려 활과 칼을 쥐었다. 그는 가족들을 뿌리치고 침입한 왜군을 맞아 싸웠다. 말을 잘

---

1 열(莈) : 처음 이름은 울(蔚)이었다.

타고 활을 잘 쏘았으나, 수많은 왜군들은 혼자서 어찌할 수 없는 일이었다. 그는 화살이 떨어질 때까지 왜군 3명을 죽이고 숨어 있던 왜군의 칼날에 맞아 장렬한 전사를 했다.

사람의 인과 관계란 기묘한 것으로서 이때 면을 죽인 왜군은 후에 수군이 되어 싸우다가 고금도에서 이순신에게 잡혀 죽었다.

이순신은 울면서 아들의 죽음을 크게 슬퍼했다. 대장으로서 부하들에게 조금도 슬픔을 보이지 않으려고 했던 그였으나, 아들의 전사에는 저절로 소리 내어 울부짖었던 것이다.

편지를 받은 그날의 심정을 일기에서,

"하늘이 어찌하여 이다지도 어질지 아니하는가? 간담이 찢어지는구나! 찢어지는구나! 내가 죽고 네가 사는 것이 이치에 맞는 일이 아니냐? 네가 죽고 내가 살았으니, 이런 괴상한 일이 어디 있느냐!

천지가 캄캄하고 해조차 빛이 변하였구나! 슬프다, 내 아들아! 나를 버리고 너는 어디로 갔느냐? 남달리 영특하더니 하늘이 이 세상에 머물러 두지 않는 것이냐! 내가 지은 죄 때문에 화가 너에게 미쳤단 말이냐!

나 이제 세상에 살아 있는들 누구에게 의지하고 살 것이냐! 너를 따라 같이 죽어 지하에서 같이 울고 싶건마는, 네 형이나 네 동생, 그리고 네 어머니가 의지할 곳이 없으므로 아직은 살아 연명이야 한다마는 마음은 죽고 형태만 남아 있는 것이 되고 말았구나!

소리 내어 울부짖으며 통곡하고 또 통곡할 따름이다.

한 밤을 지내는 것이 한 해를 보내는 것 같다.

이경(二更)²에 비가 내렸다."

라고 하였다.

참으로, 이 일기는 아버지로서의 애절한 심정을 솔직하게 적은 것이었다. 그 후 며칠 동안은 밤낮으로 아들의 전사만을 슬퍼하여 17일에는 아들의 복을 입었고, 19일에는 코피를 한 되나 흘리기까지 했다.

그러나 그는 이러한 슬픔이 군무에 지장이 있을 것을 염려하여 스스로 억제하려고 하였다.

한편, 10월 24일과 25일에는 두 차례에 걸쳐 서울에서 선전관이 그에게 새로운 공문을 전달하였다.

즉, 명나라 수군이 강화도에 도착하였다는 내용과 이들 명나라 수군이 정박하기에 적당한 곳을 찾아서 보고하라는 것이었다.

사실, 명나라에서 빨리 수군을 파견한 것은 이유가 있었다. 원균이 패배한 후로는 그들의 본국에 대한 위협을 느끼고 있었기 때문이었다. 그러나 그들 수군이 도착하였을 때는 이미 이순신이 왜군을 명량해전에서 대파하였던 까닭에 강화도 근해에서 행패만을 부리다가 9개월이 지난 다음 해 7월 16일 고금도에 이른 것이었다.

이때 이순신은 조정에서 아무런 지시가 없어도 스스로 수군의 기지를 설치하려고 심중히 물색하고 있던 중이었는데, 명나라 수군의 소식을 알게 되자 더욱 기지 설치를 서둘러서 10월 20일 새벽 2시에

---

2 이경(二更) : 밤 10시경.

우수영을 출발하여 보화도(寶花島)³로 진을 옮겨 그곳을 수군 기지로 설치하였다. 이 보화도는 목포 앞 바다에 있는 섬이었다. 특히, 그는 이 보화도로 이전하게 된 이유를 그날의 일기에서,

"〈생략〉 서북풍을 막을 수 있고 배를 감추기에 아주 적합하였다.
유지에 내려 섬 안을 돌아보니 지형이 매우 좋았다."

하여 지리적 조건을 최대한으로 이용하기 위함이었다.

이 보화도는 고하도(高下島)라고 부르는데, 주위가 약 9킬로미터 되는 조그마한 섬이지만, 영산강(榮山江) 입구에 위치하여 교통이 편리하기 때문에 병력 보충이나 군량 조달을 위해서도 아주 좋은 조건을 갖춘 곳이었다.

---

3 보화도(寶花島) : 무안군 이로면 고하도.

제3장

고
하
도
의
 공
훈

 고하도로 진을 옮긴 이순신은 이튿날부터 군사들을 총동원하여 먼
저 나무를 베어서 병사(兵舍)를 마련하고, 나아가서는 군량 창고를 짓
고, 전선을 건조 보수하는 작업을 실시하였다.

 특히 그는 53세의 노령이었으나, 하루도 앉아 있지 않고, 거의 날
마다 농사를 짓는 곳과 전선을 만드는 곳과 나무를 베는 곳 등을 직접
왕래하면서 모든 일을 격려하고 직접 감독하면서 앞으로의 월동 대
책과 작전 계획 등을 강구하였다.

 실로 이순신이 고하도에 머무른 기간은 불과 108일 동안이었으
나, 그의 노력에 의한 '수군의 재건' 이 바로 이곳에서 이룩되었고,
또 그의 마음을 흐뭇하게 한 것도 바로 이곳에서였다.

 그가 고하도에 이르렀을 때에는 1천여 명의 군사들이 따르고 있었

으나, 이들 군사들이 필요로 하는 의복과 군량 등을 쉽게 해결할 수 없었다.

그동안 피난민들로부터 여러 가지 도움을 받기도 했었지만, 그것은 일시적인 불안을 해소하는 데 지나지 않았다. 더구나, 눈앞에 닥친 겨울을 넘기기 위하여는 보다 영구적인 대책을 세워야만 했었다.

이순신은 여러 가지 대책을 생각한 나머지 '해로통행첩(海路通行帖)'이라는 제도를 마련했다. 이 제도는 일종의 선박 운항증과 같은 것이었다. 그리하여, 그는 주위를 운항하는 백성들에게,

"3도 연안을 항해하는 배는 공·사 선박을 막론하고 이 통행첩이 없으면 간첩으로 처벌한다."

하고, 이어 세부 규정, 즉 선박이나 선주의 신원을 조사하여 간첩 또는 도적 행위의 우려가 없는 자에게는 선박의 대소에 따라서 그 통행첩의 값을 달리하여,

대선은 3석

중선은 2석

소선은 1석

으로 각각 규정하고, 하루 빨리 소정의 절차를 밟아 통행첩을 갖도록 촉구했다.

그 당시는 피난민들이 모두 양곡을 싣고 다녔으며, 이들은 이순신을 따르고 있었다. 때문에 이 소식을 들은 피난민과 연도의 백성들은 아무런 불평 없이 규정대로 곡식을 가져다 바치고 통행첩을 신청하여 10일이 못 되어 1만여 석을 모을 수 있었다.

이러한 통행첩 발행은 사실상 군량 문제를 해결하려는 목적도 있

었으나, 그 밖에도 연해안을 돌아다니는 간첩선 또는 왜군의 척후선 등을 색출하는 데 있어서도 매우 좋은 방법인 것이었다.

때문에, 이순신은 해로통행첩 발행을 일시적인 방안에 그치지 않고 다음 해 고금도로 수군 진영을 옮긴 뒤에도 계속 시행하였다.

그 밖에도 이순신은 피난하고 있는 백성들 중에서 스스로 종군하려는 장정을 받아 들여 군사들로 하여금 훈련시키게 하여 병력을 증강하고, 한편으로는 이들 장정들에게 배와 군기를 만드는 일을 돕게 했다.

특히, 군기(軍器)를 만드는 데 있어서는 백성들로부터 구리와 쇠를 거두어 들여 대포를 새로이 만들었다.

이러한 이순신의 움직임을 본 부근의 백성과 피난민들은 해로통행첩으로 낸 양곡 이외에도 스스로 양곡과 의류 등 필요한 물자를 바치기도 하여 고하도의 군세는 날이 갈수록 증가되어 가고 있었다.

이러는 동안, 명량 해전의 승보를 접한 조정에서는 10월 22일 이순신과 그 부하 군사들에 대한 논공행상(論功行賞)이 논의되어 안위를 비롯한 여러 군사에게 상품과 승진을 결정하여 이순신에게 전달하였다.

이어 이순신은 이를 12월 5일에 해당 군사들에게 나누어 주면서 마치 자기가 받는 것 이상으로 기뻐하였으며, 이로 인하여 군사들의 사기는 한층 더 앙양되었다.

또 논공행상이 논의될 때, 선조는 이순신을 숭정대부[1]로 승진시키

1 숭정대부(崇政大夫) : 종 1품의 벼슬.

려 하였으나, '품계가 이미 높고 또 전쟁이 끝난 뒤에 다시 더 보답할 것이 없다.' 라는 대간들의 반대로 말미암아 그에 대한 승진만은 중지하고 말았다.

그러나 그보다 앞서 11월 17일에는 '면사첩(免死帖)' 을 받았다. 이 면사첩은 당대뿐만 아니라 그 자손까지도 사형을 면하게 하는 일종의 증서였다.

그런데, 명량 해전의 승보에 감격한 선조는 이순신의 건강을 염려하여 아래와 같은 유서를 전달하였다.

"듣건대, 그대는 아직 상례를 지키고 방편을 좇지 않는다 하는 바, 사사로운 정곡이야 비록 간절하다 할지라도 나라 일이 한참 어려운 고비가 아니냐? …〈생략〉… 옛사람의 말에 '싸움에 나가서 용맹이 없으면 효도가 아니다.' 하였다. 예법에도 원칙과 방편이 있어 꼭 법대로 지키지는 못할 것이니 내 뜻을 따라 속히 방편을 좇도록 하라. 그리고 이제 아울러 육미를 보낸다."

이 유서는 12월 15일에 받은 것으로서 어머니를 잃은 이래 지극한 효성으로 그때까지 육식을 하지 않았던 그에게 한층 더 서로움을 안겨 준 것이었다.

뿐만 아니라, 이보다 약 1개월 전인 11월 7일에는 전사한 아들을 꿈에 보고는 잠이 깨어서 소리를 내어 울기까지 했었다. 군사들을 위하여 자신의 슬픔을 스스로 자제하면서 분망한 나날을 보낸 그에게 참고 쌓였던 여러 가지 슬픔이 꿈으로 인하여 순간적으로 폭발한 것이었다.

명량 해전의 승보는 명나라 지휘관들까지도 기뻐했다. 그중에서도 양호(楊鎬)는 선조에게 달려와서,

"근래에 이런 대첩이 없소이다. 제가 가서 괘홍(掛紅)[2] 예식으로 그 공로를 표창해 주고 싶으나, 길이 멀어서 가지 못하고 이제 붉은 비단과 은자(銀子) 얼마를 보내오니 이 뜻으로 표해 주소서."
하여, 붉은 비단을 보내기까지 하였다.

이러한 전승의 보답은 비단 양호만이 아니었다. 명량 해전의 승리는 왜군의 수륙 병진 작전을 분쇄함으로써 그들의 침공 계획을 좌절시킨 것이었기 때문에, 명나라 지휘관들은 서로 다투어 가면서 이순신에게 그들의 성의를 표시했던 것이다.

이렇게 이순신은 고하도에서 '어느 날은 반가움을, 또 어느 날은 서러움을 골고루 느끼면서 전비를 강화하는 동안 장흥 및 강진 등지에 있던 왜군들은 어느 덧 자취를 감추고 말았으며, 다음 해 9월까지는 군사가 8천여 명에 이르렀으며 또한 수많은 전선이 건조되었다.

그가 1년 전 옥중에 들어갈 때까지 육성해 온 수군 세력과 거의 같은 위용을 이 고하도에서 이룩하였으며, 이러한 위용은 오직 이순신이 주야로 노력한 보람이었다.

실로 이 고하도는 이순신의 정곡(情曲)이 서린 곳이며, 또 칠천량 해전으로 패망하였던 조선 수군이 다시 일어선 곳이었다.

---

2 괘홍(掛紅) : 붉은 비단으로 공로를 표창하는 것.

제4장

고금도의 봄

고하도에서 겨울을 지낸 이순신은 다음 해, 즉 무술년(戊戌年)[1] 2월 17일 다시 고하도의 수군 진영을 강진 앞 바다에 있는 고금도(古今島)[2]로 옮겼다.

이 섬은 전라 좌우도의 중간 요충지에 위치하고 있을 뿐 아니라, 산이 첩첩이 둘러싸여 사면으로 적을 정찰하기에 아주 적당한 곳이었다.

그중에서도 수군 진영이 설치된 덕동(德洞) 및 묘동(廟洞) 일대는 그 형세가 더욱 기묘하여 공격하고 수비하는 데 있어서 모두 편리한

1 무술년(戊戌年) : 1598년(선조 31년).
2 고금도(古今島) : 완도군 고금면.

반면, 외부에서는 좀처럼 공격할 수 없도록 되어 있는 지형이었다. 그리고 그 섬의 남과 동에는 지도(智島) 및 조약도(助藥島) 등이 외각을 형성하고 섬 안에는 농지가 많았다.

이러한 지리적 조건과 농지가 많아 군량을 많이 모을 수 있고 아울러 피난민들을 수용하여 농사를 짓게 할 수 있기 때문에, 이순신은 진영을 이곳으로 옮긴 것이었으나, 옮기지 않으면 안 될 큰 이유가 또 있었다.

1. 그때까지는 병력이 약하였던 탓으로 수세(守勢), 즉 방어에만 주력하였으나, 이제는 지난날과 같이 공격할 수 있는 병력이 되었다는 것.

2. 이미 입수된 첩보에 의하면, 왜군의 대부대들이 순천에 있는 코니시의 진중으로 이동하여 그 근처의 백성들에게 약탈을 하고 있는 실정이라는 것.

3. 봄철부터 차차 고개를 들기 시작하는 왜군들을 사전에 저지 또는 봉쇄하여야 한다는 것.

4. 순천 등지의 왜군을 견제할 필요성이 있다는 것.

등으로서, 우선 남해안으로 이동하여 왜군에 대한 첩보를 수집하여 분석 평가한 후에 새로운 계획을 수립하려고 하였던 것이며, 수차에 걸쳐 고금도 등지의 안전 여부를 확인한 후에 비로소 수군 진영으로 설정한 것이었다.

실로 그가 고금도로 수군 진영을 옮긴 것은 전국의 판단을 기초로

한 전략적 군사 이동이었다. 그는 고금도로 진영을 옮기고도 고하도에서 발행한 '해로 통행첩'을 그대로 시행하여 군량을 확보하였다.

한편 운주당을 지어 그곳에서 제반 계획을 세우면서 군·관·민을 동원하고 소금을 굽고, 때로는 고기를 잡아서 판매하여 거기서 얻어지는 돈으로써 동(銅)과 철(鐵)을 사들여 무기를 만들었다. 그리고 그는 나무를 베어 전선을 만들면서 계속 군사를 모으고 훈련을 실시하였다.

이러는 동안, 그는 따르는 피난민과 자원해 오는 장정들의 수는 점점 증가하여 처음 이곳에 옮길 때는 불과 1천 5백여 호에 지나지 않았던 민가가 얼마 후에 수만 호에 달하였다.

마치 조그마한 섬에 있는 도심지와 같은 인상을 풍겨 주는 것 같았으며, 운주당에 앉아 있는 이순신은 하나의 왕국을 형성하고 있는 것 같기도 했다. 왜냐하면, 모여든 사람들은 모두 이순신을 믿고 의지하며, 이순신의 말이라면 순응하지 않는 사람이 없었기 때문이었다. 그리하여 이곳에서는 이순신이 고심하던 수군의 형세도 눈부시게 발전하여 전일의 한산도 병력과는 비교할 수 없을 만큼 증가되었다.

그런데 명량 해전 후 사랑하는 아들을 잃고 슬퍼하던 이순신은 바로 이 고금도에서 아들의 원수를 갚을 수 있었다.

어느 날, 그는 혼곤히 낮잠이 들어 있었을 때 전사한 아들 '면'이 꿈에 나타났다. 면은 슬피 울면서,

"저를 죽인 왜적을 아버지께서 죽여 주십시오."

하는 것이었다.

이때 꿈결에 놀란 이순신은,

"네가 살았을 땐 장사였는데, 죽어서는 적을 죽일 수가 없느냐?"
라고 묻자, 아들 면은,

"제가 적의 손에 죽었기에 겁이 나서 감히 죽이지를 못하옵니다."

이 말을 들은 이순신은 문득 깨어 일어나 주위의 사람들을 보고,

"내 꿈이 이러 이러하니, 어찌된 일인고!"

하면서 스스로 슬픔을 억제하지 못하고 그대로 팔을 꼬부려 베고 눈을 감았을 때 면이 또다시 나타나서 울면서 하는 말이,

"아버지께서 자식의 원수를 갚는데 저승과 이승이 무슨 간격이 있겠습니까? 원수를 같은 진 속에 가두어 두고 제 말을 예사로 들으시며 죽이지 않다니오."

하면서 통곡하고 사라져 버렸다.

이순신은 그것이 비록 꿈이었지만 깜짝 놀라서 눈을 뜨자마자, 배 안을 조사하도록 했다. 그러자 꿈에서와 같이 왜적 한 놈이 배 안에 갇혀 있다는 것이었다.

그는 다시 명령을 내려 그 놈의 소행을 심문하게 하였다. 그 결과 틀림없이 면을 죽인 놈이었다. 너무나도 뜻밖에 일로 분격한 이순신은 그 놈을 동강이를 내어 죽이도록 명령했다.

이로 인하여 꿈에서나마 아들에게 원수를 갚아 준다는 확답을 못한 그의 울분한 심경이 어느 정도의 위안을 받았을지도 모를 일이었다.

그러나 남다른 우국심과 효성을 간직하고 있는 이순신은 백의종군의 고행, 생사를 돌보지 않는 수군 재건을 위한 활동, 어머니를 여의고, 아들을 잃은 것을 비롯한 가정적 불행 등으로 말미암아 자신도

모르게 흰머리와 주름살이 더해 가고 있었다.

이러한 그의 모습과 심정에 관하여는 그가 쓴 편지에 이렇게 써 두었다.

"어제 이곳에 도착하였습니다. 편지는 오래 전에 내신 것이지만, 그리움은 새롭습니다. 살피옵건대, 오랫동안 진중에 있느라고 수염과 머리가 모두 다 희어져서 다음 날 서로 만나면 지난날 아무개(이순신)로는 알아보지 못하리라.

어제 고금도로 진을 옮겼사온데, 순천에 있는 왜적과 더불어 100리 사이의 진이라 걱정스러운 형상이야 무슨 말로 다 적으오리까 …〈생략〉…

이런 난리 중에도 세의를 잊지 않고 위무해 주시며, 겸하여 여러 가지 선물까지 보내시오니, 모두 다 진중에서는 보기 드문 것들입니다.

그러나 정이란 물품에 있는 것이 아니옵고 형의 평소 학문의 공적을 이것으로써 볼 수 있는 일이라 깊이 감사할 따름입니다. 분주하여 대강 이만 쓰옵니다."

이 편지는 고금도로 진영을 옮긴 지 이틀 후인 2월 19일에 평소부터 친하던 감역 현건(玄健)에게 보낸 것이었다.

그는 남보다 빠른 노쇠 현상으로 친지가 언뜻 알아보기 힘들 정도로 쇠약하였던 것이나, 사사로운 문안 편지에도 공적인 형편을 걱정하는 등, 한시도 나라 위한 마음을 잊지 못했다.

또한, 편지와 선물을 받은 것에 대한 답문으로 씌어진 이 편지는 비록 짧은 글이지만 읽는 사람으로 하여금 흐뭇하게 하는 명문이며 명필이었다.

　이순신이 고금도에서 순천 등지의 왜군을 견제하며서 병력 증강에 총력을 기울이고 있을 동안, 육상에서는 명나라의 양호(楊鎬)·마귀(麻貴)·동일원(董一元) 등이 울산 및 사천에 주둔한 왜군을 공격하고, 아울러 유정(劉綎)이 순천의 왜교(倭橋)에 웅거하고 있는 코니시의 진지를 공격하는 등, 전투는 매우 활발하게 진전되고 있었으며, 각 도에 산재한 조선 육군들도 명나라 육군들과 연합 작전을 전개하여 왜군들의 주둔지를 육박하고 있었다.

　그리고 전년에 강화도에 온 명나라 수군 도독 진인(陳璘)도 조선군, 즉 이순신과 합세하여 해상 전투를 수행하기 위하여 약 5천여 명의 군사를 거느리고 고금도에 이르렀다.

해외에 소개된 충무공

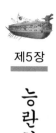

제5장

능란한 외교

진인이 고금도에 도착한 것은 이순신이 이곳으로 진영을 옮긴 지 5개월 뒤인 무술년 7월 16일이었다.

그 당시 명나라에서 온 지휘관들은 거의 거만하고 방자했다. 그들 중에서도 진인은 그의 본국에서부터 성격이 난폭하고 거만하기로 소문이 난 사람이었다.

특히 진인과 그의 부하들은 강화도에 들어오면서부터 조선의 관민들을 구타하고, 또 욕하는 일들이 마치 짐승을 다루는 것 같았다. 때문에, 조정에서는 겨우 수습 보강된 수군의 앞날을 염려하여 이순신과의 연합 작전을 하지 않는 방향으로 여러 가지 진인의 성격을 알리면서 매사에 조심하라는 각별한 지시를 내리기도 하였다.

심지어, 진인은 서울에서 고금도로 향하는 날, 즉 6월 26일 선조를 비롯한 수많은 중신들로부터 송별 인사를 받는 자리에서도 찰방 이상규(李尙規)가 늦게 참석하였다는 이유로 그의 목을 새끼로 얽어 매어 끌고 다니는 등, 난폭한 행패가 극심하였다.

이에 조정에서는 이순신이 거느린 수군을 더욱더 염려하여 이순신을 비롯한 경상 및 전라도 일대의 관원들에게 일일이 '두터이 대접하고 진인을 노엽게 하지 말라.' 하는 등 모든 일에 그르침이 없도록 지시하였다.

그런데 조정의 지시와 아울러 유성룡 등을 비롯한 여러 사람의 개인적 연락을 통하여 진인의 난폭한 성격을 파악한 이순신은 무엇보다도 원수의 왜군을 격멸함에 있어서는 이들 명나라 수군을 최대한으로 이용하여 원만한 연합 작전을 실시하여야 한다는 것을 생각했다.

그는 우선 진인이 도착하기 전까지 군사들로 하여금 산에서는 산짐승 등을 잡게 하고, 바다에서는 온갖 물고기를 잡게 함과 아울러 많은 술과 음식물을 준비하고 진인을 기다리고 있었다.

그리하여, 진인이 도착하는 7월 16일에 이순신은 정중하게 예절을 다하여 멀리 마중을 나갔으며, 진인이 거느린 수군이 진영에 들어오자 준비해 둔 음식으로 성대한 잔치를 베풀었다.

이로 인하여 명나라의 군사들은 모두 취하고 배부르지 않는 자가 없었으며, 이들은 서로 환성을 올리며 이구동성(異口同聲)[1]으로 이순신을 칭찬하는 것이었다. 뿐만 아니라, 그렇게도 거만한 진인도 이순

1 이구동성(異口同聲) : 여러 사람의 말이 한결같이 같음.

신을 비롯한 군사들의 친절과 후대에 진심으로 감사하고 있었다.

진인이 도착한 이틀 후인 7월 18일이었다. '왜선 100여 척이 녹도진(鹿島鎭)으로 침입하여 온다.'는 척후선의 보고를 받자마자, 이순신과 진인은 각각 전선을 거느리고 출전하였다. 이것은 처음으로 시도되는 연합 작전이었다.

그러나 이 연합 함대가 금당도(金堂島)까지 이르렀을 때, 왜선들은 벌써 도망치고 보이지를 않았으며, 다만 2척만이 멀리서 도망치는 것이 보일 따름이었다. 이에 이들 왜선을 경계하기 위하여 이순신과 진인은 그날 밤을 해상에서 지냈다.

이튿날 이순신은 녹도 만호 송여종(宋汝悰)에게 8척의 전선을 주어 절이도(折爾島)에서 복병하게 하고, 진인은 30척을 근해에 남겨 두어 사변에 대비하도록 하고 주력대는 고금도로 귀항하였다.

그 후 5일이 지난 24일이었다. 이순신과 진인은 운주당에서 술상을 사이에 놓고 환담하는 중에 명나라 수군인 군관 한 사람이 절이도로부터 돌아와서 진인에게,

"오는 새벽에 적선을 만났으나, 조선 수군이 왜적을 모조리 잡아버리고 말았으며, 명나라 수군은 풍세가 불순하여 싸우지 못하였습니다."

라고 보고를 하는 것이었다.

이 말을 들은 진인은 크게 성을 내어,

"그 자를 끌어내도록 하라!"

하고 술잔을 내던지는 등, 아주 안색이 변하였다.

이때 이순신은 진인의 심중을 짐작하고 웃는 낯으로 이렇게 말하

였다.

"노야(老爺)², 명나라의 대장으로 멀리 이곳까지 해상의 적을 토멸하러 오시지 않았소. 그러니 이 진중에서 승리한 것은 모두 노야의 공입니다. 지금 우리 수군이 얻은 적의 머리는 전부 노야에게 드리겠습니다.

또한 노야가 이곳에 온 지 얼마 안 되어 이곳의 승보를 귀국의 황제에게 보고하면 매우 좋은 일이 아니겠소."

이 말을 듣자, 진인은 크게 기뻐하면서 이순신의 손을 잡고 말하기를,

"중국에서부터 이미 장군의 명성은 많이 들었습니다. 지금 보니 장군에 대한 모든 칭찬은 거짓말이 아니었구료!" 하면서 재삼 탄복하고, 다시 술자리에 앉아 두 사람은 술이 취하도록 마시며 여러 이야기를 나누었다. 이순신은 이때 송여종이 포획한 왜선 6척과 69명의 머리를 모두 진인에게 넘겨 주었다.

진인은 그것을 자기의 전공(戰功)인 것으로 하여 서울에 있는 총사령부에 보고하였기 때문에 이들 사령부에서는 크게 기뻐하였다.

뿐만 아니라, 진인은 그 후에도 여러 번 이순신과 같이 출전하였으나, 항시 후방에 위치하여 그들 군사들의 소득이 없음을 보고 뱃전에서 성을 내어 고함만을 지르곤 했다. 그럴 때마다 이순신은 힘써 싸운 군사들의 공로를 진인에게 나누어 주어 그의 마음을 달래곤 했다.

이러는 동안, 진인을 비롯한 명나라의 모든 군사들이 이순신의 전

2 노야(老爺) : 늙은 남자의 존칭.

략 전술에 탄복하여 전투를 할 때마다 이순신을 따르기에 이르렀다.

참으로, 이순신의 능란한 외교, 다시 말해서 그의 관대한 아량과 준엄한 태도에는 횡포하던 진인마저 고개를 수그리게 된 것이었다.

그러나 날이 지나감에 따라서 본성을 드러내기 시작한 명나라 군사들의 우월감은 차차 행패를 부리기 시작했으며, 심지어는 백성들에게까지 심한 약탈 행위를 행하였다.

이순신은 진인을 비롯한 명나라 군사들에게 그 부당함을 강경하게 말했으나, 이들은 말만은 '그렇게 하겠다.'고 대답하면서도 실제로는 아무 반성 없이 계속 행패를 부리는 까닭에 수군의 작전 면에도 막대한 지장을 초래하고 있었다.

이에, 그대로 두어서는 안 된다고 생각한 이순신은 어느 날 결단을 내렸다.

그는 명나라 진영과 가까운 곳에 있는 일반 민가와 그 밖에 모든 시설물에 대한 철거령을 내리고 중요한 물자들은 모두 배 안에 싣도록 했다. 뿐만 아니라, 자신의 의복과 금침마저 배에 싣고 곧 다른 곳으로 이동하려고 하였다.

이로 인하여 갑자기 수군 진영 근처는 집을 철거하느라고 분주하였으며, 이를 이상하게 생각한 진인은 이순신에게 군사를 보내어 그 까닭을 물었다. 이때 이순신은,

"우리나라의 군사와 백성들은 귀국의 대장이 온다는 말을 듣고 마치 부모가 오신 것같이 우러러보았다.

그러나 이제 귀국 군사들이 행패를 부리고 약탈하는 것으로만 일삼기 때문에 백성들이 살 수가 없어서 모두 다른 곳으로 피하려고

한다.

그래서 나도 대장으로서 혼자만 여기에 남아 있을 수 없기 때문에 같이 배를 타고 다른 곳으로 옮기려 한다. 그렇게 여쭈어라."
라고 하였다.

이 말을 들은 진인은 깜짝 놀라지 않을 수 없었다. 그는 급히 이순신이 있는 곳으로 허둥지둥 달려와서 이순신의 손을 잡고 간절히 만류하면서 한편으로는 부하들을 시켜 이순신의 의복과 금침 등을 도로 갖다 놓도록 하고 계속 잘못을 빌었다.

횡포가 심한 진인이 이렇게 간절하게 빌어야 하는 이유는 이순신이 없으면 그들만으로는 왜군의 침범을 막아낼 자신이 전혀 없었으며, 또 그 지방의 백성들이 겁을 내어 다른 곳으로 피한다는 것은 대국(大國)의 구원장으로서의 면목이 서지 않기 때문이었다.

그리고 이순신의 단독 이동을 만류하던 진인과 이순신 사이에는 이런 대화가 있었다.

"대인이 만일 내 말대로 하라면 그렇게 하겠소?"

"아무 일이나 다 하라는 대로 하겠소."

"귀국 군사들이 우리들을 속국의 관리로만 알고 조금도 거리끼지 않고 행동하니 어찌할 도리가 없소. 내게 그것을 제재할 수 있는 권한을 허락해 주신다면 될 수 있을 것 같은데 어떠하오?"

"그렇게 하겠소."

이렇게 진인은 이순신에게 순순히 허락하게 되었고, 이순신은 명나라 군사들의 비행을 다스릴 권한을 위임받게 되었다.

그리하여, 이순신은 명나라 군사들 중에서 비행을 저지르는 자가 있으면 일일이 엄한 군율로써 다스리게 되었으며, 명나라 군사들은 이순신을 진인보다 더 두려워하고, 약탈 행위를 하지 않게 되자 온 군중은 안정된 생활을 하기에 이르렀다.

더구나, 진인은 오래 머무르면서 이순신의 인격과 전략 전술에 탄복하여 전투 시에는 항상 이순신이 타고 있는 판옥선에 같이 타고 출전하면서 모든 지휘권마저 이순신에게 양보하였으며, 스스로 이순신을 부를 때는 반드시,

"이야(李爺)"

라는 존칭어를 사용하면서,

"그대는 작은 나라에서 살 사람은 아니오."

라고 말하고서는 몇 번이나 중국에 들어가서 벼슬 생활을 하도록 권하는 것이었다.

뿐만 아니라, 진인은 선조에게 이순신의 재능과 전공 등을 보고하는 글에서,

"이순신은 천지(天地)를 주무르는 재주와 나라를 바로 잡은 공이 있는 분이다."

經天緯地之才³ 補天浴日之功
경 천 위 지 지 재　　보 천 욕 일 지 공

하고, 또 명나라의 현황제⁴에게도 자세히 보고하여 이순신에게 공훈

---

3 경천위지지재(經天緯地之才) : 하늘을 날로 하고 땅을 씨로 하여 종횡하는 재주를 이름한다. 즉 인간의 재능을 표시하는 최대의 예찬사이다.
4 현황제(顯皇帝) : 명나라 신종황제의 묘호.

을 내려 주기를 건의하여 명나라에서는 '도독인(都督印)'을 비롯한 여덟 가지 물품을 내려 보내었는데, 그것이 지금까지 충렬사⁵에 보존되어 있다.

<hr />

5 충렬사(忠烈祠) : 충무시에 있다.

제11부

잊을 수 없는 그 날

제1장

왜교(倭橋) 공방전

　이순신이 고금도에서 진인과 연합 함대를 편성하여 해상에 출현하는 왜선을 계속 격파하면서 육상 정세의 변동을 주시하고 있을 때, 왜군 주둔지에서는 새로운 움직임을 보이고 있었다.

　그들의 괴수인 도요토미가 그 해, 즉 무술년[1] 8월 17일 사망하고, 그의 유언에 따라 왜군들은 무사철귀(無事撤歸)[2]를 위하여 대부분의 병력을 울산·부산·사천 및 순천 등지로 집결하면서 일부에서는 그들의 철귀를 비밀히 하려고 일부러 성(城)을 쌓으며 공격하는 등 크게 당황하고 있었다.

---

1 무술년(戊戌年) : 1598년(선조 33년).

2 무사철귀(無事撤歸) : 아무 탈 없이 거두어 가지고 돌아감.

이러한 왜군들의 동향에 대하여 육상에서는 반신 반의하여 본격적인 추격 작전을 전개하지 못하고 있었으나, 왜군이 철귀하려 한다는 소식만은 이순신에게도 전해지고 있었다.

그때, 왜군들의 정황을 입수하게 된 이순신은 좌시하지 않았다. 그는 진인과 함께 연합 함대를 거느리고 고금도를 출발하여 새로운 작전 행동을 개시했다. 그는 철귀하는 왜군을 1명도 그대로 돌려 보내지 않으려는 결심으로 9월 15일 나로도[3]를 지나 19일에는 감명 깊은 여수를 거쳐 20일 8시경 유도[4]에 이르렀다.

바로, 순천에 있는 명나라 육군장 유정(劉綎)과 수륙 합동 작전을 전개하여 왜교[5]에 머무르고 있는 코니시의 군대를 섬멸하기 위해서였다.

이순신이 유도에 이르렀을 때는 유정도 1만 5천 명의 군사를 동원하여 왜교 북방으로 진군하고 있었는데, 이순신도 기회를 놓치지 않으려고 즉시 공격을 개시하여 장도(獐島)까지 진출하였다. 이 장도는 왜교 앞에 있는 조그마한 섬이었다.

그런데 이들 왜군들은 이미 견고한 방어 진지를 바다 쪽을 향하여 구축해 두었던 까닭에, 해상으로부터의 포화를 어느 정도 모면할 수 있는 유리한 위치에서 그들의 몸을 숨겨 반격을 가하는 것이었다.

이순신은 불리한 위치에서 계속 공격을 가하였으나, 별다른 전과를 얻지 못하고, 이어 21일과 22일에는 코니시의 주진지(主陣地)에

3 나로도(羅老島) : 고흥군 봉래면.
4 유도(抽島) : 광양군 골약면 송도.
5 왜교(倭橋) : 승주군 해동면 신성리.

대한 공격을 실시하였다.

특히, 22일의 전투에서는 지세포만호(知世浦萬戶)와 옥포만호가 총환에 맞아 중상을 입게 되고, 명군측에도 유격장 1명이 왼편 어깨에 총환을 맞아 부상하고 11명의 군사가 전사하기에 이르렀으며, 이로 말미암아 명나라 장수 유정은 적극적인 공격을 가하지 않았던 까닭에 해상에서의 일방적인 공격만으로는 큰 성과를 기대할 수 없었다.

9월 30일에는 다시 명나라의 유격장 왕원주(王元周) 등이 거느린 100여 척의 전선이 내원하고, 또 진인과 유정은 새로운 계획을 결정한 뒤에 10월 2일 아침을 기하여 다시 총공격을 개시하였다. 왜군측에서도 역시 방어 진지를 이용하여 반격을 가해 오고 있었다.

이순신을 비롯한 여러 군사들은 서로 분개하여 분전하는 동안 왜군측에서는 수많은 사상자가 속출하는 반면, 이순신이 거느린 군사들 중에서도 사도 첨사 황세득(黃世得)과 이청일(李淸一)이 전사하고, 제포 만호 주의수(朱義壽) · 사량 만호 김성옥 · 해남 현감 유형 · 진도 군수 선의문 · 강진 현감 송상보 등 5명이 부상을 당하였다.[6]

이들 중에서 전사한 황세득은 이순신의 처 종형이었다. 때문에, 몇몇 장령들은 이순신을 찾아와서 조용히 조문하기도 하였는데, 이순신은 이들에게,

"세득은 국사(國事)로 죽었으니, 그 죽음이 영광스러울 뿐이다."[7]

---

6 무술년 일기 10월 2일 참조.
7 이 충무공 전서 권9에서 인용.

라고 말할 따름이었다.

이날의 전투는 적극적으로 임하였는데도 불구하고 육상의 유정이 전투 중에 왜군의 반격을 받아 후퇴하였던 까닭에 수군만이 피해를 입게 된 것이었다.

다음 3일에는 유정의 비밀 공문에 의하여 다시 초저녁에 출전하여 자정(子正)에 이르도록 수륙 합동 작전을 전개하였다. 이때에도 군사들은 결사적으로 코니시의 진영과 아주 가까운 곳까지 돌진하면서 맹렬한 포화를 퍼부었다.

그런데 이날 밤의 전투 중에 이순신은 조수가 물러나는 것을 보고 진인에게 전선을 돌리도록 요청하였으나, 진인은 듣지 않고 있다가 사선[8] 19척과 호선[9] 20여 척이 얕은 바다에 얹히어 왜군들에게 포위를 당하였다.

이순신은 그냥 앉아서 있을 수 없다 하여 7척의 전선에 많은 무기와 군사를 싣고, 곧 그 배들을 구출하도록 명령하면서,

"적들이 우리 배가 얕은 바다에 얹히는 것을 보면 반드시 기회를 따라 한꺼번에 포획하려고 할 것이다. 그러니 너희들은 힘써 싸우기는 하되 조수를 보아 곧 돌아오도록 하라!"
라고 하였다.

7척의 전선들은 명령에 의하여 위험한 곳까지 돌입하여 구출하려고 하였으나, 개흙 바닥에 올려 놓은 배들을 도저히 끌어낼 수 없었

■
  8 사선(沙船) : 명나라 배.
  9 호선(號船) : 명나라 배.

으며, 40여 척의 배들은 모두 왜군들의 공격에 의해서 불타고 말았다.

이순신은 진두 지휘를 하면서도 지형이나 조수 등을 엄밀히 조사하고 있었으나, 진인은 뒤쪽에서 그러한 것을 전혀 생각하지도 않았던 까닭에 큰 손실을 당한 것이었다.

그 후, 이순신은 4일에도 이른 아침에 출전하여 계속 공격을 가하여 왜군에게 많은 손해를 입혔으나, 진인은 별로 싸울 뜻이 없었다. 다음 5일에는 서풍이 크게 불어 전선을 보전하느라고 하루의 해를 보내기도 했다.

그런데 뜻밖에도 6일에는 도원수 권율이 군관을 보내어,

"유제독(유정)이 달아나려 한다."

하는 사실을 전하였다.

이때, 수륙 협공으로 왜군을 섬멸하려던 이순신은 크게 실망하여 그날의 일기에서,

"통분, 통분하다. 나라 일이 장차 어떻게 될 것인가!"

라고 하였다.

권율의 연락과 같이 7일에는 유정이 차관(差官)을 진인이 있는 도독부로 보내어,

"육군은 잠깐 순천으로 퇴각하여 다시 전비를 강화한 뒤에 공격하려 한다."

라고 연락하였고, 뒤이어 유정은 9일까지 그가 거느린 대병력을 철수하고 말았다.

이에, 이순신은 수군 도독 진인과 유정의 무성의로 인하여 자신의 계획을 변경하지 않을 수 없었다. 육상의 지원이 전혀 없는 일방적인 해상의 공격은 무의미한 것이며, 또 유정의 철수로 말미암아 왜군들은 해상 방어에만 주력하는 것이었으므로 부득이 당초의 계획이었던 수륙 협공 작전을 중단하고 일단 귀항하기로 하였다.

그는 왜군들을 섬멸하지 못한 채, 분함을 자제하면서 9일에는 유도를 출발하여 여수 및 나로도를 지나 12일 고금도에 도착하였다. 여기서 그는 왜군 섬멸 작전에 무성의한 진인의 마음을 돌리게 하고, 한편으로는 전선과 무기를 정비하면서 육상과의 보다 긴밀한 연락을 취하여 출전 시기를 기다리고 있었다.

한편, 순천으로 철수한 유정은 전혀 출전 준비를 하지 않고 있었으며, 사천에 주둔하고 있는 명장 동일원(董一元)은 시마즈 요시히로(島津義弘)가 거느린 왜군 진지를 공격하였으나 역시 실패하여 이들 명나라 군사들은 전의를 상실하고 보다 소극적인 태도로 그들의 진지만을 지키고 있었다.

그리고 하루 빨리 본국으로 탈출하려는 코니시는 또다시 간사한 계교를 꾸며 유정 등에게 뇌물을 바치면서 무사히 철귀하려는 공작을 벌이고 있었다.

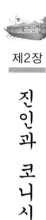

제2장

진인과 코니시

해상에서 치열한 공방전이 계속되고 있을 때, 서울에서는 뒤늦게 도요토미의 사망과 왜군들의 철귀 공작을 확인하였다.

조정에서는 서울 등지에 머물고 있는 명나라 지휘관들에게 왜군을 섬멸할 기회를 놓치지 말 것을 여러 번 요청하였으며, 명군측에서도 이에 응하여 11월부터는 재공격 준비를 서두르고 있었다.

그리고 이러한 육상의 움직임은 기회만을 기다리고 있던 이순신에 게 매우 반가운 일이었다. 11월 8일에는,

"왜교 등지의 왜군이 10일 사이에 탈출한다."

하는 연락이 고금도에 도착하였다.

말하자면, 탈출하는 왜군의 바닷길을 차단하여 섬멸하자는 것으

로 유정이 진인에게 전달한 것이었다.

진인을 통하여 반가운 연락을 받게 된 이순신은 조금도 지체해서는 안 된다 하여, 다음 날 즉 11월 9일 진인과 함께 고금도를 출발하여 백서량[1]과 여수를 지나, 11일에는 지난날 유진한 바 있는 유도에 이르러 왜교 등지의 왜군을 마주보고 결진하였다.

때를 같이 하여 육상에서도 유정이 거느린, 조선과 명나라의 연합군이 왜교 부근에 출전하여 왜교와 사천 사이의 연락을 가로막고 있었으므로 왜교에 주둔하고 있는 왜군들은 도저히 탈출 할 수 없는 실정에 놓이고 말았다.

이에, 코니시는 우선 많은 희생을 내는 위험한 전투를 피하고 가능하면 무사히 탈출할 수 있는 방도를 모색하고 있었다. 그는 몰래 유정에게 많은 뇌물을 보내어,

"본국으로 돌아갈 길을 열어 주시오."

라고 하였다.

뇌물에 눈이 어두운 유정은 뇌물에 대한 보답을 하려고 해상의 진인에게 사람을 보내어,

"왜군들이 본국으로 철귀할 것이니 구태여 길을 막을 필요가 없다."

라고 하였다.

코니시는 유정의 말에 희망을 갖기는 하였으나, 길목을 누르고 있는 수군의 태도를 확인할 수 없었다. 그리하여 우선 13일에는 선발대

---

1 백서량(白嶼梁) : 여천군 남면.

10여 척을 편성하여 장도까지 진출해 보았다.

그러나 해상에 이순신이 건재하고 있는 이상 이들 전선의 탈출을 묵과할 리 만무했다. 이순신은 이들 10여 척의 전선을 발견함과 동시에 눈치가 이상한 진인에게 그대로 두어서는 안 된다는 것을 거듭 약속하고, 즉시 추격하여 많은 손해를 입히고 다시 장도까지 진출하여 결진하였다.

그 후, 목적을 달성하지 못한 코니시는 유정의 부하 2명을 처형하여 그 팔을 유정에게 돌려보내면서,

"도독이 이같이 나를 속이니, 나는 결코 떠나지 않겠소."
라고 하였다.

그러나 유정은 태연하게,

"나는 육지에서만 철귀를 허락한 것이다. 해상은 진인을 잘 달래면 무사히 될 것이다."
라고 하였다.

점점 불안하고 초조해진 코니시는 14일에 많은 뇌물을 진인에게 보내어,

"전쟁에는 피를 흘리지 않고 이기는 것이 상책이니, 원컨대 나에게 돌아갈 것을 허락해 주시오."
라고 간청했다.

이때에도 진인은 유정과 같이 탈출할 길을 열어 주려고 하였으며, 그 후 16일까지 3일 동안은 뇌물을 실은 왜선들이 자주 명나라 진중으로 출입하면서 말·창·칼·돼지 등 각종 물품을 바치곤 했다. 이때, 뇌물을 받은 진인은 흐뭇해 하면서 이순신에게,

"화친을 허락해 주는 것이 어떠하오?"
라고 제의하였다. 진인의 말이 끝나자마자 군사들과 함께 분개함을 참지 못하고 있던 이순신은,

옥로

"대장으로서 화친을 말할 수 없으며, 원수를 놓아 보낼 수 없소.

또 이 왜적은 명나라에서도 역시 놓아 보낼 수 없는

일인데, 당신은 도리어 화친을 허락하려 하시오?"
라고 준엄한 목소리로 단호히 거절하므로 진인은 할 말이 없었다.

이리하여 진인은 자기를 찾아온 코니시의 부하에게,

"내가 너희들을 위해서 통제사에게 말했다가 거절을 당했기 때문에 다시 말하기는 어렵다."
하고 일단 책임을 회피하였다. 끈덕진 코니시는 눈물을 머금고 이순신에게 총·칼 등 많은 물품을 뇌물로 보내어 화친을 청하고 길을 열어 주기를 애걸하였다. 그러나 이순신은 그 물품을 볼 필요조차 없었다. 그는 큰 소리로,

"임진년 이래로 무수한 적을 잡아 죽였고, 또 총·칼 등을 얻은 것이 산더미같이 쌓여 있다. 원수의 심부름꾼인 놈이 여기는 무엇 하러 온단 말이냐?"

라고 하였다.

　코니시는 답답함을 참지 못하여 이순신에게 또다시 부하를 보내어,

　"조선 수군은 마땅히 명나라 수군과 서로 다른 곳에 진을 쳐야 할 텐데, 어찌하여 같은 곳에서 진을 치고 있는 것이오?"
라고 질문하는 것이었다.

　이순신은 너무나 어처구니 없는 질문이었기에 그 자리에서,

　"우리 땅에서 진치는 것이야, 우리의 생각대로 할 일이지 너희들의 알 바가 아니다."
라고 하였다.

　코니시로서는 속이 탔으므로 또 수군의 최고 지휘관인 진인에게 다시 말하지 않을 수 없었다.

　이때, 코니시의 애걸에 못 견딘 진인은 마치 쓸개도 없는 사람같이 이순신을 찾아와서,

　"나는 잠깐 남해 둥지로 가서 그곳에 있는 적을 무찌르고 오겠소."
라고 하였다.

　이 말을 들은 이순신은 벌써 진인의 속이 들여다 보이는 것 같았다. 말하자면, 코니시에게 길을 열어 주기 위해서 또 남해에 있는 피난민들을 잡아서 공훈을 세우기 위해서 하는 말이었으므로, 이순신은,

　"남해에 있는 사람은 모두 적에게 잡혀간 우리의 백성이지 왜적은 아니요."
라고 강력하게 의사를 표명했다.

　그러자 진인은 자기의 뜻을 성취해 보려는 생각에서,

"그러나 이미 적에게 붙었으니 그것도 적이라 말할 수 있소. 이제 그곳에 가서 토멸하면 힘 안 들이고 머리를 많이 베일 수 있을 것이오."

라고 말하는 것이었다. 이 말을 듣자, 분개한 이순신은 이렇게 말했다.

"귀국 황제께서 적을 무찌르라고 명령하신 것은 실로 우리나라 사람들의 생명을 구원하라는 것이었을 것이오. 그런데 이제 구해 주지는 못하고 도리어 그들을 죽이겠다는 것은 귀국 황제의 본의가 아닐 것이오."

참으로 이순신의 정당한 주장이었고, 또 어떠한 사람 앞에서도 정의를 굽히지 않는 그의 참된 태도였다. 그러나 진인으로서는 무안했으므로 그의 본성을 그대로 드러내었다.

그는 안색을 달리하여 긴 칼을 빼어 들고,

"이 긴 칼은 우리 황제께서 나에게 주신 것이오."

하고 위협하였다.

마치 그 칼로써 조선의 통제사 정도는 마음대로 처형할 수 있다는 태도였다. 그러나 이순신은 조금도 당황하지 않았다. 그는 태연하게,

"한 번 죽는 것은 아깝지 아니하오.

그러나 나는 대장의 몸으로서 결코 적을 내 버리고 백성을 죽일 수는 없소."

라고 말하고 여전히 꿋꿋한 태도를 보이면서 한참 동안이나 다투었으나, 결국 힘과 권세만으로 칼을 빼어 들었던 진인은 이순신에게 다시 굴복하고 말았다.

이렇게 코니시의 탈출 계획은 이순신에 의해서 여지없이 좌절되고 말았다. 그러나 코니시는 최종적으로 많은 돈으로써 사람을 매수하여 가까운 곳에 있는 그들의 진영에 위급함을 알리면서 또다시 진인에게,

"본국에 들어갈 것을 다른 진영과 약속할 수 있도록 통신선 1척만을 내어 보내게 해 주시오."

라고 간청하였다.

코니시의 계획은 통신선으로 하여금 남해 등지에 산재한 그들의 전선을 총동원하게 하여 유도 등지를 가로막고 있는 이순신과 진인의 연합 함대를 견제 또는 격파하면서 마지막 탈출의 기회를 마련해 보자는 것이었다.

이러한 계교를 생각하지도 않았던 진인은,

"그것만은 별로 어려운 일이 아니다."

라고 하며 허락하고 말았다.

그리하여 중대한 작전 임무를 지닌 1척의 통신선은 쉽게 빠져 나갈 수 있었으며, 그로 인하여 앞으로의 새로운 전투를 유발시키고 말았다.

제3장

노량 해전과
장렬한 전사

이순신은 왜군의 통신선 탈출을 전혀 모르고 있었다. 그는 뒤늦게 그 소식을 알게 되자 크게 놀랐다. 이제 통신선이 탈출하였으므로 반드시 새로운 계획을 세워야 한다는 것을 그는 너무도 잘 알고 있었기에 즉시 장령들을 소집하여 새로운 작전 계획을 논의하였다.

이 자리에서 그는,

"적이 방금 빠져 나갔으니 반드시 기일을 정하여 구원을 청하는 새로운 계획을 세워 모든 적들이 수일 내로 올 것이다. 만약 우리가 이곳에서 웅거하면 안팎으로 공격을 받아 우리 군사는 그대로 없어지고 말 것이다. 그러므로 군사를 큰 바다로 옮겨서 한 번 죽을 때까지 싸우는 것만 같지 못하다."

라고 자신의 뜻을 말함과 동시에 왜교의 수륙 협공 작전을 포기했다.

이순신의 말이 끝나자 해남 현감 유형(柳珩)은,

"적이 구원병을 불러들여 우리와 싸우게 해 두고 그 틈을 이용하여 빠져 나갈 계획을 하는 모양인 것 같습니다. 만약 구원병을 급히 물리치면 돌아가는 길을 끊을 수 있을 것입니다."

라고 하였다.

이순신은 '그렇다'라고 대답한 뒤에 노량 바다에서 왜선을 먼저 격멸할 계획을 세우고 진인에게도 사태의 위험성을 알렸다. 진인도 그제서야 놀라면서 자신의 잘못을 뉘우치고 이순신의 계획대로 행동하기로 약속하였다.

한편, 유도 등지에서 이순신이 노량 바다에서의 작전을 계획하고 있을 무렵인 17일[1] 초저녁에는 코니시의 진지에서 횃불을 올리고 있었으며, 이윽고 남해 등지의 왜군들도 횃불을 올리고 있었다.

바로, 탈출한 통신선의 연락으로 사천 및 곤양 등지의 왜군들이 응전을 한다는 신호였다. 다음 날 18일 저녁 6시경에는 무수한 왜선들이 노량에 집결하였으며, 다시금 횃불 신호를 올리고 있었다.

이들은 이순신이 예상한 바와 같이 노량과 왜교의 중간 지점에 놓인 이순신과 진인의 함대를 협격하려는 것이었으며, 그 척수는 무려 500여 척에 달하고 있었다.

이러한 왜군의 작전을 사전에 알고 있었던 이순신은 그날 밤을 기하여 왜교의 해상 봉쇄를 해제하고, 유도를 출발하여 노량 바다로 향하였다. 진인도 그의 수군을 거느리고 이순신을 뒤따르고 있었다. 바

---

1 17일 : 1598년(무술년) 11월 17일.

로 노량 근해에 집결하고 있는 왜군의 대함대에 일대 야습을 실시하여 섬멸하려는 것이었다.

11월 18일의 차가운 해상을 야간 항해하는 군사들은 모두 비장한 각오와 기어코 왜군을 섬멸한다는 굳은 결심을 하고 있었다.

그중에서도 모든 군사들의 생명을 최대한으로 아껴서 중대한 작전을 수행하여야 할 총지휘관 이순신은 이미 결사적인 각오를 하고 있었지만, 어쩐지 자신도 모르게 불타 오르는 울분을 참을 수가 없었다.

그날 밤 12시가 지날 무렵, 우리의 선단은 왜선에 점점 가까이 가고 있었다. 이순신은 조용히 배 위로 올라가 무릎을 꿇었다. 그는 향불을 피우고 두 손을 모아 하늘에 빌었다.

"이 원수만 없이 한다면 죽어도 한이 없사오니 도와 주옵소서."

此讎若除 死卽無憾.[2]
차 수 약 제　사 즉 무 감

이 기원(祈願)은 그가 그때까지 간직해 온 결사보국(決死報國)의 피 끓는 호소였다. 그때에 뜻밖에 하늘에서 큰 별이 바닷속으로 떨어졌다.

보는 사람들은 모두들 이상하게 생각했다.

이윽고 19일 새벽 2시경, 이순신과 진인이 거느린 연합 함대는 노량에 이르렀다. 여기서 이순신은 전 함대를 좌우로 나누어 같이 공격

---

2 이 충무공 전서 권9에서 인용.

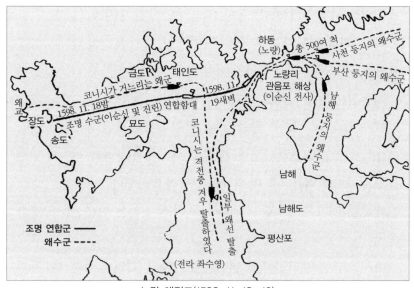

노량 해전도(1598. 11. 18~19)

할 태세를 취하게 하고 주위의 섬에는 복병을 배치한 뒤에 일제히 공격을 개시하였다.

포성과 북소리는 고요한 밤을 일깨웠으며, 기습 공격을 당한 왜선들은 당황하여 일시 흩어지다가 다시 대열을 지어 총포와 그 밖에 공격 무기로써 결사적인 반격을 가하는 것이었다.

전투는 아주 근접전으로 전개되었다. 이순신 함대에서는 총포를 쏘며 불붙은 나무를 마구 왜선에 던져 불을 질렀다.

드디어 왜군들은 장군의 계획적인 맹렬한 공격을 막아낼 수 없어, 이들은 차차 사기가 저하되고 관음포[3] 등지로 물러서기 시작하였다.

3 관음포(觀音浦) : 남해군 고현면 차면리.

치열한 전투가 계속되는 동안 19일의 날이 밝기 시작하였다.

이때, 관음포 등지로 물러선 왜선들은 도망칠 물길이 막혀 있음을 확인하자, 최후의 발악을 하기 시작했다.

이순신은 손수 북채를 들고 독전하면서 왜선을 닥치는 대로 부수고 또 불태웠다. 이러는 동안, 막다른 길목에 부닥친 왜군들은 순간순간의 위급을 모면하면서 있는 힘을 다하여 이순신과 진인의 전선을 포위하며 반격을 가하여 위급을 면하려고 하였다.

왜군들은 이순신이 탄 전선을 포위하면 진인은 이순신을 구출한다.

다시 왜군들은 진인이 탄 전선을 포위한다. 그러면 이순신이 돌진하여 포위망을 뚫고 진인을 구출한다.

이렇게 이순신과 진인이 서로 도우면서 혈전(血戰)을 거듭하고 있었다. 명나라 수군의 부 지휘관인 등자룡(鄧子龍)도 달아나는 왜군을 앞장서서 추격하였으나, 왜군들은 등자룡의 전선을 포위 공격하여 그 배를 불지르고 또 부수었다. 혼전으로 미처 구원을 받지 못한 등자룡을 비롯한 많은 군사들이 전사하고 또 부상하였다.

전투 중 이순신은 왜군의 층각선 위에 지휘관으로 보이는 3명이 앉아서 독전하고 있는 것을 발견하였다. 그는 날쌔게 그 층각선을 공격하여 그 중 1명을 사살하였다.

이때, 그들의 층각선이 공격당하는 것을 본 왜군들은 그때까지 포위 공격하고 있던 진인의 전선을 그냥 버린 채 층각선을 구출하려 하였다.

이로 인하여 진인은 그 틈을 다시 급한 위기를 벗어날 수 있었으며, 이순신과 진인은 다시 합력하여 호준포(虎蹲砲)를 발사하여 왜선을 불사르고 또 깨뜨렸다.

이리하여, 최후 발악으로 덤벼드는 왜군들과 한 사람도 돌려 보내지 않으려는 이순신 함대와의 사이에는 더욱더 숨가쁜 격전이 전개되었으며, 이때 홀연히 날아든 총환은 한 사람의 성웅(聖雄)을 쓰러뜨리고 말았다. 뱃머리에 서서 독전하는 이순신의 왼편 겨드랑이에 맞은 것이었다.

그러나 이순신은 쓰러지는 최후의 그 순간에서도 그가 염원하던 구국의 일념에는 조금도 변함이 없었다. 그는 곁에 서 있는 맏아들 회(薈)와 조카 완(莞)을 향하여,

"방패로 내 앞을 가려라. 싸움이 한창 급하다. 내가 죽었다는 말을 하지 마라."

戰方急 愼勿言我死[4]
전 방 급   신 물 언 아 사

라는 최후의 유언을 남기고 숨을 거두었다.

시각은 무술년인 1598년 11월 19일[5] 아침이었다.

그의 나이는 54세.

참으로 눈을 감는 그 순간까지도 왜군의 격퇴를 염려한 성웅의 최후였다.

---

4 이 충무공 전서 권9에서 인용.

5 11월 19일 : 당시 양력 12월 16일.

세계에서 유명하다는 넬슨(Nelson)의 "신에게 감사한다. 나는 나의 임무를 다하였노라."라는 유언과는 비교도 할 수 없는 싸움터의 지휘관으로서 영원히 역사에 빛나는 최후를 남긴 것이었다.

곁에서 유언을 듣고 있던 회와 완은 울음을 참고 서로 돌아보면서,

"이렇게 되다니 기가 막히는구나!"

"그렇지만 지금 만일 곡성을 내었다가는 온 군중이 놀라고, 또 적들이 기세를 얻을지도 모릅니다."

"그렇다. 또 시체를 보전해서 돌아갈 수 없을지도 모른다."

"그렇습니다. 전쟁이 끝나기까지 참는 수밖에 없습니다."라고 말하고, 곧 시체를 배 안으로 옮기고 그대로 독전기를 흔들면서 전투에 임하였다. 이 독전기는 이순신이 항상 들고 독전하는 것이었다. 때문에 왜군들은 그의 전사를 전혀 모르고 있었으며, 심지어는 이순신의 주위에 있던 여러 장령들도 거의 모르고 분전하고 있었다.

이렇게 전투를 계속하는 동안, 그 날 12시경까지 200여 척의 왜선이 격파되었으며, 사상자 수는 헤아릴 수 없었다. 바닷물은 왜군들의 피로 물들었으며, 바다 위에는 부서진 배 조각과 시체만이 떠돌고 있었다.

그리고 코니시는 격전 중 간신히 달아나고, 그때까지 도주하지 못한 50여 척은 패전의 서러움을 다시 되새기면서 뿔뿔이 흩어지고 말았다.

이리하여 7년 간에 걸친 전란은 이순신의 전사와 함께 막을 내렸으며, 또 그의 전사는 조선의 대승리와 함께 동양 3국을 크게 놀라게 했다.

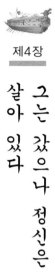

제4장

그는 갔으나 정신은 살아 있다

1598년 11월 19일! 양력으로는 12월 16일!

이날 남해 관음포 해상은 천지를 진동했던 포성을 대신하여 곡성(哭聲)이 온 바다와 하늘을 뒤흔들고 있었다.

명나라 수군 도독 진인은 포성이 멎을 무렵에 급히 배를 저어 이순신이 타고 있는 전선 곁으로 가까이 오면서,

"통제사! 이야! 속히 나오시오, 속히 나오시오."

하고 외쳤다.

두 번 세 번 부르며 자기를 구출해 준 이순신과 함께 전승의 기쁨을 나누려는 것이었다. 그러나 이순신의 조카 완이 뱃머리에 서서 울

면서,

"숙부님은 돌아가셨습니다."

라고 대답하였다.

이때, 뜻밖에 이순신의 비보를 듣게 된 진인은 배 위에서 세 번이나 넘어졌다 일어나 큰 소리로 통곡하였다.

"죽은 뒤에도 나를 구원하여 주셨소!"

진인은 다시 가슴을 치며 한참 동안이나 울었으며, 그의 부하들까지도 이 소식을 접하자, 모두들 쇠고기를 던지고 먹지를 않았다.

뿐만 아니라, 이 소식이 정식으로 전 군중에 발표되자, 전승의 환성을 올리던 수천의 군사들은 모두들 제각기 갑판을 치면서 통곡하고 또 통곡했다. 이들의 슬픔은 자신의 부모나 아들을 잃은 것과 조금도 다름이 없었다.

부음(訃音)을 접한 선조도 크게 슬퍼하였다. 수많은 중신들도 모두 슬퍼하였다.

선조는 그 해 12월 4일에 예관(禮官)을 보내어 제사하고 '의정부 우의정(議政府右議政)'을 추증하였다.

이순신의 영구는 일단 노량을 거쳐 마지막 진지였던 고금도로 돌아갔다가 다시 그곳에서 고향 아산으로 향하였다. 그때 역로(歷路)의 백성들은 남녀 노소를 막론하고 울고 또 울며 영구의 뒤를 따랐으며, 그 곡성은 그치지 않았다.

선비들은 술을 차리고 글을 지어 곡하면서 마치 어버이의 죽음을 슬퍼하듯 하였다. 진인과 그의 부하들도 모두 만장(挽章)을 지어 슬퍼하였다.

아산을 향한 영구는 다음 해 2월 11일에 금산성(錦山城) 밑에 장사하였다가 다시 16년 뒤에 지금의 어라산 아래로 천장하였다.

그리고 선조 37년[1] 10월, 조정에서는 다시 이순신의 대공훈을 논의하여 그에게 '선무(宣武) 1등 공신'으로 정하고 여러 가지 은전을 베풀었으며, 좌의정(左議政) 겸 덕풍부원군(德豊府院君)의 직위를 추증하고, 뒤이어 정조 17년[2]에는 영의정(領議政)으로 가증(加贈)하였으며, 전사한 지 45년 후인 인조 21년[3]에는 시호(諡號)를 '충무(忠武)'라 하였다.

특히, 이순신에게 백의종군의 명령을 내린 선조는 전사 후 내린 제문의 끝머리에서,

"만리장성 무너지니 누구에게 의지할까?

나라여, 복도 없도다. 먼 하늘만 바라노라! 나는 그대 버렸건만 그대는 나를 안 버렸나니! 이승 저승 맺힌 원한 무슨 말로 다 하리오.

벼슬 주고 조상한다 이내 회포 다할 것인가!

제관에게 글을 부쳐 슬픈 정곡 아뢰노라."

하였으며, 또 그에게 1등 공신을 봉하고 제문을 내린 글에서는,

"〈생략〉 공로를 기록하고 상을 베푸는데 그대와 더불어 다툴 이 그 누구리! 1등 공신으로 봉한 것만으로는 그대를 표창함이 다된 것 못 되도다."

---

1 선조 37년 : 1604년.

2 정조 17년 : 1793년.

3 인조 21년 : 1643년.

충무공 시호 교지

하여 1등 공신으로 봉한 것 만으로서는 표창이 만족하지 못하나 그
이상의 상훈 규정이 없기 때문에 애석하다는 뜻을 밝혔으며, 그 후
역대의 임금들도 이순신에게 많은 제문을 내리고 그의 공훈을 높이
찬양하였다. 그중에서도 숙종(肅宗)은 현충사[4]에 액자(額字)를 내려
준 제문에서,

　　"〈생략〉 제 몸을 죽여 나라를 일으킨 것은 이 사람(이순신)에
　　게서 처음 보는 일이로다. 〈생략〉"

■
　4 현충사(顯忠祠) : 아산군 염치면 백암리에 있다.

身亡國活 始見斯人
신 망 국 활 시 견 사 인

하여, 새로운 찬양의 말을 하였다. 또 정조(正祖)는 친히 이순신의 무덤 앞에 세울 신도비(神道碑)의 비문을 썼다. 역사상 임금이 신하의 무덤 앞에 세운 비문을 쓴 일은 오직 정조 한 분이었다. 정조는 이 비문에서,

　"〈생략〉 선조(先祖)께서 나라를 다시 일으키시는 공로를 세우심에 기초가 된 것은 오직 충무공 한 분의 힘, 바로 그것에 의함이라.
　충무공에게 특별한 비문을 바치지 않고, 그래 누구의 비문을 쓴다 하랴. 〈생략〉"

하였다. 그가 노량 해상에서 전몰한 지 어언 416여 년이 지났건만, 그의 애국 충정을 받들고, 그의 거룩한 구국의 넋을 길이길이 빛내기 위하여 그가 아끼고 사랑하던 이 겨레가 이 강산 방방곡곡에 그의 사당(祠堂)과 기념물을 짓고 세워, 그를 추모하는 뜻은 끝이 없다.

　경흥·아산·온양·정읍·광주·고하도·해남·벽파진·고금도·여수·남해·삼천포·통영·거제·진해·부산 등 그의 그림자가 조금이라도 비친 곳에는 이 겨레의 정성어린 기념물이 세워져 있으며, 해마다 그가 남긴 공훈을 칭송하며 날마다 그가 남긴 가르침을 되새기고 있는 것이다.

　뿐만 아니라, 해마다 그가 태어난 4월 28일과 그가 돌아간 12월 16일이면 그의 발자국이 가지 않았던 방방곡곡에서도 국난을 물리치고,

민욕(民辱)을 씻고,

민족의 생명을 구출하고,

민족이 다시 살 길을 제시해 준 그의 거룩한 정신을 깨닫고 받들며 그 해의 그날을 되새기고 있는 것이다.

충무공 이순신은 한 보잘 것 없는 선비집에 태어나서 갖은 곤란과 싸워가며 나라와 겨레를 위하여 옳게 생을 마친 인류의 사표(師表)[5]로서 한국뿐만 아니라, 세계 각 국민들의 가슴속에 길이 간직되는 위업과 교훈을 남긴 사람이었다.

그는 선과 악, 정의와 불의, 희(喜)와 비(悲), 사랑과 배신 등을 분별하지 못하는 모순 속의 혼란한 사회에서, 한 인간으로서 실행할 수 있는 공명 정대함을 생활 신조로 삼아, 온갖 모략과 슬픔을 물리치고 인간으로서 군인으로서 조금도 흠잡을 곳이 없는 위대하고 성공적인 생애를 보낸 사람이었다.

그는 맹목적으로 순종하는 후손들에게 인간의 창의성(創意性)과 더불어 자주국가(自主國家)로서의 해양 수호의 중요성을 뼈아프게 교시(敎示)[6]하였다.

실로, 그가 남긴 발자국은 지금도 지워지지 않고 있는 것이며, 또 미래에도 지워질 수 없는 것이다.

그러기에 그는 갔으나 그의 정신만은 영원히 남아 있는 것이다.

---

5 사표(師表) : 학식과 인격이 높아 세상 사람의 모범이 되는 일, 또는 그런 사람.

6 교시(敎示) : (지식이나 방법 등을) 가르쳐 보임, 또는 그 가르침의 내용.

1545년 인종(仁宗) 원년(元年) 을사(乙巳)	1세 ◉ 3월 – 초8일 〔양(陽) 4월 28일〕 서울 건천동(乾川洞)에서 덕수 이씨(德水李氏) 12대손으로 출생하다.	◉ 을사사화가 일어나다.(8월)
1566년 명종(明宗) 21년 병인(丙寅)	22세 ◉ 10월 – 무예를 배우기 시작하다.	
1567년 명종(明宗) 22년 정묘(丁卯)	23세 ◉ 2월 – 아들 회(薈)가 출생하다.	◉ 명종(明宗) 승하하다.(6월)
1571년 선조(宣祖) 4년 신미(辛未)	27세 ◉ 2월 – 아들 울(蔚)이 출생하다.	◉ 명종실록(明宗實錄)을 필인하다.(4월)
1572년 선조(宣祖) 5년 임신(壬申)	28세 ◉ 8월 – 훈련원(訓練院) 별과시험에 응시 중 말 위에서 떨어져 좌각이 골절되다.	
1576년 선조(宣祖) 9년 병자(丙子)	32세 ◉ 2월 – 식년무과에 합격〈병과(丙科)〉하다. ◉ 12월 – 함경도(咸鏡道) 동구비보 권관(童仇非堡權管, 종9품)이 되다.	◉ 이이(李珥) 조정을 떠나다.(2월)
1579년 선조(宣祖) 12년 을묘(乙卯)	35세 ◉ 2월 – 훈련원(訓練院) 봉사(奉事, 종8품)가 되다. ◉ 10월 – 충청병사(忠淸兵使) 군관(軍官)이 되다.	◉ 이이(李珥) 상소하여 동·서 사류의 보합을 논하다.(5월)

1580년 선조(宣祖) 13년 경진(庚辰)	36세 ● 6월 – 발포〈鉢浦, 전남 고흥(全南 高興)〉 수군 만호(水軍 萬戶, 종4 품)가 되다.	
1582년 선조(宣祖) 15년 임오(壬午)	38세 ● 1월 – 군기경차관(軍器敬差官) 서 익(徐益)의 허위 보고로 파직되 다. ● 5월 – 다시 훈련원(訓練院) 봉사 (奉事)로 보직되다.	● 이이(李珥) 이조판 서(吏曹判書)가 되 다.(1월) ● 이이(李珥) 병조판 서(兵曹判書)가 되 다.(12월)
1583년 선조(宣祖) 16년 계미(癸未)	39세 ● 7월 – 함남병사(咸南兵使) 군관(軍 官)이 되다. ● 10월 – 건원보〈乾原堡, 함경도(咸 鏡道)〉 권관(權管)이 되어 번호(藩 胡) 울지내(鬱只乃)를 토벌하여 공을 세우다. ● 11월 – 훈련원(訓練院) 참군(參軍) 으로 승직되다. 15일 아버지 덕 연군(德淵君)이 별세하다.	● 경원부(慶源府) 번 호(藩胡)가 침략하 여 부성(府城)을 함 락하다.(1월) ● 이이(李珥) 이조판 서(吏曹判書)가 되 다.(9월)
1584년 선조(宣祖) 17년 갑신(甲申)	40세 ● 향리(鄉里) 아산(牙山)에서 분상 휴관〈奔喪休官, 직(職)〉하다.	● 이이(李珥) 별세하 다.
1586년 선조(宣祖) 19년 병술(丙戌)	42세 ● 1월 – 사복시(司僕寺) 주부〈主簿 (종6품)〉가 되다. 다시 16일 후 조 산보〈造山堡, 함경도(咸鏡道)〉 만 호(萬戶)로 전보되다.	● 조헌(趙憲) 상소하 여 인재양성의 사불 비(四不備)를 논하 다.(10월)

1587년 선조(宣祖) 20년 정해(丁亥)	**43세** ● 8월-녹둔도〈鹿屯島, 함경도(咸鏡 道)〉둔전관(屯田官)을 겸임하다. 이때 번호(藩胡)의 침입을 격파하 였으나, 병사(兵使) 이일(李鎰)의 무고로 파직되어 백의종군하다. 같은 해 겨울 시전부락(時錢部落) 정벌에 공을 세워 특사되다.	● 일본국사(日本國使) 귤강광(橘康廣)이 오 다.(2월) ● 왜선(倭船) 홍양현(興 陽縣)에 침범하다.
1588년 선조(宣祖) 21년 무자(戊子)	**44세** ● 윤6월-귀가하여 한거하다. 조정 의 부차탁용(不次擢用)에 2위로 천거되다.	● 일본국사(日本國使) 승 현소(僧玄蘇) 등이 와 서 통신사(通信使)의 파견을 요구하다.(12월)
1589년 선조(宣祖) 22년 기축(己丑)	**45세** ● 2월-전라순찰사(全羅巡察使) 이 광(李洸)의 군관(軍官)이 되다. ● 11월-무신으로서 선전관(宣傳 官)을 겸하다. ● 12월-정읍현감(井邑縣監)이 되다.	● 정여립(鄭汝立)이 모 반하여 자살하다.(11 월)
1590년 선조(宣祖) 23년 경인(庚寅)	**46세** ● 7월-고사리진병마첨절제사(高 沙里鎭兵馬僉節制使)로 발령되었 다가 취소되다. ● 8월-다시 만포진수군첨절제사 (萬浦鎭水軍僉節制使)로 발령되었 으나, 대간(臺諫)들의 반대로 정 읍현감(井邑縣監)으로 유임되다.	● 통신사(通信使) 일 본으로 가다.(3월) ● 유성용(柳成龍) 우의정 (右議政)이 되다.(5월) ● 통신사(通信使) 황 윤길(黃允吉) 등 수 길(秀吉)의 답서를 받다.(11월)
1591년 선조(宣祖) 24년 신묘(辛卯)	**47세** ● 2월-진도군수(珍島郡守)로 발령 되었다가 다시 가리포진수군첨절	● 통신사(通信使) 일 본(日本)으로부터 돌아오다.(1월)

	제사(加里浦鎭水軍僉節制使)로 발령되고, 또다시 부임하기 전에 전라좌도수군절도사(全羅左道水軍節度使)에 임명되다.	● 명(明)나라에 일본 사정(事情)을 보고하다.(10월)
1592년 선조(宣祖) 25년 임진(壬辰)	**48세** ● 4월−거북선을 완성하다. ● 5월−옥포(玉浦)·합포(合浦)·적진포(赤珍浦) 등 해전에서 왜선 40여 척을 무찌르다. ● 가선대부(嘉善大夫, 종2품)로 승직되다. ● 6월−당포(唐浦)·당항포(唐項浦) 등 해전에서 70여 척을 무찌르다. ● 자헌대부(資憲大夫, 정2품)로 승직되다. ● 7월−한산(閑山)·안골포(安骨浦) 등 해전에서 왜선 60여 척을 무찌르다. ● 정헌대부(正憲大夫, 정2품)로 승직되다. ● 9월−부산(釜山) 등 해전에서 왜선 130여 척을 무찌르다. ● 4월~12월간−전쟁의 승리를 위한 중요 방안 등 17편 이상의 장계를 올리다.	● 임진왜란(壬辰倭亂) 발발. 부산(釜山)·동래(東萊)·상주(尙州) 등 함락되다.(4월) ● 서울 함락되다.(5월) ● 평양 함락되다.(6월) ● 명(明)나라 심유경(沈惟敬)이 오다.(8월) ● 명장(明將) 이여송(李如松) 등이 오다.(12월)
1593년 선조(宣祖) 26년 계사(癸巳)	**49세** ● 2~3월−웅포(熊浦) 등지의 왜선(倭船)을 수륙으로 공격하다. ● 7월−수군 진영을 한산도(閑山島)로 옮겨 전쟁 물자를 준비하다.	● 평양성 수복하다.(1월) ● 권율(權慄) 행주(幸州)에서 대승하다.(2월) ● 진주성(晉州城) 함락되다.(6월)

	● 10월－겸삼도수군통제사(兼三道 水軍統制使)가 되다. ● 1월~12월간－33편 이상의 중요 한 장계를 올리다.	● 이여송(李如松) 돌 아가다.(9월) ● 서울 수복하다.(10월)
1594년 선조(宣祖) 27년 갑오(甲午)	50세 ● 3월－당항포(唐項浦) 등 해전에서 왜선 30여 척을 무찌르다. ● 3월 7일－담도사(譚都司) 금토패 문(禁討牌文)에 답장을 써 보내다. ● 4월－한산도(閑山島)에서 과거를 보이다. ● 10월－의병장 곽재우(郭再祐)· 김덕령(金德齡) 등을 파송하여 장 문포〈張(長)門浦〉 등지의 왜선을 무찌르다. ● 1월~12월간－23편 이상의 중요 한 장계를 올리다.	● 김응서(金應瑞) 소서 행장(小西行長)과 화 의를 논의하다.(11월)
1595년 선조(宣祖) 28년 을미(乙未)	51세 ● 2월－둔전(屯田)을 돌아보고 우 수영(右水營)의 군사를 시찰하다. ● 4월－견내량(見乃梁) 등지의 왜선 을 탐색케 하다. ● 5월－소금을 굽다.	● 명(明) 유격(遊擊) 진 운홍(陳雲鴻) 등 소 서행장(小西行長)과 만나 상의하다.(1월)
1596년 선조(宣祖) 29년 병신(丙申)	52세 ● 1월－군복을 만들다. ● 10월－어머님을 위한 수연을 베 풀다.	● 명사(明使) 대판성 (大阪城)에서 수길(秀 吉)과 회견하다.(12 월)
1597년 선조(宣祖) 30년 정유(丁酉)	53세 ● 2월－함거(轞車)에 실려 서울로	● 왜군 재침하다.(1월) ● 칠천량(漆川梁)에서

	가다. ● 3월-옥에 들어가다. ● 4월 1일-재옥 28일 만에 특사되어 백의종군하다. ● 4월 13일-어머님의 부음을 받다. ● 8월 3일-다시 삼도수군통제사(三道水軍統制使)가 되다. 12척의 전선을 거두다. ● 9월-명량(鳴梁)에서 왜선 133척 중 31척을 무찌르다. ● 10월-고하도(高下島)에 수군 진영을 설치하여 전비를 강화하다. ● 10월 14일-아들 면(葂)의 부음을 받다. ● 11월 17일-면사첩(免死帖)을 받다.	패전하여 원균(元均) 등 전사하다.(7월) ● 남원성(南原城) 함락되다.(8월)
1598년 선조(宣祖) 31년 무술(戊戌)	**54세** ● 2월-수군 진영을 고금도(古今島)로 옮기다. ● 7월-명수군도독(明水軍都督) 진린(陳璘)과 연합하다. ● 11월 19일-남해노량(南海露梁) 해상에서 왜선을 무찌르던 중, 총알을 맞아 전사하다. '전방급 신물언아사〔戰方急 愼勿言我死(전방이 위급하니 신중을 기하여 내가 죽었다는 말을 하지 말라.)〕'라는 유언을 남기다.	● 명장(明將) 유정순천(劉綎順天)의 소서행장(小西行長)을 공격하다.(9월) ● 울산(蔚山)·사천(泗川) 등 왜군 철거.(11월) ● 왜군(倭軍) 총철퇴, 왜란 끝남.

● 주요 참고 인용 문헌

이순신(李舜臣) 일기초본(日記草本)

이순신(李舜臣) 장계초본(狀啓草本)

국사편찬위원회(國史編纂委員會) 조선왕조실록(朝鮮王朝實錄) (21~25권)

유성용(有成龍) 초본징비록(草本懲毖錄) (상·하), 이재호(李載浩) 주역(註譯)

조선총독부(朝鮮總督府) 제승방략(制勝方略)

조선총독부(朝鮮總督府) 난중일기(亂中日記), 임진장초(壬辰狀草)
　　　　　　　　　　　〈조선사료총간(朝鮮史料叢刊) 제6〉

이은상(李殷相) 국역주해이충무공전서(國譯註解李忠武公全書) (상·하)

이은상(李殷相) 난중일기

문교부 이 충무공 난중일기

유마성보(有馬成甫) 조선역수군사(朝鮮役水軍史)

덕부저일랑(德富猪一郎) 근세일본국민사(近世日本國民史) (상·중·하)

참모본부(參謀本部) 일본전사조선역(日本戰史朝鮮役)

청유망태랑(靑柳網太郎) 풍태각조선역(豊太閣朝鮮役)

이은상(李殷相) 이충무공일대기(李忠武公一代記)

진단학회(震檀學會) 충무공 독본

진단학회(震檀學會) 이충무공(李忠武公) 〈350주기 기념논총(紀念論叢)〉

최석남(崔碩男) 이순신(李舜臣)과 그들

김용국(金龍國) 한국해전사(韓國海戰史) 〈해군본부정훈감실(海軍本部政訓監室)〉

이은상(李殷相) 충무공종횡담(忠武公縱橫談) 〈사상계(思想界), 1959년 2월~7월호〉

이은상(李殷相) 충무공(忠武公)과 그의 시문(詩文)
〈청구대창립십주년기념논문집(靑丘大創立十周年記念論文集)〉

천관우(千寬宇) 이순신론(李舜臣論) 〈세대(世代) 1963년 9월호〉

최영희(崔永禧) 민족구원(民族久遠)의 성웅(聖雄) 〈한국(韓國)의 인간상(人間像) 2권〉

최석남(崔碩男) 한국수군사연구(韓國水軍史硏究)

이충무공기념사업회(李忠武公記念事業會) 성웅이순신사전(聖雄李舜臣史傳)
〈민족(民族)의 태양(太陽)〉

조인복(趙仁福) 이순신전사연구(李舜臣戰史硏究)

승경념(僧慶念) 조선일 일기(朝鮮日 日記) 〈조선학보(朝鮮學報) 35집〉

진단학회(震檀學會) 한국사(韓國史) 〈근세전기(近世前期)〉

이형석(李炯錫) 전사상(戰史上)으로 본 임진왜란(壬辰倭亂)
〈국방연구(國防硏究) 10집(輯)〉

최인욱(崔仁旭) 성웅 이순신(聖雄 李舜臣)

최영희(崔永禧) 구선고(龜船考) 〈사총(史叢) 3집〉

김용국(金龍國) 구선도(龜船圖)와 구갑선도(龜甲船圖) 〈해군(海軍) 1963년 11월호〉

조성도(趙成都) 구선고(龜船考) 〈해사연구보고(海士硏究報告) 2집〉

설의식(薛義植) 난중일기초(亂中日記抄)

조성도(趙成都) 명량해전고(鳴梁海戰考) 〈해대논집(海大論集) 8권〉

조성도(趙成都) 임진장초(壬辰狀草)

조성도(趙成都) 충무공 독본

G.A. Balard : The Influence of The Sea on The Political History of Japan.

H. Underwood : Korean Boats and Ships.

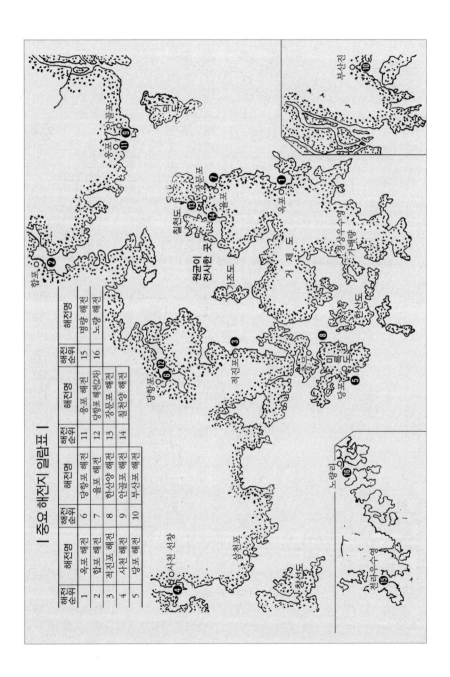

중요 해전지 일람표									
해전 순위	해전명	해전 순위	해전명	해전 순위	해전명	해전 순위	해전명		
1	옥포 해전	6	당항포 해전	11	웅포 해전	15	명량 해전		
2	합포 해전	7	율포 해전	12	당항포 해전(2차)	16	노량 해전		
3	적진포 해전	8	한산양 해전	13	장문포 해전				
4	사천 해전	9	안골포 해전	14	칠천양 해전				
5	당포 해전	10	부산포 해전						

501

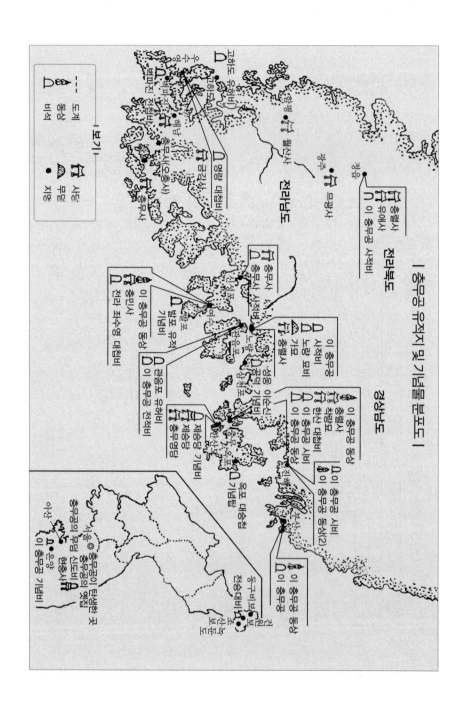

이순신의 생애와 사상
李舜臣(忠武公)의 生涯와 思想

초판 1쇄 발행 ‖ 2014년 11월 5일
초판 2쇄 발행 ‖ 2022년 2월 22일

지　음 ‖ 조성도
디자인 ‖ 이명숙·양철민
발행자 ‖ 김동구
발행처 ‖ 명문당(1923. 10. 1 창립)
주　소 ‖ 서울시 종로구 윤보선길 61(안국동)
　　　　　우체국 010579-01-000682
전　화 ‖ 02)733-3039, 734-4798(영), 733-4748(편)
팩　스 ‖ 02)734-9209
Homepage ‖ www.myungmundang.net
E—mail ‖ mmdbook1@hanmail.net
등　록 ‖ 1977. 11. 19. 제1~148호

ISBN 979-11-85704-12-8 (03810)
정가 ‖ 20,000원